我，隔壁班的

张慕水 / 著

WO, GEBI BAN DE

时代出版传媒股份有限公司
安徽文艺出版社

图书在版编目（CIP）数据

我，隔壁班的/张慕水著.—合肥：安徽文艺出版社,2024.4
ISBN 978-7-5396-7865-8

Ⅰ.①我… Ⅱ.①张… Ⅲ.①长篇小说—中国—当代
Ⅳ.①I247.5

中国国家版本馆CIP数据核字(2023)第201254号

出 版 人：姚　巍　　　　　　　出版统筹：邢海鸟
责任编辑：卢嘉洋　　　　　　　装帧设计：大咖书房

出版发行：安徽文艺出版社　　　www.awpub.com
社　　址：合肥市翡翠路1118号　　邮政编码：230071
营 销 部：(0551)63533889
印　　制：河北盛世彩捷印刷有限公司　　(0318)6658666

开本：710×1000　1/16　　印张：23　　字数：327千字
版次：2024年4月第1版
印次：2024年4月第1次印刷
定价：79.00元

(如发现印装质量问题，影响阅读，请与出版社联系调换)

版权所有，侵权必究

序

银河浩渺,星汉灿烂,璨若群星的青春轨迹,如同夏夜流星,提笔作画。

在短视频及网红流行的当下,张慕水能够创作这样一部聚焦职教群体的作品,初心难得,令人感动。

奥地利著名精神学家阿德勒曾说过,幸福的人用童年治愈一生,不幸的人用一生治愈童年。我想,青春大抵也如此吧,第一次心的悸动,第一次爱的表达,第一次异性的牵手……这个世界,仿佛因一份爱恋而变得不再普通,生活也因此不再平凡。以青春为起点,无数人塑造了别样的未来。

《灌篮高手》里樱木花道因为喜欢赤木晴子而去打篮球,而赤木晴子的漫画形象也伴随着樱木花道的球技提升而变得不再美丽,对此,作者井上雄彦说,因为越往后,篮球便取代晴子成了樱木花道心中的热爱,所以后期的晴子在樱木花道的眼中便没有了滤镜。赵青禾因为喜欢高中时代的同桌宋初夏追随而来,后来却在技能大赛上收获成长。这一点,在张慕水的作品中我看到了异曲同工之处。

  这世间所有的偶遇，大抵都是缘于心中的那份未了余情，而能否在每次的交往中找到自己，这便是青春的意义。赵青禾并没有在初恋的懵懂中迷失自我，宋初夏也没有在二人的追求下得意忘形，他们都愈发小心地珍重那最初的美好。洗剪吹三人组、挖掘机炒菜、电车漂移以及身穿汉服打铁铸剑的女孩，这些都让我既惊讶又佩服。惊讶于职业教育依旧顽强扎根于各个行业，佩服于年轻人们对于大国工匠精神的执着追求。

  诚如慕水书中所说，我们当初只是做错了题，又不是人品有问题。隔壁班的同学，一个往东，一个往西，但是殊途同归。名校也好，技校也罢，追求卓越的道路是无止境的，最终都将会在这蓝色星球的某个顶点相遇。

  正如狄兰·托马斯所说，不要温和地走进那个良夜，老年应当在日暮之时燃烧和咆哮；怒斥，怒斥那光明的消逝。

  我说，银鞍照白马，飒沓如流星，不要温和地走进那个良夜，青年应当奋斗和雄起，当曙光来临，拼搏，拼搏那闪耀的未来！

姜因耀

2024年1月1日

目 录

Contents

第一章　回忆里最讨厌的那个人
　　　　终于摆脱你，还好我没放弃　　　　　　　　001

第二章　趁青春正好，趁起风告白
　　　　喜欢你，我说了算　　　　　　　　　　　　029

第三章　拆掉人生滤镜的你
　　　　有种就比一场　　　　　　　　　　　　　　051

第四章　我，隔壁班的
　　　　爱你不止三千次　　　　　　　　　　　　　075

第五章　放心！有我在，没有办不砸的事儿
　　　　根本，停不下来　　　　　　　　　　　　　089

第六章　重返你的世界
　　　　亲爱的陌生人　　　　　　　　　　　　　109

第七章　没有人可以错过你的青春
　　　　不被定义的风　　　　　　　　　　　　129

第八章　不听话的下一代
　　　　如果不是你，我至今还不知道那就是喜欢　　149

第九章　老家伙们的好家伙
　　　　翻滚吧！少年　　　　　　　　　　　　171

第十章　人间烟火气，最抚凡人心
　　　　纵有不平路，天天有归人　　　　　　　191

第十一章　双向奔赴的高手对决
　　　　　极速车手的美食漂移　　　　　　　　210

第十二章　用魔法打败魔法
　　　　　那个驭风的少年　　　　　　　　　　232

第十三章	你的选择，没有对错	
	哪个城市不下雨	251

第十四章	风口上的猪，装成了	
	你怎么不上天	272

第十五章	姑娘，我敬你是条汉子	
	好一道厉害惊人的菜	289

第十六章	我希望你，是我独家的记忆	
	不存在的世界	302

第十七章	父愁者联盟	
	业余天才	320

第十八章	你是年少的欢喜	
	喜欢的少年是你	337

 第一章　回忆里最讨厌的那个人

终于摆脱你，还好我没放弃

　　在赵青禾的眼里，高中时代的生活是美好而充满遗憾的。他的毕业留言册最讨厌的那个人一栏是空白，后来他才知道，原来班里最讨厌的人就是自己。

　　从刚来时的兴奋，到放纵自己后的空虚，大学只过了两年，赵青禾便觉得乏味了。因为家里是开汽修店的，所以父亲赵运驰便让他报了长春工业大学的汽车运用工程专业。原本以为大学生活能够和电影里演的一样，充实而精彩，但现实却给了赵青禾狠狠的一击，幻想中风驰电掣的驾驶体验并没有，枯燥的理论知识让他每每上课都是昏昏欲睡。日子虽然很乏味，但是他也不能指天骂地，毕竟还有两年才能修行圆满。按赵青禾的说法就是：混日子就要有混日子的样子。

　　白发苍苍的老教授正在台上讲解汽车发动机原理，而赵青禾此时坐在教室第一排的多媒体下面的视觉盲区睡得口水满桌。电话铃声响起，赵青禾拿起课本梦游似的走出教室，留下了目瞪口呆的老师和同学们。

办公室里，辅导员吴莹莹正在教育赵青禾上课要认真，结果他手机嗡嗡振动个不停，赵青禾不断挂掉，对方还是不停打过来。看到赵青禾裤兜里嗡嗡振动的手机，吴莹莹只得无奈地停下数落，示意赵青禾先接听。

打来电话的是赵青禾的高中同学兼发小盖斌，盖斌属于除了学习什么都很擅长的那种天才。因为家里是开理发店的，所以高考落榜后家里也没让他复读，而是直接报名读了北方技师学院的美发专业。

虽然赵青禾一再将视频转为语音，但是盖斌依旧不依不饶，无奈之下赵青禾只得接招，未等赵青禾提醒，盖斌劈头盖脸地说个没完。

"哎，哥们，看看我这一亿像素的新手机怎么样？"

"盖斌，你……"赵青禾将摄像头切换对准了面前的辅导员。

盖斌倒也识相，他赶紧转移话题说："嗨，犯错误了啊！早说！那什么，你有没有兴趣参加匠心杯技能大赛？"

"没兴趣！"

"唉，奖金有6万块啊，要是赢了就可以实现你的梦想，够买一辆二手五菱面包车了！你不是一直都说学校的理论课没劲吗？想想看，你一脚油门从东北开到上海迎娶梦中女神宋初夏！那该是多么大的惊喜……"

"行了，盖斌，我正在办公室做检讨呢，没事儿我先挂了！"

看到赵青禾挂掉了视频，吴莹莹一脸生气地问："学校的理论课没劲？"

"没，吴老师，您听错了，是他们学校的课没劲！"

"你朋友说的比赛是这个吗？"

吴老师说完，将匠心杯技能大赛的文件从桌子上拿起递了过来。

"赵青禾，我觉得你可以去报名参加，要是获了奖，就可以补上挂科丢掉的学分！"

"吴老师，您也太看得起我了，我哪有那水平！"

"你不是说过自带童子功，发动机那些你都会吗？"

"啊，这个，我……"

赵青禾只得尴尬地笑了笑。

晚上回到宿舍后,赵青禾陷入了深深的迷茫。桌子上的检讨写了一半,赵青禾回想起两年来的大学生活,来之前觉得象牙塔里的生活令人神往,新鲜感过后便是枯燥的教室、食堂、宿舍的三点一线。没有了约束的痛苦,同时代表着没有了自由的快乐,看似宽松的生活几度让他失去了生活的目标。他转身看了看身边的三位室友,"情种"陈浩杰再次失恋瘫倒在床上,埋头就睡;"肌肉男"李传航一边练哑铃一边看着动作片;"游戏战神"孙钦龙则一直盯着电脑屏幕打游戏,烟头填满了可乐瓶子。

迷茫的他回想起盖斌说的女神宋初夏,记忆的时间线不禁倒回到了五年前的高中校园。

宋初夏是赵青禾的同班同学,虽然长相并不是班花级的那种,身材也没有很出众,但是学习很好,是赵青禾喜欢的那种类型。因为班上每次都是根据成绩调座位,而宋初夏每次的成绩都名列前茅且很稳定地占据班级里的中心位,所以成绩起伏不定的赵青禾坐遍了教室里的每个角落,他素描本里也有着各个角度的宋初夏。无论哪个角度,在赵青禾眼里她都是完美的。教室不大,但哪怕是隔了几排的座位,在赵青禾看来也如同隔了山海那般遥远。

赵青禾曾一度在选"清华"还是"北大"之间犹豫了很久,可无论他怎样费尽心思,甚至投机取巧,都始终无法冲破教室最后三排的魔咒。终于,初恋的懵懂让赵青禾的心里冲出了一团火。他早晨6点准时起床,以前和盖斌踩着铃声进教室的赵青禾不见了,第一名进教室从此成了赵青禾的专属。

早起第一名,交作业第一名,回答问题举手第一名,哪怕赵青禾不会,但他依旧会下意识先把手迅速举起来,然后再缓缓放下。没人能够忽视赵青禾想成为第一名的渴望,所以班里分成了两个阵营,红队支持赵青禾,认为他能涅槃重生;蓝队认为一切都是三分钟的热情而已。有了众人的期盼与"敌人"的不屑,赵青禾几乎把课本焊在了脸上,如果你去厕所发现隔间有人在那翻书,那肯定就是赵青禾!这种渴望最终也伴随着厚厚的一摞考卷和一捆捆用完的笔芯，让赵青禾从一个喜欢搞怪的学渣一路逆袭成了学霸，从角落的那个最不起眼的位置几经辗转，终于走到了教室的中心位置，成为宋初夏的同桌。按照赵青禾的话来说，考第一其实不难，难的是要确保自己考第二，因为这样宋初夏选完座位后，自己才能精准定位。

看到赵青禾有些羞涩地坐在自己身旁，宋初夏对眼前这个疑似有多动症的男孩并无好感，甚至是讨厌。

宋初夏的抵触是有原因的，少年的喜欢就是笨拙地用各种粗鲁的方式惹女生的注意，赵青禾则把这种原始的本能演绎到了极致，甚至走向了极端。赵青禾太想引起宋初夏的注意了，什么事情明明心里想的是一回事，可是表现出来的却是最粗鲁、最惹人讨厌的那种。所以，虽然高三时赵青禾和宋初夏同桌过一年，但这也完全毁了赵青禾在宋初夏心中的形象，让宋初夏对眼前的"大魔头"大伤脑筋。所以，上大学后，对于赵青禾的QQ还有微信，宋初夏的选择就是屏蔽拉黑，避而远之。

盖斌说的什么大赛，赵青禾压根就没听进去。不是赵青禾不想得奖金，而是盖斌高中时代就拉自己去参加过无数不靠谱的大赛，最后基本都以失败而告终。经常被拉去参加比赛这件事情的原因直到高中毕业才水落石出，原来盖斌一直乐此不疲地去给赵青禾报名，赚的从来都不是奖金，而是人头费，也就是说，赵青禾免费给盖斌做了三年的群众演员。当然，人头费全部被盖斌私吞了。

比如什么发模大赛，看似奖金不菲，实则就是免费给理发店在微信朋友圈中做宣传；比如食神大赛，得第一名领取奖金才得知，万元大奖是韩元，因为对方是韩国拉面，折合人民币五十块钱，还不够赵青禾买健胃消食片的；还有什么跆拳道交流赛，不管输赢都有钱拿，说好了是配合弱不禁风的女孩，结果被所谓的弱不禁风的女孩（一米八，两百多斤重），轻轻一挥手便是鼻青脸肿，最后得到的是一个印有跆拳道馆标识的茶缸，赵青禾用来喝中药。

有了之前种种惨痛的经历，换作谁都不会再去了，否则就是对自己智商的侮辱。按照赵青禾的话说，当年是高中，自己心智未开，受到了盖斌的蛊惑。作为盖斌异父异母的"亲兄弟"，自己心甘情愿去帮忙，但是现在大学分隔两地，赵青禾在长春，盖斌在青岛，即使自己迫于友情想帮忙去赢得几万元的大奖，也爱莫能助。

微信视频电话再次响起，赵青禾无奈接通。

"哎，青禾，不就是被老师批评一下嘛，顶多写个检查就是了。再说，你肯定没认真听课，接受老师批评是无可厚非的！我跟你说，科学技术才是第一生产力，我给你看看我这一亿像素的新手机，你看看！"

看到盖斌直接将镜头对准了对面宿舍，室友李传航和孙钦龙立马凑了过来。心情烦躁的赵青禾直接挂断了电话。即便如此，盖斌还是发了几张白天拍的超高清原图过来，还语音提示赵青禾放大来看，说如此才能看到照片的不同之处。

李传航和孙钦龙听闻更是围在赵青禾身边，丝毫没有要走的意思。

"行行行！你们这帮科技爱好者，满足你们这该死的好奇心！"

无奈的赵青禾只得登录电脑微信打开了盖斌白天在学校里摆拍的照片，照片放大尺寸后，手机像素优势尽显，巨大的文件甚至让赵青禾的电脑有些卡顿。

"看吧，你们自己看吧！"赵青禾将鼠标扔到一边，退出了微信躺在床上看起小说来。

李传航一边练哑铃，一边一寸寸地检查着原尺寸照片上的每一个像素。照片粗略一看，不过是盖斌在学校的自拍，这让孙钦龙大失所望。

室友是什么人，赵青禾很清楚。室友曾经老是偷用自己的洗衣液，这让赵青禾很烦躁。当一桶崭新的洗衣液没用几次就彻底没了之后，赵青禾愤怒地发誓要找出窃贼，而方法却简单到发指：闻一闻晾着的衣服味道就好了。当赵青禾挨个拿大家的衣服坐在床上，闻哪些衣服和自己的洗衣液一个味道的时候，结果定是大快人心，"人赃俱获"。可是，当赵青禾拿起孙钦龙的短裤闻的时候，室友恰巧从食堂回来了。在赵青禾这里，他是闻味识贼的侦探，但是在三个室友眼里，他简直就是个闻别人短裤的死变态！

所以，当有这么一个无下限的室友之后，做人好像也变得轻松了起来。李传航突然停下手中的哑铃，慢慢地放大照片的一角，回头看了看赵青禾贴在墙上的照片，又看了看电脑屏幕，与孙钦龙面面相觑。原来，他们在照片中发现了一个长得和宋初夏一模一样的女孩。

赵青禾从大一开始便不定期秀自己"女朋友"宋初夏，当然，这都是赵青禾一厢情愿的炫耀。除了贴在一边的照片，没人见过宋初夏真人长什么样，陈浩杰更是直言那女孩照片是赵青禾为了面子从网上下载的。赵青禾拿出了二人的合影回应了室友的质疑，所以大家在羡慕嫉妒恨之余也被迫天天看赵青禾炫耀墙上的"女朋友"的照片。

孙钦龙推了推眼镜赶紧抱着电脑滑到赵青禾面前询问："青禾，这不是你女朋友吗？"

可是躺在床上的赵青禾抬头看了看外面毫不在意，一是室友们有下雨天整蛊的传统，二是宋初夏在上海财经大学读金融专业，怎么可能会在山东青岛的北方技师学院呢？

孙钦龙坐在电脑椅上脚一蹬，又回到桌前看了看照片，还是觉得像。整蛊上当的人要在周末请大家吃大餐，这是宿舍里不成文的规矩，赵青禾之前被室友骗过无数次，所以他虽然很好奇但依旧咬牙忍住，不愿再次上当。

睡梦中的陈浩杰翻个身说了句梦话，孙钦龙抱起电脑坐在电脑椅上一脚蹬过去，他托住陈浩杰的头让他看着屏幕角落里的人，问像不像宋初夏。陈浩杰面无表情地嘟囔了一句不像，赵青禾放心地叹了口气，继续翻起了手中的小说。

陈浩杰躺在床上接着喃喃道："这哪能说像呢？这分明就是嘛！"

看着陈浩杰裹了裹被子，转身面朝墙继续睡觉，赵青禾方才半信半疑地用自己的另一个小号打开微信查看了宋初夏的朋友圈。为什么要用小号看？

没错，赵青禾早就被宋初夏拉黑了，而被拉黑的原因自然是自己酒后打电话没完没了地唠叨。醒酒后的赵青禾悔不当初。今天宋初夏的朋友圈并没有什么特别之处，只是发了几张飘满白云的晴空。想到现在还没到暑假，宋初夏应该在上海啊！但是当赵青禾看到电脑上模糊不清的轮廓时，他浑身的汗毛都竖了起来。

没错！那个人正是化成灰自己都不会认错的宋初夏！

盖斌正在楼顶用手机的超级远摄模式扫描着校园里每个角落，被赵青禾的视频来电差点吓坏了。赵青禾急不可待地要求盖斌将今天拍的所有照片发过来，而且是原图。赵青禾的表现极大地满足了盖斌的虚荣心，他打开相册，将自己拍摄的校园照片都发了过去。

图片发来之后，李传航一边练哑铃，一边不漏掉任何细节，结果自然不负众望，从盖斌发的原图中果然找到了更清晰的版本。

李传航激动地摆动着手中的哑铃，如同福尔摩斯附体，他同时对比了宋初夏朋友圈里的云彩和远处山体的轮廓，利用盖斌所发照片里的位置信息，打开街景地图，通过宋初夏所在位置的高度换算出远山的角度，最终通过山上的一座小亭子将二者的照片完全重叠。但这还不足以说明，宋初夏就在山东的青岛。通过放大宋初夏所拍摄的照片中的一架海南航空的飞机，李传航查询了那个时间点的所有海南航空的航班信息，最终确认了有一班海南飞往青岛的海南航空的航班，在宋初夏拍摄的时间点刚好出现在青岛的上空！这足以说明，此时的宋初夏就在山东青岛的北方技师学院！

激动的赵青禾赶紧将陈浩杰再次喊醒询问，陈浩杰眼都没睁就确定是，赵青禾扒开陈浩杰的眼皮强迫他再次查看几张宋初夏不同角度的照片，得到陈浩杰肯定的答复后，赵青禾方才相信眼前的事实。

陈浩杰之所以饱受感情之苦，是因为他有着常人无法比拟的特长，那就是看任何东西都能够比别人看得仔细且过目不忘。如果把人眼比作摄像头的话，大家用的都是标清摄像头来摄取差不多的数据，那么陈浩杰纵横各大院系则靠的是超高清8K摄像头外加高速处理器,他从不错过相遇三次以上的女孩,哪怕只是两年前的擦肩而过。

虽然赵青禾不清楚为何宋初夏会出现在盖斌学校的女生宿舍门口,但这让他兴奋不已。他激动地接过李传航手中的哑铃摇了又摇,然后又坐到孙钦龙的位置上拿起鼠标朝着游戏里的敌军大喊着猛烈开枪。

看到兴奋的赵青禾,李传航和孙钦龙疑惑不已,女朋友背着自己去了另一个城市,而自己却全然不知,这有什么好兴奋的呢?看着手舞足蹈的赵青禾,孙钦龙推了推眼镜看向了李传航。

而远在青岛的宋初夏从阳台上收拾完晾晒的衣服回屋,桌子上的手机也响了起来。是大学选修课老师邱飞打过来的电话。邱飞老师也是个传奇人物,他虽然是学计算机的,但是对于美食的热爱硬是让他在学校开了一门烹饪选修课。邱老师虽然其貌不扬还有些脱发,但是他有一个能够让所有人过目不忘的外号。如果把一个人的姓氏、星座和生肖连起来读的话,邱飞老师的名字就是"邱处鸡",这就是邱老师让人过目不忘的原因!

而让邱老师注意到宋初夏是一个偶然。第一次上课,宋初夏和其他学生坐电梯的时候,两个男生为了吓唬宋初夏,故意装神弄鬼。

"哎,你知道吗?刚才有鬼上了电梯!"

话音刚落,胆小的邱老师便吓得左顾右盼,但是宋初夏却脸不变色心不跳地说:"没有,是下了电梯,刚才那一层是生物实验室!"

宋初夏的话音刚落,开玩笑的两个男生被吓得紧紧地和邱老师抱在了一起,一头长发的宋初夏面无表情地走出了电梯。

得知宋初夏有烹饪天赋,邱老师极力推荐宋初夏参加匠心杯技能大赛,并为宋初夏办理了所有的参赛手续。邱老师详细询问了报到入住等情况,嘱咐宋初夏不要压力太大,顺其自然就好,毕竟是跨专业参加比赛,不要求有多大成绩,贵在参与。说到最后,邱老师仍不忘对宋初夏夸赞一番。他觉得选修自己烹饪课的人不是贪吃就是好吃,真正能做到更高境界的只有她一个。

同时邱老师还嘱咐宋初夏一个人在学校这边一定要注意安全，不要被无关人员打扰。面对邱老师的一片热心，宋初夏一一答应。听到有人敲门，宋初夏开门接过宿管送过来的烧水壶便点头挂断了。

同邱老师打完电话后，宋初夏将泡面拿出来，摆在了桌子上。

就在这时，门又响了，宋初夏开门，发现盖斌已经站在了眼前。瞬间，他又关上了门。

盖斌是赵青禾的死党，也是宋初夏的同班同学。但是因为赵青禾是宋初夏最讨厌的人，"厌屋及乌"，所以高考后大家再也没联系过。宋初夏只知道盖斌去了技校学理发，但不知道学校在哪里。看到眼前发型浮夸的小胖子，宋初夏感到特别意外，自己才刚来没几天，盖斌是怎么知道自己在这个学校的呢？或者说，刚才盖斌的闪现会不会是自己的幻觉？

盖斌一脸冷漠地看着宋初夏，然后关上门，他不相信站在眼前的那个女孩就是自己的高中同学宋初夏。盖斌拿起宿管阿姨的手往自己的脸上甩了几个巴掌，感觉到疼痛的盖斌本想开门，琢磨了下后看了看宿管阿姨，便鼓起勇气捏了捏宿管阿姨的脸。看着宿管阿姨面无表情地盯着自己，盖斌狠狠地踩了宿管阿姨一脚，宿管阿姨疼得龇牙咧嘴，狠狠地捏着盖斌的脸又用力踩了回去。直到这时，盖斌方才疼得大叫着再次打开了门。

要不是赵青禾告诉自己宋初夏在这里，盖斌简直不敢相信，高中毕业后，二人竟以这样的形式重逢。

盖斌大声地喊了出来："啊！你你你！你果然是！宋初夏！"

"盖斌！"

当盖斌喊出宋初夏的名字的时候，宋初夏也蒙住了。虽然宋初夏对赵青禾很是讨厌，但是在异乡见到老同学却还是莫名地亲近。看着盖斌哭丧着脸喊出了自己的名字，宋初夏开心地走过去拍了拍盖斌。

"什么时候来的啊？怎么也不说一声！一个人在这吃泡面？不行，走，我请！为你接风！"

盖斌像话痨一般说着，同时打量了屋子一圈，未等宋初夏回答，盖斌就拉着宋初夏走出了宿舍。

盖斌带着宋初夏一路从南到北穿过校园，然后七拐八拐又走到了校外的小吃摊。盖斌一路上一边滔滔不绝地给宋初夏讲述了高中毕业后来到北方技师学院的点点滴滴，一边拿着自己的新手机和宋初夏各种自拍合影。来到小吃摊后，盖斌又喋喋不休地介绍着眼前的小吃摊。

"初夏，你别看这个小吃摊毫不起眼，但是菜品绝对不输大酒店！今天盖公子买单，你随便点！"当然，盖斌不可能这么慷慨，这一切都是赵青禾买单。

盖斌这个话痨，未等宋初夏开口就一句接一句地说个没完没了，完全让宋初夏插不上嘴。直到菜上来后，宋初夏胃口大开。眼看着宋初夏戴上一次性手套认真地剥着麻辣小龙虾，动作麻利，盖斌方才放下手机，戴上手套，安静了下来。

二人埋头吃了好一阵子，盖斌才猛然抬头问："对了，初夏，你为何来技师学院啊？"

"我是来挣钱的！"

"快快！"

看到盖斌被辣椒油呛到了喉咙用颤抖的手指着杯子，宋初夏赶紧给盖斌倒满了一杯冰啤酒，二人碰杯一饮而尽。

"初夏，你一弱女子来技师学院挣什么钱？"

宋初夏笑了笑说："其实啊，我是来参加比赛的！挣的是奖金！"

盖斌嘬着指头上的汤汁示意宋初夏继续说下去，看到盖斌完全把话语权交给了自己，宋初夏便娓娓道来。

盖斌一旦吃起来，给对方的回应就只剩下面部表情了。

"是，你也知道我学的是金融，但是我家里是开餐馆的。虽然在城乡接合部的胡同里，店面也不大，但是生意一直很不错啊！"

"嗯嗯……"

宋初夏对烹饪的爱好得益于父亲宋浦生经营的餐馆。很多饭店的厨师都有着相似的面貌，但是宋初夏的父亲完全就是一副文人的样子，留着两撇小胡子，瘦瘦的，文质彬彬。如果不是亲眼所见，你都不敢相信那是在后台煎炒烹炸的大厨。如果用一个词语形容宋浦生的话，那就是书生气。他拥有大多数厨师不曾拥有的书生气，坚毅而不油腻。如果你亲眼看他做刺身，那手里的刀就如同文人手里的笔一样儒雅。

作为大厨，宋浦生从未踏到前台半步，从来都是宋初夏的母亲彭文静在张罗。当然，宋初夏也是餐馆经营不可或缺的一分子。每当放学或者假期，宋初夏摇身一变，成为彻头彻尾的"小老板"。毕竟，这家餐馆的名字就叫作初夏餐馆。

宋初夏从小便遗传了父亲的优质基因，对于做饭有着与生俱来的敏感与天赋。据说小时候抓周，宋初夏毫不犹豫地越过了父亲摆放在身前的物品，径直爬到了远处的桌前抓了一把菜铲，这让宋浦生气得三天都没开张。宋浦生觉得，自己只会做菜，不善与人交谈，所以他希望女儿不要再走这条路，能够做一些体面的工作。宋浦生发现，前来吃较贵菜品的客人大都从事金融行业，所以宋浦生很早给女儿灌输的就是要和钱打交道，只有这样才能过上富足而美好的生活。

不得不承认，很多东西都是一脉相承的，而对烹饪的天赋早已伴随着初夏餐馆写入了宋初夏的基因里。虽然宋浦生绝不让宋初夏踏进后厨半步，但是宋初夏依旧表现出了一个吃货对食物的极大热情。即便宋初夏大学学的是金融专业，专业课程门门成绩优异，也依旧掩饰不住她做饭的才华。

"可是你们学校并没有烹饪专业啊！"盖斌不解地问。

"是没有，是邱老师找的我！"

"老师找你？"

"嗯，烹饪选修课！"

邱老师的选修课报名的人很少，所以他为了不让别人看笑话便亲自招揽学生。而在上海财经大学，真正让宋初夏一战成名的是那道经典川菜——红烧小Q！

胖妞室友姚文雪平日里老挂科，从大一下学期便心血来潮从学校的人工湖里抓了一条锦鲤起名小Q，喂养得肥肥胖胖的，祈祷能够给她带来好运。小Q也不负众望，成长迅速。可是这天，大家上课回来却发现小Q不知道什么时候自己跳出鱼缸，牺牲了！

姚文雪悲痛欲绝，非得要厚葬小Q，而且是火葬。因为按照小雪的话来说，她不能让野猫野狗欺负小Q。正当大家将小Q放在火上烧的时候，谁能想到，烧着烧着就传来了香味。就这样，一场送别仪式戛然而止。

宋初夏将小Q带回宿舍，三下五除二就给处理了。宋初夏刀功了得，开膛破肚，每一步都被室友用手机记录了下来。想起宿管门前种了一排茄子，宋初夏特意吩咐室友姜小蕾去摘几个，哪承想，书呆子姜小蕾竟然将宿管阿姨种的茄子全都摘了回来。

宋初夏按照步骤，将茄子打底放入锅中，然后将小Q放到上面加上矿泉水还有半块火锅底料，最后坐等姚文雪打饭回来。

宿管王阿姨到了饭点，剁好了肉馅儿打算炸茄盒，却发现门口的茄子了无踪影。王阿姨查看监控，很快就找到了窃贼的踪迹。虽然学校明令禁止宿舍里私用电器开小灶，但是也防不胜防。只见王阿姨吃着棒棒糖叉着腰站在电表箱前，通过电表跳动的频率观察哪个宿舍正在使用大功率电器。显然，宋初夏所在的517宿舍有重大嫌疑！多年的斗争经验让宿管王阿姨深知查寝的艺术，她并没有亲自动手，而是直接打电话喊来了校学生会纪检部来查寝，自己只需要坐在屋里等着收获战利品即可。

小雪还没打饭回来，香味已经飘窗而出了。宋初夏看了看时间，示意可以拔掉电源了，但是要焖上二十分钟方能入味。香味让每个人都直流口水，但是众人只得慢慢等待。

学生会会长张娜嘉是个厉害角色，美丽而冷艳。她很快带领众多大一刚入会的新生来到了电表前。看到电表走速不正常的宿舍，张娜嘉让新生记好，便风风火火前去"围剿"。有的宿舍在煮泡面，有的在煎牛排，有的则在煮水饺，还有一个宿舍干脆在涮火锅。宋初夏的这个宿舍则完全是个意外，因为大家路过门口的时候是闻着香味找过来的。虽然宋初夏将锅藏在了厕所里，但是依旧掩不住那诱人的香气。

张娜嘉径直走进厕所将电饭煲端了出来，面对着眼前的"人赃并获"，室友姜小蕾和毛希萌毫不犹豫地出卖了宋初夏。张娜嘉打开电饭煲，一股香味让众人直咽口水。宋初夏的红烧锦鲤做得很成功，打底的茄子充分吸收了作料和汤汁，在底部结成了薄薄一层锅巴，鱼肉吸收了汤汁的精华。就在小Q将要被端走的时候，姚文雪从食堂打饭回来了。看到众人堵在宿舍里，姚文雪大惊失色，影后附体的她跪在地上哇哇大哭了起来。

"我的小Q啊，你好命苦！你们为什么这么残忍，还是不是人？！你们为什么嫉妒我的美貌与才华杀死了我的吉祥物啊？！哇呜……"为了保住眼前的晚饭，姚文雪贡献了影后级的表演。

众人看到姚文雪歇斯底里的哭诉，走也不是留也不是。但是电饭煲被胖子姚文雪紧紧抱在怀中，众人也不好再去拿回。姚文雪之所以如此动情，是因为她在打饭回来的路上刚刚得知考试又挂科了，委屈的她不禁悲从中来，将心中的不快统统发泄了出来。

尽管宋初夏一再解释小Q是自己从鱼缸里跳出来的，可是醉翁之意不在酒，心领神会的姚文雪依旧大哭不止。得知宋初夏用的鱼是姚文雪的宠物鱼，新入会的纪检部会员纷纷指责，张娜嘉看姚文雪哭得伤心，无奈之下只得记录下来，把小Q留在了宿舍。

"我要厚葬你啊，小Q！谁都不能把你带走！"

看到众人已走，姚文雪立刻停止了哭泣，她假装若无其事地站了起来，走到桌前拿了几张卫生纸擦了擦眼泪。姚文雪的情绪控制让众人直竖大拇指，按照她的话来说就是："爱情诚可贵，友情价更高，在吃饭面前，填饱肚子最重要！我知道不押韵，但是这不重要，重要的是对美食的态度就是对生活的态度！"

姚文雪小心地打开了电饭煲，一阵浓香扑面而来。茄子和小Q的鲜味与椒麻香味完美搭配在了一起。看到姚文雪情绪稳定，众人端着米饭拿着筷子围在一边安慰着。

"小雪啊，挂科了可以补考，小Q走了也可以再捞一条嘛！我宣布，告别仪式正式开始！"宋初夏笑嘻嘻递过来一双筷子。

所谓的告别仪式就是宋初夏拿出一包泡菜，毛希萌为姚文雪递过了纸巾，姜小蕾则开了四瓶芬达汽水。

看到姚文雪下不了决心，宋初夏安慰道："小Q可是锦鲤，让它的灵魂和运气留在我们身体里岂不是更好？！"

姚文雪想了想，觉得很有道理，于是颤抖地吃了一口，看到宋初夏什么话也不说，又吃了第二口。就这样，四人碰杯，小Q的告别仪式伴随着泡菜和白米饭隆重举行。吃着吃着，大家便说说笑笑起来！

宋初夏从未让大家失望过，这简直是难得的美味。考试挂科的阴霾伴随着小Q的下肚，一扫而空，姚文雪甚至想多捞几条鱼养起来，这么一算比下馆子划算太多了，最关键的是自己养的鱼和偷来的茄子味道更好！

"茄子把肥鱼的油脂吸收，在茄子被油脂烹炸之前，它甚至还以为自己正挂在树上，贪婪吸收着小Q肥美的灵魂。电饭煲的功率不大，正好适合文火慢炖，点缀在锅底的干辣椒则缓慢释放着自己饱经风霜的余韵。这道菜的关键也在于你！小雪，你和学生会扯皮的那段时间，断掉外热，水汽让食材自我融合，这是小Q对食材最后的点睛之笔！来，干了！"宋初夏滔滔不绝地说出了自己对这道菜的理解。

正在四人再次碰杯的时候，门外又传来了敲门声。待到宋初夏小心翼翼地开门时，却发现宿管王阿姨端了碗白米饭拿着筷子面无表情地站在了门口。四人面面相觑，做贼心虚的姜小蕾更是吓得手抖。对峙几秒后，王阿姨将手里的几根黄瓜递到了宋初夏面前，不好意思地笑了。

就这样，四人晚餐变成五人。宿管阿姨坐下尝了尝不禁啧啧称赞，直夸宋初夏手艺好。宋初夏则谦虚地说都是王阿姨种的食材好，搞得大家尴尬不已。就在这时，门外又传来敲门声，原来刚才查寝的学生会成员在张娜嘉的带领下又杀了个回马枪。

因为让人印象深刻，所以宋初夏被作为典型全校通报批评。然后，宋初夏抱着电饭锅和室友站在一起的照片贴满了整个校园，一道"红烧小Q"让宋初夏在学校一战成名。也正是因为如此，选修课的邱飞老师才发现了宋初夏这个烹饪天才！不但主动联系她选修自己的烹饪课，还极力推荐宋初夏参加匠心杯技能大赛！若是她能够通过选拔，最后还有可能参加技能界的奥林匹克——世界技能大赛！

"匠心杯技能大赛？"盖斌歪着头琢磨了下，他用纸巾擦了擦手，从口袋里拿出手机，打开相册找到了校园里挂的条幅的照片摆在宋初夏面前问道："是这个比赛吗？"

"嗯，没错！你们技师学院是分会场！"

"哎，初夏，北方技师学院可是以挖掘机炒菜名扬四海，你来这里参加什么金融比赛吗？我也没看见什么分会场啊？"

"我参加的可不是金融，你忘了，高中时候，我带的便当是班里最好吃的！"

"当然当然，不瞒你说，你丢过几次便当，都是我和青禾一起偷吃的，嘿嘿！"

"你……"直到此时，宋初夏才恍然大悟。

"哎，别生气啊！我这回不请你了嘛！"盖斌看了看手机里的照片恍然大悟，"哎，你该不会是参加烹饪比赛吧？"

"嗯，谁规定学金融的就不能参加烹饪比赛了？技能大赛比的就是技能，你们学挖掘机啊、炒菜啊、理发啊都可以报名参加的！"

"初夏，不是我说你，几年不见，你这也太狂了！"

"人不疯狂枉少年，我可不想大学的回忆里就只有教室、食堂、宿舍三点一线！"

高中时代，宋初夏的便当是全班最好吃的，大家都以为是因为她有一个大厨老爸。班里的尖子生竟然对做饭感兴趣，这个反差实在是超出了盖斌的想象，若不是宋初夏亲自解释，他打死都不会相信。

"你们那项目赢了比赛能得多少钱啊？"盖斌假装漫不经心地问。

"不多，也就六十万吧！"

"六十万？"

当宋初夏说出六十万的时候，盖斌猛地一惊，吓掉了手里的蟹钳。

"为什么赛车项目只有六万啊？"

"我说的是最终奖，技能大赛！要比当然要比到最后了！"

"初夏，如果你有信心能赢，那可是一笔巨款啊！"

盖斌专科三年学的理发，虽然马上就要毕业了，但是他却不愿做这种辛苦的活，而是幻想着能够一夜暴富。之前让赵青禾报名参赛只是为了赚个辛苦钱，没想到这次比赛奖金如此丰厚。求财无门的盖斌显然发现了致富的门路，他嘬了嘬手指赶紧拿起桌子上的啤酒给宋初夏倒上。

看着宋初夏端起扎啤杯一饮而尽，面不改色心不跳的样子，盖斌也不想落下风，硬着头皮一口闷下了一瓶。盖斌只知道宋初夏学习好，但是他不知道的还有很多，除了烹饪技艺，宋初夏的酒量也是完完全全遗传了父亲宋浦生，千杯不醉。

"盖斌，喝不下就别勉强啊！我也没劝你酒！"

"那……不行！我就是吃顶了……"盖斌接连打了几个酒嗝，看着杯子底剩下的几口啤酒惆怅不已，胃里早已翻腾起来。

要不是被同门师兄涛尼还有凯文遇到，估计盖斌最后都得倒在桌子底下。

涛尼原名王海涛，是盖斌美发班的师兄，学了几届都不愿毕业，因为他一直觉得做理发师一定要像一名剑客，只有悟出了道方能出师。学校怕影响声誉，所以后面干脆给涛尼免了学费。涛尼虽然其貌不扬，但是在美发班声誉颇高。毕竟留校多年，自然是技艺超群，很多校外的顾客也纷纷来到涛尼的校园小店理发。

盖斌则比凯文晚来几个月，虽然只是几个月，那盖斌也当之无愧排名第二。凯文原名就叫李凯文。凯文长得比较秀气，平日里话不多，但是穿着时尚。按照他的话讲，之所以来北方技师学院，是因为这个学校允许另类的时尚存在，所以凯文经常留着最时髦的发型发色，穿着最吓人的时装。凯文的着装打扮不仅跳脱了空间的限制，更是纵横古今，所以人们时常会看到一个身着古装手拿宝剑的人在校园里翩然而过，不知道的以为是演员走错了片场。

如果说涛尼是没有悟出理发师的真谛，那么凯文就是喜欢这个可以尽情展示自己、包容自己所有叛逆精神的舞台，至于盖斌，纯粹就是佛系青年，怎么开心怎么来，一切随缘，混日子罢了。涛尼、凯文、盖斌，三个怪人因为理发专业凑到了一起被并称为北方技师学院的洗剪吹三人组！

虽说是洗剪吹三人组，三人表面惺惺相惜，但也只是共患难不能同享福的那种相爱相杀。

盖斌站起身，脚踩着凳子，仰着头在那小口喝着酒，气势十足。二人看到桌子上的虾兵蟹将，嘴里的煎饼果子瞬间不香了。特别是盖斌对面坐着的是一位美少女，这让二人瞬间愤怒了起来。

看到盖斌硬生生地咽下去最后一口，站在那里左摇右晃想吐，涛尼二话不说吃完手里的最后一口煎饼果子顺便将残渣全部倒进了嘴里，怒气冲冲地朝着盖斌走过去。

"该死的盖！"

说时迟，那时快，待到盖斌听到涛尼声音的时候，涛尼早已冲到了身边抡起了拳头朝着盖斌挥了过来。

"不……要……"

醉酒后的世界在盖斌眼中都成了慢动作，他眼睁睁地看着涛尼朝着自己的肚子上狠狠来了一记左勾拳。

"我打！"

此刻的涛尼如同李小龙附体，看到盖斌咬紧牙关瞪大了眼睛愣是没有反应，涛尼还用力在盖斌的肚子上钻了几下。

"重色轻友之guy（家伙，与'盖'谐音）！我去……"眼看没什么效果，凯文倒退了几步，从后侧包抄，猛地一记流星锤砸在了盖斌的背上。

看到眼前突然冲出来的两个造型奇特的陌生人对着盖斌就是两锤，宋初夏吓了一跳。未等宋初夏开口，盖斌胃里翻滚的啤酒再也忍受不住寂寞，原本三瓶啤酒酒量的盖斌终于爆发了，伴随着"哇"的一声，一道喷泉从盖斌的嘴里喷射而出。

你可以想象，两个打扮怪异的人蹲在一左一右，盖斌站在那里吐，受到惊吓的美女坐在对面。这种画面，是多么好的上热门素材，路人纷纷拿出了手机拍摄。

要不是身边围观的人在拍摄，涛尼和凯文早都忍不住吐了出来。但是，洗剪吹三人组怎么会放过任何一个出彩的机会呢？涛尼和凯文愣是等盖斌吐完坐在了凳子上，方才起身坐在了桌子边上。

宋初夏拿了纸巾，面无表情地站起身去了洗手间。

"哎，盖，吃大餐也不喊兄弟一声？老板，加两副碗筷！"涛尼把不要脸的技能发挥到了极致，接过老板递过来的碗筷将散落在盘子里的残渣挑到一边吃了起来。

"什么时候交的女朋友，偷偷摸摸地就出来约会了？"凯文认真地看菜单。

清醒后的盖看着二人，严肃地说："你们摊上事儿了，摊上大事儿了！她不是我女朋友！"

待到涛尼和凯文转头看时，却发现宋初夏走到老板灶台附近，手里拿起了刀和老板边比划边交谈着，老板思考片刻从灶台下拿出一把锤子递了过去。宋初夏将散落的披肩发扎起，拿着羊角锤大步流星地朝着洗剪吹三人组走了过来，站在了桌子边上。

直到此刻，宋初夏才得以仔细打量眼前的二人。万年留级生的涛尼看起来很老，而且有点丑，没人知道涛尼的真实年龄是多少，因为他的虚岁真的很虚。虽然是理发店的头牌，但是却留着锅盖头，整齐的发梢好像用尺子量过一样，围绕着脑袋一圈。凯文相对而言就洋气很多，穿着一条几乎破完了的牛仔长裤，要不是大腿两侧的那条裤线，真的看不出和没穿有什么区别，打着耳钉，留着酷酷的柠檬黄色长发。相比话痨盖斌而言，凯文几乎就是哑巴，倒不是因为凯文不愿说话，而是他觉得在女生面前要装酷才行，话多了就显得没那么酷了。

宋初夏一脚踩在自己的凳子上，像是班主任审讯三个犯错的中学生。

看见涛尼手里夹着蟹钳的筷子直抖，凯文则狠狠地掐了盖斌的大腿示意盖斌赶紧解围。

宋初夏拿着羊角锤猛地朝涛尼伸了过去，涛尼以为要打他，吓得大叫丢掉筷子，双手赶忙去挡。

"女侠饶命！"

看到涛尼滑稽的样子，宋初夏哈哈大笑着说："吃螃蟹一定要砸碎了才方便嘛！你们好，我是盖斌的高中同学宋初夏，很高兴认识大家！"

看到宋初夏笑着打招呼，涛尼看了看盖斌又看了看凯文，便接过了宋初夏手中的羊角锤，一副惊魂未定的样子。

"哦，你掂，我是盖斌嘅大哥，我叫涛尼！"（掂，粤语，意为做得非常好。嘅，意为粤语"的"）

涛尼刚一开口，盖斌就差点又喷了出来。涛尼明明是河南人，他却用一口很蹩脚的广东话和宋初夏打招呼，这让盖斌很不习惯。

"喂，涛尼哥，你不必这样吧？人家有男朋友的！"

"嗰（这）有乜（什么）关系？你难道唔（不）知道第一印象很重要嘎（啊）？！你睇睇（看一看）人初夏，我呢（这）辈子也忘唔（不）掉咗（了）佢（她），睇（看）到羊角锤我都会谂（想）起佢（她）！"

涛尼的广东话让众人都起了鸡皮疙瘩。

看到眼前的两个活宝，宋初夏笑着说："谁说的，我没有男朋友！"

听到宋初夏的补充，凯文赶紧抽了纸巾擦了擦手，站起来和宋初夏握手，笑着说："你好，我是凯文，我和你一样，也没有男朋友！"

"行了行了，我们都要收尾了，赶紧吃点剩菜剩饭得了。"盖斌深知二人不是省油的灯，赶紧打断了二人。

"那怎么能行，有朋自远方来，不亦说乎？！要不是店里有客户，我早就来陪初夏了！凯文，快，点菜点菜！"

"老板，菜单上标注的再来一份！"

未等盖斌张口，凯文早有所准备地将菜单递给了老板。

涛尼确实没有说谎，他有强迫症，在他手里的客户，每根头发都是自己的想法。一个完美的发型必须是360°无死角才可以出门，否则除非天塌下来，客户想走都不行。虽然说起来好像有些变态，但正是因为涛尼这该死的强迫症才让他名声大噪。

正所谓惺惺惜惺惺，盖斌虽然理发技能很一般，但是他嗅觉灵敏，是十足的吃货，任何顾客来理发，只要盖斌贴头发上稍微闻一下，就能知道顾客上一顿饭吃的是麻辣烫还是烧烤。除了给顾客搭配合适配方的洗发水之外，盖斌还会推荐顾客去比较好吃的馆子，十足的吃货顾问。凯文则会在最后推荐最新的流行元素，给客户一些关于穿着打扮上的建议。洗剪吹三人组缺一不可，名声在外。

"六十万？"

听闻参加技能大赛奖金如此丰厚，洗剪吹三人组大受鼓励，打算也组队报名参加美发大赛。

其实盖斌一开始就鼓励过最具实力的涛尼报名参加,目的就是为了赢得巨额奖金,但是涛尼留校那么多年,一直没有信心,惧怕失败,其本质就是缺乏勇气。看到宋初夏出于热爱,都千里迢迢赶来参加比赛,涛尼决定也试一试。

几杯酒下肚,四个怪人很快便打成了一片。

"初夏,你别光看啊!赶紧吃!"涛尼殷勤地将新上的菜不断往宋初夏碗里夹。

"我在减肥,而且刚才已经吃饱了!"宋初夏盛情难却,只得频频喝酒。

"我跟你说,附近的餐馆就这家手艺好,几天不吃就忍不住!"看到涛尼吃得欢,盖斌说完拿着锤子对着他面前的蟹钳来了一锤子,示意二人赶紧结束。

"别挤眉弄眼的,我这才刚吃没几口,你要是着急你先走!"

"王海涛,我给你脸了是吧!要不你买单?"

"叫我涛尼老师,别没大没小的!不就吃几个香辣蟹嘛!"

看到三人的样子,宋初夏笑着说:"小女子初来乍到,希望大家多多关照!后面集训选拔赛将会一直在北方技师学院进行,期望我们都能够在选拔赛上脱颖而出!来,干了!"

眼前的三个活宝让宋初夏胃口大开、心情大好,好久没有这么放松过了,她端起酒杯一发不可收。

"盖斌,来,我单独敬你一杯!"

"初夏,别喝那么多了,你之前也没说你酒量那么好,我这都吐一回了!"

看到盖斌有些为难,宋初夏豪迈地说:"那我先干为敬!你喝一半儿就成!"

看到宋初夏一饮而尽,盖斌有些难为情地拿起酒杯。

"喝不了别勉强啊!"

看到涛尼在一边冷嘲热讽,盖斌将杯子推了过去:"你行你来!"

"我不能抢你风头不是?"

未等涛尼说完，宋初夏拿过盖斌的酒杯一饮而尽，看得三人目瞪口呆。

"痛快！盖斌，我跟你说，我来参赛这件事，谁都不知道，你一定得替我保密，千万不要在朋友圈中张扬。"

盖斌难为情地笑着点了点头，但是即使这样，宋初夏还是借着酒意说出了自己对赵青禾的不满。

"我没别的意思，我就是防着赵青禾，我知道你俩关系好，但是我这辈子都不想看到高中时代的这个噩梦再次走进我的生活！"

远在东北长春工业大学的赵青禾，正在宿舍里看着盖斌发回来的宋初夏的原图和桌子上的饭菜傻笑。但是不知为何，他放下了手机看着灯泡，接连打了三个喷嚏。

"不行，你得发誓！发毒誓！"宋初夏知道盖斌是赵青禾的发小兼死党，所以不依不饶。

"初夏，没必要这么夸张吧！"

"你喝酒也行。老板，再来一打啤酒。"

看着桌子上的啤酒，盖斌只好打开了朋友圈，看到朋友圈中的点赞，盖斌差点惊掉下巴，这是他有史以来受到点赞最高的一条。平时的朋友圈点赞也就十三四个人，而这一条竟然有五六十人点赞，理发班的同学都以为盖斌找了女朋友，纷纷跑来起哄留言，这让盖斌十分不舍。

"初夏，干吗动不动就发誓，毕竟都是同学一场，至于吗？"

"你该不会已经把我出卖了吧？"宋初夏说着夺过了盖斌的手机。

就在宋初夏夺过手机的一刹那，盖斌将朋友圈删除掉了，在宋初夏羊角锤的威逼利诱下，盖斌无奈地紧闭双眼发了誓。

"我发誓，绝不把你报名参赛的事儿告诉赵青禾。如果告诉了，就让老天罚我吃不到麻辣小龙虾！"看到鼻尖上的锤子，盖斌支支吾吾地说着，"初夏，差不多了吧，都那么熟了，应该不用说出门被车撞什么的吧？"

"你自己看着办！"

"如果泄露，我出门被车撞，行了吧？初夏，赶紧坐下吧！你这样我有点不太习惯！"

"好嘞！"看着宋初夏踏实地坐在凳子上，盖斌十分为难地给赵青禾发了一条信息：超预算了，加钱！

"那个赵青禾是谁啊？让初夏那么痛恨，如果这个人再来骚扰初夏，洗剪吹三人组绝不会放过他！我非得把那小子打得屁滚尿流不可！"

"对……"涛尼的豪言壮语让盖斌十分尴尬，不得不应付着。

"就是高中时候的一个同桌，十分讨厌。他是我青春里最讨厌的人，简直就是我的噩梦！"

"那我就是噩梦终结者。初夏，不瞒你说，我看你现在的发型，左右有点不对称不协调，我有强迫症，我必须今晚就要为你处理了，一会儿吃完饭去店里转转怎么样？"

"行！"盛情难却，宋初夏爽快地答应了。

此刻的赵青禾拿着宋初夏和盖斌的合影在宿舍里正炫耀着，室友们本就怀疑赵青禾的女友给他戴了绿帽子，这一举动让众人尴尬不已。

"发朋友圈了！看看，高中同学全都来评论了。什么盖斌女朋友，明明是我'女朋友'好吧！哎！怎么把朋友圈给删了！"

看到赵青禾执迷不悟的样子，孙钦龙只好委婉地在电脑里播放着《她不爱我》《我爱你你却爱着他》《分手快乐》等歌曲，可是赵青禾却依旧沉浸在发现新大陆的兴奋中。

"原来如此，原来如此，我就知道事情没那么简单。"伴随着盖斌一条条的信息发过来，赵青禾终于明白了宋初夏此行的目的。

"不行，兄弟们，我得'杀'过去了！"

看到赵青禾手忙脚乱地收拾行李，陈浩杰从床上坐起来语重心长地说："青禾，失恋了没关系，用不着离家出走。我也是今天才知道，我前女友跟我最好的兄弟好了。呜呜呜……我只想把自己灌醉，可是我酒量太好了，呜呜呜……"

陈浩杰说完，孙钦龙又换了一首莫文蔚的《这世界有那么多人》，李传航边玩哑铃边将音响的声音放大。

李传航小心翼翼地说："青禾，你说会不会存在这样的一种可能，盖斌撬了你的女朋友，然后他俩约会的时候被你发现了？"

听着陈浩杰的哭诉，伴随着音响中传来的歌词，赵青禾仿佛明白了些什么，他坐在上铺的床上，手里的衣服掉在了地上。

"不可能！我俩从小一起长大，他不是那样的人。"

"或者说，他那样起来不是人？"孙钦龙推了推眼镜小心提示着。

"如果他要是真这样，我诅咒他出门就被车撞死！"赵青禾愤怒不已。

陈浩杰转过身看着上铺的赵青禾，停止了哭诉，手指着赵青禾说："一个女孩而已，没必要这么诅咒自己兄弟吧！"

"你们不懂，宋初夏可是我全部的青春啊！不，准确地说，是青春发动机！"

不知道是不是谎言被重复两遍就成了真理，还是毒誓不能随便发，当大家结完账往回走的时候，盖斌晃晃悠悠地起身才走了没几步，便被一辆着急赶来取餐的外卖小哥的摩托车撞出去几米远。

看到外卖小哥和盖斌都没什么事，大家方才松了口气。因为刚才盖斌确实对宋初夏撒了谎，所以当涛尼和凯文想拉着外卖小哥不放的时候，盖斌也阻止了二人。盖斌心里还暗自庆幸，得亏是摩托车来撞自己，要是一辆汽车过来，自己小命不保。

看到盖斌若无其事地走了，这让涛尼和凯文十分不解。若是换作平时，盖斌非得上前理论理论。

盖斌先是带着宋初夏来到了理发教室，打开教室的灯，长长的一排全都是理发座位，像是一间大型的健身房。宋初夏去过的最大的理发店也不及这里的十分之一，这让宋初夏十分震撼。参观完自己的教室后，四人走到校园里的一间理发店门口，上面写着"同学理发店"，这里就是涛尼学长盘下来的小店。店面虽然不大，只有两三个座位，但是很温馨。

涛尼老师酒后灵感迸发，他如同舞蹈般的操作让宋初夏笑得十分开心。涛尼老师的技术真不是吹的，他手里的剪刀如同浪子剑客手里的剑，伴随着多余的头发落到地上，宋初夏平凡无奇的发型一下子变得时尚且漂亮了起来。盖斌带着宋初夏走到了旁边洗发间躺下，先是给宋初夏来了二十分钟的头皮按摩，舒适的头皮SPA让宋初夏直竖大拇指。

看到理发店里的灯还亮着，慕容枫想了想便也走了进来。慕容枫的头发倒也不长，但是他后面和侧面的头发稍微一长，他就觉得很不舒服。因为是常客，所以涛尼拿起电推子只是把两边和侧面推了一下，一张英气逼人的脸就出现在了镜子里。虽然涛尼老师十分应付，但是慕容枫却丝毫没有抱怨的意思，因为他在这理发是不用花钱的。说来话长，一次涛尼在女顾客面前吹牛说自己常年剪发，练就了麒麟臂，谁能赢了他可以免费给他理一辈子的头发。未等涛尼反应过来，慕容枫便径直坐起身拉住了涛尼的手。骑虎难下的涛尼只得和慕容枫掰手腕，结果可想而知。就这样，慕容枫凭实力硬是从涛尼这只铁公鸡身上拔走了一根毛。

看到盖斌还在和宋初夏唠叨个没完，凯文只好带着慕容枫走了过去。

慕容枫和盖斌是同一年入学，但慕容枫和盖斌分属不同的院系。技师学院的很多新生玩心都很重，而慕容枫却堪称学霸级的存在。虽然一来就被冠以校草的名号，但是慕容枫平日里很少和别人交流，一头扎进了他所在的汽修学院里。平日里除了在课堂上，很少有人能够在校园里找到他。甚至有很多女孩会专门在上课的路上拦住慕容枫索要微信，但是慕容枫一般会选择绕道，不管是谁都不为所动。

慕容枫躺下闭着眼，忙活了一天，流水声让他浑身放松。听到对面盖斌喊着宋初夏的名字问舒不舒服，宋初夏爽朗的笑声让慕容枫仿佛回到了那年夏天。

高二那年暑假，慕容枫去江边做志愿者捡垃圾，远远地看到了一个女孩在那和朋友一起叫着闹着，同时用力甩出了一个漂流瓶。江风吹过那可爱的短发刘海，一脸的青涩稚气。那个夏天的江风，还有女孩爽朗的声音是慕容枫高中生活最初的美好。女孩走后，慕容枫捡起了那个并未漂远的漂流瓶。

既然是赔钱的买卖，凯文自然不会多么用心地洗头。伴随着凯文的水停，慕容枫回忆里的水浪声也戛然而止。他侧过头慢慢地睁开眼打算起身，但是，凯文身体挪开的时候，他却发现，对面躺着的女孩也睁开眼看着自己。时光仿佛倒流了，慕容枫分不清楚自己有没有在做梦，因为眼前人正是当年夏天在江边遇到的女孩。盖斌的一番按摩让宋初夏放下了疲惫，当她睁开眼看到对面一个帅气的男孩的时候，不知道为什么，宋初夏心里有一种莫名的悸动。宋初夏起身离开，盖斌接过给慕容枫洗头的活。慕容枫认为自己太累了，产生了幻觉，毕竟，怎么可能会在这里遇到那个女孩呢？盖斌的按摩也让疲惫的他闭上了眼睛。

凯文给宋初夏吹头发的过程中，她在脑海中仔细回忆着是不是之前在哪见过这个男孩，时不时地用眼角瞥向那边。吹完后，涛尼围着宋初夏转了一圈，360°无死角检查了一番才点了点头。学校的熄灯铃响起，宋初夏脸色骤变，她看了看墙上的时钟，赶紧慌张起身。

"涛尼、凯文、盖，我先回了！明天再聊！"

"初夏，你等我会儿，我马上就洗好了！"

"不了，不了，熄灯铃响了，我先回宿舍了！"

宋初夏打了个招呼便慌忙离开，留下了疑惑的涛尼和凯文，因为在他们看来，技师学院的熄灯铃顶多就是告诉大家几点了而已。而在宋初夏看来，那就是军令。

看到盖斌走出去，慕容枫擦着头，看到脚边宋初夏遗落的饭卡，想了想便拿起装进了自己的口袋。

吃好喝好还美美地理了发洗了头，回到宿舍，宋初夏舒舒服服地躺在床上。闭上眼后，脑海中却不断浮现出刚才那个男孩的眼神。可以肯定的是，这个人自己是第一次见，但是给宋初夏的感觉却是久别重逢般熟悉，对视时的眼神仿佛有一种一眼万年般的感觉。

疲惫的一天让宋初夏很快便睡了过去，睡梦中，那个帅帅的男子再次出现在了自己的脑海里。她梦见自己被慕容枫拉着来到了海边的工地，宋初夏站在挖掘机的挖斗里，慕容枫操作挖掘机的挖斗将她举得很高，慕容枫随后爬到里面，二人一起坐着看向远处海边的日出。

朝阳和海浪，一切都美得那么不真实，正当梦里二人打算接吻的时候，那个噩梦般的赵青禾却走进驾驶舱将二人拉了下来。

"宋初夏！你给我下来！老师说了不能早恋！宋初夏，给我下来！"赵青禾气急败坏地喊着宋初夏，让宋初夏大伤脑筋。

"赵青禾，你给我滚！我已经高中毕业了！你还有完没完，毕业了你都不让我清净！"

宋初夏翻了个身想在梦中摆脱赵青禾的纠缠，却没想到赵青禾的喊叫声越来越大，当宋初夏再次转身去同慕容枫接吻的时候却发现，慕容枫早已不见踪影。

宋初夏从床上猛然坐起，一脸起床气。听到有人用小石子砸着自己的窗玻璃，朦胧中，宋初夏拉开窗帘看向窗外。如果不是自己刚睡醒的话，宋初夏简直不敢相信，站在楼下喊着自己名字的竟然是赵青禾！

"宋初夏，你给我下来！快下来啊！"

看着赵青禾在楼下又跳又叫，宋初夏一度以为自己做了梦中梦。她趴在窗前看着赵青禾不屑地自言自语道："我就知道做梦也会遇见这个魔鬼。没想到，他还是打扰了我的好梦！唉！"

宋初夏说完拉上窗帘重新回到床上，看起了手机。因为开了免打扰模式，所以宋初夏直到此时才发现手机里竟有高中同学们发来的无数条信息。班级群里也吵得沸沸扬扬，多半是说希望宋初夏还有盖斌和赵青禾比赛能够有好的成绩之类。还没看完的时候，手机没电自动关机了，宋初夏无奈地感慨，梦里还要给手机充电。宋初夏插上充电器的时候，一只蚊子狠狠地叮咬了宋初夏的腿，宋初夏猛地一拍将蚊子拍死。看到自己腿上红红的蚊子血，宋初夏才明白，自己并没有活在梦中，青春里最讨厌的那个人——赵青禾，又一次出现在了自己的面前。

第二章　趁青春正好，趁起风告白

喜欢你，我说了算

其实，赵青禾的"离家出走"也并没有那么一帆风顺。看到赵青禾像打了鸡血一般要报名参加匠心杯技能大赛，大家都知道赵青禾嘴里的那个宝贝女友已经背叛了他，要不然为何宋初夏去了北方技师学院他都一无所知呢？

上课时老师们再三推荐，赵青禾都当了缩头乌龟，前一秒还在写检查委曲求全，后一秒就要参赛，但凡脑子正常点的都不会相信赵青禾的鬼话。所以，在情感大师陈浩杰的授意下，三人合力把赵青禾绑了起来。没错，五花大绑地绑在了椅子上！

按照陈浩杰的说法，经过了三个小时的煎熬，他已经从上一段失败的感情里走了出来，作为兄弟，他不能眼睁睁地看着这种痛苦降临在赵青禾身上。但是任凭赵青禾怎么解释，大家都不听。毕竟那是自己在室友们面前吹嘘了两年之久，爱得如胶似漆、死去活来的"女友"宋初夏，谁会相信赵青禾此刻是理性的呢？两年来，宿舍里的几个人挂科太多，大家虽然不思进取，但是已经发过誓，厉兵秣马、卧薪尝胆也要顺利毕业。眼下赵青禾要是一时冲动闹出个三长两短来，那么赵青禾的大学真就白读了。

看着室友们苦口婆心地分析利弊，劝自己不要冲动，赵青禾佯装什么都没发生过一样，反复承诺不会去青岛，众人方才把他解了绑。按照赵青禾的话讲，这么晚了，航班都没了，自己想去青岛也没票了不是？

躺在床上的赵青禾先是同辅导员沟通报名请假的事情，得到辅导员的欣然同意后，赵青禾又仔细地查了下第二天的航班，八点钟起飞十点钟就到了。

晚上十一点多，孙钦龙依旧披着被子专心致志地打游戏，李传航依旧满头大汗地在健身，赵青禾得意地想着凌晨四点钟这几个人肯定在睡梦中，到时候不需要解释太多，神不知鬼不觉地离开堪称完美。

原本三个人是想熬到凌晨再说的，没想到两点到三点这个时间段，神仙也扛不住。陈浩杰和李传航先后倒下，只有孙钦龙瞪着铜铃似的眼睛在网络世界里打打杀杀，享受着那个世界的江湖地位。

凌晨三点半，闹钟准时振动，赵青禾小心翼翼地睁开眼瞄了一眼室友。看到陈浩杰和李传航都趴在桌子上睡了过去，孙钦龙戴着耳机也趴在那里打起了呼噜。看着屏幕闪光下的众人，赵青禾心中有着莫名的感动。三个室友虽然平时一个个没个正形，但是彼此之间的真诚却让人温暖。按照寝室长孙钦龙的说法，虽然他没办法带领大家出类拔萃，但是至少他能保证不让大家堕落到无可救药，六十分的底线是任何人都不能触碰的。

赵青禾蹑手蹑脚地爬下床，背起书包小心地朝门口走去。尽管他十分小心，可是就在他开门的时候，意外还是发生了。最老套的方法往往是最管用的，门被打开的同时，门上的一桶水哗啦一声便倒了下来。你以为这就完了？那你也太小瞧理科学渣的动手能力了，水桶上绑了一根线，另一端绑在了李传航的头发和陈浩杰的耳朵上，最末端则缠绕在了孙钦龙的音响音量按钮上。就这样，伴随着透心凉的水浇下来的同时，李传航被拽着头发疼得仰起头张开了嘴巴，陈浩杰则出于中学时代老师拧耳朵的条件反射本能地站了起来，音响中吃鸡游戏的枪战声立马随着孙钦龙用一百六十块钱从上届毕业生那里淘来的二手低音炮音响里传出，仿佛让人身处二战的诺曼底海滩，震耳欲聋的枪炮声也彻底唤醒了宿舍里的三位活宝。

再一次，赵青禾被绑在了椅子上，三个小伙伴兴奋得像是马邦德县长俘获了匪首张麻子。原来，三人私下里拉了一个群，打了个赌，孙钦龙不信赵青禾会在凌晨逃走，于是乎，为了一顿新疆大盘鸡，陈浩杰和李传航上演了感人一幕。是的，有时候莫名的感动真的就是莫名。什么叫莫名？就是你不知道的其他的名义。

时间一分一秒过去，落汤鸡般的赵青禾只能酝酿着更顶级的表演，否则自己花了一个月生活费定的机票就白白打水漂了。

"龙哥，难得你看得起我，大盘鸡的钱，我出了！"

"青禾，你可算是长了良心了。"

"青禾，你知道他赌的什么不？两顿大盘鸡啊！你千万别愚善，他并不是看得起你，只是他想扮猪吃老虎而已！"陈浩杰无情揭露孙钦龙的小算盘。

"哎，别玷污我和青禾的革命友谊。你俩摸着良心说，我什么时候在课堂上整蛊过青禾？不都是你俩干的好事？！"

"拉倒吧！龙哥，你想整蛊也好歹去课堂才行吧！快暑假了，你说你去过几次？哪次不是我和浩杰给你答'到'的！"

看着两方阵营为了一顿大盘鸡吵得不可开交，落汤鸡般的赵青禾无奈地说："行了行了，你们别吵了，能不能先给我松绑，让我洗个澡行不行？"

看着三人犹犹豫豫，赵青禾无奈地说："行，鸡钱我不出了！"

"别价啊！青禾，都是一家人！犯不上！"

孙钦龙说着就给赵青禾松了绑，赵青禾就在获得自由身的那一刹那拼命一搏朝着门口冲了出去。可是赵青禾越是歇斯底里，兄弟几个就越发觉得赵青禾去青岛多少带有个人情绪，哪怕赵青禾的衣服都被扯烂了，三人依然死死拦住他就是不让出门。

赵青禾甚至觉得他们之间的赌注绝对不止一份大盘鸡那么简单。看到出门无望，赵青禾只得妥协，他将书包一放，将被撕裂的T恤脱下，带了件干净的衣服走进洗手间，打开了花洒。

要不是因为今天是匠心杯技能大赛现场报到的最后一天，赵青禾大可不必如此大动干戈。他边洗澡边琢磨如何先溜后做解释，而此刻外面三个人也来了精神，开始打开大众点评看着附近的大盘鸡店里都有什么其他菜。

孙钦龙正拿着计算器算着李传航和陈浩杰点的菜的价格，看到赵青禾洗完澡穿着内裤走了出来，三人有些不好意思地笑了。

"电吹风坏了！我去隔壁借一个！"

赵青禾说着便朝门口走去，但是李传航还是堵在了门口。

"喂，我只穿着内裤好吧！难不成我穿着内裤去青岛？"

三人打量了一下赵青禾，不好意思地笑了笑，毕竟，现在社会没有身份证和手机，寸步难行。

"青禾，你误会了。"

看到赵青禾想硬闯，李传航不好意思地打开门。

赵青禾手指着三人，咬牙切齿地说："我可说好了，大盘鸡，不能超过二百！"

"行行行……"

看到三人唯唯诺诺地答应着转过身研究菜单，赵青禾狠狠地摔上门，火速朝着楼下跑去。

赵青禾要裸奔吗？没有手机和身份证的赵青禾怎么赶飞机呢？电影发烧友的好处就是，可以从影视经典中汲取力量。按照赵青禾引用电影《肖申克的救赎》中的话来讲：有一种鸟儿是永远也关不住的，因为它们的每片羽毛都闪耀着自由的光辉。

洗澡的时候，赵青禾早已把衣服证件还有手机放在垃圾袋里扔到了楼下。此刻的他飞奔到楼下捡起塑料袋先跑到了公共厕所换上，然后只带着手机就朝着机场飞奔而去。这一招也是电影《肖申克的救赎》里安迪逃离监狱用的，只不过赵青禾不用耗费二十七年去挖地道而已。当三个室友精心研究好了菜单去隔壁找赵青禾的时候,却找不到他了。

就这样,赵青禾历经艰辛来到了北方技师学院。当他两手空空出现在宋初夏楼下的时候,就像是北方技师学院的学生一般自然。

"Suprise(惊喜)!哈哈哈,宋初夏,没想到吧?我也来参加匠心杯技能大赛了!哎,没想到在这里也能遇见你,真是难得的缘分啊!哈哈哈……"

好不容易大学异地拉黑断了联系,没想到眼下这块狗皮膏药依旧没有放弃。看到赵青禾贱兮兮地在楼下笑着,宋初夏仿佛看到了世界末日。

"盖斌,是不是你告的密?你也太不地道了!昨晚你撞车就是上天对你的惩罚!怪不得你不吱声,原来你心里有鬼啊!我恨死你了!"

此时的盖斌还没起床,他摸了摸咕噜噜的肚子拿过手机正打算点外卖,就接到了宋初夏打来的视频电话。自己眼都没睁开,宋初夏就劈头盖脸来了一顿,不明就里的盖斌从床上坐起,切换了摄像头把宿舍拍了一圈,然后又切回。

"初夏,一大早的,我刚起床呢,你怎么了?"

"怎么了?你自己看!"

宋初夏将摄像头切换,盖斌却发现了宋初夏楼下的赵青禾。

"这……"盖斌也没想到,自己苦劝一整天都不肯参赛的赵青禾竟然一夜之间闪现在了技师学院。

宋初夏挂断电话苦恼地躺回到床上,心情十分不爽。虽然自己内心十分讨厌赵青禾,但是伸手不打笑脸人,只得硬着头皮下楼了。

待到宋初夏磨磨蹭蹭地从楼门口走出来的时候,赵青禾十分激动地走上前去将宋初夏抱起来转了一个大圈。果然,高中毕业后赵青禾没什么长进,胆子倒是大了不少。宋初夏一米六五的个子在一米七八的赵青禾面前自然没有反抗的余地。面对着突然的离地旋转举高高,宋初夏像是一只被老鹰抓上万米高空的小鸡,早已吓得魂飞魄散。

当宋初夏被赵青禾放到地上的时候,原本准备的一肚子牢骚早已被赵青禾的举动甩得一干二净。

看到赵青禾表现得像是久未谋面的情侣一般热情,宋初夏颇有些难为情地问:"喂,你,你来这里干什么?"

"宋初夏,你可别忘了,我家里可是开汽修厂的,你都能来,我怎么不能来?毕竟我是天才啊!像技能大赛这种专业上的小事情,肯定不是问题。初夏,你放心,我绝对要陪你杀到最后!"

赵青禾的高傲自大让宋初夏十分不屑,想到高中时代天天被赵青禾缠着的生活又卷土重来,宋初夏想死的心都有了。

看到赵青禾目中无人的样子,宋初夏幽幽地说:"赵青禾,我可跟你说好了,虽然咱俩曾经是高中同桌,但是咱各比各的,大家互不干扰。"

"那怎么行?初夏,打比赛很辛苦的,要是没人陪的话,一路走下来会很难的。"

"我说过我一个人吗?谁说我没人陪的?"

"哟,听你这意思有家属来?叔叔不可能餐馆都不开了吧?"

"当然不是!"

"难不成是你男朋友啊!哈哈哈!哎,不好意思,让我把你戳穿了,像你这种徒手开西瓜的男人婆怎么会有男朋友呢?哈哈哈!哎,宋初夏,我可是出于人道主义关怀才和辅导员连夜请假来的,你可别不领情,我是看你孤单。要是你有人陪,我甚至下午都可以回去!"

"你你你……"

"我我我……行了,大家同桌一场,你就且行且珍惜吧!"

同窗三年,彼此之间都太了解了。面对赵青禾的怒揭老底,宋初夏虽然气得咬牙切齿却也无计可施。

看到赵青禾嚣张的样子,宋初夏竟无言以对。

看到慕容枫从不远处朝自己走了过来,宋初夏计上心来。她生气地拉过慕容枫对赵青禾说:"赵青禾,你听清楚了,这就是我男朋友!有人照顾我,你可以回去了!"

看到宋初夏临时抓包,随后赶来的盖斌在一边忍不住哈哈大笑,赵青禾也是笑得更为夸张。

"宋初夏,行了,你知不知道,你的表演很夸张!"赵青禾走上前去将宋初夏的手从慕容枫身上拿开,"兄弟,不好意思,我朋友好面子,她以前也这样过,你别当回事儿!"

看到慕容枫不为所动,宋初夏抬头看了看,又抱过慕容枫的胳膊倔强地说:"这个人就是我男朋友!"

"那宋初夏同志,麻烦你告诉我,你男朋友叫什么名字?哈哈哈……"也怪宋初夏抓错了人,盖斌贴在赵青禾耳朵上说眼前的这个人实则是北方技师学院的校草,初来乍到的宋初夏怎么会认识校草呢?宋初夏出糗出大了。

"我……"

"行了,宋初夏,你还是放过人家吧,人家可是技师学院的校草,要是被人家女友看到了误会就大了。"

像是磁铁遇到了绝缘体一般,只要赵青禾出现,任凭宋初夏有多少方法都能被赵青禾轻松破解。看着眼前的校草美男子板着脸没有说话,宋初夏想了想将手撤出了慕容枫的臂弯。宋初夏心想着,盖斌来得真不是时候,要是再晚一步,自己就赢了。

让宋初夏猝不及防的是,慕容枫看了看蔫了的宋初夏,一把又将宋初夏的手拽了回去。慕容枫笑着看了看眼前瞪大了双眼的宋初夏,伸出手对赵青禾说:"你好,我是宋初夏的男朋友,我叫慕容枫!"

面对慕容枫突然的举动,四个人都傻了。慕容枫是技师学院的校草,这是全校公认的。昨晚喝酒的时候宋初夏也说过自己是第一次来技师学院,才一晚上的工夫怎么就平白无故多了一个男朋友呢?

赵青禾太了解宋初夏了,高中时代和她玩得好的女同学少,一门心思扑在学习上，放假回家就在初夏餐馆忙里忙外的，和她玩得好的女同学少，她能认识的男生更是少之又少。眼前的慕容枫仪表堂堂，英姿飒爽，和宋初夏站在一起，怎么看都像是灰姑娘傍上了白马王子。看到二人尴尬紧张的样子，只要是个人，一眼都能看穿这是个善意的谎言。

赵青禾大大咧咧走上前去拍了拍慕容枫的肩膀说："你好！我也是宋初夏的男朋友，我叫赵青禾！哈哈哈，兄弟，难为你了，你可能不太明白，我们是高中同学，都是一个班的，刚才只是开玩笑而已，对吧，宋初夏？"

"嗯嗯嗯……"玩笑开到这份上，宋初夏也有些猝不及防，连忙点头同意。

没想到慕容枫却再一次拉回了宋初夏打算抽回去的手，坚定地说："我没有开玩笑，我就是宋初夏的男朋友！"

这让盖斌都有些尴尬，他理解慕容枫英雄救美的好心，但是眼下慕容枫只是从二人的吵架中得知了宋初夏的名字，其他情况一无所知。如果非要拆穿的话，那就太没意思了。

不过，看到赵青禾和盖斌脸色发青的样子，宋初夏心中暗爽。校草的杀伤力果然不同凡响，终于让二人吃了一回瘪。

看着宋初夏得意的样子，赵青禾和盖斌背身耳语了几句，盖斌转过身信心十足地看着慕容枫问道："慕容枫同学，你说你是她男朋友，那你对她知道多少？除了刚才知道的名字宋初夏之外。"

"嗨，为何这么认真啊，散了散了，开玩笑呢！"空气瞬间就安静了下来，看到两方有些剑拔弩张，宋初夏赶紧打圆场。

"不是说要吃早饭吗？走吧！"宋初夏说完搂着赵青禾、盖斌转身就走。

刚到技师学院就遇到个刺儿头，这在赵青禾看来并不是什么开心的事情。看到宋初夏打圆场，赵青禾以一副胜利者的姿态转过身离开。

可是，让所有人都大吃一惊的是，三人刚走了没几步，慕容枫就开口说出了大家都不敢相信的话。

"宋初夏，二十一岁，巨蟹座，四川乐山第一中学高三八班，大学就读于上海财经大学金融专业，不知道这算不算了解？"

听慕容枫说完，三个人完全傻了，就连宋初夏也没想到，这个昨晚只见过一面的校草是怎么知道自己那么多信息的。

看到呆若木鸡的三人，慕容枫走上前去拉过宋初夏笑着对赵青禾说："感谢你能远道而来陪初夏比赛，在技师学院的这段日子，我会照顾她的！"

"你……"宋初夏有些吃惊地看着慕容枫。

"别你了，走吧！我是来等你吃早饭的！"

慕容枫说完就拉着宋初夏走开了，留下了一脸蒙的盖斌和赵青禾。

"盖，你们学校的男生都这么乐于助人吗？"

"应该得看那人长什么水平吧……"

宋初夏本以为自己来青岛参加匠心杯技能大赛是神不知鬼不觉，万万没想到，一夜之间不但被赵青禾和盖斌张扬得人尽皆知，就连只见过一面的陌生人也对自己的信息如数家珍。宋初夏跟着慕容枫走着，她想不明白，自己和他只是在昨天晚上见过一面，真的只有一面，对方怎么知道自己这么多呢？这未免也太可怕了！走了一半后，宋初夏方才缓过神来。看到盖斌和赵青禾已经被甩在了身后，宋初夏愤怒地甩开了慕容枫的手。怪不得邱老师反复告诫自己不要被陌生人骚扰，果然事出有因。

为了壮胆，宋初夏挽了挽袖子走到近前，叉着腰仰着头，气势十足，充满敌意地指着慕容枫的鼻子大声喊道："喂，同学，我们很熟吗？"

看到慕容枫转过头疑惑地看着自己，宋初夏心里颇为得意，这一招就叫扮猪吃老虎。别看宋初夏身板小，但是浑身充满着能量。

"呃……不熟……"看到宋初夏翻脸比翻书还快，慕容枫显然小看了宋初夏。

看到对方已经被自己镇住，宋初夏跳起来打了一下慕容枫的头嚣张地说："不熟，不熟，不熟都快把我家底翻出来了？！老实交代！怎么知道的？有何居心？"

虽然宋初夏跳起来很高，慕容枫头被打的时候也有些痛，但是他只觉得好笑和可爱。

"喂，刚才是你说我是你男朋友的好不好？！现在你给我来个回马枪合适吗？"

宋初夏有些难为情地说："是又怎么样？刚才我就是故意气他们的。虽然让你占了我便宜，我也不跟你计较了，老实交代，你怎么会知道我这么多信息的？"

看到对方有些嬉皮笑脸，宋初夏又跳起来拍了一下慕容枫的头咬牙切齿地说："别给我嬉皮笑脸的！严肃点！我可是杀鱼不眨眼的！"

看着宋初夏嚣张的样子，慕容枫哈哈大笑着从兜里掏出饭卡递到宋初夏面前说："喏，昨晚我在同学理发店捡到的，今天早晨去教务处查了你的饭卡才知道你叫宋初夏，然后过来的路上顺便在大赛官网上看了你的参赛资料。"

慕容枫打开手机递到了宋初夏面前。宋初夏接过手机看了下，果然，大赛的官网上把自己的报名信息写得清清楚楚。看着眼前递过来的饭卡，宋初夏慌张地摸了摸自己的口袋。

糟了，刚才糗大了！宋初夏心想着，有些不好意思地笑了笑说："同学，真是不好意思，我刚来咱们学校，所以反应有些过度，要不，要不你再打回来吧！"

看着宋初夏伸过来的脑袋，慕容枫一脸轻松地说："没关系，我刚才看到你很不开心的样子，所以就配合着你演了下去。不过既然是高中同桌来找你，你应该开心才对。"

"一言难尽，要不我请你吃早饭吧！"

盖斌和赵青禾坐在宿舍门口，百思不得其解。宋初夏究竟是什么时候和技师学院的校草交往上了呢？这，莫非就是宋初夏偷偷摸摸来参加技能大赛的原因？

正在二人纳闷推理的时候,孙钦龙打来了视频电话。

看到赵青禾一脸黑线,孙钦龙不好意思地笑着把陈浩杰还有李传航也拉了过来:"青禾,我们也是亲自找到辅导员求证才知道你去技师学院的目的,好歹你也是挂科四人组的主力成员,你可不能怪我们啊!"

"对对对,青禾!你那一招出逃确实厉害!"李传航说着竖起了大拇指。

陈浩杰接过电话笑着说:"青禾,一切都是场误会,友谊第一,比赛第二,我们等你抱得美人归啊!"

孙钦龙接过电话很认真地说:"青禾,你的行李我已经给你寄过去了!"

"不用寄了,我明天就回去了!"赵青禾心烦意乱地挂断了电话。

看着盖斌疑惑的眼神,赵青禾想了想说:"盖,你能不能配合我一下?"

"怎么配合?"

"躺地上就成。"

"小事儿!"盖斌说话间就躺在太阳下,兄弟之间的配合就是那么无间。

盖斌是表演型人格,当赵青禾踩在他身上的时候,盖斌反而很兴奋地配合着做出恐惧的样子,赵青禾举起手机自拍了一张照片,大功告成。

当李传航打开宿舍群里赵青禾发来的照片的时候,吓得哑铃都掉在了地上。

赵青禾在群里说:渣男已经教训完,明天就回!

有人说,俩人相互惦记的才叫爱情,像赵青禾这种一个人瞎琢磨的就是内耗。

而在室友这边,赵青禾却是不远千里暴打渣男的正义使者,赵青禾的男子气概深深地震撼了三个室友。李传航将照片下载到了电脑上,一番数据仔细分析过后,确认没有PS痕迹,众人方才彻底折服。

食堂里,宋初夏一五一十地将自己高中以来和赵青禾的恩怨情仇讲了个明白,听得慕容枫连连摇头。

其实宋初夏也是刀子嘴豆腐心,在她心里赵青禾也并没那么讨厌,整体上来讲,赵青禾这个人口碑还不错。在宋初夏看来,赵青禾自大、多动,最

我,隔壁班的 ··· 039

大的爱好就是整蛊捉弄自己，你越是不理他，他越是来劲。正所谓，你之蜜糖我之砒霜，虽然谈不上是仇人，但也绝对不会喜欢。宋初夏本以为上了大学就能够摆脱赵青禾了，她甚至都拉黑了赵青禾的微信，可万万没想到，阴魂不散的赵青禾又追了过来，让她甚是无奈。

情急之下的宋初夏本打算借慕容枫吓唬吓唬他，好让他知难而退，没想到瞬间就被识破了，好在慕容枫贡献神助攻，她才得以完美脱身。想到刚才盖斌和赵青禾的表情，估计这次赵青禾应该知难而退了。

宋初夏知道，自己参加技能大赛完全是出于热爱，但是赵青禾则完全是掺和捣乱。宋初夏这次参赛背负了很多的压力，比如家庭、学校，还有来自同学的关注。除了邱老师，没人支持她，她之所以下定决心完全是冲着邱老师的那句话："宋初夏，想想多年以后，你坐在金融行业的写字楼里，回想起今天，你会不会后悔？"

作为过来人，邱老师说得很有道理，因为这世间没有任何事情是因为做了而后悔的，大多数都是因为没做而后悔。

听说赵青禾也是汽车专业的，慕容枫反倒来了兴趣。从宋初夏嘴里，慕容枫才得知，赵青禾家可以说是不折不扣的汽车世家。在四川老家，赵青禾家里就是做汽车维修的。当然，店名毫无意外地叫"青禾汽车维修"。高考时，赵青禾的爸爸赵运驰让他填报了东北的大学攻读汽车运用工程专业。在赵运驰看来，虽然目前成熟的汽车制造技术都在别人手里，但是我们势必要崛起，青出于蓝之时就是赵青禾学成归来大展拳脚之时。不过，宋初夏对于赵青禾参加比赛的事情压根都不抱希望，因为大学刚上两年，赵青禾就把三天打鱼两天晒网的精神发挥到了极致。在宋初夏看来，赵青禾即使参加了技能大赛，也就是贵在参与，属于初赛都过不了的那种。

技师学院的食堂分为两层，第一层是大锅菜，第二层是档口小炒。当赵青禾打开地图搜索大盘鸡的时候，发现最火的一家店竟然在学校食堂。想想也不意外，毕竟这里有全国最著名的厨师烹饪专业，能够在这里开食堂的，都不是一般人。

冤家当然路窄，当宋初夏和慕容枫说说笑笑吃着牛肉面的时候，赵青禾端着大盘鸡坐在了不远处。

得知慕容枫也是汽修专业，宋初夏鼓励慕容枫也参加匠心杯技能大赛，但是慕容枫却摇了摇头很严肃地说："凡是和赌博相关的东西，我一概都不会参加的！"

"赌博？参加比赛怎么会是赌博呢？这两个完全没什么关系！"

看到宋初夏有些惊讶地看着自己，慕容枫淡淡地说："是比赛就会有输赢，凡是和输赢相关的都是赌……"

"呃……你要是这么说的话，好像也没什么毛病……"

盖斌仿佛天生就和鸡有仇，大盘鸡端上来后，他便埋头吃了起来。大盘鸡是川味的，和普通的新疆沙湾大盘鸡不同的是，厨师注入了川菜的灵魂，香菇和干辣椒混合在一起，麻辣鲜香，十分下饭。而赵青禾却一直看着不远处的宋初夏和慕容枫。

"别看了，你的眼又不是激光炮，没用的。这鸡爪你再不吃都凉了。"盖斌边说着边将赵青禾碗里的鸡爪夹了出来。

"你懂什么，我在看他们说了什么。"

"这么远你能听清人家说了什么？"

"我能读唇语。"

看到赵青禾一本正经地看着远处的二人，盖斌仔细看了看二人的嘴边，除了满嘴的油之外，盖斌实在是看不出个什么。

"你快跟我讲讲，他们都说什么了？"

"正在说我坏话呢，也说你坏话了！"

"无冤无仇的，说我什么坏话了？"

"说你和我一样，不是什么好人，让宋初夏离咱俩远点！"

"拉倒吧！慕容枫是我店里的会员，我们很熟的好吧！"

看着赵青禾泛起的嫉妒心，盖斌也只能摇头。在他看来，慕容枫虽然是校草，但是从来没发现他有什么不良的爱好，来店里理发的时候也总是独来独往的。如果赵青禾不是自己铁哥们，他甚至希望宋初夏能够和慕容枫在一起。

看着二人说说笑笑，赵青禾一次次地问慕容枫的来历，盖斌反反复复在群里确认后告诉赵青禾，慕容枫不可能和宋初夏有来往。至少可以确定的是，哪怕他们网恋，也是第一次见面。

毕竟，打听普通人的小道消息很难，但是打听技校校草慕容枫的消息就简单多了。看到赵青禾神经兮兮地影响自己就餐心情，盖斌反复强调了慕容枫不可能喜欢上宋初夏这种女孩。毕竟技师学院有那么多美女，谁会喜欢一个素面朝天的男人婆呢？

"青禾，上赶子不是买卖。如果宋初夏真的和慕容枫在一起，喜欢慕容枫的女孩子也不会善罢甘休的。你不能锦上添花，你得雪中送炭。在宋初夏遭受打击的时候，再出现在她面前，她才会珍惜你。你不是打算回去了？我随时替你关注着，一旦有情况你就杀过来。到时候你也像个爷们一样，勇敢点，直接表白！别遮遮掩掩的，都多少年了！"

"唉……盖，不得不说，旁观者清，此处不留爷，自有留爷处，回去了！既然不稀罕我，我也让她后悔一把！"

看到赵青禾打开手机打算买票，盖斌伸手夺过手机说："不告而别啊？今天早晨刚来，要不待两天？"

"算了，回去还得补考呢。我没你想的那么脆弱，在学校追我的也多着呢！别用那种眼神看我！"

"你说这话我倒也信！嘿嘿嘿！"虽然有些不舍，但是挂科补考这可是正经事儿，盖斌说着把手机又递了回去，"我告诉你！你可别丢了气势！宋初夏就算有男朋友那也未必是件坏事儿！"

"此话怎讲？"

"你想，她如果没有男朋友，那你的对手就是这盘子里的无数香菇！但是，她现在有男朋友了，你的对手只有这一个！"盖斌说着夹了一个香菇放到了赵青禾的碗里。

"你还别说，有点道理。话说这机票价格浮动怎么这么大，刚才还八百多块钱，这一刷新就一千五百多了！"赵青禾看着航班，最后只好定了第二天一大早的航班，因为便宜。

"青禾，要不你也考虑考虑，都报名了，试试呗！"

"别提了！我爸是开汽修厂的，但是我大学这两年净打游戏了，正儿八经的事儿没怎么干。况且你看看你们技师学院多好，天天都是实操，我一个学理论的，怎么跟人家比？想想心里都打怵！"

"那倒也是，技能大赛嘛，比的自然是技能，你们学校更注重理论和设计。唉，你说飞车游戏里的那个'偷心海盗'会不会也来参加大赛，也不知道到底是人是妖，一个女孩子打游戏那么厉害，会不会是开了外挂啊？我打了两回直接放弃了。"

"人家可是传奇，怎么可能来参加这种比赛？有时候啊，你还真别小瞧了女孩，没准对方还是个倾国倾城的大美女呢！"

待到赵青禾掰开一次性筷子打算吃饭的时候，盘子里就只剩下了几块鸡肋骨和辣椒了。

看到盖斌面前一堆的鸡骨头，赵青禾将筷子一拍大声嚷道："老板，加三份面！"

赵青禾的愤怒让他的嗓音响彻了整个餐厅，众人齐刷刷朝他看了过来。而这一切在宋初夏看来则是丑人多作怪。毕竟高中时代，赵青禾没少在食堂里搞事情。比如隔空扔筷子，给女生桌子上放蟑螂、壁虎，扛着胳膊粗的火腿招摇过市等。大喊大叫哗众取宠这种事在宋初夏看来，简直毫无新意，甚至是赵青禾搞怪历史的倒退。

来的时候两手空空，回去的时候自然也轻松。去机场的地铁上，赵青禾早已昏昏欲睡。要不是宿舍群里密集响起的消息提示音，赵青禾怕是要坐过站了。他睡眼惺忪地看了看外面，就在即将关门的时候一个箭步冲了下去。

看到班级群里疯狂艾特赵青禾，赵青禾打开孙钦龙发来的链接一看，原来是自己参赛的消息已经被辅导员推荐到了系里，院系官网的首页就有辅导员吴老师写的一篇鼓励的文章。吴老师的文章写得情真意切，她不但诉说了院系课程设计的弊端，缺乏技能培养的课程，还将赵青禾的参赛冠以"正义之师"的角色，当然，这一切都是赵青禾和吴老师说的鬼话。但是这一番为院系争光，用实际行动证明自己的言论，却成为吴老师教学改革与反思的有力论证。吴老师的文章引发了班级同学甚至是院系学子的共鸣，瞬间在校友群里引起轩然大波，学校更是将这篇热门文章推荐到了校园网的首页上。而面对赵青禾一声不吭参赛的"义举"，班里同学更是纷纷点赞。

站在机场大厅，此刻的赵青禾仿佛手中的手机，电量瞬间降低，脑袋一阵眩晕。

赵青禾再一次看了看文章的十万加的点击量，缓缓地挤出了三个字："就……火了？"

不得不说，网络的力量是巨大的。原本赵青禾打算灰溜溜地回到学校，在辅导员那里的说辞他都想好了，就是车晚点了，自己没能赶上报名，甚是遗憾。直到此时，赵青禾才从班级群里发现，自己报名成功被挂到了大赛首页的事实。

"完了完了！回不去了！"赵青禾一屁股坐在机场大厅的地上，不知如何是好。

退路已经完全被堵死了，眼下只能硬着头皮上了！想到这里，赵青禾赶紧掏出手机退票，看着购票平台只能退50元的燃油费，赵青禾的手忍不住发抖。一个来回，几乎花完了他的生活费，赵青禾的脑袋嗡嗡直响。

当断不断，反受其乱。事已至此，也只能这样了。看着手机里提示退票成功的消息，赵青禾走到洗手间洗了把脸，是时候好好规划规划了，毕竟后面真的要打比赛了。

对于辅导员吴老师来讲，大一到大四的过程可以简单归结为学生们眼中的一颗星星从闪耀到暗淡的过程。从一开始的新鲜感到后来的迷茫，再到后来的自甘堕落……当然，总有几颗星星格外闪耀，赵青禾就是其中的一颗。对于赵青禾这个不务正业的学生来讲，吴老师是满怀期待的。高中时代，赵青禾的文化课成绩很好，只不过吴老师怎么看眼前的多动症男孩都不像是高中时代好学生的样子。吴老师的判断没有错，赵青禾大学两年来的表现让人头痛不已。要不是各科老师爱才，赵青禾早就被开除了十几回了。而在众老师眼里，赵青禾的才就在于快速的领悟能力及动手能力。只要赵青禾愿意学，几乎很少有问题能够难倒他。

学校并不是缺乏实践课，只不过自从赵青禾第一次在实践课上扮猪吃老虎，将老教授送到医院急救中心后，赵青禾的名声便在老师中传开了。

白发苍苍的赵明友教授在实践课上，询问班里有驾照的同学谁有驾驶经验，一轮问询过后，只有赵青禾一个人举着手。原本赵教授是想加快教学进度，让有驾驶经验的同学帮忙体验驾驶操纵，但是看到赵青禾满眼放光的样子，赵教授想了想，为了安全起见，还是决定亲自手把手教。

赵明友教授坐在副驾驶，让每个同学都上车实践理解汽车的操纵。爱出风头的赵青禾怎么会放过这个大一刚来难得展示自己的机会？赵教授看出来了赵青禾的兴奋和激动，故意让赵青禾最后一个上车。

看着赵青禾麻利地系上安全带，赵教授看得出来，眼前这个少年绝非池中之物。按照他多年的教学经验，赵青禾是第一个在课上主动系了安全带的学生。但是出乎他预料的是，赵青禾完全表现出了与自己年龄截然不同的成熟与稳重。像是考驾照一般的，赵青禾认真而笨拙地完成了赵教授的操控要求。看到赵教授在自己的那一栏打完分之后，赵青禾方才喘了一大口气。

"赵教授？"

"嗯？"

"我刚才的操控算是几分？"

"中规中矩，十分制的话，七分吧！"

"赵教授，您能操控到多少分？"

看着眼前的少年一脸坏笑地看着自己，久经沙场的赵教授自然知道眼前这个初生的牛犊子想干什么，他直接将安全带又系上说："你也不用不服气，我年轻那会儿至少是九分！青禾，不要以为你年轻就可以挑战一个老司机！来吧！"

"赵教授，我没那意思……"看到赵教授完全看穿了自己的心思，赵青禾反而有些不好意思起来。

"少废话！天天上课睡觉，我倒是想见识见识你的水平。走吧！"赵教授生气地拍着方向盘，他心想，我不发怒，你还真以为我是老教授呢？

"您这么大年纪了，我怕……"

"别磨叽，赶紧的！"

"好嘞！"看到自己欲擒故纵的招数奏效，赵青禾心中窃喜，他一本正经地看了一眼试验场地，深呼吸了一口气。

"走……"

赵教授"啊"字还没说出来，赵青禾便一脚油门在同学们面前飞驰而过。伴随着赵教授"啊"的一声，赵青禾先是小试牛刀，在弯道处来了一个漂移过弯，顺便检验一下车子的性能。

车子虽然老旧，但是发动机依旧动力强劲，估计作为教学用车多年，几乎没有人发挥过这辆车的极致性能。未等赵教授反应过来，赵青禾将油门踩到底，在过弯的时候猛打方向盘，来了一次漂亮的漂移过弯。

只见赵教授的金丝边眼镜伴随着强大的离心力飞脱而出，甩到了陈浩杰的脚下，同学们也纷纷尖叫了起来。

"车神！车神！"伴随着同学们兴奋的喊叫，赵青禾更是拿出了自己的看家本领，在操场中间围着尖叫的同学们来了一个360度漂移。透过轮胎摩擦地面发出的白色烟雾，赵青禾认真地欣赏了每一位同学的表情，享受着这难得的高光时刻。

看着副驾驶的赵教授已经被车的离心力甩得口水飞起,赵青禾猛地一脚油门又蹿了出去。赵青禾一个小龙摆尾,然后又一脚油门将车尾甩在了尖叫的同学们面前。

虽说是长江后浪推前浪,但是白发苍苍的赵教授怎么也没想到,赵青禾能玩漂移。换言之,赵青禾的这一番操作,至少也得三五年的驾驶经验。可是班里这群孩子,也不过二十岁出头的年纪,哪来的这么多驾驶经验呢?没人知道,赵青禾从小就拥有别人无法比拟的学习环境。

赵教授来不及想那么多,他扶着车门颤颤巍巍的,刚一下车就觉得天旋地转,而赵青禾下车后也赶紧走到副驾驶,毕竟风头出尽后他更担心的是老教授的身体是否能经得住这么一番折腾。

"赵教授,您没事儿吧?"看着赵教授拨拉开自己,赵青禾更是凑上去问个不停。

看着陈浩杰递过来的眼镜,赵教授颤抖着双手指着赵青禾说:"我跟你……"

赵教授话还没说完,便眼睛一瞪晕倒在了地上。伴随着救护车的嘶鸣,全校都知道了赵青禾的漂移神技。

而检查的结果也让众人大跌眼镜,赵教授之所以晕倒在地,并不是因为什么心脏病发作之类的问题,而是赵教授晕车!

教大家汽车驾驶原理的老司机竟然会晕车!怪不得一到实操课,赵教授就比较谨慎小心,估计那台教学用车之所以崭新如初正得益于赵教授的保护。

这也不怪赵教授,赵教授当年当兵驾驶的车大都是敞篷设计,后来设计拖拉机,工业属性强,和现在家用轿车是两个概念。所以从这方面来讲,老司机和晕车并不是什么多么难理解的事情,正如同厉害的军师未必会身壮如牛以一敌十是一个道理。

经此一事,赵青禾这个扮猪吃老虎的危险分子在老师中传播开来。所以当大家看到这个所谓的危险分子参加了技能大赛的时候，当大家看到吴老师为实践教育课呐喊的时候，赵青禾一下子成为大家心中头戴光环的改革者。

这个时候赵青禾方才用手机仔细翻阅匠心杯技能大赛的官网，查看比赛要求，而此刻，赵青禾面对的不只是强劲的对手，更要面对从天而降的宋初夏的"男朋友"——慕容枫。不过，学渣的世界就是这么简单，遇强则强，慕容枫的出现原本让赵青禾打了退堂鼓，但是眼下自己有了强大的粉丝团作为支撑，没有退路的赵青禾打算放手一搏。

匠心杯技能大赛，其实是为明年的世界技能大赛而举办的前期主题热身选拔赛。世界大赛涵盖了几乎技校所有专业科目，是技能界的奥林匹克。

赵青禾选报的汽车技术项目的要求是按照汽车制造商的技术规范，利用先进的诊断专用工具和维修专用工具、设备，对汽车六大主要系统进行故障诊断、检测、维护与保养、修理等竞赛。从前几届世界技能大赛开始，汽车技术项目比赛共设置八个竞赛模块，涉及发动机管理系统，转向、制动系统，车身电气和电子系统，发动机机械与传动系统，赛程为四天，累计比赛时间为十六个小时。

而宋初夏选报的烹饪项目的要求则是运用专业烹饪技能，依据比赛现场提供的设备、材料及比赛要求，按照国际烹饪厨房卫生标准，完成菜单设计、菜品制作等比赛内容的竞赛项目。该项目要求选手在技术上注重厨房卫生操作国际标准、食材营养和处理食材等基本技能。世界技能大赛烹饪项目要求选手根据时间管理方案在四天时间内，完成食材处理准备、菜肴完成和"神秘盒子食材"烹饪、设计菜单并制作菜品四个模块的比赛，每个模块分为A和B两个部分，总比赛时间为十六个小时。

洗剪吹三人组选报的美发项目则是运用洗护吹剪烫染技能以及毛发、头皮生理等方面的专业知识，为人们提供美发服务，包括剪发、染色、造型、化学定型、化学改善和特殊头发处理及护理等的竞赛项目。技能大赛美发项目要求选手使用比赛现场提供的设备、材料，根据比赛要求，完成女士商业剪发、染色及吹干（三个愿望），女士时尚时装表演发型设计、使用假发束、男士电烫发及胡须（三个愿望），女士时尚长发向下造型（三个愿望），女士新娘长发向上造型（三个愿望），女士时尚剪发与染色（三个愿望），男士时尚剪发、染色，男士包括胡须的化学拉直和修剪等模块的比赛内容，赛程为四天，累计比赛时间为二十个小时。

技师学院的比赛分别是前十赛，十进六比赛，六进三，三进二，最终优秀的推荐到世界技能大赛为国争光。

宋初夏回到宿舍后认真地记录着比赛规则，盖斌则不屑一顾，因为这些比赛流程都在他脑子里了。同样不屑一顾的还有涛尼，因为技能大赛每隔两年就举办一次，虽然他没有勇气参加，但是涛尼每次都密切关注，对大赛流程早已了然于胸。万年留级生涛尼之所以没有迈出这一步，最大的原因并不是担心被人嘲笑，而是因为涛尼内心有个坎儿老迈不过去。但是自从遇见了身材瘦小的宋初夏之后，涛尼琢磨了很久，想到宋初夏初出茅庐都这么勇敢，自己那么大年纪了，好像输了也没有什么大不了的。

看到窗子上投来的小石子，宋初夏无奈地放下笔，气愤地走到窗前，看到楼下只有盖斌一个人，宋初夏不禁有些纳闷地问："赵青禾呢？"

"初夏，他回去了！下来说！"

"啊？"

宋初夏虽然很惊讶，但没办法，这就是赵青禾的行事作风，冲动型人格。

看着盖斌递到自己面前的贺卡，宋初夏觉得仿佛回到了十几年前小学毕业的夏天。贺卡留言，这么幼稚的事情恐怕也只有赵青禾能做得出来。宋初夏打开贺卡，上面画着宋初夏手拿菜刀站在了领奖台上，同时附言：初夏，加油！你是最棒的！

"就这？灰溜溜地走了还有脸鼓励我加油？"面对赵青禾的烂泥扶不上墙，宋初夏气不打一处来。

"他就是来陪你打比赛的，看到你有人陪，他就回去了。我也劝他留下来，可是他不听啊！"

"把你手机给我！"

老同学刚一见面就回去了，这让宋初夏心里十分过意不去。赵青禾虽然让人讨厌，但明明是打着自己旗号来的，就这样一声不吭地走了，宋初夏心里反而有些说不出的酸楚。宋初夏拿过盖斌手里的手机，拨通了那个深刻在脑海的号码，没想到赵青禾索性挂断了电话。

"这个逃兵，竟然敢挂我的电话！"

"初夏，他挂的是我电话！"

宋初夏无奈之下只好拿出自己的手机拨了过去，但是赵青禾同样也挂断了电话，这让宋初夏气愤不已。

"真让人看不起！盖，你说他什么时候能够变成熟点？既然都说好了陪我到底了，又灰溜溜地逃走？"

正当盖斌焦头烂额之时，身后传来了一个熟悉的声音："喂，宋初夏，说话可得负责任，本大人不在这儿的吗？我来就是陪你比到最后的，我说话算话！"

当宋初夏转过身去看时，却发现赵青禾已经站在了自己的身后。此刻的赵青禾眼睛里已经没了走之前的失落，而是满眼的坚定和信心。

摸不着头脑的盖斌挠了挠头，心想：这人不会是又把机票退了，真的打算参加比赛吧？而死党赵青禾自然读懂了盖斌的疑惑，他朝着盖斌点了点头。

"喂，赵青禾，你到底要怎样，一会儿来一会儿走的，你到底还要不要参加比赛？"赵青禾的再次出现，让宋初夏有些出乎意料。

"就是啊！刚刚不是说不喜欢比赛吗？青禾，你明明都到了机场。"

"是，我是不太喜欢比赛，毕竟我是天才，我怕打击到别人。"看到赵青禾死鸭子嘴硬，盖斌有些无奈地翻了翻白眼。

赵青禾有些耍酷地将手掏出兜，做出手枪状指着宋初夏说："喂，宋初夏，喜不喜欢，我说了算！"

第三章　拆掉人生滤镜的你

有种就比一场

赵青禾留下来的第一件事就是在技师学院挨个教室寻找慕容枫。回来的路上，他登录了学校的论坛才得知，慕容枫不仅是学校的校草，而且汽车技术了得。他已经在官网上看到慕容枫报了名，以他的直觉，慕容枫将会是自己最强大的对手，因为赵青禾从他身上看到了别的同龄人所没有的素质：沉稳而执着！

慕容枫的参赛也是众望所归。慕容枫的老师刘春华也算是技师学院的美男子，给人的感觉正派干净，但是他却留着中长发，永远都是胡子拉碴的，不知道的还以为他是汪峰的替身走错了片场。

套用刘老师第一堂课的第一句话："不要试图定义我，我是不一样的烟火。"

刘老师所谓的"不一样的烟火"就在汽车发动机里燃烧。文艺开头，专业收尾，这就是他的人设。刘老师看起来放荡不羁，颇具文艺气息，而且骨子里有一个绝对有趣的灵魂。他在学校规章制度的允许下设计了一身炫酷的伪装。

刘老师是技术宅，一头扎进汽车专业技术里就是二十年，在技师学院可以说是不可忽略的存在，很多大的汽车企业研发新产品都会给他发邮件征求意见。

慕容枫是刘老师最欣赏的学生，没有之一。和赵青禾对他的判断一样，慕容枫不但踏实上进，而且他拥有别的选手没有的宝贵品质，那就是沉稳而执着。大一刚入学，刘老师就从慕容枫的眼睛里看到了真正的求索。慕容枫仿佛带着某种使命而来，他是课堂上问题最多的学生，也是驱使刘老师及时"充电"，怕课堂上被慕容枫问倒的动力。慕容枫心无旁骛地钻研汽车技术，两年来进步飞快。刘老师仿佛看到了年少时的自己，当然，慕容枫比他当年略胜一筹，自己只是在长相方面胜过一些。毕竟，在长相这方面，刘老师从来没有谦虚过。

当刘老师第一次在新生中看到慕容枫的时候，并不是因为他有多么出众，而是因为慕容枫身上有着比自己更颓废的气质。很多来技师学院的学生都是高考的弃子，有一大部分成绩不理想却又不愿复读的学生，最终迫于现实的无奈，选择来到技师学院学一技傍身。而这一大部分学生中，大多数并不是出于自愿而是迫于父母的安排。在当下的教育环境下，一心想学一门技术而自愿来到技师学院的学生很少，甚至没有，或者说没有发现。同985、211院校一样，新生入学都需要一段时间调整心态，技师学院的学生也是如此。很长一段时间里，慕容枫的眼神都如死水一般暗淡，以颓废外表著称的刘老师再也忍受不住那种孤独，把慕容枫喊到了办公室里。

换作以前，刘老师不会管那么多，毕竟，自己只是专业课老师又不是辅导员。但是下课后他看到慕容枫将工位打扫得干干净净，工具摆放得整齐有序，他心中便起了爱才之心，这是一个真真正正喜欢汽车的家伙。

看到慕容枫在自己面前依旧是闭口不言，刘老师觉得这样下去哪怕到天亮也问不出个一二三来。索性，刘老师带着慕容枫来到了小吃街喝起来。几瓶啤酒下肚后，刘老师有趣的本性暴露无遗，他从一个沉默寡言的人变成了滔滔不绝的段子手。刘老师从自己的从教生涯开始，一直讲到了自己的高中时代，再到自己懵懂的初恋。或许是刘老师的真诚打动了慕容枫，又或是面对初恋的那种情愫戳中了慕容枫的心扉，慕容枫终于开口讲话了。

和刘老师想象的有所不同，他原本以为慕容枫之所以沉默寡言可能是和心爱的女孩失之交臂，甚至是高考以后就成为路人，毕竟，这是自己听过的最多的故事。

但是真正让慕容枫心如死灰的却是来自家庭的变故。原来，慕容枫才是真真正正的汽车骄子。他的父亲慕怀远是一名真正的赛车手，高考之前，慕容枫的成绩十分优异，在班里是名列前茅的存在。而就在自己参加高考的那一天，父亲参加比赛出了意外。这让慕容枫在考场上如坐针毡，完全没办法全神贯注地答题，等他急急忙忙考完试赶到医院的时候，父亲已悄无声息地离他而去了。

父亲是家里的一座山，为慕容枫撑起了一片天，山塌了，慕容枫的人生便也黑暗了下来。经历了家庭的变故，他再也没有心思去复读了。看到精神备受打击的母亲，他选择了北方技师学院，如此一来，自己可以早一点撑起整个家。

父亲去世后，母亲徐小芳开始变得孤僻起来，后来徐小芳经常去打麻将，有时候一整天都泡在麻将馆里。打打麻将无可厚非，但是看到母亲一连坐在麻将馆里几天几夜不合眼，慕容枫愤怒地将颓废的母亲从麻将馆拉了出来。

慕容枫认为，这一切的根源就在赌上，如果父亲慕怀远不在自己高考那天去比赛争夺什么冠军奖金，意外就不会发生，自己就不可能来到技师学院；如果母亲不将自己麻醉于麻将馆的输赢中，那么人生或许还能够重来，娘俩还可以重新活出点样子来。可是父亲已经去世两年了，母亲却依旧没有从痛苦中走出来，这让慕容枫敏感的内心变得更加忧郁起来。所以慕容枫拒绝一切和赌相关的事情，哪怕是技能大赛。他将所有的心思都放到了学习技术上，只希望自己能够学有所成，回到老家开一家汽修厂，照顾母亲，让生活重新回到从前。

刘老师深知慕容枫内心的伤痛，家庭的变故让眼前这个少年过早地背负了生活的苦难。他看到了慕容枫的勤奋好学和天分，如果慕容枫能够参加技能大赛，或许能够披荆斩棘取得好的成绩，这也是自己作为教师的荣耀。这么多年来，刘春华太希望自己教的学生成才了，看到别的老师带领学生赢得各种比赛，斩获各种荣誉，每年的表彰大会之后，刘老师都会独自一人来到教室沉默好久好久。

世界技能大赛两年一届，慕容枫现在已经大二了，如果错过这届比赛，那么他将失去问鼎世界赛事的机会。哪怕他已经劝过慕容枫很多次了，慕容枫依然不为所动。眼下别的院系如火如荼地为比赛准备着，刘老师内心焦急万分。

好的学生能够成就老师，看到今年的奖金丰厚，刘老师不想错过这个机会，再一次将慕容枫请到了办公室。

二人坐在那里对视了很久，仿佛两个机器人在做图灵测试。沉默到最后，刘春华再也忍不住，他站起来对着慕容枫苦口婆心地劝说着。

"阿枫，你要让为师说多少遍？是，你在乎的是技术！但是为师的技术真的很一般！你应该和各路高手切磋！参加比赛的目的就是如此啊！一来可以学到更多的知识；二来，二来你自己看看！"刘老师说着将比赛的宣传单递到了慕容枫面前，"你不是一直想开一家汽修厂吗？国家一直很重视职业教育，这次的奖金更是达到了前所未有的高度，你赢了奖金完全可以补贴家用啊！用来做开厂的启动资金都够了！"

任凭刘老师在慕容枫面前激动地甩头发喷口水，慕容枫只有一句话："刘老师，我已经和家里承诺过了，只要是赌的东西，我一概不参加！"

"不参加也不行！你是老师遇到过的最优秀的学生，没有之一，你不参加比赛就是让老师留有遗憾！"

"刘老师，我知道你的心意，你是不是已经替我报名了？"

"啊？你，你怎么知道的？"面对慕容枫的发问，刘老师心虚了起来。

"我在大赛官网看到我的照片了，报名的事情你都做了，这下你也不会有遗憾了！"

"这么说，你答应参加了？"

"我是不会参加的！报名是你的事情，参不参加是我的事情。刘老师，你没有做错，我也是！"

慕容枫说完站起身便离开了。面对眼前倔强的学生，刘老师气愤不已，但又无可奈何。毕竟，在刘老师看来，慕容枫几乎没有软肋，你很难改变一个无欲无求的人，这就叫无欲则刚。

曾经慕怀远想尽一切办法让慕容枫继承自己的衣钵，但是一直未能提起慕容枫的兴趣，而来到技师学院的两年时间里，慕容枫强迫自己将时间投入汽车上面去后，对汽车的兴趣变得一发不可收起来。他开始明白了父亲当初对这份事业的热爱，他开始狂热地学习着一切与汽车有关的知识。这也是刘老师从慕容枫冷酷的外表下所发现的那种极致到燃烧的热情，这是任何人都无法比拟的。

每次上课，刘老师都担心慕容枫会问一些超纲的奇怪问题，比如为何汽车不能设计球形轮胎，这样一来泊车就更容易；为何不在副驾驶也增加操控按钮，如此一来比赛的时候，领航员和车手之间就可以随意更换角色；如果将车身全部涂装太阳能发电装置，会不会就能实现永动行驶？在刘老师看来，虽然这些问题都是小白入门的天马行空的幻想，但是有一些观点也确实启发了刘老师，比如将汽车前挡风玻璃做成显示屏，利用前置摄像头感应实时将地图同步投射到玻璃上，如此一来，司机便不用频繁低头看手机导航，专注于驾驶等。

刘老师能够看得出来，父亲去世导致的高考失利，对于慕容枫来讲是一种巨大的打击，他也能够从慕容枫的表现看得出来，慕容枫已经拥有了对汽车的热爱，而这份热爱足以对抗生活中一切的不如意，这也是刘老师打算再次劝说慕容枫参加技能大赛的原因。看到慕容枫一次次拒绝自己，刘老师不但没有生气反而愈挫愈勇，因为他分明看到了慕容枫每次拒绝时的那种犹豫与迟疑。这说明慕容枫的内心在动摇，心中那片如柴油般死黑的心海已经在升温，刘老师相信只需要一个火花，慕容枫的内心便会被彻底点燃，至于这个火花是什么，刘老师目前还没有找到。

从办公室出来后，慕容枫一个人来到了教学车间，偌大的教学车间里，慕容枫站在那里沉默良久。毕竟，这个年纪的少年，谁没有一腔热血呢？如果说赵青禾对于汽车的热爱是从小耳濡目染的，那么慕容枫对汽车的敏感则是出于刻在基因里的原始本能。赵青禾活泼好动，从小的生长环境就让他早早地和汽车结下了不解之缘；而慕容枫不同，虽然出生于赛车家庭，但慕容枫属于晚熟的人，他从来都没觉得赛车有什么独特之处，直到他因为父亲的去世不得已子承父业选择了汽修专业。强迫自己学习一年多，慕容枫越发觉得，眼前的汽车并不是一台机器，而是如同马儿一样，它有心脏，有循环系统，更有着自己对这个世界的表达。

夜深人静的时候，慕容枫能够感受到内心两个想法的矛盾纠结。一个是因为参加比赛而失去父亲的痛苦，痛斥着比赛给自己的人生带来不可逆的伤害；另一个则是少年热血的一面，人生难得几回搏，高考已经错过了，而这个比赛是难得的一次证明自己的机会。

慕容枫内心思绪万千，辗转反侧。

电话突然响起，但很快就挂断了，慕容枫打开手机发现是母亲徐小芳打过来的视频电话。慕容枫和母亲徐小芳的微信对话框里，很少有文字来往，更多的是慕容枫给母亲的转账记录。

慕容枫回拨过去，徐小芳却将视频切换为语音通话，接通后慕容枫并没有着急说话，而是将音量调到最大仔细倾听母亲那边的动静。

"喂……小枫啊，唔……几点了？哎呀，刚不小心在沙发上睡着了，怎么了，给我打电话有什么事吗？"

听到电话那边母亲刚醒的样子，慕容枫面无表情地说："妈，你是不是又输钱了？"

"没，没有啊！怎么会！"徐小芳瞬间激动了起来，很快她又平复了情绪，"哎呀，我不小心给你拨过去了，小枫，我没事儿，你放心好了！时间不早了，你早点休息啊！我先睡了！"

母亲说完就挂断了，慕容枫却长长地叹了口气，他打开外卖软件，将里面所剩不多的佣金提现，然后通过微信转给了徐小芳。慕容枫平日里也做兼职，其实那晚撞倒盖斌的外卖骑手就是慕容枫，只不过看到学校的很多人都在，出于自尊，他并没有摘下头盔，好在盖斌并没有追究自己的责任，所以让他的外卖员身份得以完好地隐藏。除此之外，慕容枫还做代驾。这也是慕容枫拒绝大多数女孩子的根本原因，他不想让她们看到自己冷酷外表下那脆弱的自尊。

慕容枫的猜测没有错，此刻的徐小芳正站在麻将馆里的凳子上。她一只手拿着手机通话，另一只手则示意大家不要讲话。昏黄的麻将馆里烟雾缭绕，一切都在徐小芳的密切监视中，看着一个老头打算抽烟，徐小芳狠狠地瞪着眼制止。可老头烟瘾实在忍不住了，徐小芳赶紧挂断了电话。话音刚落的刹那，麻将馆立刻就热闹起来。

"小芳啊，你怎么不提钱的事儿呢？"大妈熟练地抓着牌问着。

"你放心吧！不会欠大家钱的！我儿子啊最疼我了，一会儿准给我打钱过来！"徐小芳说着又坐回牌桌前继续打起麻将来。

可是牌友们迅速夺下了徐小芳的麻将说："小芳啊，不是我们信不过你，你先休息会儿，等会儿你儿子打钱过来了再说吧！"

坐在角落里的徐小芳显得有些落寞，她扫了一眼麻将馆里的老弱病残，都是些孤独的留守老人凑到一起排解生活的苦闷。对于普通人来讲，生活如果不快进一万倍，基本上一天和一年是一样的。自从慕容枫上学后，徐小芳更是不敢一个人待在家里。她害怕那种深入骨髓的安静，所以这两年她基本上都是在麻将馆度过。在这充满"烟火气"的地方,她才能够彻底忘却丧夫之痛,找到存在的意义。

手机叮当响起,徐小芳的眼里立马充满了光彩,她慌忙打开手机,兴奋地朝着麻将桌走去。这家麻将馆里的人打麻将都是三毛五毛的纯属娱乐,但是牌技不佳的徐小芳却屡败屡战,时间长了,没有收入的她自然还是欠下了一些茶水钱。

看到转过去的钱瞬间被徐小芳接收,慕容枫这才注意到自己的通讯录里有一个添加好友的消息,打开一看,竟然是赵青禾,而这个好友添加也是通过宋初夏分享的名片找过来的。看来,因为自己充当了宋初夏的临时男友,眼前这个狂热追求者已经开始找自己麻烦了。慕容枫没有理会赵青禾添加好友的请求,而是直接退出了微信。因为打开外卖软件的时候慕容枫忘记关闭自动接单模式,看到系统派单给自己,慕容枫看了看外面下着的小雨,便从角落的工具箱里拿出了外卖服换上走了出去。或许只有忙碌起来的时候,他才不会纠结内心的那些意难平。

当慕容枫走出车间的时候,刚好遇到风风火火赶来的赵青禾。即使二人擦肩而过,赵青禾怎么也想不到白天风流倜傥的慕容枫在晚上会是外卖小哥。

看到车间里的灯黑漆漆的,赵青禾走进就开始大喊:"慕容枫,给我出来!慕容枫?"

看到外卖小哥从里面走了出来,赵青禾拦住问道:"哎,哥,里面有人吗?"

慕容枫看了看眼前的赵青禾,摇了摇头便走了,留下站在那里独自琢磨的赵青禾。赵青禾打开车间的灯,看到里面专业的汽修工位,赵青禾边走边琢磨着,来的时候明明听说慕容枫在这里,怎么会没人呢?莫非慕容枫有意在躲着自己?

"慕容枫,给我出来!"

赵青禾大声喊着,偌大个教学车间里传来了回声。当赵青禾走到一个工位前的时候,他清晰地看到这个工位的特别——工具摆放整齐,地面擦拭干净，一看就是出自行家里手。他走到工具箱前，看到那个熟悉的名字：慕容枫。

直到此时，赵青禾方才想起，既然这里没人，外卖小哥怎么会来这里呢？莫非，刚才的人就是慕容枫？想到这里，赵青禾对慕容枫肃然起敬，这是一个真正的对手，无论是从技术角度还是从思想上，尤其是慕容枫眼神中透露出的沉稳。

慕容枫送完一单外卖后打开手机，发现赵青禾不断地在申请添加自己好友，附言里还直言说要挑战自己。然而忙于工作的慕容枫哪会搭理他，眼看着又有一单发过来，慕容枫收起手机正打算走，却突然发现一个女孩躲到了自己踏板摩托车的雨衣底下。还未等慕容枫反应过来，女孩就对他嘘声示意。

看着一帮西装革履的人追了过来，拿着手机定位左找右看却没有发现人。看到偌大的广场上只有一辆摩托车，为首的看了看走了过来。慕容枫很快便明白了，女孩大概率被定位跟踪了。眼看着西装男朝着自己走了过来，女孩狠狠地揪了一下自己的腿。慕容枫不动声色地摘下了头盔，整理了一下头发，点了一支烟。看到眼前的人是个外卖小哥，西装男便转身走了。

慕容枫绝对不会想到，躲在自己身下的女孩是正一集团的千金叶一茜。正一集团是酒店业的佼佼者，文旅产业遍布全国，是数一数二的行业翘楚。叶一茜原本在瑞士留学进修酒店管理，但是叶一茜天生就是个做生意的料，她觉得那些刻板的东西没什么好学的，她更希望自己能够赶上互联网视频的红利，结合现有的国情打造网红模式。但是叶一茜的构想被父亲叶海峰否定了，所以，不服气的叶一茜自己偷偷溜了回来。叶一茜希望通过考察一些街头巷尾的平民美食，搭配住宿打造一条平民化的网红美食街。她原本打算将这些构思具体化，考察完后做一个可行性方案再说服父亲，但是让她始料未及的是，父亲叶海峰早已在送她的手机里安装了定位软件。得知叶一茜偷偷回国，叶海峰打电话训斥叶一茜荒废学业，在叶一茜拒绝妥协的前提下，叶海峰只好派手下的人找到叶一茜将其带回。叶一茜在学校附近的小吃街品尝各种美食小吃的时候，发现被人盯梢。叶一茜搞不懂，为何自己怎么都甩不掉对方，如果被带回去见父亲，那么自己的计划将付诸东流了，情急之下的叶一茜只好躲在了慕容枫的雨衣下。看到一帮人拿着手机在寻找，叶一茜才明白，自己的手机里早被安装了定位软件。

叶一茜拍了拍慕容枫的腿，慕容枫将烟头扔到地上，戴上头盔便离开了，而躲在雨衣底下的叶一茜边走边将手机恢复出厂模式。

伴随着慕容枫骑车转出夜市到了人少的路上，叶一茜不动声色地从雨衣底下钻了出来。叶一茜猛地抬头和慕容枫四目相对，这让彼此之间都猝不及防。刹那间的眼神接触让叶一茜仿佛过电一般，雨水落在慕容枫帅气冷峻的脸上，叶一茜就这样痴痴地看着慕容枫。若不是亲眼所见，叶一茜恐怕从未想到，竟然会有如此帅气的外卖小哥。

而叶一茜的起身也阻挡了慕容枫骑车的视线，为了躲避迎面而来的行人，慕容枫左转失去平衡冲到了路边，摩托车也顺势倒在了一旁。慕容枫先是重重地摔在了地上，叶一茜紧随其后倒在了他的怀里。

两个人穿一件雨衣摔倒在地，想躲开都很难。就像是无数偶像剧中初次邂逅的那样，叶一茜和慕容枫因为重力在摔倒的过程中紧紧地吻在了一起。叶一茜如同一只受惊的小鸟，她拼命挣扎却因为脖子被雨衣紧紧地卡住，动弹不得。而慕容枫的反应则让叶一茜大吃一惊，慕容枫甚至比叶一茜更加抵触这次意外的邂逅。他赶紧将叶一茜推开，从雨衣底下钻了出来。慕容枫像是躲避瘟神一样的行为让叶一茜十分意外，明明是自己被占了便宜，却感觉慕容枫是受害者一样。慕容枫抹了抹嘴，甚至还朝着路边吐了口唾沫，这让叶一茜无法忍受。

原本美丽的意外，一下子成为对叶一茜的侮辱。叶一茜暴脾气立马起来了，她噌地一下站起身拉着慕容枫的领子叫嚣道："喂，你什么意思？！占了我便宜很吃亏是不是？我嘴有毒吗？你知不知道你这样对女性很不尊重？！"

慕容枫则是很无奈地将嘴唇翻了起来说:"出血了!"

"哦……"看到慕容枫被摔破的嘴唇,叶一茜松开手,有些不好意思地从口袋里掏出纸巾递过去,"你,没事儿吧?"

"我没事,刚才那些人……?"

"哦……"想到这里,叶一茜赶紧将手机扔到了开过来的一辆垃圾车里。

看到一万多块的手机说扔就扔,慕容枫严肃地看着叶一茜说:"喂,手机不用了为何扔掉?卖掉也好啊!"

"有人在跟踪我!"

"喂,你是在拍电影吗?刚才那一帮人是干什么的?为什么追你,你看起来也不像坏人啊!"

"我……"叶一茜一时语塞,但是她灵机一动便想出了一个理由,"我是学生,在网络平台贷款了,然后他们追债,我就这样了……"

叶一茜说完,慕容枫打量了一下眼前这个一身奢侈品的人,摇了摇头。凭慕容枫的直觉,叶一茜绝不会是穷到需要贷款的人,从刚才扔手机的态度来看,简直没有丝毫的犹豫和不舍。而且刚才和自己接吻的过程中,也没有像普通女孩子那样不知所措,甚至还揪着自己的衣领质问自己。很明显,眼前这个女孩绝非等闲之辈。

"行,我只能帮你到这了,我得去送外卖了。"

慕容枫说完扶起摩托车,打算离开的时候却被叶一茜一手抓住。

"哎,你别走啊!我手机都扔了,你不能把我丢在这不管啊!"

慕容枫想了想,掏出自己的手机说:"你用我的手机打个车吧。"

叶一茜接过手机,输入地址后却发现因为大雨没人接单,排队的人更是有一百多位。看到慕容枫被雨淋,叶一茜赶紧又将雨衣脱下披在了慕容枫身上。眼看送单要晚了,慕容枫有些着急。但是叶一茜没有手机,无奈之下,慕容枫只好带着叶一茜先把这单外卖送了。

"要不你先上车……"

未等慕容枫说完，叶一茜一把搂过慕容枫又一次吻了起来。二人接吻的同时，叶一茜还不住地用余光瞟向身边路过的车。那辆车正是刚才追逐叶一茜的跟踪者，眼看着车辆循着手机信号疾驰而去，叶一茜方才放心地松开了慕容枫。

如果说刚才那次接吻是一个意外，那么眼前的这次绝对是叶一茜出于条件反射般的下意识举动。吻完后的二人几乎愣住了，叶一茜也意识到自己的行为确实有些鲁莽，但是情急之下，既已发生，也只能这样了。

看到叶一茜在雨中被淋湿了头发，慕容枫打破了在雨中这无言的尴尬，伸过手去抹了抹叶一茜嘴角的血迹说："上车吧！"

"哦……"

看到叶一茜傻傻地又蹲在了前方，慕容枫敲了敲她的脑袋说："这次你可以坐后面的！"

"哦……"

叶一茜坐在摩托车后座，慕容枫面无表情地载着她来到了星级酒店的大堂，一个秃顶的大叔穿着睡衣早已经在楼下等候，看来是有人等着吃饭了。

看到慕容枫的摩托停下，秃顶大叔急不可耐地走上前来问道："是1527房间的吗？"

"不好意思，下雨来晚了！"

"没事儿，没事儿！"

秃顶大叔正打算拿着外卖离开，看到叶一茜从后座上下来透气，大叔有些惊讶地指着问："兄弟，这个外卖是谁点的？"

望着秃顶大叔色眯眯的样子，叶一茜气得冲了上去，但是被慕容枫一把拉了回去。慕容枫将车骑到了角落，关闭手机外卖自动接单，然后将手机递了过去。

"这会儿你可以打车了。"

可是叶一茜仍旧为刚才的事情愤愤不平，她气呼呼地问道："刚才那个人明明在侮辱我，你为何拉住我？！"

"因为你打了他的话，他会给我差评。"

"你你你……"叶一茜气得语无伦次，她接过手机打开了打车软件，可是依旧显示有一百多人在排队。

望着眼前的雨，慕容枫问道："你住哪？"

"北方技师学院。这会儿打不到车，不行你送我回去？"看到慕容枫迟疑地看着自己，叶一茜翻了翻空空的口袋无奈补充道，"到宿舍了我用另一部手机给你付钱！"

"我不是这个意思……"慕容枫说完叹了口气。

慕容枫的好友请求一直不通过，这让赵青禾十分气愤。赵青禾伙同盖斌来到了慕容枫的宿舍单挑，但是二人鼓足勇气敲门的时候，却发现慕容枫不在宿舍。据室友所说，慕容枫很少在晚上回来这么早的，估计要很晚了。

气愤的赵青禾冒着大雨在楼下等候，虽然赵青禾口口声声说是找慕容枫切磋技术的，但是盖斌就是觉得赵青禾是为了宋初夏而找人家麻烦。毕竟为暗恋多年的女孩千里奔赴的时候，女孩手揽着别的男孩胳膊，这搁谁都难以接受。自己高中时代曾经赶跑了宋初夏身边无数的追求者，眼下，自己刚来就被截胡，这已经成了赵青禾心中的一道坎儿。

眼看着雨越下越大，屋檐下的二人衣服都已经湿透了，二人站在宿舍门口，手里的伞早已被风吹散。盖斌实在难以忍受，劝说道："青禾，高中那会儿你该折腾的都折腾过了，那会儿你说是因为庾澄庆的《命中注定》带我去淋雨，还说引起女孩注意，你说今天这图个什么？"

"当年是年幼无知，希望引起女孩子的注意，现在我是纯粹追求技术的切磋！参赛选手我都看过了，慕容枫将是我最大的对手！"

"行，咳咳……"盖斌刚张口，楼顶被风吹过来的一注水流便流到了嘴里，盖斌咳嗽不及，咽下去一小口，"我先回了，你就在这等着切磋吧！"

虽然盖斌一再渲染慕容枫的技术有多么厉害，但是这在赵青禾看来，那是因为自己有所保留。虽然自己很少在盖斌面前秀车技，但是赵青禾中学时代便经常在自家修车厂里偷偷摸摸开车了。所以，赵青禾回来的第一时间便想到找慕容枫比一次，好给对方一个下马威来挽回自己之前丢掉的面子。

眼看着雨越下越大，浑身湿透的赵青禾怒气也消了几分，看到已经到了宿舍关门的时刻，赵青禾只好往回走。自己刚来技师学院就狼狈成这个样子，宋初夏到底知不知道自己的心意呢？赵青禾一个人走在积水没过脚踝的校园马路上，朝着宋初夏的宿舍楼看去。高中时代，他曾无数次冒着被误会的风险来到宋初夏宿舍的窗外，幻想着有一天，那个亮着灯的窗口会是自己和宋初夏的二人世界。雨虽然很大，但被浇透的赵青禾顿时来了兴致，积压多年的感情终于伴随着这场痛快的夏夜暴雨又一次从心头涌起。赵青禾举着破伞踏着路上的水花，一朵又一朵。

在遇到慕容枫之前，大大咧咧的赵青禾从来没有认真想过自己对宋初夏到底是友情还是爱情，到底是暗恋还是追求，他只是耍宝作妖，有人欺负她就帮忙打抱不平，只要宋初夏开心他就开心。但是当赵青禾看到宋初夏抱紧了慕容枫的胳膊，他的内心仿佛像在高速上被猛踩下刹车的汽车轮胎，狠狠磨损自己的同时冒出阵阵刺鼻的白烟。那分明是一种撕心裂肺的刺痛，在去机场的地铁上，他更是越发觉得，自己已经爱得无法自拔，只是自己从来没有意识到而已。这之前，赵青禾还沉浸在自己的世界里，慕容枫的出现将他的内心彻底击碎。在赵青禾看来，虽然自己从气势上有些比不上慕容枫，但是对于宋初夏来讲也是如此，宋初夏虽然长得不丑，但是和校草慕容枫站在一起很明显就不搭，慕容枫的身边应该是一位身材出众、面貌姣好、妆容精致的女孩。虽然赵青禾精心策划的闪现有些不堪，但是好在自己能有一个堂而皇之的理由留下来。既来之，则安之。既然在学校已经成为万众期待的种子选手，那么自己真就露一手给他们看看。

想到这里，赵青禾的内心也伴随着淅沥的雨水放松了下来。看到不远处女生公寓楼上的亮光，赵青禾想都没想便打着破伞朝着楼下走去，他想再一次站在楼下仰望自己的青春。

夏夜的雷雨中，女生公寓楼下，一个打着破伞的"傻子"，笑呵呵地看向楼上宋初夏的窗口。看到宋初夏拿着锅在窗前练习颠勺，赵青禾仿佛看到了她婚后贤妻良母的样子，他舔了舔从脸颊上流下来的雨水心满意足地转身回去。

赵青禾刚走没几步便听到轰隆隆的摩托车声，而赵青禾一眼就认出了那辆摩托车正是自己今天在教学车间遇到的外卖小哥骑的。看到摩托车上载了一位身材出众的美女，赵青禾来了兴致，没想到，外卖员的女朋友陪着他风里来雨里去，这真是难得的人间真情！看到叶一茜摘下头盔，赵青禾羡慕地摇了摇头，也不知道这个外卖小哥是哪辈子修来的福分，竟然有这么漂亮的女友。角落一旁的赵青禾打着破伞站在远处的雨中，期待着一睹外卖小哥的真容。外卖小哥很是警惕地看了下四周，直到发现没什么人之后，方才摘下了头盔。眼前的一幕让赵青禾惊呆了，他万万没想到的是，眼前的外卖小哥竟然是慕容枫！

不是今天上午还说自己是宋初夏男朋友吗？怎么今天就劈腿了？果然自己的直觉是对的，慕容枫压根就是在玩弄宋初夏的感情！仔细一看，眼前的二人才是般配的一对。赵青禾打开手机，录下了慕容枫劈腿的证据。看到二人在那里拉拉扯扯，本已消散的怒火噌地一下又蹿了上来，愤怒的赵青禾将手中的破伞狠狠地摔在了地上，怒气冲冲地朝着眼前的背叛者走去。

看到叶一茜也住在女生公寓楼，慕容枫便猜了个大概，若是自己学校的同学不可能不知道她，看她人生地不熟的样子，应该就是来参加技能大赛的选手了。

看到叶一茜从书包里拿出一张纸递了过来，慕容枫有些纳闷地问道："什么意思？"

"把你的手机号给我，一会儿回去我给你转账。你要是微信不方便，我直接给你充话费也行。如果耽误了你送外卖，误工费多少你说个数。"

显然，叶一茜真的把慕容枫当成了外卖员，看到叶一茜目中无人高高在上的样子，慕容枫不屑一顾地接过头盔挂在了车把上，掉转车头打算骑走。

"哎，别走啊！我可不想欠人情！你可以多要点的！我给得起！"

看到叶一茜拉着自己的衣服，慕容枫无奈地转头看了一眼说："你不是因为校园贷被追债了吗？怎么这会儿摇身一变成富婆了？"

"呃……"叶一茜一时语塞，她有些不好意思地收回了自己的手，"一码归一码嘛！你也挺不容易的，大雨天还在送外卖！"

"算了吧！我不需要，倒是你，女孩子家，照顾好自己吧！"

慕容枫说完便重新启动了摩托车，可正当他打算走的时候，一只人字拖先飞了过来，稳准狠地砸在慕容枫的脸上。人字拖上的雨水甩向了叶一茜的脸，这虽然让人猝不及防，但是叶一茜以超人的速度闪开了。

"渣男！"

赵青禾二话不说，飞起一脚，将慕容枫从车上踹倒在地，二人扭打在了一起。莫名其妙地挨了一脚，慕容枫十分无语。看到骑在自己身上的是那个既熟悉又陌生的面孔，慕容枫瞬间明白了赵青禾所说的渣男是什么意思。

"你怎么可以这么对不起宋初夏？脚踏两只船，亏你也敢做得出来！"赵青禾在雨中愤怒地质问。

"喂，你这人怎么回事啊，我不认识她好不好？我只是正好载她一程而已！喂！"面对赵青禾饿虎扑食一般地撕咬，慕容枫招架不住，疲于解释。

"都被我抓现行了还狡辩，亏你还是校草，你这简直就是侮辱校草的名声！渣男！"

从赵青禾的只言片语中，叶一茜很快便得知眼前的这个外卖小哥原来是技师学院的校草，怪不得颜值了得，而回想刚才慕容枫的倔强，叶一茜很快就得出了一个结论：实力校草家境贫寒，为了面子偷送外卖补贴生活。

想到刚才下车的时候，慕容枫左顾右盼才摘下头盔，一切的疑问瞬间迎刃而解。而眼前的赵青禾肯定是情敌了，哦不对，是备胎。因为赵青禾在慕容枫面前还是个小弟弟，稍显青涩。从刚才不问青红皂白的言行就能够看得出，赵青禾道行尚浅，但是从颜值上来说二人不相上下。两个大帅哥为一个女孩子争风吃醋，这勾起了叶一茜极大的兴趣，她甚至有些迫不及待地想看看二人口中这个叫宋初夏的女孩到底是何方神圣。

看到叶一茜在旁边正看自己的热闹，还差点笑出声来，慕容枫有些恼羞成怒地喊道："喂，你倒是说句话啊！"

"亲爱的，你们别打了！我先回去了！"

叶一茜说完便潇洒地转身离开了。制造矛盾，化解矛盾，成为朋友，这是叶一茜交朋友的一贯做法。虽然慕容枫帮助了自己，但是他同时也需要为刚才冷落自己而买单。

"你还有什么话可说？渣男！"听叶一茜说完，赵青禾更是越战越勇。

面对叶一茜的拱火，慕容枫转头大喊："喂，你解释清楚！"

"我警告你，以后离宋初夏远点！有我在，你休想伤害宋初夏！"

面对赵青禾熊熊燃烧的怒火，慕容枫终于奋起反击，他猛地将赵青禾掀翻在地狠狠地说："赵青禾，你听好了！我并没有对不起宋初夏，你才是一直伤害她的那个人！"

而此刻，宋初夏正在洗脸刷牙，全然不知楼下两个男人在为自己纠缠。叶一茜就住在宋初夏隔壁，看到赵青禾和慕容枫依旧在楼下纠缠，叶一茜便打开窗子大喊。

"喂，你们俩到底有完没完？！要不要我帮你们去找一下那个叫什么夏天的女孩啊？"

二人转头看向女生公寓楼，却都不约而同地看向了隔壁宋初夏的窗子。按照慕容枫的直觉，叶一茜绝不是个简单人物，为了息事宁人，慕容枫赶紧松开了紧握的拳头，而赵青禾此时也害怕将宋初夏卷进来。就这样，两个人非常有默契地从地上爬了起来，各自转头走了。

二人默契地绕开女生公寓楼门口后，赵青禾再一次绕回来挡在了慕容枫面前。

慕容枫知道，像赵青禾这种单细胞动物，无论如何是不会相信自己了，但是他也有自己的难言之隐。

看到慕容枫猛轰油门想躲开自己，赵青禾直接将前车胎夹在了自己的裤裆里，任凭慕容枫有再大的胆子，也不敢从自己身上碾过去。

"喂，赵青禾！你到底想怎样？我都跟你说过了，刚才那个女孩叫什么我都不知道！她下雨打不到车，我只是顺道将她带回来而已。还有，住在那个楼上的都是参加比赛的选手好不好？你到底要我怎么做你才满意？"

"我是因为宋初夏才来参加比赛的，听说你是技师学院的无冕之王，我们比一场吧！"

"你去找过刘老师，他应该跟你讲过，我是不会参加比赛的！我也从来不跟任何人比赛！报名的事儿是他瞒着我做的！"

"刘老师？什么刘老师？"

"刘春华！我的辅导员！"

"少废话！你要是不跟我比，我就把这段视频发到网上了！你是不是特别输不起啊？滑铁卢先生！"

赵青禾虽然看似痴傻疯癫，但是他敏锐地从慕容枫的眼里看到了两个字：自尊。

从刚才的过招来看，慕容枫看似冷酷的外表下也藏着一颗炽热的心。从刘老师那里，赵青禾得知，慕容枫技术一流。如果没有发自心底的热爱是不会练就如此高超技术的，这从慕容枫的工位上可以看出。长相出众却偷偷出去跑外卖，自然不是因为喜欢兜风，而是迫于经济压力却又放不下面子。正所谓同类相吸，短短的两次交手，赵青禾就敏锐地觉察到了慕容枫身上和自己相似的特质。

看到眼前赵青禾破釜沉舟的样子，慕容枫清醒地认识到，这绝对是一个难缠的人。如果自己的视频被传播开来，那么自己的努力将会在毕业之前毁于一旦。

"呵呵，有意思！好，我答应你！但是你要答应我删掉刚才的视频！"

"做贼心虚！我要让你知道，我才是能够陪宋初夏走到最后的那个人！"

"今晚下雨了，明天晚上我们赛场上见！到时候我让你见识见识什么叫漂移之神！"

"不，就今晚吧！要比赛，当然要有点技术难度才行！"看到慕容枫有些迟疑，赵青禾得意地问道，"怎么，怕了？"

慕容枫用脚踩了踩地上的积水，摘下车把上的头盔扔了过去说："上车吧！"

慕容枫载着赵青禾来到了车间，换上衣服后，慕容枫拿着钥匙开着教练车来到了学校的比赛场地。下过雨的赛道很容易打滑，这对新手来说，危险系数陡增。

换了衣服的慕容枫像是变了个人，那身工装仿佛是电磁炉一般将慕容枫身上流动的血重新加热沸腾，那个冷酷的校草又回来了。慕容枫将车钥匙递给赵青禾说："你先来吧！"

看到赵青禾有些迟疑，慕容枫认为赵青禾空有其表并无真正的实力，转身打算走。毕竟，来到学校的两年来，类似的挑战者太多太多了。

"我新来的，并不熟悉场地！我先开一圈不过分吧？"

"没事儿！开几圈都行！"

赵青禾接过钥匙，开着教练车开始熟悉场地。不得不说，技师学院的教练车比自己学校的差很多，老旧不堪，赵青禾甚至怀疑，这样的车能漂得起来吗？赵青禾绕了一圈后，还是觉得不够，他尴尬地对着慕容枫笑了笑，又绕了一圈后方才点头示意。

为了表示公平，慕容枫打开车门坐到了副驾驶上。看到赵青禾看着自己，慕容枫晃了晃自己手中的秒表说："既然是切磋，那就彼此学习学习。"

"行！"看到镇定自若的慕容枫，赵青禾第一次感受到了一种强大的气场，他努力掩饰着自己的慌张，深吸了一口气。

慕容枫漫不经心地看向窗外，任由赵青禾熟悉着车况。伴随着汽车发动机的轰鸣，慕容枫准确地按下了秒表，赵青禾也熟练地在赛道上闪转腾挪，拐弯处，赵青禾来了一把漂移，这本让赵青禾颇为得意的招数在慕容枫这里却遭遇了滑铁卢。面对强大的离心力，慕容枫很好地控制住身体没有左摇右晃，最为致命的是慕容枫的脸上压根就没有表情，内心毫无波澜。要知道，雨后场地漂移难度系数极高，这次漂移在赵青禾看来堪称完美，他很快调整了自己的心态，加速朝着终点开去。车驶过终点线的那一刻，慕容枫伸在车窗外的手及时地按下了秒表，他看都没看，将秒表递到了赵青禾面前。

看到秒表上显示的三分钟整，赵青禾激动地下车叫喊着。这已经破了自己之前的三分十秒的纪录，而且还是在雨天这种路况不好的情况下。虽然自己在大学里已经半年多没有碰过车了，但是刚才这一圈的手感却很棒，此时的赵青禾认为自己胜券在握。这么多年来，几乎没有人能够超过自己，在他看来，刚才慕容枫的表现就是故作镇定，打乱自己的扰兵之计。

赵青禾在车下兴奋不已，慕容枫转头看向赵青禾，微微冷笑了一下便下车来到了驾驶位上。慕容枫确实低估了眼前这个热血少年，慕容枫看得出来，赵青禾绝对是有功底的。虽然慕容枫一直把目光瞥向窗外，但是他通过后视镜看到了整车的漂移状态，更用耳朵敏锐地听到赵青禾每一次操作的节奏和时间。换作从前，像赵青禾这种稚气未脱的少年，慕容枫都不会多看第二眼。但是眼下，慕容枫属实遇到了对手。

赵青禾接过秒表坐在了副驾驶上，看到慕容枫紧闭眼睛，赵青禾也不屑地将目光瞥向了窗外，果然是故弄玄虚。赵青禾得意地望着远处赛道上自己漂移过的车痕，完全没有在意慕容枫此时已经目光如炬地盯紧了前方。

"喂，开始了！"看到赵青禾沾沾自喜的样子，慕容枫戳了戳赵青禾。

"哦……"

"漂移之神，秒表可在你手里，你别说我欺负你！"

"放心……"

赵青禾嘴里的"吧"字还没说出来，慕容枫便以迅雷不及掩耳之势启动了车子，几乎是惯性让赵青禾按下了计时键，要不是秒表上有一根系带，恐怕早已从赵青禾手里飞到车后了。慌乱中的赵青禾只是看了慕容枫一眼便被震撼到，慕容枫身姿笔直，他眼中的专注仿佛这个世界里只有面前的路。到了弯道的时候，慕容枫提前操作让车子处于失控状态，虽然只是比赵青禾早漂移了几米，但是慕容枫很快就利用惯性以最短的距离冲到了直道上。赵青禾握紧了手中的秒表，看到慕容枫马上就要驶过终点，赵青禾刚想按下秒表却被慕容枫猛地来了一个360度调头，巨大的离心力让赵青禾抓不住手中的表，未等赵青禾反应过来，慕容枫又踩油门朝着反方向跑了一圈。在慕容枫面前，赵青禾仿佛第一次坐车，毕竟，慕容枫所在的这个学校是以实践为主，和赵青禾所在的学校以理论为主的教学不同，慕容枫几乎每天都是通过驾车来调试汽车各方面的性能。相比赵青禾的学院派，慕容枫是个彻头彻尾的实战派。毫无疑问的，慕容枫赢了，而且赢得很彻底。这在赵青禾看来，几乎是不可能完成的任务，甚至完全是世界级选手的存在。车驶到终点后，慕容枫又来了一个360度原地漂移。

看着惊魂未定的赵青禾瘫坐在车里，慕容枫下车点了支烟看着不远处二人漂移的痕迹。在过弯处，慕容枫划出了一个完美的弧度，而赵青禾的弧度明显深浅不一。

"你……"赵青禾看了看手中的秒表，几乎不敢相信。

"三分钟！我承诺的做到了，拜托有空删下视频！"

让赵青禾颇为得意的三分钟成绩，在慕容枫这里一秒不差，只不过慕容枫跑的是两圈。也就是说，慕容枫的实力远远在赵青禾之上。看到慕容枫面无表情的样子，赵青禾瞬间明白了什么叫孤独。眼前是一个没有对手的车神，作为"技校一哥"，慕容枫当之无愧。今天之前，赵青禾没有见过高山，眼下，他终于见识到了"技校一哥"的实力。此时的赵青禾成了不折不扣的滑铁卢先生。

慕容枫猛吸了几口，将烟蒂扔到地上后大步走远了，留下了呆若木鸡的赵青禾，同样呆若木鸡的还有躲在角落里的盖斌。赵青禾本以为自己胜券在握，所以提前发信息给盖斌，让他在角落里偷偷录下二人比赛的视频好记录自己的高光时刻。看到赵青禾一屁股坐在了地上，盖斌赶紧停止了录制。看到慕容枫已经走远，盖斌想了想也悄悄地溜了。

回到宿舍后，盖斌躺在床上戴着耳机仔细看着刚才的视频，心想幸亏慕容枫没有参加比赛，要不然赵青禾可能连初赛都过不了。

看到赵青禾打来的视频电话，盖斌赶紧脱掉上衣盖上被子，假装睡眼惺忪的样子。

"青禾，什么事儿？刚才我睡着了……"

"哦，我刚才让你来操场来着……"

"嗯？啥时候，我看看……"盖斌假装查看手机信息，"什么事，要不我这会儿过去？"

"不用过来了，没事了！"赵青禾说完便挂断了电话。

从赵青禾的语气中，盖斌便知道，这应该是赵青禾有生以来遭受过的最大的一次打击了。

躺在床上的赵青禾怎么也想不通，按照刚才的成绩，慕容枫完全可以去参加专业的世界级比赛了，一尊大神为何屈就在学校里呢？他终于明白刘老师为何瞒着慕容枫为他报名技能大赛了，因为慕容枫是一名出色的选手。

想到自己雄心勃勃地来，灰心丧气地走，又狂妄自大地叫板，赵青禾的心里复杂极了，他像是未燃烧充分的发动机，憋屈而窝火。思前想后的他拿起了手机，拨通了那个很久都没有打过的电话。

青禾汽修厂的赵运驰正在加班修理车辆，满手是油，看到是赵青禾的电话，只好用舌头点击了接听。

"哎哟，太阳从西边出来了，怎么，遇到什么事了？"赵运驰知道，无事不登三宝殿，赵青禾从不轻易给自己打电话，哪怕没钱了，他只会给他妈打，问题到了自己这里的时候,应该是很棘手了。

"爸,如果成为一个专业的赛车手的话,需要练多久?"

"哟,声音很低沉啊,青禾啊,不得不说,你成熟了不少啊!"

"爸!"

"好好好,言归正传,一个专业赛车手的话,应该很快,我花点钱给你电脑升级一下配置,鼠标和键盘很重要。之前你老赢不了是因为配置太差了,专业玩家就需要专业的硬件。"

"爸,我说的不是游戏!"

"啊?你说的是专业的车手啊?这个的话就说来话长了。要想成为世界级的专业车手,基本上从出生那一刻就开始了,而且培养这样的一位车手,至少需要三代人的努力,有时候甚至需要国家的支持。比如F1车手,第一个阶段就是在8—12岁的时候,这个时候一定要在各级卡丁车比赛中胜出,才能培养出良好的……哎,怎么挂了!"

赵运驰将手机随手扔到了沙发上,叹了口气,坐在沙发上端起茶杯喝了一口茶,抬头望着车库墙上自己和小时候的赵青禾的合影。赵运驰用手指了指照片笑着说:"臭小子,终于要开窍了!"

赵青禾知道父亲正拿自己开涮,拆掉人生滤镜的他真正地感受到了理论和实践的差距、天才和庸才的区别。别说是三代人,光是一年的实战训练和一年的纯理论学习对比差距就很大了。何况,慕容枫每天都在调试发动机还有平衡系统,风雨不误地骑摩托车送外卖也是慕容枫深思熟虑的结果。虽然是摩托车,但是慕容枫却能够处理应对任何复杂的车况、路况。可以说,慕容枫的大多数时间都是在车上度过的,而自己除了在课堂上学理论之外,每天都是浑浑噩噩地在睡觉和打游戏中度过。这就是差距,慕容枫碾压式的秒杀让赵青禾第一次对技师学院肃然起敬。他第一次感觉到自己是卑微而渺小的,他甚至觉得自己有点给父亲丢脸。想到这里,赵青禾关掉了手机,蒙头大睡。

回到宿舍，慕容枫一个人坐在那里盯着眼前的书架发呆。两年过去了，他一直未能从父亲去世的阴影中走出。今晚在赵青禾的激将下，自己不得已又放纵了一次。但是和以前不一样的是，赵青禾的挑战却让他热血沸腾。看到赵青禾用着青涩的操作手法斗志昂扬地挑战自己的时候，他不禁想起了自己当初跟父亲学习赛车时候的样子。用父亲的话说，那就是自大而张狂。

人不轻狂枉少年，赵青禾激发了慕容枫心底的那份渴望，就像是在极地冰盖上孤独行走很久的因纽特人在暴风雪中遇到了久违的兄弟。在慕容枫看来，眼下的赵青禾虽然幼稚，却是难得的潜力股。透过赵青禾幼稚的手法和炫酷技巧，慕容枫看到了赵青禾身上扎实的童子功。如果说成功路上不可避免地要遇到高人指路、贵人帮助、他人刺激，那么慕容枫自从出生那一刻开始，富足的家庭条件就让他拥有了高人指路的资本；踏入技师学院之后，辅导员刘春华就是自己的贵人，几乎毫无条件地纵容自己做想做的一切；眼下慕容枫踏上挑战自我的道路只剩下最后一条，那就是他人刺激。话又说回来，一般人还真的很难刺激到慕容枫，因为一般人压根就不是他的对手，甚至在慕容枫的眼里，挑衅他的人和他压根都不是一个层面的。毕竟对手讲究的是实力相当。目空一切的慕容枫，孤独地背负着内心的伤痛在这个学校里行走了两年，若不是赵青禾的出现，估计他就在沉默中消失在这个喧闹的赛车场上了。赵青禾的年少张狂成功地激发了慕容枫心底的那份对赛车的渴望，他一方面很讨厌赵青禾的纠缠，另一方面又在赵青禾身上看到自己当年的影子。

凝望了很久之后，慕容枫方才缓缓地伸手从书架上拿出一本书来，那是美国作家罗伯特·M.波西格的《蝉与摩托车维修艺术》。慕容枫缓缓打开，书的第一页赫然是熟悉的字迹。原来，这是父亲当年送给自己的生日礼物。从破旧的书页上看，这本书不知道被慕容枫翻看过多少次。在书的中间，慕容枫取出了那张当年与父亲的合影。照片中，父亲身着专业赛车服，阳光帅气，自己则高扬着头，用自己的张狂来回应这个世界。到底要不要参加比赛证明自己呢？从今晚开始，那泛起涟漪的心海再也不会平静了。

第四章　我，隔壁班的

爱你不止三千次

第二天一大早，慕容枫便来到了烹饪学院的教室，他担心赵青禾不按常理出牌，将自己的视频发给宋初夏，或者赵青禾因为输不起而对宋初夏说些什么。

烹饪教室里，一排排正在训练的学员把沙子当菜放在锅里，众人伴随着老师敲击的鼓声机械地练着颠勺。宏大的场面像是少林寺的练功场，这让宋初夏颇长见识，而慕容枫却早已司空见惯。一排排的老虎灶喷射着火舌，仿佛身处锻造厂。

慕容枫就在众人中间寻找着宋初夏的身影，像是一个身处战火中的英雄寻找自己要拯救的心爱的姑娘。

同样一夜没睡的不止慕容枫，还有盖斌，他知道慕容枫狠狠地挫伤了赵青禾的锐气，怕赵青禾因此失去了斗志。想了一夜，盖斌也没想好该怎么说这事，只好一大早就去赵青禾的宿舍找他。看到赵青禾已经在宿舍里收拾好了行李，盖斌方觉大事不妙。

"青禾，怎么了？打你电话一直关机，这怎么还收拾起行李来了？"

"我家里有事儿，我先回去待几天！"

"什么事儿啊？那比赛怎么办？"

"到时候再说吧，这个比赛，我可能没时间参加了。"

看到赵青禾要退出比赛，盖斌十分着急，但是他又不能点破昨晚的事。赵青禾也不知道该怎么和盖斌开口，在他看来，自己还是小瞧了对手，高估自己了。既然是全国性的大赛，肯定是高手如云，他甚至怀疑辅导员那么痛快地同意自己来参加比赛，而且还在学院里大做文章，根本就是给自己设套。因为自己可能在第一轮比赛中就惨败，如此一来，他回到学校后就再也没有心气儿和辅导员拌嘴了。昨晚的惨败让赵青禾觉得自己在技师学院完全没有存在感，既然宋初夏不再需要自己，那么留在技师学院的意义也就没那么大了。学校回不成了，倒不如回家好好跟父亲认真学习。

一夜未眠的赵青禾早早地就去了赛场，认真观看了昨天晚上二人比赛时留在地上的车痕，赵青禾对慕容枫肃然起敬。赵青禾回想起有一年的中秋夜，父亲在院子里即兴为自己展示了一段原地漂移的画面。看到天上的圆月，赵运驰上车在原地漂移，画了一个大大的圆。赵青禾清楚地记得，第二天他去看车痕，地上的痕迹完美无缺，接口处恰到好处，甚至没有重叠。想到这里，赵青禾方才明白父亲说"台上一分钟，台下十年功"的用意所在。

以前父亲认真教自己的时候，赵青禾总是不耐烦地敷衍，现在想来，如果想超越慕容枫这样的高手，只能回家请教亲爹了。毕竟，被迎头痛击的仇还是要报的。

虽然赵青禾什么都没说，但是从他垂头丧气的样子盖斌就知道，赵青禾这次应该是认真了。看到赵青禾去意已决，盖斌只好给宋初夏打了个电话，希望宋初夏能够前来劝说并留住赵青禾。可是此刻宋初夏正在烹饪教室热火朝天地炒着菜，任凭手机在柜子里振动，巨大的厨房噪声早已将其淹没。

"哎，这就走了啊？走之前怎么也得跟初夏告个别吧？"盖斌说着夺下赵青禾手里的包，急得满头大汗。

"算了，说什么也没用了。"赵青禾看了看盖斌，叹了口气。

"你如果一声不吭就走了的话，那么你在初夏眼里就真成逃兵了，你现在走了不正好给敌人机会吗？青禾，你暗恋了宋初夏这么多年，不能就这样前功尽弃，灰溜溜地一走了之啊！"

赵青禾什么也没说，拎起包就往外走，而盖斌则死命拽着赵青禾手里的包不放。僵持之下，盖斌索性直接抱着赵青禾的腿坐在了地上。

此时的宋初夏正在厨房认真处理着一条草鱼，开膛破肚，这在宋初夏看来如同敲键盘聊天一样轻松自然。而同样要做水煮鱼的人却不止宋初夏一个，紧挨着宋初夏的则是素不相识的叶一茜。叶一茜来到训练场后，选择挨着一个自己认为最弱的选手，因为她怕有实力的选手偷偷观察自己的做菜技法。然而她所不知道的是，自己身边这个看似柔弱的女生，才是自己最大的对手。

同样一条鱼，叶一茜还没有将内脏清理完，宋初夏已经开始切片了，这一度让叶一茜以为是自己状态不好发挥失常。的确，叶一茜并没有全神贯注地投入做菜中去，而是东张西望，观察着参赛选手们的状态。而宋初夏则完全相反，虽然教室内热火朝天，但是在宋初夏的那里，整个世界安静到如同只剩下她自己一般。她从未在这样宽敞明亮的车间里工作过，虽然初夏餐馆的后厨也被父亲收拾得井井有条，但是从规模和档次上来说，二者就是天壤之别。在这里，全德系的装备至少得十万块起步，各种顶尖的厨房电器一应俱全，这只有在偶像剧中总裁家的厨房才能看得到。

可以说，凭借慕容枫的颜值和气场，从踏入教室的那一刻他便吸引了所有人的目光，叶一茜也早已注意到了眼前这个欢喜冤家。看到换上便装的慕容枫英气逼人，叶一茜破天荒地有了小鹿乱撞的感觉。叶一茜生在富裕家庭，从小学到大学一直都是班花、校花级别的存在，有好多次放学路上被拦着要联系方式。出国留学后，西方式的求爱表白更是屡见不鲜，所以叶一茜在异性缘这方面早已是饱和的状态，对于恋爱也感到麻木了，任何关于男女之间的小情小爱都未能入她眼，这也是女孩富养的好处之一——不会轻易被男孩子哄骗。眼下慕容枫穿梭在火光中来回寻找的样子，像极了在战场上寻找心爱女人的战士，在不经意间点燃了叶一茜早已干枯的内心。

或许是慕容枫从一开始就对自己爱搭不理的样子，或许是叶一茜内心那头叛逆的小野兽在作祟，当慕容枫转头望向自己这边的时候，叶一茜仿佛回到了情窦初开的初恋年纪，她很快低下头掩饰着自己脸上的绯红。

叶一茜小心地借用菜刀的刀面看着远处的慕容枫，令人心跳的事情果然还是发生了，慕容枫竟然径直朝着自己走了过来。"直男"慕容枫甚至都没有转弯，径直穿过了一个又一个选手的工作台。毕竟，在直男眼里，两点之间，直线最短。慕容枫的举动引来了众人的目光，就在众目睽睽之下，慕容枫朝着叶一茜走了过去，叶一茜则使劲儿低头假装处理着食材平复着自己的情绪。

"姐什么样的场合没见过？振作起来！"叶一茜心想着，她甚至有些生气地用菜刀剁向了案板，发泄着自己心中的些许不满。

三亚的游艇上、上海东方明珠塔顶、北京的长城烽火台、法国的凯旋门、悉尼歌剧院、美国自由女神像、马来西亚的双子塔、喜马拉雅山上的露营地、在乞力马扎罗山作为背景板的猴面包树下……无数次令世人羡慕的表白仪式在这些地方为叶一茜上演，叶一茜都没在乎过。唯独眼下，一股从未有过的荷尔蒙透过阵阵火光朝着自己燃烧过来。什么大风大浪没见过，干吗这么没出息？叶一茜心想着，待她再次抬头的时候，却发现慕容枫早已站在了自己的面前。慕容枫的目光依旧冷酷，像是一个杀手即将俘获自己的猎物。这种冷傲反而让一向强势的叶一茜有了一种特殊的情感，虽然说不上来，却是前所未有的体验。

在叶一茜低下头等待着慕容枫搭讪自己的时候，宋初夏的水煮鱼也顺利出锅，与其说是慕容枫在人群中找到了这里，倒不如说是宋初夏水煮鱼的香味吸引了慕容枫的注意，慕容枫几乎是闻着香味走过来的。慕容枫有着异于常人的嗅觉和听觉，长年累月送外卖，慕容枫一闻便知饭菜的水平。在慕容枫看来，大多数的外卖都是重油重盐重味精的过瘾快餐，真正的饭菜还得是妈妈的味道。今天，他一下子闻到了一股熟悉的香味，那种味道是自己从小吃到大的妈妈的味道，朴实而沁人心脾。他几乎在第一时间就发现了人群中埋头做菜的宋初夏。

宋初夏做完菜方才大喘一口气，看到眼前有一个影子挡住了自己，她不禁抬头看去。未等宋初夏说话，慕容枫二话不说就夺过叶一茜手里的筷子，虽然是叶一茜用来搅拌生鱼片的筷子，但是慕容枫只是用衣角擦了擦便朝着宋初夏的水煮鱼伸了过去，众人也闻着香味围了上来。

慕容枫夹起一片水煮鱼，鱼片是半透明的，经过宋初夏的处理裹着一层薄薄的胶质。慕容枫一边看着疑惑的宋初夏，一边把鱼片放到了嘴里。因为切得很薄，所以鱼片在从滚烫的汤里夹出到慕容枫嘴边的时候已经迅速凉了下来，薄薄的鱼片带着些许温度，干辣椒处理得恰到好处，温润而带有些许镬气，鱼片口感爽弹。几乎是一瞬间，慕容枫的眼泪流了下来。来技师学院两年了，为了贴补家用，慕容枫已经很久没有回家了。因为春节的时候能够赚得多一些，慕容枫已经想不起多久没有尝到妈妈亲手做的水煮鱼了。熟悉的味道瞬间击溃了慕容枫冰冷的内心，那种温暖让慕容枫一下子回到了自己童年时代最快乐的时光。

看到慕容枫没有搭理自己，叶一茜有些恼火，但是看到宋初夏盛在盘子里的水煮鱼，叶一茜也闻到了那种难以抗拒的香味。她顾不上慕容枫莫名其妙的流泪，夺过慕容枫手里的筷子迅速地夹起一片放到了嘴里。果然，这盘水煮鱼味道堪称一流。叶一茜一下子就知道了这道菜的精髓所在，她尝过无数水煮鱼，各有各的特色，眼前这道菜的厉害之处在于余韵深厚，绵延不绝，让人忍不住想来一碗米饭大快朵颐。那种温暖而坚实的后劲儿让人有一种家的温暖，怪不得慕容枫泪流满面，这么优秀的菜甚至让叶一茜忍不住将鱼头夹到了自己碗里。鱼头是叶一茜的最爱，不仅包含了鱼身上各种肉质特点，而且鱼脑是无可比拟的存在。看到叶一茜一声不吭地将鱼头夹到了自己碗里，众选手纷纷拿着筷子朝着宋初夏的盘里伸过去。叶一茜之所以夹鱼头还有另外一点，这是她花重金在国外学到的大师级的手法，杀鱼在于刀法够快，顶级的厨师能够让鱼在无痛苦的状态下失去意识，如此一来鱼肉不会因为濒死变得过于紧张。检验厨师刀工的唯一证据就是鱼眼。如果鱼眼一口咬下去甜甜的，这说明厨师刀法了得；反之，如果鱼眼咸咸的，说明鱼儿因为惧怕死亡而产生了泪水。这一道菜基本上可以通过鱼眼来判断成败。叶一茜夹着鱼眼看了看宋初夏，而宋初夏明白了叶一茜的用意，微笑着点了点头。叶一茜将鱼眼放入嘴中，果然，鱼眼的味道处理得恰到好处。不仅如此，特殊的松软也让叶一茜大吃一惊。

原来，宋初夏不但用最快的刀法处理了鱼身，还给鱼眼做了按摩，如此一来，鱼眼在汤中便能够以均匀的方式受热。宋初夏烹饪的时候还借鉴了溏心蛋的手法，这让叶一茜浑身的汗毛都竖了起来。自己花重金在国外找米其林大厨学来的秘诀，在眼前这个瘦弱的、毫不起眼的女孩面前得到了验证。可以这么说，除了摆盘差点火候外，从味道上来讲，宋初夏的水煮鱼完全是问鼎群雄般的存在。叶一茜顾不上慕容枫的事情，她仔细审视了眼前这个弱不禁风的女孩，毫无阅历的脸上透露着一分稚气，穿着打扮普普通通，但就是这么一个女孩，将是自己在这一届大赛上最为强劲的对手。

慕容枫很快意识到了自己的失态，他转身朝着门外走去。而此时的宋初夏也早已成了大神般的存在，被众人围在中间。被晾在外围的叶一茜敏锐地觉察到了眼前这个冷酷的大男孩肯定有着不为人知的心事，她想了想便追了过去。

"哎，等等我！"

慕容枫走得很急，他快速地穿过一个个操作台，任凭泪水滴落在地上，他不想让擦拭泪水的动作出卖自己苦苦支撑的坚强。

叶一茜三步两步就追了上来，拽住了慕容枫的袖子，之前亲吻的时候被慕容枫的冷傲刺过一次，这是难得报仇的机会。

"喂，你来找我做什么？一声不吭就走了算什么啊！"

慕容枫不顾叶一茜的纠缠，只顾往前走，丝毫没有停下来的意思，任凭叶一茜拉着自己的衣袖。有些选手的工作台下脏乱不堪，湿漉漉一片，这让穿着高跟鞋的叶一茜十分被动。

看着叶一茜薅着自己的衣服不放，慕容枫生气地将身后的"拖油瓶"奋力一甩。这一甩不要紧，此时叶一茜的脚底刚好踩到了鱼鳔，伴随着"啊"的一声，叶一茜失去平衡滑倒在地。

慕容枫闻声回头，眼看着叶一茜的身体正朝着操作台倒去，而操作台上正对着的是一把锋利的尖刀，叶一茜花容失色，慕容枫不得已只好顺势拉住叶一茜的手，一个大步抄过去将叶一茜拉到怀里。叶一茜眼看着尖刀从自己的鼻尖划过，眼珠子都差点瞪了出来，好在慕容枫及时将她拉住，否则肯定要毁容了。惊魂未定的叶一茜就这样又一次躺在了慕容枫的怀里，而刚才这一幕也将慕容枫吓得不行。

未等二人回过神来，一条鱼就从远处飞了过来打在慕容枫的脸上。

"渣男！"

赵青禾怒不可遏地伸出手，指着二人骂骂咧咧，要不是盖斌奋力拉着赵青禾，恐怕赵青禾早已提刀冲了过来。因为赵青禾进教室后第一眼就看到慕容枫和叶一茜抱在了一起，如果说之前那次是误会，这次二人当着宋初夏的面做出这样的事情，怎么解释都很难让人相信二人刚刚认识。当然，赵青禾的愤怒多少也带点私人情绪。这一点盖斌感同身受，原本赵青禾打算同宋初夏道别的，自诩为护花使者的赵青禾目睹了刚才的一幕很难不受到刺激。本就因为慕容枫的出现而心灰意冷不得已离开技师学院，昨晚又被狠狠地打击了一顿，眼下情敌竟然在众目睽睽之下和叶一茜搂搂抱抱，赵青禾将包往地上一摔，大有拼命的架势。

教室里除了刀就是火，看着眼圈发红的赵青禾马上就要挣脱，盖斌干脆将赵青禾扛起跑了出去。

赵青禾的嘶吼成功引起了宋初夏的注意，毕竟那个声音如同恶魔召唤一般，宋初夏摸着胳膊上起的鸡皮疙瘩赶紧走出人群寻找，可是只看到盖斌扛着人走出去的背影。慕容枫和叶一茜站在那里，宋初夏赶紧跑过来询问。

"又见面了，慕容枫，你刚来怎么就走了啊？"

"哦，刚有点急事儿……"面对宋初夏爽朗的招呼，慕容枫显得有些尴尬。

"你们认识？"看着眼前瘦弱的出尽风头的女孩，叶一茜十分不爽。

慕容枫看了看叶一茜，冷冷地说："她是我女朋友。"

显然宋初夏的恶作剧为她带来了意想不到的后果，虽然自己对慕容枫也有些许好感，但是在陌生人面前这么介绍自己，这让宋初夏觉得太唐突，她慌张地说："啊！没有没有！我们是刚认识的！"

若是慕容枫与宋初夏在大学校园里邂逅，宋初夏或许会认真对待这段感情，但是眼下时间、地点、人物都不对，哪怕自己对眼前这个大男孩有着莫名的好感，宋初夏依旧不想让这段突如其来的关系朝着荒诞的方向发展。

听宋初夏解释完，叶一茜心里有了些许安慰。从昨天的一见钟情，到现在的二见倾心，大户人家出身的叶一茜从未像今天这般心生醋意。慕容枫如同猎物一般，越是不搭理她，越是能激发出叶一茜的征服欲，而眼前最不起眼的宋初夏更是让叶一茜有一种挑战欲，自己喜欢的猎物怎么能够被这种女孩夺走呢？可以说，叶一茜与宋初夏的比赛从此刻正式开始了。

一边是教室内慕容枫站在叶一茜与宋初夏中间，一边是门外的赵青禾发疯似的想教训情敌，教室内外上演了一场冰与火之歌。

在赵青禾看来，慕容枫就是彻头彻尾的渣男，宋初夏这种心思简单、毫无恋爱经验的女孩跟慕容枫在一起无异于羊入虎口。赵青禾觉得虽然自己技不如人，但是他也不能眼睁睁地看着宋初夏被慕容枫欺负。就在刚才被盖斌扛出来的一刹那，赵青禾决定不走了，他要留下来，认真保护宋初夏。

"你说的可是真的？"听了赵青禾的决定，盖斌虽然累得满头大汗，但是依旧不敢松手。

"骗你是小狗！我要留下来给他点颜色看看！盖斌，放我下来吧！"

"我可跟你讲，你这会儿要是意气用事可是让慕容枫正中下怀，不但在宋初夏面前形象全无，而且还会亲手将宋初夏推到慕容枫手里。你不要冲动，就算是要战斗也得从长计议，你得冷静！"

"行行行，我知道，你放我下来吧！"

看到赵青禾认真的眼神，盖斌才把赵青禾从肩膀上放了下来。结果，赵青禾出尔反尔，立马蹦起来朝教室冲去。赵青禾从来就不是那种厉兵秣马，君子报仇十年不晚的人，他基本上都是有仇当场就报。没想到这么多年过去了，赵青禾只增长了演技，其他的一点都没变过。

正当盖斌头疼不已打算追上去的时候，赵青禾却突然与走出来的慕容枫撞了个满怀。赵青禾如小丑一般地倒在了地上，而且是在宋初夏的面前。

"赵青禾，你怎么在这？"刚才宋初夏就听到了赵青禾的声音，果然是他。

"哟，宋初夏，这不是你的保镖吗？"叶一茜一看便知，赵青禾和慕容枫之间水火不容，定是因为眼前这个不起眼的女孩子。

看到宋初夏和叶一茜站在慕容枫左右，赵青禾不知道怎么解释才好。叶一茜这种美女站在街边都是闪光般的存在，更何况站在了技校校草慕容枫身边，很快路边便有很多人举起手机拍摄这难得的花边新闻。

赵青禾永远都不会让你失望，用盖斌的话说就是："你放心，有我在，没有办不砸的事儿！"

"渣男，欺骗别人的感情！"赵青禾从地上起来，二话不说，冲上去就给了慕容枫一拳。赵青禾狠狠地攥着慕容枫的衣领，头抵头，怒目圆瞪，大有单挑的架势。

赵青禾的这一拳把盖斌和众人看得目瞪口呆，别说宋初夏，就连盖斌也从来没有见到赵青禾如此愤怒过。看到路人纷纷拿起手机拍照、录像，慕容枫强忍着怒火，挣脱赵青禾的手，头也不回地离开了。

"赵青禾，你干什么啊？！你疯了？"看到赵青禾穷追不舍，宋初夏狠狠地拉住赵青禾，嗓音提高了八度。

宋初夏眼神凌厉，赵青禾仿佛她手里一只待宰的羔羊。赵青禾从未见过宋初夏生气的一面，刹那间也被震住了。

"他是个渣男，他俩……！"赵青禾指着叶一茜，欲言又止。

"我俩怎么了？"叶一茜不但没有愤怒，倒是来了兴致，笑着问道。

"哎，赵青禾，他们是朋友，我和他也是，你发什么神经？"宋初夏说完便冲出人群追了出去，只留下呆愣在那里的赵青禾。

让赵青禾同时不可理解的是，宋初夏竟然为了慕容枫同自己动了真格的。自己的"正义之举"被宋初夏的"朋友"二字瞬间击碎，赵青禾站在那里就像泄了气的皮球一般。

叶一茜走到赵青禾面前，拍了拍赵青禾的肩膀，笑着说："同学，你的对手不太好对付哦！加油吧！"

看着叶一茜转身离开了，众人也纷纷散去，留下了发愣的赵青禾。

"青禾，你刚才也太冲动了！我都惊呆了，万一真打起来，咱俩未必是对手啊！上兵伐谋，你不能这么来，得讲气度，走吧！"

"去哪？"

"去医院啊！没看慕容枫朝着校医务室去了吗？你得体现你的风度！"

"什么意思？我去看他？"

"别磨蹭了，赶紧走吧！看来我得舍生取义了，要不然你输得太惨了！"

"哎，你是不是收别人好处了？你放我下来！打死我也不去！"

盖斌二话不说扛起赵青禾就朝着校医务室走去，任凭他在自己的肩上苦苦挣扎。

在校医务室里，医生正用碘伏给慕容枫擦着流血的嘴角，盖斌、赵青禾、宋初夏和叶一茜四个人都站在屋里。看到几个人的架势，护士处理完毕后笑了笑便离开了。

慕容枫坐在床上看着眼前的赵青禾和盖斌，站起身打算走。

盖斌使劲儿捏赵青禾的胳膊,想让他赶紧将手里的果篮递过去。可是赵青禾死死地攥着果篮不放,丝毫没有服软的意思。一来二去,原本质量不好的果篮被二人分了家,水果纷纷滚落到了地上。

慕容枫看了看脚边的猕猴桃,叹了口气,问道:"赵青禾,你到底想干什么?"

看到宋初夏还有盖斌都不搭理自己,赵青禾索性破罐子破摔,他指着慕容枫说:"你说,你怎么证明你能够保护好宋初夏?"

看到叶一茜好奇地看着慕容枫,慕容枫知道,叶一茜来者不善,如果不把话说清楚,恐怕后面宋初夏在比赛中也占不到便宜。

看到慕容枫不说话,赵青禾继续发难:"我随时可以退出比赛,因为我来就是为了保护初夏的。你和初夏只认识了两天,凭什么让我相信你可以保护好她?"

当着大家的面,盖斌也希望慕容枫能够给个合理的解释。

慕容枫本来没有理会的意思,但是看到宋初夏渴望的眼神,他深吸一口气缓缓地问:"你哪个班的?"

看到赵青禾有些不明所以,慕容枫接着说了下去。

"我,乐山第一中学,高三七班,班主任叫韩玉杰,是我们共同的数学老师,我们的语文老师叫李德亮,也就是你们八班班主任。虽然你们和我在现实生活里没有多少交集,也没有面对面地交流过,但是我并不是第一天认识宋初夏的,因为……我……隔壁班的!"

慕容枫打开手机翻了几下,横屏摆在了赵青禾面前。赵青禾接过手机,里面是一张高中毕业合影,标题写着自己母校的名称。虽然人很多,但赵青禾还是一眼就看到青涩帅气的慕容枫站在最后一排。

此时的赵青禾回想起高中确有这号人物,但自己高中时貌似并没有和慕容枫有过来往。盖斌也赶紧接过手机和宋初夏看了起来。

赵青禾完全明白了,为什么慕容枫一开始在面对宋初夏的时候有一丝他说不上来的异样，原来就是似曾相识的感觉。

慕容枫的嘴角稍稍上扬，脸上仿佛写着刚才说的那几个字：我，隔壁班的！

"你……"宋初夏看完毕业照后有些激动，毕竟能够在技师学院遇到隔壁班的老乡，是何等的幸事。

"没错，虽然你们三个可能在学校里和我没什么交集，但是我并不是第一天认识你们。"慕容枫深吸一口气，转身盯着宋初夏说，"宋初夏！我喜欢你！"

"啊？！"突如其来的告白，让宋初夏觉得既唐突又尴尬，才见了两次面就有一个大帅哥跳出来说关注自己很久了并喜欢自己，这让宋初夏猝不及防。虽然中学时代就收到过几封情书，但这可是人生中第一次被人面对面表白。

宋初夏一时不知如何答复，她只想暂时回避现在的尴尬，于是转身仓皇跑掉了。

连续的暴击让赵青禾不知如何是好，此刻的技师学院彻底沦为赵青禾的滑铁卢。从技术到气度，从行为到道义，甚至连身材、颜值，赵青禾都逊色了一些。原本的天选之子成了滑铁卢先生，连盖斌也没想到，慕容枫放出的大招把赵青禾虐得体无完肤。

"哎呀，原来是老乡啊！还是隔壁班的校友！"盖斌说着走上前去握了握慕容枫的手。

盖斌知道现在的处境不利于赵青禾，只好硬着头皮往下演。"哎，天气真热，青禾，要不去游个泳吧？学校的游泳池还没见过吧？"盖斌说着便拉着赵青禾的手往外走，可是此时的赵青禾精神已经遭受了打击，失神地站在那里。无奈的盖斌只好扛起赵青禾走了出去，而此时的赵青禾也没有反抗，像个木偶般被盖斌扛走了。

赵青禾本是好心前来，事到如今，才几天的工夫就已经经历了冰火两重天的心路历程，不但没有得到任何人的认可，还成了彻头彻尾的失败者，这让赵青禾内心大受打击。

高中时代，自己本着喜欢的心理去捉弄宋初夏，没想到并没有起到正向的作用。来到这里，赵青禾第一次发现，原来宋初夏这么不喜欢自己；他更没想到，自己身边莫名其妙就多出了一个劲敌。俗话说："人比人得死，货比货得扔。"如果没有昨晚比赛的话，赵青禾的心情也不会像此时这样跌落到谷底。慕容枫的优秀让自己的挑战变成了粗鲁的浮夸和无能的恶搞，"我，隔壁班的"，这句话彻底将赵青禾的心理防线击碎。杀人诛心，说的就是眼下这种情况。

到了泳池边，盖斌二话不说直接将赵青禾扔进了水里。伴随着"扑通"一声，赵青禾吐出一口气，索性沉到水底。赵青禾当然不想淹死自己，他只是想沉在水底安静地待会儿。兴致勃勃而来，遭受打击想退却，又被慕容枫激怒决定留下来，这短短几个小时的时间，他的心彻底凉了。此刻的赵青禾不知道是去是留，心乱如麻，安静的水底让他的思绪清晰了许多，他躲在池底闭上眼睛享受着这难得的平静。如果真如慕容枫所说，他并不是第一天认识宋初夏的话，莫非他们之前就有接触？看慕容枫认真的样子，赵青禾敏锐地感觉到，慕容枫的表白不是突然的，他喜欢宋初夏应该很久了。虽然只是一瞬间瞥见，但是那一秒钟，慕容枫眼里的微妙变化让赵青禾足以断定，眼前这个突然出现的拦路虎是个十足的暗恋者。回想起慕容枫说的话，赵青禾努力回忆着，高中时代的隔壁班同学。猛然间，他隐约记起了高中时代有一天晚自习放学后，自己回教室取小说，慕容枫穿着赛车服在楼道里与他撞了个满怀。这么想来，当年宋初夏桌洞里莫名出现的匿名信难不成是慕容枫在晚自习后偷偷摸摸地放的?!高中时代经历的一切谜团仿佛伴随着慕容枫的那句"我，隔壁班的"而变得越发清晰明了起来。

赵青禾仿佛回到了曾经的教室里，贴满周杰伦照片的桌子、头顶上吱吱呀呀的电风扇、三尺讲台上肆意飘落的粉笔灰、自习课上漫天飞舞的小纸团，还有走廊尽头吹进窗户里的风，当年的生活场景在赵青禾脑海中浮现出来。

从物理学的角度来讲，在茫茫宇宙中，两个粒子反复相互遇见，这是极小的概率。而缘分的可怕之处就在于，它能够在两个人之间架起一段时空，在这段时空里，我们只需沿着既定的道路走到那个地方，就能遇到那个心心念念的人。

原来，给宋初夏的学习生活捣乱的不止自己，慕容枫也是其中一个。

盖斌换完泳衣带着泳圈走出来没有寻见赵青禾的影子。看到赵青禾四仰八叉地躺在池底，盖斌吓得赶紧去喊坐在高处的救生员。可惜游泳池里的人太多，声音嘈杂，救生员压根就没听到，心急的盖斌只得朝着救生员一路小跑。

纵使泳池里人声鼎沸，但是水底只有嗡嗡的声音。盖斌被来往的小孩子撞到泳池里，不会游泳的盖斌只得艰难地挣扎着、喊叫着。笨拙的盖斌终于引起了救生员的注意，救生员赶紧拿着杆子递给了盖斌。

千钧一发之际，一道靓丽的身影一冲而下，一个猛子扎到了池底，将躺在池底的赵青禾一把薅了上来。猛然被人抓住头发拎起，赵青禾吃惊地睁开眼，看到的是如美人鱼般美丽的身影。

第五章　放心！有我在，没有办不砸的事儿

根本，停不下来

当盖斌被救生员费尽力气地拉到岸边，那道靓影也将赵青禾从池底拉出，待盖斌定睛看时，发现浮出水面的是叶一茜。

看到赵青禾自己会游泳，叶一茜便松开了手，自己游到了池边。

原来，得知慕容枫和宋初夏是校友，盖斌也扛着赵青禾离开了，自己在那里自然不太合适。听到二人要游泳，叶一茜才知道技师学院竟然建有一个标准的游泳池，酷爱游泳的她也很快跟着二人追了过来。

叶一茜本打算喝点饮料再下水，但是刚躺下就看到盖斌在那大呼小叫，直到此时叶一茜才注意到池底的赵青禾。看到小男生受气的样子，叶一茜觉得十分好笑，为了女生而要死要活完全没必要。

看到赵青禾什么事儿都没有，在水里扑腾着，叶一茜回到了躺椅上，开了瓶饮料喝了起来。

"说，为什么要自杀？"看到赵青禾游到了池边想上来，盖斌气得咬牙切齿。

"没，我没有啊！"

"没有，那你刚才在水底干什么呢？你知不知道，要不是美女救你，你的小命就没了！你死找别的地方死去，别在技师学院。你让我回去怎么和你爸妈交代？"

"盖斌，你至于吗？刚才我就是憋口气沉到水底，想一个人安静安静而已。"

"我让你憋气，看到你我就憋气！"看到赵青禾振振有词的样子，盖斌气得一脚又把赵青禾蹬了下去。

看到盖斌走到一边的躺椅，赵青禾才知道刚才救自己的"美人鱼"就是叶一茜。赵青禾狼狈地从水里爬出来打算回宿舍，但是走了两步之后觉得自己这样太没礼貌，于是他想了想，转过身走到了叶一茜身边，说了声："谢谢！"

可是叶一茜却假装什么都没听见一样对赵青禾不屑一顾，甚至将头歪向了另一边。

"我刚才不是要自杀，我只是在水底憋气而已。"

"没见过穿着便装在泳池憋气的。没有泳衣的话，我可以帮你买一套。"叶一茜说完，戴好泳帽后起身朝着泳池纵身一跃。

看到自己被连续无视，赵青禾觉得十分没面子。看到盖斌在一边强忍着似笑非笑，赵青禾把盖斌从座位上拉了起来，愤怒地将盖斌推到了泳池里。

赵青禾在慕容枫这里已经输了一局，他再无法接受在叶一茜面前让人瞧不起。看到叶一茜在水里专业的泳姿，赵青禾转身走到前台买了一身泳衣。赵青禾之所以能够在水底憋那么久，是因为他水性很好。

看到叶一茜在泳池里将身后追逐的对手甩出老远，赵青禾一个猛子扎下去，直到追上了叶一茜才露出头来。赵青禾从身下猛地出现让叶一茜吓了一跳。看到赵青禾朝着前方游去，叶一茜这才明白了，赵青禾是想跟自己比一场。

棋逢对手，叶一茜从小家境优越，游泳池是家里的标配，所以从小游泳的她有着相当不错的成绩。很快追上来的叶一茜也让赵青禾吃了一惊，看得出来，叶一茜是个典型的狮子座女强人，既然要比，就一定要分出个高下。就这样，盖斌重新躺在椅子上喝着饮料，看着不服气的二人在泳池里游来游去。

其实叶一茜能够奉陪到底，这已经让赵青禾十分佩服了。同样的，对叶一茜来说，之前除了专业运动员以外，同龄人没有能游过自己的，所以叶一茜心底对赵青禾也有了些许佩服。叶一茜重新审视了刚才赵青禾的解释，他有这样的水性，能在水底憋气那么长时间，自然没有撒谎。叶一茜奉行强者逻辑：凡是顺从她的，她统统瞧不起；能够成为自己的朋友或者对手的，只能是比自己更强大的人。

十几个回合之后，也到饭点了，泳池里的人逐渐变少，虽然两个人的体力都已经到了极限，但是谁都不愿先停下来。任凭盖斌在一边苦口婆心地劝二人上岸，什么"友谊第一，比赛第二"的话不知道说了多少遍，二人愣是一声不吭地游了下去。叶一茜从未输过，不可能让眼前这个毛头小子打败自己；赵青禾也把心里的委屈通过游泳彻底地释放了出来。直到最后，整个场地里只剩下了盖斌和这俩人，对了，救生员也在。因为盖斌就坐在救生员的梯子下面不让他下来，毕竟自己不会游泳，万一二人有个什么闪失，自己哪能应付得过来？

赵青禾本想张嘴跟叶一茜说要不算了，但是刚一张开便不知道怎么说才好，是自己认输，还是说让着她？按照叶一茜这种大小姐脾气，怎么都是输。赵青禾微妙的心理反应很快被叶一茜看到了，叶一茜以为赵青禾不行了，脸上露出了得意的笑容，赵青禾呛了口水后便也咬着牙继续游了下去。

闲着也是闲着，看着两个固执的家伙在池子里较着劲，盖斌干脆和救生员赌了起来。赌注虽然只有二十块，但是足够去校门口来一份黄焖鸡米饭了。盖斌当然是买叶一茜赢，倒不是他信不过赵青禾，只不过他一直认为美女都是狠角色。毕竟，叶一茜有胆量敢跟赵青禾比，就必然有赢的把握。救生员毫无疑问是个"直男",他认为无论如何,女生的体力和耐力肯定是不能和男孩比的,再加上叶一茜一看就是那种养尊处优的小公主,这种女孩子在救生员看来和林黛玉差不多,而赵青禾则是像一头牛犊子一样有着冲劲儿。此刻的赵青禾完全没有停下来的意思,而叶一茜游得已经有些吃力了。

二人的速度几乎真的可以和乌龟一试高下了,之前去吃饭的群众纷纷返场。这也让盖斌和救生员的赌局迅速扩大,看着众人在岸上嬉笑逗乐,赵青禾便知道了盖斌的把戏。毕竟,盖斌从来都不会放过任何一个能够赚钱的机会。看着岸上的看客越来越多,赵青禾也冷静了很多,他心想:这么下去也不是办法,自己跟一个美女较什么劲呢?要不,干脆咬咬牙冲到终点后自己上岸溜了算了,反正一开始也没说是比赛。想到这里,赵青禾深吸一口气,咬紧牙关,做着最后的冲刺。

看着赵青禾的速度明显提升了,救生员瞬间来了精神,猛跳起来在岸边大喊大叫。

"乖乖,发威了!发威了!快,兄弟,超过她!加油!"

在救生员的带动下,众人跟着一起呐喊助威。看着氛围都烘托到这个份儿上了,盖斌自然和另一帮群众给叶一茜呐喊了起来,盖斌甚至都不知道叶一茜的名字,但这根本不算是问题。

"女神,加油!女神,加油!!"

叶一茜有心无力,为了保持身材,平日里吃得就少,坚持了那么长时间,体力早已消耗殆尽。眼看着赵青禾要赢了自己,心底那该死的好胜心驱使着她奋力一搏,但是刚一蹬,小腿便抽了筋,叶一茜失去平衡,呛了几口水沉到了水底。

"青禾,青禾,别游了,快救人!"看到叶一茜出现危险,盖斌大惊失色。但是赵青禾正埋头冲刺,压根什么都没听到。盖斌只好转头看向救生员:"救生员,赶紧啊!快下去啊!"

但是救生员面露难色地挠了挠头说:"兄弟,我……"

"我什么啊！人命关天，赶紧跳啊！"盖斌说着就把救生员往水下推，众人纷纷附和。

眼看着就要被推下水了，救生员死死地拽着盖斌的衣领紧张地说："兄弟，别推了，我去拿救生圈！别推了！"

"你先去救，我去拿！"

未等救生员说完，便被盖斌用力推下了水，但是让所有人大跌眼镜的是，救生员下水后挣扎着大喊："救命啊！我，我不会游泳啊……"

"什么？！你不会游泳？！"看到救生员在水里挣扎得不像是演戏，盖斌大为震惊。

"我是临时来顶班的，救命！"

看到救生员在水里大喊大叫，赵青禾方才回过头，看到叶一茜沉到水底，赵青禾二话不说，用尽全力朝她游去。

叶一茜几乎耗尽了所有的力气，浑身的痉挛让她呛了几口水，很快沉了下去，她的脑袋"嗡"的一声失去了意识。

宋初夏离开医务室之后便来到了同学理发店这里，她躺在那里洗个头，希望自己的大脑能够清醒些。虽然十分忐忑，但是宋初夏确实是满心欢喜，毕竟能够在技师学院遇到这么优秀的校友也是难得的缘分。况且大家有着共同的授课老师，隔壁班的暗恋者慕容枫一下子拉近了二人的距离。只是，宋初夏真的不知道该如何面对慕容枫的表白。

凯文慢慢地给宋初夏做着头部按摩，恍惚间，宋初夏转过头看向对面的那个座位，那是自己在技师学院第一次同慕容枫相遇的地方。

众人离开医务室后，慕容枫知道，表白这一步棋走得有些冲动了。自己本应该晚些再表白的，但是不知道为什么，赵青禾的那股初生牛犊不怕虎的劲儿让他乱了阵脚。他看得出来，赵青禾是真的喜欢宋初夏，自己再不表白，恐怕就真的错过了。看着空荡荡的医务室，他挠了挠头，有些失落地走了出去。如同心灵感应一般，慕容枫想起了同学理发店。

命运很可怕，它像一只无形的手，推着你一步步迈向你不敢面对的未来，而缘分有时候甚至比命运更可怕，因为它会刹那间将你从来都没有想过的人和事送到你面前。

当宋初夏睁开眼的时候，她又看到了那张陌生而又熟悉的脸，慕容枫的嘴角露出了孩子般的笑容。

凯文和涛尼为宋初夏和慕容枫吹着头发，二人仿佛进行着某种仪式，像是拍婚纱照前的准备工作，抑或是像赶赴一场晚宴前的默契。

看到宋初夏今天安静得像个淑女，涛尼放下了手中的电吹风，站在一边摇头叹气。

"初夏，你是不是遇到什么困难了？今天来到店里一句话也不说，我前天晚上见你的时候可不是这样的。"

"涛尼哥，我平时就是这样的，做个淑女不是挺好的吗？"

"那天你拿着羊角锤指着我的鼻子的霸气呢？"

慕容枫听后忍不住笑了出来。慕容枫这一笑倒是把凯文吓得不行。涛尼吃惊地看着凯文问道："刚才我没出现幻觉吧？"

看到凯文直摇头，涛尼转到慕容枫面前，惊恐地问："喂，你刚才是笑了吗？"

"对啊！怎么了？"看到二人一惊一乍的，慕容枫干脆拿过电吹风自己吹了起来。

"这两年来没人见你笑过，怎么了，中彩票了？"涛尼一副打死不信的样子。

"怎么，不习惯？"慕容枫转过头又对着涛尼和凯文笑了起来，二人震惊不已。

"喂，赶紧干活好不好？"慕容枫说完径直走到宋初夏身后，给宋初夏吹起头发来。

等头发一吹干，二人便准备离去。

"走了，涛尼老师、凯文老师！"慕容枫熟练地和二人打着招呼。二人对这反常的行为感到十分困惑。

"我，隔壁班的"这句话如同一句咒语，揭开了慕容枫多年来的封印，连他自己也不知道刚才为何会突然表白，他更不懂自己为何变得如此爱笑。当他拿起电吹风走到宋初夏身后的时候，他好像有些明白了，这个夏天好像真的因为宋初夏的到来而变得有些不同，他又燃起了高中时代的那份爱慕，内心的火苗被赵青禾点燃后便一发不可收。赵青禾的挑战反而成为拯救慕容枫的一剂良药，或者说赵青禾眼下不羁的性格更像是慕容枫内心的另一个自己，刚才的一拳几乎彻底打通了慕容枫的任督二脉，此刻的他和宋初夏走在校园林荫道上，宛若新生。

而告白后的慕容枫仿佛变了一个人，变得温暖，让人容易接近。看到眼前的爱慕者，宋初夏也放下了之前的尴尬，和慕容枫像老朋友一样聊着。

二人从学校谈到了老师，从老师又谈到了班里的同学，宋初夏这才得知，慕容枫高中时，除了在学校学习文化课知识，课余时间很少出去，时间全部用在了汽车理论知识的学习上。如果说大部分同学的活动区域在楼道和操场，那么慕容枫的乐园则是自家的后院。虽然是隔壁班的同学，但是慕容枫有着自己完全独立的活动空间，除了教室、食堂和宿舍，他的活动范围几乎和其他同学是两个世界。和隔壁班的宋初夏，都可以称为平行世界了。

说笑着，一切疑惑和尴尬都伴随着食堂的饭菜和嘴里的雪糕化掉了。看到手机闹钟一响再响，慕容枫只得告别宋初夏，火速前往教室，换上衣服去送外卖。因为前几天刚给妈妈转过去一些钱，若是这个月不加班，自己的生活费便没着落了，何况自己的生命里又刚刚照进一束光，慕容枫需要攒更多的钱，让这束光更温暖明亮。

看着慕容枫穿着白色衬衫远去，宋初夏仿佛又回到了那个青涩的高中校园。一个多小时过去，也不知道盖斌和赵青禾怎么样了。宋初夏给赵青禾打电话，可是此时赵青禾和盖斌的手机都放在了游泳馆的更衣室里。看到有两人从身边喊着跑过去，宋初夏一猜便知，两人嘴里说的有人比赛肯定就是赵青禾了。因为宋初夏坚信，只要有赵青禾在，就没有他办不砸的事儿。

"什么时候能成熟点呢？这么多年过去了，走到哪里都是人来疯！"宋初夏叹了口气，转身朝着宿舍走去，可是走了几步她又觉得不踏实，只得生气地跺了跺脚，又转头朝着游泳池走去。

叶一茜体重很轻，在众人的帮助下，赵青禾很快就把她抬到了岸上。当然，救生员也被人救了上来，只不过叶一茜要比救生员严重多了。

"怎么样？"看到赵青禾将手指头放到了叶一茜鼻子下，盖斌急得满头大汗。赵青禾并没有感觉到叶一茜的呼吸。

"小伙子，赶紧人工呼吸啊！都这时候了！"一位围观的大妈焦急地拍了赵青禾的脑袋一下。

"哦哦……"此时赵青禾脑袋"嗡嗡"响，他哪经受得住这种场面？在大妈的催促下，只得趴在地上，朝叶一茜的脸贴了上去。

望着眼前冰清玉洁的叶一茜，从未拉过女孩子手的赵青禾心跳得像极速运转的汽车发动机，他只在言情剧中看到过。看着叶一茜红红的嘴唇和洁白的脖颈，赵青禾不敢再往下多看一寸，此时他只能闭上眼睛，学着言情剧里的样子噘着嘴朝着叶一茜凑。

眼看两个人的嘴唇就要碰上了，突然一只手猛地将赵青禾从叶一茜的身上推开。

"赵青禾，你干什么呢？"

熟悉的声音立马将赵青禾从梦幻中拉回现实，宋初夏的及时出现打破了这份尴尬。

"她呛水了！"赵青禾紧张地指着叶一茜。

宋初夏熟练地脱下外套垫在叶一茜的脖子下面，然后做着心肺复苏，没几下，叶一茜便吐出一口水醒了过来。

"醒了，醒了，哈哈哈……"别看赵青禾平日里毛手毛脚的，但是胆子小得不行，看到叶一茜醒了，赵青禾差点情绪崩溃哭出来。

叶一茜扫了一眼围观的众人和宋初夏，对着坐在地上的赵青禾虚弱地说道："你赢了。"

叶一茜说完便支撑着身体缓缓坐了起来，看得出来，被赵青禾赢了这个结局对叶一茜来说算是一个打击。毕竟，她可是叶一茜，从没有输过的叶一茜。不过，几个小时前赵青禾在叶一茜眼里还是一个不折不扣的毛头小子、愣头青，但是现在叶一茜对赵青禾刮目相看，赵青禾身上有着自己最缺乏的品质，那就是坚持。赵青禾身上有一股韧劲儿，这股韧劲儿完全是因为少年的倔强，虽然身边的朋友都不待见他，但是叶一茜隐约能够感觉到，赵青禾将是很有希望的种子选手，毕竟他总是不按套路出牌。没准儿，赵青禾就是那种乱拳打死老师傅的高手。

事情根本没有朝大家期待的方向发展，这出乎所有人的预料。看到叶一茜径直走了，大妈不甘心地拍了拍赵青禾的肩膀问："小伙子，大妈只能帮你到这儿了，刚才没事吧？"

"没事，嘿嘿……"

"人家美女抽筋了，这比赛就不算数了。大家都散了吧！"大妈就是大妈，三言两语就把群众给打发了，还顺便捞回了自己的赌注。

看到闹剧收尾，众人纷纷散去，叶一茜想了想，对宋初夏说："宋初夏，谢谢你！"

"没，没事儿！"

看到空气瞬间变得沉默，盖斌赶紧问道："初夏，你怎么过来了，你也过来游泳？"

"哦，我听到有人比赛就过来看看。没事了，你们忙吧，我回去了。"这个时候宋初夏才意识到，整个泳池只有自己没有穿泳装，显得十分格格不入。

宋初夏起身正要离开，叶一茜叫住了她："喂，宋初夏！"

"怎么了？"

"赛场上见！"

"哦……"面对叶一茜突然的挑战,宋初夏一时也不知道该如何作答,只好转身离开了。

叶一茜揉了揉抽筋的腿,盖斌赶紧过去帮忙揉腿,叶一茜扶着盖斌站起来,想跟赵青禾伸手握和。

"虽然你比慕容枫差了点,但是你身上的这股韧劲儿我很欣赏。不过我就纳闷了,宋初夏明明相貌平平,你到底看中她哪儿了?"

面对对方对宋初夏的蔑视,赵青禾当然要反唇相讥:"她是我高中同桌,磁铁懂吗?我是来陪她比赛的!"赵青禾说完便生气地抽回了手。

"别骗自己了,喜欢人家连承认都不敢,你怎么和慕容枫比?"

"谁要跟他比了!"

"慕容枫也喜欢宋初夏,没准高中时候就喜欢上了呢?刚才不也说了,人家可不是第一天关注宋初夏呢!"

"我哪里比不上他了?"

"气质!身材!关键人家还很努力,不像某些人老说大话。"

"就他?你从哪看出来他努力了!"

"下雨天都在送外卖赚学费的人,难道不努力吗?尝过生活的苦就很容易理解别人,像你这种一看就是娇生惯养、脾气很大的那种!"

"你这人怎么说话这么难听?就他那种人,雨天能送外卖,怎么可能?还有,你哪只眼睛看到我脾气很大了?"

看到赵青禾气急败坏的样子,叶一茜笑了笑说:"如果没猜错的话,我可能是技师学院为数不多知道这个秘密的人。"

叶一茜便将自己遇到慕容枫的经历一五一十地告诉了二人,赵青禾方才恍然大悟,怪不得那晚一辆外卖摩托车从车间里开了出来。

"刚开始我以为慕容枫来教室是找我的,现在我才明白他是找宋初夏的,但是我能够看得出来,他是个专一而努力的人。"

"搞得自己像读心术专家一样。"

"能够经得住我考验的男孩子很少，慕容枫是少有的一个，他给人的感觉非常稳重，让人感到踏实。有的人明明第一次见面，却有已经认识了很久的感觉，慕容枫就是这种人。"

看到叶一茜眼中崇拜的眼神，盖斌走到边上问道："喂，你该不会是喜欢上他了？"

"没错，我喜欢他！"

"哇，留过学就可以这么直接？"

"喜欢就是喜欢，不像某些人不敢承认，憋在心里。这样下去，一百年都没用。"

"谁不敢承认了，我喜欢宋初夏怎么了？"

"我就搞不懂了，你喜欢她哪里？"

赵青禾仔细想了想说："宋初夏就像是白米饭，也谈不上多喜欢，但感觉就是离不开她。"

"哎，等会儿。美女，我有点不懂，你刚才说慕容枫喜欢宋初夏，然后你又说喜欢慕容枫，我怎么觉得这像是三角恋呢？"盖斌大有看热闹不嫌事儿大的意思，穷追不舍。

"宋初夏也说过了，他们两个刚刚开始交往，还没有真在一起。我觉得无所谓，毕竟，我的对手并没有看起来那么强大，我有十足的把握。赵青禾，你就不同了，你的胜算难说。"

听叶一茜不疼不痒地说完，赵青禾有些着急地问："你凭什么说我没有胜算？"

"你自己心里知道！"叶一茜说完转身打算走，但是赵青禾走到前面把她拦了下来。

"你少给我装蒜！不把话说清楚你就别想走！"

看着眼前赵青禾这股倔劲儿，叶一茜又气又笑。

"行，是你让我说的。"

"说，必须说清楚才行！"

"昨晚的比赛，我也看了，你俩的水平压根都不是一个层级，所以，你想打败慕容枫，目前来看，好像难度很大。"

"你……你……你怎么知道的？"赵青禾仿佛挨了一记重拳，瞬间没了底气。

"我听到有人练车，我就过去看了。"

"那你应该看错了，大晚上的，你怎么知道是我？"

看着赵青禾气势弱了下来，叶一茜指着盖斌说："他也在啊！他还录像了呢！"

"啊？！"盖斌大吃一惊，慌忙解释，"我昨晚怎么会在操场？我都在宿舍的！你是不是看错了？"

看到盖斌狠命给自己使眼色，叶一茜指着赵青禾说："他，我或许能看错，但是你，我绝对是不会看错的。鬼鬼祟祟的，我还以为是贼，打算喊保安来着，后来他打开手机录像的时候，我才看清是他。"

"不可能，绝对不可能，我昨晚根本就不在场！"

眼看无法收场，盖斌当然是拼命抵赖。叶一茜直接说："随便吧，我又不在乎。不过，赵青禾，我劝你还是留下来。你走了就没人能够照顾宋初夏了，慕容枫到时候会来照顾我的。到时候宋初夏应该会输得很惨，她哭的时候，需要你陪在她身边。"

叶一茜的话充满着鄙夷和火药味，此刻的赵青禾完全没了刚才的气焰。他支支吾吾地反驳道："谁说要离开了……"

"那门口的行李难道不是你的？"

"啊！"

直到此刻，二人才想起行李的事儿。看到盖斌和赵青禾一溜烟地跑了，叶一茜无奈地摇了摇头。慌慌张张的少年啊，没有经历过社会的打磨和感情的挫折是不会变得成熟稳重的。

二人跑到教室门口的时候，发现行李正被扫地的大妈拖走。赵青禾最后一分钟成功将自己的行李拯救下来。二人满头大汗地大口喘着气。透过树叶的阳光，赵青禾又想起了高中时代午休时偷着出来被政教处主任逮住罚站的日子。

　　"哎，盖斌，你还记得，站军姿多少度角？"

　　盖斌听完，哈哈大笑了起来。

　　因为高一军训的时候，二人属于最后一排搞怪的团伙，所以教官讲的，二人压根没听见。当政教处主任抓到二人让二人在路边站军姿的时候，二人的姿势几乎和孙悟空有一拼，不少于七十二般变化。

　　"你这脚怎么回事？"看到盖斌的双脚呈90度，赵青禾则双脚紧闭，政教处王雨主任气愤不已。

　　二人相互看了看，谁也没有主意，彼此中和了一下，一个45度，一个30度。

　　"报告主任，30度！"赵青禾仿佛胸有成竹，因为他隐约记得，看大阅兵的战士们就差不多这个角度。看到赵青禾坚定的样子，盖斌也悄悄地将自己的脚收紧了些。

　　"胡说八道！就你俩现在的状态，加起来都不够！是60度，60度！给我在这站60分钟！"

　　看到政教处主任愤怒地离开，二人自然是在脚下画一个圈后便躺在树荫下休息了。今天的阳光恰似当年躺在树荫下眼里的景象。

　　二人拎着行李没有回宿舍，而是来到了昨晚的赛场，坐在那里，赵青禾指了指不远处赛道上的车痕十分惆怅，盖斌也装作十分震惊的样子走到拐弯处仔细查看。

　　"行了，别装了，掏出来吧！"

　　"啊，装什么，掏什么出来？"

　　"如果一个人有一部一亿像素的手机，又恰好有一个难得证明自己手机远摄实力的机会，我相信就算是天上下刀子他也会录下昨晚的比赛。一亿像素的手机！拿来让我认真欣赏欣赏吧！"

"别闹，我昨晚都睡了，她那是扰乱视听，骗你呢！"看着赵青禾朝自己伸出了手，盖斌欲盖弥彰。

见盖斌没有坦白的意思，赵青禾直接将盖斌压在身下，像是警察逮捕犯人一般，将手机从盖斌的肚皮底下搜了出来。

"哎，你别动手啊！青禾，你疯了！哎，痒……哈哈哈……痒……"

手机倒是翻出来了，可是盖斌死活不肯睁眼，拒绝人脸解锁。赵青禾什么话也没说，拿出自己的手机拨打盖斌的手机，听到有人给自己发来了微信语音，赵青禾煞有介事地看了起来。

"哎哟，是语音，该不会是有美女约会吧？"

"拉倒吧！赵青禾，我是不会上当的！我都听见了，是你拨的我的手机。"

"美女！"

"哪儿呢？"

就在盖斌寻找美女的瞬间，手机就被解锁了。看到功亏一篑，盖斌也不说侵犯隐私的事了，干脆将昨晚的视频微信发给了赵青禾。

赵青禾认真地看了一遍又一遍，虽然夜景模式拍得不好，但是他依旧感受到了来自慕容枫的巨大压力。慕容枫的漂移堪称艺术，每一次漂移基本上做到了恰到好处。如果说非让赵青禾挑刺儿的话，那就是路过水坑的时候，力道稍微大了些导致有些摆尾。相比之下，自己的车技简直就像一个孩子开卡丁车横冲直撞，一切只为图个痛快。

赵青禾放下手机，十分痛苦地说："为何我在赛车游戏里明明每次都能够夺第一，为何跑起来就不是那么回事儿了呢？"

"照你这么说，赵括还是纸上谈兵的顶尖高手呢！青禾，我建议你还是找个老师，这样走的弯路少一些，进步也快一些。你别忘了，你参加的可是匠心杯技能大赛啊！奖金的事我是不琢磨了，但是至少你得进了前几强之后再被淘汰才能保住气节啊！"

"也是，我觉得你说得很有道理。我可是青禾汽修的继承人，传承汽修世家，来这就是为校争光收获荣誉的，如果初赛就被淘汰了，未免也太没面子了。"

"你不是说是为了宋初夏来的吗？这会儿怎么换了说法？"

"那是之前，这一刻的我和上一刻的我已经不是同一个我了。我承认，中午之前的我是为了宋初夏来的，但是从现在开始，我要真真正正地证明我自己。"

"青禾，我现在严重怀疑你的动机不太纯。"

"你看看人家叶一茜，都能为自己喜欢的事情不顾一切，我还怕什么呢？我总不能不如人家一个女孩子吧！"

"青禾，如果你真有心思比赛，我觉得你可以给你爸打个电话，让他传授点秘诀给你，毕竟你爸是咱乐山顶尖的高手啊！"

"打住！我跟你讲，千万别跟我爸说，我在他眼中可是天之骄子，他要是知道自己儿子被打败了，也会和我一样很失落的。再说，我可不想让他看不起。"

看着盖斌支支吾吾的，赵青禾抓过盖斌的衣领狠狠地问道："你该不会是已经告密了吧？！"

"当然没有，我没事儿联系你爸干什么？再说，我也没你爸的联系方式啊！"

"那倒是，你给我发誓！毕竟前天你就出卖了宋初夏，今天还出卖了我！"

"哎，青禾，别发神经了！我才不发誓呢！你知不知道，那晚我前脚发完誓，后脚就被车撞了！"

看到盖斌铁骨铮铮的样子，赵青禾方才放心。

盖斌好像突然想起了些什么。"前天晚上该不会是慕容枫撞的我吧？！造孽啊！不行，我得找他算账去！青禾，你先自己回宿舍吧！我一会儿过去找你!"

　　盖斌气势汹汹地朝操场一边走去,留下愣住的赵青禾呆立在原地。盖斌刚一走过操场的拐角,便赶紧将微信里自己和赵青禾父亲赵运驰的聊天记录删掉。看到赵青禾没有跟过来,盖斌方才大喘一口气。告密这事的确不能怪盖斌,因为昨晚赵青禾突然打电话给赵运驰询问赛车手的事情,知子莫若父,赵运驰第二天就找到了盖斌的父母。他们都知道二人从小就是最铁的兄弟。当着盖斌父母的面,赵运驰把盖斌夸上了天,氛围都烘托到这儿了,自己不吐实话也不行了。在父母的再三警告下,盖斌只得一五一十地将赵青禾来技师学院参加比赛的事说了出来。有了之前宋初夏的前车之鉴,盖斌唯一的要求就是让赵运驰为自己保密,打死都不能说是自己泄露了消息,否则自己和赵青禾兄弟都没得做了。赵运驰信誓旦旦,但盖斌依旧让赵运驰发了誓。即使父母一再责备盖斌不尊重长辈,没大没小,盖斌也依旧不依不饶。

　　兄弟终究是兄弟,盖斌的反常举动还是引起了赵青禾的注意,他很快拎着行李便追了上来。第一件事儿就是夺过盖斌的手机检查微信里有没有自己老爸的微信。盖斌早已将其备注改为老班长。

　　"干什么呢?赵青禾,我还有没有点隐私了?!"

　　"我突然想起来,你什么时候吃了熊心豹子胆,竟然还敢去找人单挑,我看是事出反常必有妖吧!"

　　"你自己发神经别带上我。那晚宋初夏让我发誓,我转头就被摩托车撞了。要不是为了你,我能遭那罪?能不能别用我的伤口来开玩笑!"

　　"哦……"看到盖斌有些生气,赵青禾倒也会来事儿,他转到盖斌面前笑嘻嘻地说:"晚上我请你!来了光琢磨初夏了,还没单独感谢你呢!"

　　"怎么请?什么标准?提前说好,我可不去一般的店。"

　　"当然是火锅了!"

　　盖斌起伏的肚子渐渐变得柔和,脸上愤怒的神色也渐渐地舒展开。对吃货而言,没有一顿火锅解决不了的问题,如果有,那就是两顿。

火锅很快让盖斌不亦乐乎，赵青禾却发起了神经。他盯着盖斌的脸神经兮兮地问："你是不是也喜欢宋初夏啊？"

看着赵青禾认真的样子，盖斌惊得筷子上的毛肚都掉回了锅里，他迅速捞起毛肚放到蘸料里滚了两圈，一口吞了下去。

"喜欢啊！当然喜欢！你喜欢的我就喜欢，你讨厌的我也讨厌，怎么了？"

"玩来玩去，就剩下你这个兄弟了！你说我造了什么孽，我就是觉得上课无聊趁着大赛的名义来你这解解闷，还没弄明白咋回事呢，凭空多出来一个情敌！当慕容枫说喜欢宋初夏的时候，我身上的汗毛都竖起来了。你看！"

赵青禾把胳膊伸了过来，盖斌不屑一顾地说："行了，别装了，高中那会儿连食堂阿姨都知道你喜欢宋初夏，全班全校都知道了，就你自己不知道。你还真把人家当成白米饭了？我爱你，就像老鼠爱大米！不就是想表达这么个意思吗？有什么好说的？"

"让你这么一解释，我还真觉得有那么点意思了。唉，造孽啊！"

不得不说，赵青禾对宋初夏的爱是朦胧而又模糊的，赵青禾始终觉得宋初夏就如同白米饭一样，她是自己抵抗高中学业枯燥的伙伴，几乎是高中生活全部的快乐源泉。所以，当得知宋初夏出现在技师学院的时候，他想都没想就奔赴而来，与其说是找宋初夏，倒不如说是为了对抗大学的枯燥寻找快乐而来。自己对室友谎称宋初夏是自己女友，完全是出于面子来炫耀的。眼下这层窗户纸被迫捅开，赵青禾根本无法调整自己对宋初夏的定位和感觉。在赵青禾眼里，女朋友一定是用来宠的，但是自己高中时一直捉弄宋初夏。如果说自己不喜欢宋初夏，那是不可能的，因为慕容枫表白的时候，他的内心是翻江倒海的；如果说自己想追宋初夏，那以后快乐的源泉在哪里呢？

正在赵青禾深度剖析自己内心情感的时候，室友们又打来了视频电话。赵青禾数次挂断，但是看到对方一直呼个不停，赵青禾无奈接听。

"传航，你倒是说话啊！打视频就为了给我看你的腱子肉？"

"哈哈哈……"陈浩杰和孙钦龙凑了过来仔细端详了起来，"哟，吃火锅呢？一个人还是俩人？"

"有话快说！"

"情敌那事儿怎么样了？"李传航回头看了看宿舍里的二人，一脸坏笑。

"那必须是稳赢啊！这还用说吗？明知故问！"

"那你啥时候回来？"

"回哪里？"

陈浩杰带着些醉意夺过李传航手里的手机嘟囔道："当然是退赛回学校了。"

"浩杰，拜托你不要再失恋后喝酒了行不行？脑子都不清醒了。另外，我怎么可能退赛？"

"青禾，回来我请你吃饭，他们都赌你三天之内必回来，我赢了！"孙钦龙接过手机放在了支架上，不忘打游戏。

"为什么？"面对室友的惊天赌局，赵青禾几乎吓出了一身冷汗。

"你不一直都这样吗？三分钟热度。比赛那种事，你什么时候感兴趣过？毕竟需要实力。"

"那你为何相信我呢？"

"青禾，其实你还不太了解我，整个宿舍就咱俩打游戏，我知道你为什么打游戏，空虚呗！极度沉迷游戏的人都虚荣好强，在现实世界中找不到存在感，所以就冲着虚荣好面子这点，我就赌你了。"

"龙哥，你当寝室长就对了，下次我投你一票！"

"青禾，也不用，我其实也是赌你回来的，只不过他们赌的是三天，我赌你能熬过一周。毕竟，三个人打赌，总得有个人买单吧？不过，幸运还是站在了我这边，哈哈！"

孙钦龙几乎从头到尾没看过赵青禾一眼，这让赵青禾猛然想起叶一茜说过的话，身边的人都不看好自己，当时自己还不信，现在看来果不其然。

看到室友们对赵青禾毫不留情，盖斌从身后搂着赵青禾的脖子凑了上来。

"你们好！兄弟们，我发现你们才是真正的哥们啊！你们对青禾实在是太了解了，他就是这样的人。那个龙哥，你请客的时候也算上我，要是没有我拉着，他早就回去了。"

陌生的声音传来，孙钦龙频繁点击的鼠标立马停了下来。他扶了扶眼镜朝着手机里的盖斌仔细看去，三个室友突然集体哑火。毕竟在室友眼里，盖斌前一天还是被暴打的情敌，转眼间就成了搂着赵青禾脖子的兄弟，这着实让人摸不着头脑。

陈浩杰立马醒了酒，在赵青禾面前，自己这点失恋根本不值一提。

"青禾，这是？"陈浩杰揉了揉眼睛凑了过来。

眼看自己在室友面前立下的人设马上崩塌，赵青禾赶紧将盖斌拉到一边，急匆匆地说："改天聊！"

盖斌当然不会放过这个交朋友的机会，他趁机抢过赵青禾的手机说："我是赵青禾的拜把子兄弟！哥几个有空来技师学院啊！我请客！"

视频戛然而止，陈浩杰十分失落。

"青禾果然深藏不露，我算个什么？真没出息，你看看人家，两天都让情敌成了拜把子兄弟了！这叫化干戈为玉帛！唉！"陈浩杰说完夺过李传航手中的哑铃练了起来。

"三日内先是暴打情敌，然后对方心甘情愿地给你做小弟，高！青禾确实深藏不露！龙哥，你能做到吗？"

"我只能在游戏里做到，现实中肯定不行。对了，先别长吁短叹了，把钱交了！"

盖斌脑子转得快，赵青禾反常的举动也让他意识到了前几天让自己躺下拍视频原来是为了在室友面前炫耀用的，坐在那里的盖斌擦了擦嘴笑呵呵地看着赵青禾。

"喂，你笑什么？"

"因为你还欠我一顿呢！"

"凭什么?"

"就凭我在你室友面前是你手下败将,我不要面子?"

"真的是,有你在,就没有办不砸的事儿!"

"别!这可是班里给你的评价,我可不敢夺你名号!"

没错,从中学时代开始,毕业同学录里赵青禾的这一页同学们最多的评价就是:放心,有我在,没有办不砸的事儿!

第六章　重返你的世界

亲爱的陌生人

孙钦龙带着打赌赢来的钱来到了大盘鸡店,大大方方点了几个菜。几瓶酒下肚后,陈浩杰终于按捺不住心中的想法,举起了酒杯。

"龙哥,传航,我觉得青禾是好样的!虽然同窗两年多,但是我觉得大家彼此还缺乏一定的了解,我挺青禾,挺他到底!"

"干了!"

赵青禾的乌龙虽然在宋初夏这里颜面扫地,但是意外地收获了室友们的尊重。

而此时的宋初夏也终于理清了所有事情的来龙去脉,按下葫芦浮起瓢。虽然慕容枫的事儿算是搞明白了,但是赵青禾的事情始终让宋初夏头疼。虽然赵青禾的出现让宋初夏本能讨厌,但是叶一茜的一席话让宋初夏也重新审视起赵青禾来。

是,赵青禾就是个不折不扣的大魔王,但是他听说宋初夏来到了技师学院二话不说就赶来,还为了保护自己出手打了慕容枫,这种真性情让宋初夏既气愤又感动。想到从来就没给过赵青禾好脸色，赵青禾一腔热情老是被自己浇灭，宋初夏突然觉得此刻的赵青禾也蛮可怜的，毕竟高中毕业后再也没聚过，是不是自己有点太过分了？想起赵青禾那张受气的脸，宋初夏拨通了赵青禾的电话，可是让宋初夏猝不及防的是赵青禾竟然挂断了自己的电话，再拨打的时候已经关机了。

"初夏问我你在哪，刚才她是不是给你打电话了？"看到宋初夏不停地给自己发信息，盖斌装作毫不知情的样子。

"她给我打电话我就必须得接？要不是看在老同学的面子上，我早都……"

"早都什么？"

"我早都把她拉黑了！"

"哈哈，行，厉害厉害！如果我没记错的话，应该是你的微信被人拉黑了三回吧？第一回是高中毕业那年，第二次是大一暑假，第三次是去年春节。"

"那是我拉黑的她。她已经不是以前的宋初夏了，我看她已经被那个什么枫的告白冲昏了头脑！老板，来瓶啤酒！"

"你不是说回去还练车的吗？我听说练车要写申请的，你喝了酒能行吗？"

"哦对！这酒我就不喝了。申请我不用写，我直接去找那个什么枫要！他敢和我抢女朋友，我就敢抢他的车！"

"赵大哥，厉害！"

赵青禾笑着问盖斌："你知道我为什么敢留下来吗？"

"胆量？"

"不是！"

"爱情？"

"更不是！"

"那是什么？"看到赵青禾用手比心，盖斌无语，"比心？莫不是因为我们之间的友情？"

"拉倒吧!"

"哦,是钱啊!"看到赵青禾将拇指和食指搓了搓,盖斌才明白过来。

"当然!"

"可是,有慕容枫在,你有胜算吗?"

"没有,但是他不参加比赛,报名的事儿是班主任给他报的,别说比赛了,就是赛车他平时都不碰的。知道为什么吗?"看着盖斌直摇头,赵青禾以饮料代酒,猛喝了一口,"我知道他的一些事情,他发誓不再动这个了,我同情他的遭遇。盖斌,我留下来是因为最强大的对手并不是我的威胁,剩下的我要全力以赴了!"

"青禾,真如你所说,那我觉得你还是种子选手啊!"盖斌赶紧将快到嘴边的牛肉丸送到了赵青禾的碗里,又给赵青禾倒了一杯饮料。

盖斌刚倒完,抬头看去,发现宋初夏已经站在了赵青禾的身后。盖斌只好默不作声地收回了饮料瓶,但此时赵青禾正说在话头上。

"你怎么不说话了?"

"青禾,我们要不还是先回吧!要不然回去晚了,初夏打不通你电话会着急的!初夏!"

任凭盖斌的脸部都扭曲变了形,身心劳累一天精神有些恍惚的赵青禾,愣是没觉察出,他不屑一顾地将心中所有的不满都发泄了出来。

"别跟我提她!提她我就来气!你说,这么多年,我为她扛了多少事儿,排了多少雷?要不是你告诉我她在这,我打死都不来参加什么大赛!"

"嘘……嘘……"看到身后宋初夏的脸色骤变,盖斌赶紧嘘声示意。

"你嘘什么,厕所在那边你自己去!我跟你说,宋初夏是典型的重色轻友,那么多年的同桌友谊说不认就不认了,这要是换作以前,我啪啪给她两下子让她清醒清醒!"

看到赵青禾张牙舞爪没完没了,宋初夏索性从隔壁拿了一个杯子坐了下来。宋初夏猛地将杯子放到桌子上,赵青禾看到后瞪大了眼睛。

我,隔壁班的

"接着说！演讲才刚刚开始呢！"

看着宋初夏坐在了自己面前，赵青禾甚至以为是自己的幻觉，他笑了笑伸手捏住宋初夏的脸，狠狠地拉来扯去，盖斌则赶紧在桌子底下用力踩赵青禾的脚。赵青禾用力太大，宋初夏疼得龇牙咧嘴，她抓过赵青禾的手狠狠地咬了一口。

"啊！"钻心的疼让赵青禾立马精神了，他赶紧站起身来装作若无其事的样子，"我去上厕所！"

赵青禾小跑着来到洗手间，看到手腕上的"高级腕表"，赵青禾深知刚才又玩砸了。

赵青禾硬着头皮走出去，快到座位上的时候，他很惊讶地看着宋初夏，夸张地问道："初夏？！你啥时候来的！盖斌，你也不提醒我一点，要不是我洗把脸，一时半会儿醒不了！"

多年来练就的演技，让赵青禾将"不要脸"这三个字演绎得入木三分，这么尴尬的台词简直让盖斌和宋初夏直想吐。

"水也倒上了，要不来干一个？"盖斌只能硬着头皮举起杯子。

"我看行！"看到宋初夏恶狠狠地盯着自己，赵青禾若无其事地端起杯子，只是手抖得和筛糠一样。

看到赵青禾夸张的演技，宋初夏和盖斌忍不住哈哈大笑了起来。这才是赵青禾的重头戏。前面的尬聊只能算是铺垫，高潮就在于能够化干戈为玉帛。眼看大家都笑了，赵青禾心里方才舒了一大口气。

"愣着干什么，给初夏夹菜啊！"

"哦哦……"

看到赵青禾哆哆嗦嗦地夹着一块脆毛肚放到了宋初夏的碗里，宋初夏方才解气。

"老板，来一瓶啤酒，刚才上的全部再来一遍！"

宋初夏喊完，赵青禾算是真的要抖起来了。虽然被宋初夏狠狠地薅了一顿羊毛，但是赵青禾也算是心甘情愿。

"赵青禾，别以为我不知道你心里在想什么。我跟你说，我和慕容枫都聊明白了。他真是隔壁班的同学，大家都是校友，出来了就要团结！你一个大老爷们别格局太小！"

"那他表白呢？！"

"跟我表白的人多了去了，怎么，表白了，我就要接受啊？我们现在是朋友，我这次来的任务就是比赛。我可是瞒着我爸妈来的，我要是不拿个奖回去，不，拿不到奖我根本就回不去了，我爸非跟我断绝父女关系不可！赵青禾，我可跟你说，你来比赛就比赛，别道德绑架，我还不知道你？输了别想赖我！"

"当然了！哈哈！"

几句嘴拌下来，赵青禾又找到了当年中学时代的感觉，手也不抖了。果然，没有什么是一顿火锅解决不了的问题，如果有，那就两顿。虽然赵青禾掏了两顿火锅的钱，但是他心满意足。宋初夏本来就是带着歉意来安慰赵青禾的，几杯酒下肚后，宋初夏也将话题引到了比赛上。得知宋初夏艰难的"厨子梦之路"，赵青禾大受感动，之前的一切乱七八糟的事情都成为昨天了。

饭桌上，看着宋初夏说着过往的回忆，细数赵青禾的十宗罪。赵青禾知道，她还是那个她，没有变过。慕容枫的告白好像真如宋初夏所说，并没有为她的生活带来什么波澜。

"好好比赛吧！"赵青禾心里默默想着，"本来就是来陪宋初夏比赛的。盖斌说得对，不能在气量上输给慕容枫，是时候反省自己和宋初夏交往的方式了。"不知道是不是因为夜色温柔，此刻的宋初夏已经比两年前漂亮太多。

盖斌和宋初夏将疲惫到有些虚脱的赵青禾送到宿舍，他们离开宿舍后，赵青禾躺在床上昏昏沉沉，但怎么也无法入睡，歇了一会儿恢复了一些元气，他穿上衣服悄悄地朝赛场走去。

看着远处的赛道，赵青禾掏出手机反复回放着昨晚的比赛视频。看着赛道的每一个转弯，赵青禾回想自己每一次游戏中的速度控制和模拟，陷入了沉思。

赵青禾沉迷于游戏并不像孙钦龙一样是为了排解内心的空虚，而是在飞车游戏里不断调整参数和天气因素等，积累了大量的操控数据，而这些数据和技巧对于赵青禾而言早都烂熟于心，他只等待一个机会，一个实践他想法的机会。

赵青禾在微信里打开和慕容枫的对话框，他编辑好了借车的信息，但想了想又删掉了，他还是放不下面子，特别是在宋初夏面前，他有点输不起了。但是训练总归需要车的，没有大量的赛前训练，估计初赛都过不了。犹豫半天后，赵青禾还是下定决心要回趟老家。回老家跟老爸坦白自己参赛的事，然后把老爸的车开回来，自己私下里练习，这样一来就容易得多。毕竟，老爸还是支持自己的。比起在老爸面前丢人，总比在慕容枫面前丢人要好得多。

赵青禾刚关闭和慕容枫的对话框，宋初夏便打来了视频电话。赵青禾故伎重施侧躺在地上假装睡觉的样子接通视频，结果他却发现宋初夏和盖斌在自己的屋里，而盖斌就坐在自己的床上。

"赵青禾，你去哪儿了？我和盖斌刚去买了点牛奶的空，你就不见了！"

"我……"

"不许撒谎！"

"我，我在赛车场这里呢……"

宋初夏话都没回便直接挂断了电话。赵青禾感慨，宋初夏确实变了，变得温柔了、体贴了、会照顾人了。正是宋初夏的变让赵青禾感受到了自己的不变，一切的关系好像回不到从前了。赵青禾长叹一口气，是时候以一个新的姿态重返她的世界了，以大赛冠军的身份，抑或是以成熟稳重的方式，总之从前的那种表达方式太蠢了，太过粗暴无礼。

落寞的赵青禾走在校园里，空荡荡的马路尽头很快就出现了宋初夏急匆匆的身影。再次相见已是无言，二人在马路的两端朝着中间不紧不慢地走着，心里都在酝酿着一种不可言说的情愫。盖斌拎着一大塑料袋吃的，满头大汗小跑着追了过来，看到路边的长椅，盖斌一屁股便坐了上去。

路灯下，宋初夏和赵青禾站在路边，相视无言。

"都别站着了，坐下歇会儿！"盖斌说着打开手里的牛奶喝了起来。

"时间不早了，回去了！"赵青禾本能地逃避，紧张地朝着宋初夏身后走去。

看着赵青禾的身影被路灯拉得越来越长，宋初夏鼓足勇气大喊道："喂，赵青禾！"

赵青禾猛地停下脚步故作镇定地回过头："嗯？"

"对不起！"

"啊？"

宋初夏走到了赵青禾面前，如释重负地说："我也是偷着报名来的，做贼心虚嘛！看到你来了，我就担心你把我参赛的事儿给捅出去，所以，就对你态度差了点。"

"哦……"

"谁让你高中那会儿就只知道欺负我。"

"我那是保护你！"

"怎么，还想跟我收保护费？别给我蹬鼻子上脸！过来吧！"宋初夏说着，跳起来搂过赵青禾的脖子，将他拉到椅子前坐了下来。

宋初夏从塑料袋里拿出一支雪糕递到了赵青禾面前，赵青禾一副宁死不屈的样子。任凭宋初夏怎么往嘴里塞赵青禾愣是闸门紧闭。

"哎，你差不多得了，说你胖还喘上了！"

宋初夏越是这么说，赵青禾越是觉得自己委屈。自己千里迢迢追随宋初夏而来，这么多天过去了，宋初夏现在才想到自己。赵青禾从一开始的假装生气，到这会儿情绪翻涌上来，压抑不住，真的抽泣了起来。

看到七尺男儿潸然泪下，宋初夏和盖斌叹了口气，看来一时半会儿是哄不好了。盖斌把买来的香肠、瓜子摆在了凳子上，又开了一瓶啤酒和宋初夏喝了起来。

正所谓上兵伐谋，并不是二人心狠，而是这个时候去安慰赵青禾只会让他觉得更委屈，作为损友，当然是通过幸灾乐祸的方式来转移赵青禾的注意力。

"盖斌，不得不说，你昨天拍的视频我看了，还真的不错！发到网上，绝对爆火！"

刚刚还在抽泣的赵青禾听到这里，立马抹干眼泪蓐过盖斌的领子问道："你把视频给宋初夏看了？"

"我看了，怎么了？游得挺帅的！"看到赵青禾有些疑惑地看着自己，宋初夏想了想又补了一句，"不愧是'青青河边草'，厉害！"

直到此刻赵青禾才明白，原来盖斌给宋初夏看的是他和叶一茜游泳比赛的视频而不是和慕容枫的漂移比赛。

赵青禾有些不好意思地问道："你刚才说什么？"

"挺帅的！"

"后面！"

"不愧是'青青河边草'！厉害！"宋初夏颇为佩服地朝着赵青禾竖起了大拇指。

"青青河边草"，是赵青禾给自己起的网名，简而言之就是自封校草的另外一种叫法。这么多年来，宋初夏从不搭理这茬，但是为了表示歉意，宋初夏特意提起。而赵青禾难得被夸，心花怒放。他拿出手机，打开视频拖到后面冲刺的那段，沾沾自喜地反复点评欣赏。事情，就这么过去了。只需要宋初夏的一句夸奖，不开心的事情立马就烟消云散了，毕竟，这是这么多年来宋初夏对他的第一句赞美。

看到宋初夏手里的雪糕，赵青禾二话不说，拿过来就塞到了自己嘴里。

"喂，雪糕是我的好不好？你就不能谦虚一点吗？真搞不懂你什么时候才能成熟一点？！"

"我需要谦虚吗？我凭的是才华好不好！"

"才华？你还有脸说！自打上了大学，朋友圈整天刷游戏排名，我就看到你上过一次课，还是室友被罚趴黑板做题。你来参加比赛靠的是哪门子才华？"

赵青禾吃惊地问："姓宋的，原来你一直在关注我的朋友圈！你不是把我拉黑了吗？你该不会是注册了小号默默关注我吧？"

"别老母鸡开屏——自作多情！我才懒得搭理你呢！"

赵青禾的猜测是对的，毕竟，他的微信通讯录人数少得可怜，只有几十人，除了室友、辅导员、家人以外，就是高中几个兄弟了。赵青禾翻到了通讯录的最底端，打开一个荷叶的头像，拨打了语音过去。

果然，宋初夏的手机响了起来。

"哈哈！千年悬案啊！今天终于破了！宋初夏，你果然有个小号！！"

"这下没了！"宋初夏拿出手机当着赵青禾的面把他又一次拉到了黑名单里，"简直无可救药！！赵青禾，别以为我不知道你心里的那些小九九。我来技师学院是想比赛学习的，不是来谈恋爱的，更不是来胡闹的！还有，我自己能照顾好自己！"

这何尝不是赵青禾几个小时前内心所想呢？看到宋初夏一脸认真的样子，赵青禾激动地站起来慷慨陈词。

"没错，宋初夏同志，我很赞同你的观点。正所谓三人行必有我师，既来之则安之。我承认，我刚开始是想逃课来玩的，但是作为天才的'青青河边草'已经开始认真准备了！我势在必得！"

"别臭屁了！我觉得慕容枫技术挺好的，都是隔壁班的同学，你有空可以跟他请教请教。"

"他哪里是我的对手！等着我问鼎冠军吧！"

赵青禾说完便站起身来大摇大摆地离开了，留下惊愕的宋初夏和盖斌。从赵青禾六亲不认的步伐能够看得出来，眼前的"青青河边草"确实变了，

我，隔壁班的 ••• 117

感觉有点飘了。

这也是赵青禾难得的在宋初夏面前表现得如此铮铮铁骨。赵青禾的自信也不是凭空来的,虽然昨晚败给慕容枫,但那也是虽败犹荣,毕竟自己打游戏积累了海量的操作数据只是苦于缺乏实操而已。慕容枫天天沉浸在技术操控中,自然技术娴熟。要是自己稍加训练,慕容枫不一定是对手。况且,慕容枫已经决定了不参加比赛,所以,赵青禾的飘飘然是有底气的。

得到了宋初夏的夸赞,赵青禾大呼痛快。只是宋初夏为什么在自己面前强调她不是来谈恋爱的呢?莫非,是在暗示自己?少年情怀尽是诗,虽然已经是深夜12点了,但是赵青禾怎么也无法控制自己胡思乱想的脑袋,他甚至都想到了自己和宋初夏结婚后孩子起名字的事情了。看着窗外的繁星,赵青禾又一次起身走了出去。

深夜的路灯下,赵青禾左手拉右手,幻想着有一天和宋初夏走在这深夜的浪漫中。赵青禾围着赛场走了一圈,他始终无法想明白,为何慕容枫能够开出电视机里国际赛事上法拉利的感觉,而自己开得则像游乐园里的碰碰车。懊恼之余,赵青禾一不小心踢到了一个易拉罐。顺着易拉罐的方向看去,角落里不知何时停了一辆教学用车。看到车周围散落的鸡翅、辣条,赵青禾气愤不已,怎么可以练完车把车扔在这里呢?竟然还在这里乱扔垃圾!简直没有公德!赵青禾生气地走上前去围着汽车走了一圈,心想估计是练完车就回去了,要是自己有一辆车的话,自己一定会二十四小时吃住在车上,将自己两年来的游戏经验付诸实践。学校的教学车得提前写申请,而和父亲借车的话又拉不下脸来,想到这里,赵青禾握紧车把手仰天长啸。

"苍天啊!为何如此……"赵青禾的话还没说完,他便伴随着打开的车门"咣当"一声摔倒在了地上。

被摔蒙的赵青禾爬起来,目瞪口呆地看着眼前打开的车门。

"都是些什么人啊!练完车不锁门!"

赵青禾拍了拍身上的尘土,看了看后座也没人便来到了主驾驶位置上。

果不其然，钥匙都还在那里。赵青禾打开车里的电台听着交通广播，抱怨着慕容枫的种种缺点，但是到了最后他还是亲口承认了，慕容枫确实是个高手。

抱怨了好一阵子，也不见有人来取车，赵青禾打开手机秒表，朝着前方赛道猛地开去。

第一圈的时候，赵青禾还是比较小心，但是越往后开赵青禾越有感觉，心情大好的他不断增加漂移的力度和驾驶的难度。他也将车里的音乐放到了最大声，开了个痛快。几圈下来后，赵青禾几乎人车合一，他按照自己的方式尝试了几圈后觉得还是不够快，灵光一闪之后他完美复刻了慕容枫的驾驶技法，在转弯和力度上完全重复了慕容枫的操作，一圈下来后，奇迹发生了。赵青禾猛然一个漂移甩尾将车停在了原处，车轮像是扫帚一般将地上垃圾推到了墙角。

"我知道了！哈哈！果然是高手！！"赵青禾兴奋地拍着方向盘，大声喊叫着。

原来，按照赵青禾的游戏经验，车在转弯的时候他的漂移点相比慕容枫的要靠后，这就导致了车在失速状态下再次回到轨道上的时候速度大大降低。赵青禾瞬间意识到，游戏世界和现实世界是有区别的，现实世界中的漂移速度会有一个缓慢变化，但是这种物理规则下的变化放到游戏中就显得极为笨拙，所以慕容枫操作是将漂移点提前，如此一来，在漂移过弯后，速度还没有降下来时便可直接杀入直道。如何找到切入点，精准控制车速就是比赛胜负的关键，这也是慕容枫比自己快的原因所在。

赵青禾兴奋地发动汽车正打算再跑一圈，这时从后座上爬起了一位中年大叔。赵青禾几乎是大喊着爬出了车，试想，半夜从后座突然爬出一个蓬头垢面、披头散发的大叔和贞子几乎没有什么区别。赵青禾吓得屁滚尿流，腿软得只能朝远处快速爬行。

"小伙子！你别走！"

惊魂未定的赵青禾回过头看去，一位中年大叔正站在车边，大叔应该是车的主人。上车前赵青禾明明检查过了，没发现有人。其实这也不怪大叔，大叔本就身材瘦弱，穿黑色衣服的他在车后面睡着后，与前后座夹缝的地板完美融合在一起。如果不打手电筒的话，真的很难发现。若不是刚才赵青禾的一顿操作猛如虎，大叔也不会这么快就醒。

"老，老师，我刚才不是故意的！我没看到后座有人……"

赵青禾说着掏出口袋里的湿纸巾递了过去，大叔擦了擦嘴，从口袋里掏出一个头绳把头发扎起，看了看眼前的赵青禾。

"你是哪个班的，以前怎么没见过你？"

"老师，我……我不是咱们学校的……"

"哦，社会人？"

"也不是，我是来参加匠心杯技能大赛的，我是长春工业大学的学生……"

"你好，我叫坤雄，是车队的队长。"

看着大叔伸出的手，赵青禾打量起眼前的这个中年男人来。大叔长相酷似导演姜文，两鬓头发剃光，只留着头顶的长发扎了一个小辫，十分有个性。

看到眼前这个青涩的毛头小子，坤雄眼中露出了欣赏的神色，毕竟刚才的一阵操作不是一般年轻车手能悟到的。

二人靠在车上，坤雄开始缓缓地聊起自己的人生来，看到天空中飞过一架飞机发出了巨大的轰鸣，坤雄借题发挥。

"赛车、飞机还有爱情，这三种事情都有一个共同点，那就是在起步的时候必须要有力量才行！你方才起步的时候，太柔了……"

"前辈，您是……"

看着赵青禾质疑自己的身份，坤雄只是在网络上打上了自己的名字，便涌现出了无数夺冠的新闻。原来，坤雄并不是学校的老师，而是来学校场地训练的社会人。或者说，坤雄曾经是技师学院的元老级校友，后来组建车队，也是车队中的灵魂人物，只不过后来不知道为何，心脏被查出来不太好，所以就无奈退役了。一个男人，有钱有闲，如果没有与之匹配的事业，整天泡在酒里基本上就算是废了。后来坤雄实在是厌倦了吃吃喝喝的日子，他就想组建一支新的车队，以教练的身份重返他从前的世界。而坤雄所说的这个世界，不是竞速赛，而是漂移大赛。

"漂移大赛？那玩意儿花里胡哨的，能挣钱吗？"听坤雄慷慨激昂地讲完，赵青禾不禁犯起了嘀咕。

"年轻人，我这么说吧，越是看起来不务正业的事，它越挣钱。我的车队就是靠这个发展起来的！"

坤雄将自己之前参加大赛的奖金给赵青禾一一过目，相比匠心杯技能大赛的几十万奖金来说，漂移赛的奖金可以说是相当诱人，相当于几十万后面多了一个零。就这样，赵青禾在学校里只能用来耍酷的漂移，终于在坤雄这里有了用武之地。

"那你现在物色了多少队员了？"

看到坤雄做出OK的手势，赵青禾点了点头说："都OK了啊！"

"是zero，零！"

坤雄摇了摇头说："我来这个学校蹲点很久了，就是为了等一名核弹级选手。"

"该不会是慕容枫吧？"

"哦，你也知道？"

"技校一哥嘛，略有耳闻。"

"你刚才的漂移技法有点他的意思，这个年纪有这种觉悟，实为难得！"

"雄哥，我也是刚来，这个慕容枫真有这么厉害？"

"这么说吧，如果他来挑大梁，加上你我，都可以去日本踢馆了！"

坤雄说的虽然有些夸张，但也并不是空穴来风。汽车漂移的起源就在日本，土屋圭市在下满雪的山道上寻求失速下对汽车的控制进而演化出了专业的漂移运动。而坤雄和慕容枫的相遇纯属巧合。

我，隔壁班的

一年前的夏天，坤雄和小兄弟们去酒店门口吃饭停车，当时的车位很窄，坤雄故意让手下的小弟去停，结果自然是费劲。正在那里等待取外卖的慕容枫看到众人笨拙的样子不禁在角落里偷笑，坤雄看到后自然不服气地走到慕容枫跟前，将车钥匙递到了慕容枫手里。

看到对方人多势众，慕容枫也不啰唆，先是将车开出去一段，直接一个加速摆尾将车横着漂移进了车位里面，只留下了目瞪口呆的众人。也就是那晚，后生可畏的天赋让坤雄重新萌生了再次组建车队的念头。所以那晚和手下小弟喝酒的时候，坤雄无心满桌的酒菜，中途付完钱便离开了。坤雄拿着拍下来的摩托车号找到了慕容枫所在的学校，让坤雄想不到的是，这个身手了得的车手竟然是技师学院大一的学生。他本可以凭借身上的本事参加比赛吃口好饭，但是慕容枫硬是骑着摩托车去送外卖也不愿答应坤雄。慕容枫的态度很坚决，那就是一切和赌相关的事情他都拒绝参加，包括任何比赛。年轻的慕容枫也让坤雄很是苦恼，坤雄深知培养一名车手所需要付出的巨大努力，而慕容枫的天分则是自己手下那些爱车的小弟无法与之相比的。慕容枫冷静而又敏感，这是一个车手优秀的品质。今晚遇到了赵青禾之后，坤雄兴奋不已，赵青禾的莽撞与冲动恰恰弥补了慕容枫不具备的另一面，二者搭配简直天衣无缝。

一年来，坤雄始终想劝说慕容枫加入车队，但是慕容枫硬是油盐不进，任凭坤雄方法用尽都无济于事。与其说坤雄想利用慕容枫赚钱，倒不如说坤雄是想借年轻人重返赛车界。有了眼前的毛头小子，坤雄又重拾了一丝信心。

微弱灯光下，坤雄看了一眼赵青禾，大惊失色地问道："你你你……该不会是前天晚上和慕容枫比赛的那个神秘人吧！"

听坤雄说完，赵青禾手里的鸡爪都掉到了地上。他敏锐地感觉到，自己和慕容枫比赛的视频还是被传到网上去了。赵青禾接过坤雄的手机看到，自己和慕容枫比赛的视频在网上竟然已经有了五百多万的点击量！令他无法辩驳的是，自己今天穿的衣服也和昨晚一模一样。也正是这一条视频让坤雄内心的火死灰复燃，又一次来到了赛场试图找到慕容枫。

发现这件事的人自然也有刘春华老师，看到同学们发来的推荐，刘老师看完后直呼过瘾，原则这种事情，能打破第一次就能打破无数次。不管出于什么原因，慕容枫已经开始和别人比赛了，那么他参加技能大赛的事情就有谱了。

慕容枫正骑着摩托车送外卖，休息间隙收到刘老师的微信后，愤怒不已。他直接将车开到了盖斌楼下，把正在睡懒觉的盖斌从被窝里拎了起来。面对慕容枫的质问，盖斌终于明白了事情的原委。拥有这段视频的人只有三个：自己、赵青禾、宋初夏。作为手下败将的赵青禾肯定不会把视频发出去，那么只有一个人了。原来看热闹不嫌事儿大的人不只自己，还有宋初夏。

而宋初夏之所以这么做，就是想彻底刺激赵青禾，逼迫他真真正正地把心思用在比赛上。宋初夏知道，赵青禾一直都是死猪不怕开水烫的性子，没有外力的刺激，他从来都不会去努力，但是如果有一个强有力的对手，他就会彻底变了个人，激发出斗志。当然，宋初夏这么做的私心就是鼓励慕容枫参加比赛，直面挑战。毕竟，能够在大赛上同时有两个校友一起参加，那是何等的幸事，而且大家都是隔壁班的。

面对盖斌的解释，慕容枫当然不会相信，他更愿意相信盖斌是推卸责任。无奈之下，二人只好找到了宋初夏当面对质。结果可想而知，宋初夏打着"打击赵青禾，鼓励慕容枫"的旗号大大方方承认了。

"不用谢我！慕容枫，你不是都报名了吗？虽然大家都是隔壁班的同学，但是到时候你千万别给赵青禾面子，最好是让他在第一局就被淘汰掉！"

宋初夏颇有做好事不留名的架势，虽然慕容枫生气憋得青筋暴起，但是也无计可施，毕竟诺言是自己打破的，这也怨不得别人。面对宋初夏的好言相劝，慕容枫最后只得挤出两个字：算了。

看着赵青禾几个未接来电，盖斌第一时间就把事情的原委发了过去。看到宋初夏亲口承认是自己上传的视频，赵青禾一边痛骂宋初夏不够意思，一边又享受着众人点赞留言所带来的虚荣。

听赵青禾说完，坤雄兴奋不已，得知赵青禾是慕容枫的情敌，在坤雄看来，无坚不摧的慕容枫终于有了一个突破口。坤雄坦言，赵青禾的开车技法太过莽撞，甚至是粗鲁。坤雄本打算亲自演示一下，结果发现车子发动机出了问题，已经无法启动。直到此时，赵青禾才想起和坤雄道歉，毕竟那不是学校的教练车。

坤雄却笑着说："没事儿！你能让慕容枫接受你的挑战就已经很了不起了！哎呀，情敌这事儿果然是天生的。你的鲁莽及冲劲儿和慕容枫的冷静简直就是两个极端，水火不容，要说情敌的话，你俩简直就是天生的一对！我骚扰了慕容枫这么久，只是为了同他比一场，求了一年都没用，让他打破自己信条的，恐怕除了爱情就是你这种愣头青了！"

坤雄口气极大，像极了赵青禾，若不是自己有错在先，赵青禾肯定不会听眼前这位中年大叔唠叨半天，他打算过会儿就溜之大吉。至于加入车队的事，那就改天再说了。毕竟，谁知道眼前这个人到底是真还是假。你要是相信一个醉汉的话，那赵青禾宁可抽自己两巴掌。和盖斌这几年朋友做下来，"信任"这个词早都被赵青禾从词典里删掉了。

"雄哥，时间不早了，我先回去了！"

"好，加个微信吧！想好了可以联系我！"

"行！"

赵青禾掏出手机扫完名片二维码转身就走，坤雄很快就通过了赵青禾的好友申请。当赵青禾看到了那个熟悉的头像和网名时，几乎下意识地转身又走了回来。

"雄哥，你的微信名字叫'偷心海盗'？"

"是啊，怎么了？"

"哦，没事，就是我经常玩飞车游戏，里面有一个美女大神就叫'偷心海盗'，巧了巧了……"

坤雄面不改色地看着赵青禾说："我就是那个'偷心海盗'！我退役后就在家玩这款游戏，玩了很多年了。"

赵青禾打量了一下胡子拉碴的坤雄，笑着说："不会吧，雄哥，人家'偷心海盗'明明是女的，怎么会是你，别开玩笑了！"

坤雄甩了甩头发说："那是因为没人跟我比，我故意设置的。喏，自己看！"

赵青禾几乎是颤抖地接过了坤雄的手机，那的确是坤雄的账号。自己崇拜了两年的美女大神，在现实世界竟然是一个大叔，这让赵青禾一时无法接受却仍旧兴奋不已。怪不得"偷心海盗"在游戏里游刃有余无人能敌，原来现实中他就是一位退役赛车手，曾经的无冕之王。

"雄哥，是不是有一个人天天早晨起床就来骂你，连着骂了一整年？！"

"呵，这事儿都传出去了？的确有这么一个人挑战我失败后，天天早晨八点钟准时骂我，说我是机器人加外挂！烦得很！"

"你为什么不回复他呢？"

"这种人多了去了，我哪有时间陪他们闲聊？只不过有个叫'青青河边草'的坚持时间最久！"

赵青禾走到坤雄面前，用崇拜的眼神拉着坤雄的手说："雄哥，那个人就是我！我就是'青青河边草'啊！雄哥，能和你合个影吗？'偷心海盗'是我的偶像！"

面对小迷弟，坤雄略显尴尬且熟练地凑到赵青禾面前来了个五连拍。看到赵青禾完全没有要走的意思，坤雄五味杂陈地打开后备厢。

"年轻人，有韧劲儿，怪不得这几天不骂我了，原来是来参加大赛了。"

"雄哥，请相信我，我就是想检验你到底是不是真人。"

"是又怎么样，不是又怎么样？提升自己最重要！你刚才的开车手法虽然对发动机伤害很大，却成就了今晚的晚餐！"

赵青禾看到在发动机旁边有一个用铝箔包裹的东西，坤雄拿出打开，赵青禾才发现，里面包裹的是两个汉堡。坤雄所说的晚餐就是眼前的汉堡。

利用发动机的余热来加热汉堡，简直就是惊为天人的想法。发动机是汽车的心脏，高速运转时所产生的能量竟然被坤雄利用得恰到好处。如果说铝箔纸里的汉堡是菜的话，那么发动机所产生的热量就是煤气灶的火焰，而车速与驾驶方式就是控制煤气灶的阀门。

望着手里滚烫的汉堡，赵青禾整个人都傻了，毕竟，用汽车发动机做饭这事，自己也是第一次见，"偷心海盗"果然不简单。

赵青禾打开铝箔纸，看到汉堡的一面已经有些焦煳，这也是坤雄预料之中的事情。刚才赵青禾的操作过于激烈，导致发动机里的零件松动，毕竟坤雄已很长时间没有检修过汽车了。

在坤雄看来，人到中年，很多事情都是相通的，人生和开车其实没什么两样，无非是控制好火候，把握好尺度。赛车是对一辆汽车各方面的终极检验，而信任则是感情的试金石，想要走得长久，首先你先得相信他，然后才能一起探索人生的极限与乐趣。

"吃吧，虽然有点煳了，但是味道还是不错的，都是我自己买的原料亲手做的。"

虽然手里的汉堡热乎乎的，但是赵青禾还是很难将做饭和赛车联系起来。

一个汉堡下肚，坤雄心情大好，他拍了拍赵青禾的肩膀语重心长地说："青禾，做饭和赛车其实都是追求快感的乐趣，十分考验一个人的耐心。烹饪难在火候的把握，开车亦是如此！如何精准地把握快和慢，在合适的时机漂移腾挪，超越对手，超越自己，都有异曲同工之妙！甭琢磨了，快吃吧！凉了就浪费了！"

赵青禾咬了一口汉堡，怀疑地问道："雄哥，你的意思是，你不但能用汽车把汉堡做熟，而且能做到两面都不煳？"

"汉堡这都算是入门级的东西了，什么烤鱼、鸡翅都可以，你以为'偷心海盗'是浪得虚名？那都是我用实践挣来的。"

坤雄说着，从后备厢的保温箱里拿出了一个半成品汉堡重新放到了发动机的位置，同时还拿出了一根黄瓜用筷子插在了路边，然后把果皮刀用头绳绑在了排气管上。

"用汽车削黄瓜？这也太离谱了吧！黑灯瞎火的，这简直不可能！"

坤雄什么话也没说，只是用脚步丈量了一下黄瓜与跑道的距离，一脚油门便甩了出去。坤雄毕竟是老手，在赵青禾认为游戏里的技术与现实之间有差距的时候，他分明看到了坤雄完美践行了自己认为不可能的操作，不紧不慢，每一个节点都恰到好处，坤雄的漂移堪称艺术。更让赵青禾惊掉下巴的是，坤雄并不是用果皮刀削断黄瓜，而是给黄瓜削皮。坤雄的车如同手术刀一般漂移掠过赵青禾，尾部的刀刚好贴近黄瓜，准确地将黄瓜皮削掉，动画片都不敢这么演的情节，竟然让坤雄做到了。坤雄的车技让赵青禾折服，他巴不得立马下跪磕头拜师。看到坤雄驾车呼啸而来，赵青禾赶紧将黄瓜转一圈重新插在原地，一根黄瓜，八刀下来正好八圈，坤雄坐在车里镇定自若地看着发动机的转速，犹如漫步在自家客厅一般从容。

车停在赵青禾面前，坤雄不紧不慢地下车走到黄瓜面前，拿起来看了看，最后一刀还是有些用力过猛了，黄瓜被削掉了一些。坤雄看了看手表，吃完黄瓜后走到发动机那里，取出了发烫的汉堡。

打开锡纸过后，一股香味袭来，坤雄掰开一半递给赵青禾。很明显，眼前的汉堡才恰到火候。

"什么时候能把饭做好了，什么时候你就成为真正的高手了！"

看着掉在地上的黄瓜皮，还有手里冒着热气的汉堡，赵青禾甚至想大哭一场。他突然意识到，自己真的是深井里的一只小青蛙，前二十多年白活了。原来，大神真的是存在的。

坤雄只用了十分钟不到便完成了一个邋遢大叔到战神的逆袭，立马让赵青禾对眼前这个不修边幅的人肃然起敬。

回宿舍的路上，赵青禾手里拿着两个汉堡左一口右一口。显然，不同火候下的汉堡味道自然不同，有了这位高人的指点，想必自己定会赢得比赛。

我，隔壁班的

不，眼前的技能大赛那都是小事情了，赵青禾甚至已经幻想在高手的指点下暴虐慕容枫，赢得宋初夏及众人的赞叹了。

　　面对大神坤雄的突然出现，赵青禾想到了自己重返宋初夏世界的唯一变量：慕容枫。赵青禾的内心是矛盾的，一方面他希望慕容枫能够参加大赛赢得荣誉，毕竟慕容枫有一身本领，不展示自己太可惜了；另一方面他又不希望这么强悍的对手与自己同时出现在赛道上，在汽车技术这方面，自视为天才的赵青禾从未看起过谁，而慕容枫却是一个让他心生敬畏的对手。独在异乡，遇到了隔壁班同学，原本可以做好朋友的，最终还是变成了相爱相杀的陌生人。

第七章　没有人可以错过你的青春

不被定义的风

如果说慕容枫的水平已经让赵青禾游离在崩溃的边缘，有了逃避的想法的话，那么坤雄的出现则完全让赵青禾感觉活在了好莱坞大片里，而自己正在按照男一号该有的故事线茁壮成长。这又一次让赵青禾意识到了当初寝室长孙钦龙说的一句话："出来混最重要的是什么？是出来！"

如果不是这次冲动出来，自己的世界绝不会这么复杂而精彩；如果不是出来，他怎么会梦幻般地见到自己的偶像"偷心海盗"，与梦寐以求的赛车世界产生联系？

从烹饪教室出来的叶一茜看了看自己满头的油渍，和周围人打听着便来到了同学理发店。看到盖斌在里面忙活着给小朋友剪头发，叶一茜迟疑了一下，转头便走。毕竟，在国外，叶一茜都是用专属的理发师，学校里的小店自然无法让叶一茜看上眼，特别是看到不靠谱的盖斌在那装模作样地理发时，这家理发店立马就被叶一茜扣上了不靠谱的帽子。

而自带美女雷达扫描功能的盖斌，用余光就看到了站在门口的叶一茜，他二话不说，赶紧跑出去将叶一茜拉了进来。热情，无法拒绝的那种热情。眼前的大美女是自己的朋友，盖斌怎能放过这个在涛尼和凯文面前炫耀的机会？

盖斌大张旗鼓地将叶一茜当作自己一个很普通的朋友介绍给了涛尼和凯文，赚足了面子。有时候你不得不承认，有一种东西叫气场，叶一茜的气场几乎将整个理发店照亮，无精打采的涛尼和凯文立马像废铁遇到了强磁一般过来端茶倒水。

"你们这，理发师不在吗？"叶一茜看了一圈屋里的设备，有些嫌弃地问。

最怕空气一下子安静下来，盖斌只好发挥自己的聪明才智绞尽脑汁解围。

"那还用问？当然在了！一茜，我再次给你郑重介绍一下，我们同学理发店的头号理发师、万年留级生——王海涛！"

"咳咳，说英文！"涛尼老师手托着腮在一边赶紧提示。

"哦，是万年留级生涛尼老师，来技师学院五年都不愿毕业，不是技不如人，而是他觉得还没有超越一个人！"

"谁？"氛围烘托到这里了，叶一茜不得不问。

顺着盖斌手指的方向，凯文识相地打开了吹风机，满面春风的涛尼头发一扬。

"没错，是我！我没能超越我自己！坐吧！让我为你打造专属于你自己的魅力！"

看到三人默契地配合，叶一茜便知道，这纯属很低级的商业吹捧。叶一茜打量了一下涛尼，也就是王海涛，穿着打扮虽说不上脏，但就感觉很土。看惯了国际范儿的叶一茜，打死都不会把自己的头发交给他的。因为叶一茜压根就不信，长相随意的涛尼能有多成熟的技艺。叶一茜的理解也有她的道理，正如一个土菜馆是做不好大餐的，因为厨师练手的机会少。在叶一茜看来，自己的要求那是纽约和巴黎的水准，同学理发店绝不可能有这种手艺。

"嗯，我今天不是来理发的，我就洗个头吧。"

"也行，盖斌，接客！"虽然叶一茜的直言快语让涛尼很不舒服，但是看在对方是美女的份上，涛尼也没有做过多解释。毕竟，人和人接触第一印象很重要，如果对方看不上你，你再怎么解释都没用。

"好嘞！来吧！"

盖斌表面上大大咧咧，但是干一行爱一行，因为在老家，盖斌的父亲就经营着一家理发店，所以从理发这方面来说，盖家可是"世家"。盖斌从小被外公带大，外公当年是十里八乡有名的赤脚医生，所以他从小就对中医有着浓厚的兴趣，但是无奈医学院门槛太高。虽然盖斌不愿接老爸的衣钵做理发师，但最后还是进了技师学院的理发专业。倒不是盖斌有多喜欢理发，只是他挑来选去，觉得这个最适合偷懒，不累。可以说，盖斌是那种除了学习不会，其他什么都能无师自通的奇才。正所谓无心插柳柳成荫，作为吃货的盖斌一来二去练出了一门独家绝活，那就是仅仅闻一下头发便知道对方吃了什么。为此他专门去请教外公，还买了针灸穴位图研究，根据顾客所吃的菜进行有针对性的穴位按摩，最终的结果自然是让顾客消食化滞，神清气爽。可以说，盖斌硬把洗头做成了中医理疗。

别看就是洗个头，但是在盖斌这里大有乾坤：刚吃完火锅的人就要水温低一些；寒气重的人要多按一会儿，让其头部血液流通。而叶一茜刚才做的饭应该就是辣子鸡，盖斌已经通过头发上干辣椒的镲气一眼洞穿。盖斌将水温稍微调高，然后选用了带有清凉薄荷的洗发水。本身就一身油烟满腹火气的叶一茜，在温热的水流下竟然微微出汗，但是清凉的洗发膏冲完立马让她有了一种冰火两重天的感觉。没抱什么希望的叶一茜在盖斌的指法下竟然有一种穿越之感，她分明体验到了法国巴黎的顶级洗头服务。

看到叶一茜洗完头出来，身上的火气消了一大半，凯文也献上了自己的吹头手艺。凯文认为吹头和做菜异曲同工，要利用电吹风的温度，"烹饪"一头湿湿的头发，让其还原伸展，呈现最自然的状态，其中温度控制最为重要。根据头发干湿程度的不同，凯文准确控制电吹风的温度和距离，不会让人觉得忽冷忽热。凯文的绝招是，他不会将头发吹干，而是留有一定的湿度，顾客在出门的时候，留在头发里的一团雾气与室外的空气产生一种对流，这时候顾客就能够明显感受到来自外界的抚摸，感觉整个头皮都清爽起来。这该死的仪式感几乎让所有体验过的人都欲罢不能。

作为盖斌的朋友，当然是免单。当叶一茜大摇大摆地走出理发店后，三个人便悄悄地躲在门后远远地观察着。果然，叶一茜走了几步后便停了下来，一阵清风袭来，她感受到有一种奇怪的力量拂过了自己的头皮。那种触摸是如此真实，以至于叶一茜转头看向周围是不是有人故意调戏她，待她转身过后，头发内的那团雾气便也随着清风散去，清凉薄荷的洗发水让她在炎炎夏日不但摆脱了灶台间的油腻，还有了丝丝透心的清凉。叶一茜的反应明显超出了洗剪吹三人组的预料，这个从国际大都市走来的小公主在三人眼里竟然像是没见过世面的人。

"太瞧不起人了！凭什么洗了吹了就不让我剪？这分明就是瞧不起我！不行，我得找她理论理论！"

看到涛尼往外冲，盖斌和凯文只好死死地拉住。很明显，涛尼过于敏感了，在二人看来，与其说涛尼觉得自己被轻视，倒不如说涛尼也想在美女面前秀一把存在感。涛尼拼命挣扎，趴在最底下的盖斌实在是承受不住背上二人的重量，破门而出滚到了门外。

看到叶一茜转过头看向三人，三人迅速地爬起，装作若无其事地做俯卧撑的样子。叶一茜抬头仔细打量了这块毫不起眼的招牌：同学理发店。

作为同学理发店的老板，涛尼的水平绝对无话可说。涛尼的绝招就是他能够自己处理自己的发型，几年来，他的发梢几乎没变过。能够稳定掌握每一次理发的长度，毫厘之间方见真功夫，可以说在涛尼眼中，每一根头发都是独立的存在。就冲这该死的强迫症，涛尼已经在凯文和盖斌心中封神了。

后面的几天里，涛尼越想越不服气，无他，就是想为叶一茜剪一次头发来证明自己。而结果可想而知，如此疯狂的一号理发师肯定是被叶一茜拒之于千里之外，但是涛尼愈挫愈勇，像是狗皮膏药一般紧紧跟在她的身后，不知道的还以为是苦情男要追求人家。

看到路边有人拿着手机拍自己，叶一茜不禁担心了起来。毕竟自己是偷偷回国参加比赛的，万一被路人传到网上被父亲看到那就糟了。涛尼紧紧跟随在身后，美女与"野兽"的组合，太扎眼了。

灶台旁边，刀光剑影，火光四射，宋初夏看到执着的涛尼拿着剪刀站在一边，只得去更衣室给盖斌发消息，希望盖斌赶紧将他带走。

但是，哪怕盖斌和凯文使劲拉着涛尼，涛尼也没有要走的意思。

看到众人投来异样的目光，叶一茜只好说："你回去吧！等需要的时候我自然会去找你的！"

涛尼拿着手中的假发说："我研究过了，你的脸型不适合留长发，如果剪掉三分之一，就会有完美的侧颜！"

叶一茜对眼前的涛尼受够了，她搞不明白，一个人的自尊心怎么可以强到如此程度？自己无心的一句看不上，竟然让涛尼有了拼命三郎的气势，非得给自己理一次不可，这让叶一茜有苦难言。

看到涛尼和凯文、盖斌在那撕扯，叶一茜生气地拿着菜刀走了过来。叶一茜一把夺过假发扣在了涛尼的头上，众人有些不明所以，叶一茜顺手就将涛尼按在了案板上。涛尼被长发盖住，他只看见叶一茜的菜刀在案板上当当作响，吓得一身冷汗，动弹不得。理发多年，众人从没见过用菜刀理发的神奇操作。叶一茜也不是乱来，因为她从小家里就有数不清的芭比娃娃，所以她就给芭比娃娃理发，技术虽比不上专业理发师，但也算小有心得。

叶一茜虽然不懂怎么修理发梢，但是她常年在国外，懂得什么是时尚。待到叶一茜像是拎鸡崽一般将涛尼拎起来的时候，一个崭新的涛尼展现在了众人眼前。虽然菜刀砍过的头发有着明显的痕迹，但是层次分明，粗犷的风格与涛尼不羁的穿搭完美融为一体，竟然使得原本看起来有些拖泥带水的涛尼显出了几分利落的气质。

我，隔壁班的

显然，叶一茜的一套乱拳成功打死了眼前这个老师傅涛尼。看着盖斌给自己拍的照片，涛尼终于明白了为何叶一茜百般拒绝，原来叶一茜对理发确实有着自己的独到见解。

看到涛尼完全被自己镇住了，叶一茜非常认真地说："我之所以不愿让你给我理发，不是质疑你的理发技术，而是你过度关注头发而忽略了别的东西！"

"什么东西？"

"脖子以下的东西！发型并不是独立存在的，而是要配合穿搭风格，它在于整体的协调性。头发做得再精致，那也只是头发！顶级的理发师不仅仅是理发而已，更多的是对时尚的理解与设计！"

短短几句话如醍醐灌顶，涛尼顿悟了。确实，当叶一茜的一顿操作结束后，他看着自己的整体风格，大受震撼。是啊，发型是要搭配整体风格的。运动型的女孩自然穿运动装多一些，所以要注意运用运动元素，而文艺范的女孩自然要有不同程度的烫卷，所谓万变不离其宗，一个人的风格就是这个"宗"。

自信的另一个对立面就是自负，此刻的涛尼深以为然，也备受打击。

叶一茜的菜刀如同刽子手一般，一刀刀砍掉了涛尼的自信。有生以来，他开始质疑自己真的会理发吗？回到理发店后，他便一直盯着案板上的菜刀与假发，什么也不说，也不营业了。

赵青禾打了鸡血一般进行体能锻炼，跑步路过理发店时看到三人围在一起，满头大汗地走了进来。看到门前挂了停止营业的牌子，赵青禾有些纳闷地拿起案板和菜刀看了看。

"怎么了？干什么仨人都停止营业啊？！"

看着涛尼迷茫的眼神，凯文配合着盖斌将刚才发生的事又演了一遍。赵青禾得知后却不以为然。

"嗨，我还以为什么事呢。涛尼哥，叶一茜本身就不是一般人，虽然我不知道她什么来历，但是就从她和我比游泳那事，我就觉得她是个高手。你看看，长得漂亮，极度自律，多才多艺，穿的用的都是顶级名牌，就像是韩剧里大财阀的继承人啊！要不是那天她在泳池里提前游过几圈了，我指定是她的手下败将。所以，和高手过招，没什么大不了的，就是切磋嘛！"

看到赵青禾好为人师的样子，盖斌有些奇怪地打量着赵青禾，赵青禾一身运动装，看得出来，室友邮寄的行李已经到位了。

"哎，你精神状态不错嘛！"

"那是，我跟你讲，我遇到大神了！你就等着我暴虐慕容枫，问鼎比赛，稳拿奖金吧！不聊了，你们忙，我去跑步了！"

"真的假的？"

"当然是真的，真正的天才不会在乎成长路上遇到了什么，更不会拒绝一切进步的机会，我先撤了！"

赵青禾的话在很大程度上开导了涛尼，更准确地讲是刺激到了涛尼。毕竟前一天赵青禾还是被人抢了女朋友，并且在赛车场上被人按在地上摩擦的小白，这会儿就已经斗志昂扬了。赵青禾都可以振作起来，为什么自己不可以呢？

想到这里，涛尼拿起菜刀和案板便走了出去。盖斌和凯文赶紧将涛尼重新按回在了椅子上，生怕涛尼再想不开去找人麻烦。

"放开我，我只是想把东西扔掉而已！"

虽然涛尼拼命解释，但是二人依旧不愿相信，死死地将涛尼绑在了那里。

涛尼明白，想要提高自己的审美就得让自己涉猎更广泛些，这如同一座山一样，只有基座够大够广，才能有新的高度。要想成为高手，那就得全方位否定自己，然后再重构自己。既然叶一茜能用菜刀理发，为何自己不能呢？一个大胆的想法在涛尼心里酝酿着。

同学理发店内安静极了，三个人大眼瞪小眼，一言不发。

"咳咳，凯文，盖……"

"怎么了？"盖斌回道。

"我有个想法……"

"说呗！"凯文若无其事地端起纸杯喝了一口茶。

"我们报名参赛吧！"

涛尼的这一句话，无异于晴空霹雳。凯文口中的绿茶喷溅在空中，透过阳光，盖斌分明看到了一抹彩虹。盖斌第一时间就有这想法了，毕竟奖金可观，而且有了荣誉傍身，同学理发店的招牌就能越做越大了。就连技师学院都高手如云，自己和凯文的理发水平都出不了这个学校，更别提全国大赛了。唯一有胜算的涛尼却一直拒绝参加，没有任何理由。其实自打盖斌和凯文入股同学理发店，他俩就明显感觉到涛尼的水平已经很高了，但是为何一直窝在学校不出去发展，这一直都是个谜。按照涛尼的话说，就是自己想超越自己，但是，为何超越自己，怎么超越自己，超越自己之后干什么，涛尼没有讲过。不过，可以肯定的是，这个万年留级生身上有着对理发的执念，说"恋发癖"都有点低估了涛尼对理发的热衷程度。

为此，盖斌和凯文尝试过无数次套话，哪怕涛尼喝得烂醉如泥，夜夜梦话，二人都没能从这个男人嘴里套出半句话来。这次涛尼突然冒出的这句参赛，不亚于太阳从西边出来。

看到二人没说话，涛尼挠了挠头站起来说："行，既然你俩没意见，那就这么定了！我先去趟商场，重新选几套行头，报名的事儿就辛苦你俩了！"

直到涛尼走出去很远很远，盖斌和凯文依旧站在理发店门口不敢相信。

"见鬼了，我一开始劝青禾还有涛尼参赛，就想赢点奖金花花，结果呢，都不从！这会儿倒好了，两头下注了！"

"盖斌，我觉得涛尼不想参赛的原因是，怕赢了之后咱俩翅膀硬了单飞！"

"凯文同志，我觉得你说得很对！"

赵青禾闲着没事儿就跑到了汽修车间，来到了慕容枫的工位上。看到慕容枫在那里修汽车，赵青禾索性搬了个凳子坐了下来。慕容枫找了半天都未能发现汽车哪里出了问题，看到赵青禾在一边打量着，更是没了心情。

过了好一阵子，看赵青禾没有要走的意思，慕容枫扔掉手里的扳手朝着赵青禾说:"你回去吧!我工作的时候不喜欢旁边有人打扰!"

而赵青禾却很自然地笑着说:"没事儿,我可以去门口等你。"

"视频不是我上传的!"

"我知道。"

"我是不会参加比赛的!"

"我明白。"

"你没事儿吧?"看到赵青禾一反常态笑眯眯的样子,慕容枫立马起了一身鸡皮疙瘩。

"我就是想告诉你,你确实比我厉害!但我不会永远都这样!"赵青禾说完便径直走了,走了几步后,又转过头说,"是发动机的问题,里面零件有异位,我一听声音就听出来了。"

"发动机要是有异位的话,就不可能运转!"

"那也未必,异位不大,这个就和人一样,只要心里没有偏见,任何事情都可能发生!你忙吧,我去跑步了!"

看到赵青禾"霸气侧漏"的样子,慕容枫觉得简直可笑。自己琢磨了一上午都没弄明白的问题,赵青禾走过来只是在远处听两下声音就能搞清楚?这未免也太自负了!慕容枫走到座位上喝了口水,远远地盯着眼前的汽车,陷入了沉思。刚才的赵青禾好像和昨天不太一样了,自信而轻松。慕容枫简直不敢相信,刚才恭维自己的话是从赵青禾这种自诩为天才的人嘴里说出来的,事出反常必有妖,可慕容枫捉摸不透赵青禾葫芦里卖的是什么药。

过了会儿,慕容枫将所有可能发生故障的部件又都排查了一遍,但依旧没有解决问题,慕容枫坐在那里认真思考起赵青禾的话来。

"莫非真的是发动机的问题?"慕容枫很快放下水杯,走到汽车面前将发动机打开来看。

果不其然,检查的结果让慕容枫震撼了!确如赵青禾所言,里面有一个零件异位了!瞬间慕容枫对赵青禾刮目相看。

赵青禾也并非自大，他自诩为天才也是有原因的。因为从小就跟随父亲在汽修厂修车，所以发动机的构造他在很小的时候就了如指掌了。之所以能够锻炼出听声辨位的技能，完全是因为他的天赋——赵青禾有着极为敏感的嗅觉和听觉。大人有时候很难专心去听细微的区别，但是在赵青禾这里，不同的发动机犹如不同的女孩一样，都有自己的独特性格。小时候每当父亲躺在汽车底下检修发动机的时候，赵青禾也顺便爬过去一起听，童子功自此而来。

慕容枫点燃了一支烟，坐在那里抽了起来，他不得不重新审视这个半路杀出来的人。慕容枫重新打开手机，在网上搜索出了那段比赛视频后认真看了起来。虽然在弯道漂移的时候有两下子，但是从赵青禾的操作手法来看，的确是一个新手无疑。慕容枫之所以看不上赵青禾还有一个原因，那就是他所接触的大多数本科院校出来的学生，只会理论知识，动手实践能力一塌糊涂。从宏观而言，这是目标导向不同而做的设计，也是职业教育与大学教育的最大区别。大学教育多偏重于理论设计，而职业教育更重视动手能力，所以大学毕业后，很多对专业有着热爱的同学可以选择往更高学位接着读，研究深造。虽然职业教育也可以读本升研，但是更多的是学生毕业后即可掌握一技之长，踏入社会能有口饭吃。而眼前这个赵青禾不但没有书生气，还确实有两把刷子！慕容枫之所以在技师学院是一哥，不完全是因为帅，更多的是因为才华，不仅门门课程满分，技术也是顶尖的。但即使是顶尖的，也遇到了赵青禾这样的鬼才。看来，本科院校并不都像自己认为的那样，还是会有动手能力优异的学生存在。在赵青禾身上，慕容枫看到了他巨大的能量。

慕容枫仔细复盘了几天来和赵青禾的来龙去脉，觉得如果赵青禾没有点本事的话，学校也不太可能派他来参加技能大赛。能够有如此造诣，要么是有一个了不起的师傅，要么就是天赋异禀。是时候去了解一下眼前这个自称天才的人了！

正所谓知己知彼，百战不殆。正在慕容枫找到宋初夏了解赵青禾的时候，赵青禾也通过坤雄了解到了慕容枫不为人知的故事。

原来，为了让慕容枫加入自己的团队，坤雄没少下功夫。他甚至直接开车到了乐山，来到了慕容枫家门口。

从青岛到四川，一路上的风土人情让坤雄得到了难得的放松。缓慢而美好的生活节奏让人身心愉悦，特别是当他站在乐山大佛脚下的时候，他也瞬间明白了慕容枫心里的那种宁静无争的心态。

慕容枫的家很好打听，好像街坊邻居都知道有这么一个去技师学院的孩子，话语里充满了无限惋惜。听得多了，坤雄自然不免要多问几句。直到来到了慕容枫家门口，坤雄才明白了街坊邻居们说的一切。

透过紧锁的大门，坤雄看到了停在院子里的一辆车，虽然盖着篷布，但是从车的外形来看，那分明就是一辆拉力赛赛车。坤雄蹲在门口抽了一支烟，一些碎片从脑海中泛起，逐渐拼凑出了整个事情的真相：父亲是专业赛车手，因故去世后，高才生经受不住打击，成绩一落千丈。为养活家庭，他选择了去技师学院学汽修，因为未能走出丧父阴影，所以选择拒绝参赛。

长长的烟灰从坤雄手中跌落，他陷入了儿时的回忆，一个缺乏父爱的童年。

"喂，你是来找东风的？"一位扔垃圾的老奶奶唠叨着从远处走了过来。

"我是来找慕容枫的，我是车队的朋友！"

"哦，那你不用等了，他去上学了，过年才回来。"

"知道了，谢谢您！"

"他妈在巷口的麻将馆呢！你要是有事儿直接过去，准在那。"

"哦，好嘞，谢谢您！"

坤雄摸了摸咕咕叫的肚子，走到了车前打开了发动机盖。这次除了汉堡，还有羊排。看着泛着金黄的羊排，坤雄啧啧称叹，毕竟自己很久没有连续开这么长时间的车了。

东风，麻将馆，又一块拼图将故事完整复原了。原来慕容枫的妈妈一直很喜欢打麻将，和慕容枫的爸爸结婚后，作为赛车手的爸爸希望能生个儿子。就这样，万事俱备，只欠东风，慕容枫的名字就是这么来的，而东风这个名字也是徐小芳打麻将的时候，摸到东风这张牌后突然要生了，拉到医院产房而临时起的。作为专业的车手，慕怀远着意将慕容枫培养成为一名优秀的车手，小时候慕容枫所有的玩具就是各种各样的车。而慕容枫也一直很努力，全身心地将所有精力用到了学习和赛车上，这也是大家平日里很少在课堂以外的地方见到慕容枫的原因所在。在慕容枫看来，车才是他的全部世界。

打虎亲兄弟，上阵父子兵。长久的默契让慕怀远许诺，等高考结束后便和慕容枫一起组队参加比赛，赢得属于父子二人的高光时刻。而慕容枫也没有辜负父亲的嘱托，成绩一直名列前茅。原本高考那年慕容枫胜券在握，可是天有不测风云。慕怀远想买一辆车给慕容枫作为毕业礼物，但就在慕容枫高考的那天，因为刹车改装的时候出现了问题，赛车冲出了跑道，酿成了不可挽回的事故。虽然慕怀远一再坚持不让慕容枫知道，但是看着奄奄一息的丈夫，徐小芳最终还是拨通了慕容枫班主任的电话。为了能见父亲最后一面，慕容枫最后两门考试没有参加，他执意赶往医院陪父亲走完了最后一程。

若是没有那场意外，慕容枫的人生将会闪耀着金子般的光芒。他将会以优异的成绩考入理想的大学，他将在父亲的带领下踏上征程。可是，命运轨迹的陡转直下，改写了他的一生。也就是从那以后，慕容枫再也没有了精神支柱，一蹶不起。他也听从了父亲的遗愿去复读，可是在学校的两个月里，作为学霸的他脑袋嗡嗡直响，他再也做不下去那些习题，再也听不进去老师的讲课了。无奈之下，他选择了另一条路，去技师学院，将喜欢的汽车以另外一种形式延续下去。丧夫之痛让徐小芳意志消沉，她不愿接受这样的事实，更不敢独自一人面对空荡荡的家，只能天天泡在麻将馆。

也就是从那个时候起，慕容枫拒绝一切和赌相关的事情。比赛，一直是他心中迈不过去的一道坎儿。

而那晚，慕容枫给徐小芳打语音电话的时候，坤雄正在麻将馆里和徐小芳一起打麻将。看着坤雄穿着赛车服，徐小芳便向坤雄夸赞起自己的儿子来。

也正是从徐小芳嘴里,坤雄几乎知道了关于慕容枫的一切,包括慕容枫从小到大赢得的无数次模型汽车比赛的冠军奖杯。

听坤雄说完慕容枫的所有故事后,赵青禾对慕容枫肃然起敬,他开始尝试理解慕容枫,同情这个不一样的慕容枫,正如同他找到慕容枫时对他说的,慕容枫是一个值得尊敬的对手。

涛尼一个人来到了商场,这次,他带了自己积攒多年舍不得花的积蓄,打算彻底改造自己。为此,他几乎彻夜未眠,看遍了几乎所有时装周模特秀。看他那巨大的黑眼圈和衣衫不整的样子,不知道的真以为是乞丐来讨饭呢。

而面对服务员的嫌弃,涛尼不以为意,下狠手将所有他看好的款式直接打包带走。一时间,不羁的涛尼成了商场里的大人物,售货员纷纷在群里发消息:只要将此人拉到店里,好生伺候,绝对会有意想不到的收获。涛尼已经脱胎换骨了,他换上了最新款的衣服,旁边有人帮忙推着一车自己买的商品,而且几个服务员一直围绕在他的左右介绍自己家店的新款。运动品店员看到群发的消息赶紧走到门口将涛尼拉到了自己家店里,只不过涛尼不打算走运动风,因为他觉得运动风太廉价了。但是很快,一个熟悉的身影让涛尼眼前一亮。因为那个熟悉的背影,正是慕容枫。

躲在远处的涛尼看着慕容枫站在了一套赛车服前面,他瞬间就明白了。

在得知慕容枫的故事后,赵青禾第一时间来到了同学理发店,唏嘘不已,因而涛尼也知道了慕容枫的艰难求学路,自然也对这个心怀火种的年轻人敬畏不已。

莫非慕容枫打算复出参赛了?涛尼简直不敢相信。他慌忙将服务员拉到一边问道:"那个人怎么回事儿?"

"嗨,送外卖的,每周都来,每次都会看很久才走。先生,您要不要来我们家看看?今天店庆,可以给您打折上折!"

看到穿着外卖衣服的慕容枫接着电话转身离开,涛尼赶紧捂住脸,好在慕容枫无暇顾及。涛尼走到那套赛车服面前,看了看价格,一千八百元,在这个系列里已经算是便宜的了。就在前一天，赵青禾还在店里拍着胸脯说慕容枫肯定不会参加比赛，现在看来，赵青禾的夺冠之路要充满悬念了。因为慕容枫分明已经动了参赛的心思了。

当慕容枫拎着两杯咖啡按照地址来到海边公园的防波堤的时候，他发现，坐在那里的却是坤雄。

坤雄一个人跷着二郎腿靠在灯塔下的长椅上，戴着墨镜叼着烟望着远处的大海。意识到旁边有人站在那里，坤雄方才转头看了过去。

"这么巧，坐吧，不差这一会儿。"

原来，店家给了慕容枫一个导航到不了的地方，说是顾客特意点的，因为加了小费，所以慕容枫才来的，现在看来，一切应该是坤雄故意而为之了。慕容枫走到了座位边，拿出咖啡递了过去。

"你是不是去过我老家？"看到坤雄一言不发，沉默良久后，慕容枫终于开了口。

"嘘……"

坤雄什么话也没说，只是专注地看向远处在海里游泳的人。夕阳下，几个人拖着救生浮球在远处你追我赶，畅快地游着。看着看着，坤雄内心涌起了久违的冲动，他边走边脱掉了外套，到了岸边一下扑进了海里。

"哈哈哈！痛快！小子，别看了，下来一起吧！"

咖啡杯在慕容枫手里被攥得紧紧的，看到坤雄朝着人群追去，慕容枫眼圈红红的。或许是夕阳下的坤雄饱含父爱，让他想到了和父亲在一起的日子，或许是遇到隔壁班的几个同学后他方寸大乱。慕容枫用力地将手中的杯子放到了座位上，脱下衣服朝着岸边跑去。

从小在江边长大的他，不知道已经多久没有游泳了，不是他不想，而是平日里实在是太忙，不忙的时候也没有同伴帮他在岸上看管衣服，慕容枫的一次次冲动最终还是被自己的理性给压制了。当他第一眼看到坤雄散漫地靠在椅子上注视前方的时候，他心中就已经起了波澜。那是一种多么随意而自然的状态，无拘无束，让人羡慕。自己被坤雄随意地晾在了一边，绑在慕容枫身上的绳索，瞬间被坤雄的那份洒脱和火红的夕阳烧蚀而断。慕容枫不顾一切，纵身一跃，世界瞬间安静了，只剩下海水的嗡嗡回响。温暖的海水包裹着他，他像是回到了妈妈的怀抱，慕容枫尽情伸展着自己的身体，享受着这难得的舒缓与平静。看到慕容枫许久没有露出海面，坤雄有些着急地注视着远处的海面。

像是鸭子一般，慕容枫直接从坤雄的面前冲出了水面，把坤雄吓得一激灵，慕容枫哈哈大笑着朝远方游去。

"臭小子！等等我！"

二人奋力追赶着远处的人，身后的灯塔也越来越小。回到岸上的时候，岸边的衣服已经不见了踪影。正当慕容枫着急的时候，坤雄指了指远处的排椅。原来，散落的衣服不知道何时被人收好放到了椅子上。

折腾了一番，眼前的风景仿佛不再一样。慕容枫喝完剩下的半杯咖啡，心情大好。他看着坤雄，眼神中充满了熠熠光辉。坤雄依旧是嘘声示意，只顾着自己穿上衣服便起身离开了。

夕阳欲颓，晚霞壮丽，不远处的球场里有少年在打篮球。慕容枫一个人躺在椅子上，注视着远处波光粼粼的海面。他心中突然释然了，或许自己担心的事情并不会发生，或许自己苦苦坚持的并没那么重要，或许自己可以重新思考未来的路该怎么走。曾经，自己一度认为失去了整个世界，失去了父亲这座靠山，失去了读名牌大学的机会，甚至失去了向心爱女孩表白的权利。但是，眼下有一个大的机会正在跟自己招手，或许，是时候和从前告别了。看着坤雄穿着平角裤拎着衣服远走的样子，慕容枫的眼角流下了热泪。

当涛尼以一副全新的姿态回到同学理发店的时候，盖斌和凯文一度以为来了客人，赶紧端茶倒水让客人坐下。直到涛尼摘下帽子和墨镜，二人才发现眼前的时尚达人正是王海涛！

如果说盖斌的厉害之处在于悟性的话，那么他的悟性在涛尼面前简直不值一提。土了一辈子的涛尼，一夜之间土鸡变凤凰。直到后来大家才明白，原来叶一茜说得并不准确，并不是涛尼缺乏时尚眼光，这些涛尼都懂，而是他抠。正如同宋初夏做得最好的菜都是素菜一样，涛尼老师不舍得花钱，在这方面赵青禾和涛尼殊途同归。赵青禾平日里沉溺于游戏，只因为去赛车场着实太贵。

眼下涛尼老师一打扮，顿时让凯文和盖斌觉得，这个理发店得里里外外装修一遍，否则配不上涛尼老师的这身行头。盖斌立马将照片发给了赵青禾，赵青禾第一时间就赶到了同学理发店，不为别的，正好运动结束，想来洗个头。

正当三人挨个试衣服的时候，慕容枫从外面冲了进来。为了避免误解，凯文专门跑到门外看了看有没有下雨。

而慕容枫坐在座位上只说了一句话："剃光！我要光头！"

面对慕容枫神经质般的冲动行为，盖斌和凯文齐刷刷地看向了涛尼。作为万年留级生，涛尼读懂了慕容枫的潜台词，因为他亲眼看到慕容枫面对着那一套赛车服注视了良久，他知道慕容枫是想同过去作别，重新开始自己的人生。自打换了行头，踏入校门的那一刻，涛尼收获了无数路人的目光，那种感觉，就是重生！若不是自己有"恋发癖"，自己也会和慕容枫一样，剃个光头了！看到慕容枫眼神中的那种坚毅，涛尼的眼眶有些红红的。他明白，这种改变应该需要莫大的勇气！

涛尼什么话都没说，拿过推子便给慕容枫推了个光头。看到往日的秀发落在地上，慕容枫笑了，笑着笑着却又哭了。他笑的是，自己竟然能够在这么短的时间内重新做自己；他哭的是，他可能要重蹈父亲的路，他明明发誓不再去赌的，可这次，他却下决心赌得彻底。因为他接到了妈妈徐小芳的电话，电话那头说了很久，最后留下了一句："万事俱备，只欠东风。东风长大了，不知道能不能完成那个人的愿望。"慕容枫反问徐小芳的想法，徐小芳却说，如果有机会，她更希望去赛场而不是麻将馆。从头发落地的那一刻起，慕容枫决定：如果是对的，那么那个灵魂会跟上；如果不对，他便毕业回乡，安心照顾母亲。

看到慕容枫剃完的头，众人沉默了，光头的技校一哥此时已经泪流满面，但是没人能够否认他的帅气。长发的慕容枫是那种痞帅，光头的慕容枫的帅则更多来自阳刚之气。

宋初夏从教室出来路过同学理发店，看到涛尼那身浮夸的造型便也走了进来。这时慕容枫正好理完头，宋初夏惊讶不已，她简直不敢相信自己的眼睛。在她看来，剃光头只有赵青禾这种奇葩能做得出来，没想到慕容枫也被他传染。

果不其然，不知什么时候坐在隔壁座位上的赵青禾也说了句："盖斌，剃光！"

就这样，两个人的战争在悄无声息中上演。赵青禾的光头造型同样可爱，只不过，所有人都不知道赵青禾为何剃光头，甚至包括赵青禾自己。

慕容枫的光头造型吸引了几个路过的女生，女生们纷纷在外面拍照片发朋友圈，慕容枫的光头照片如同病毒一般迅速在校园中传播。当然，一起被传播的还有改头换面的涛尼老师。众人很快围在了同学理发店门口，叶一茜也从人群中挤了过来。

看到赵青禾也剃光头，慕容枫没有离开的意思，而是在那里等着赵青禾剃完。

两个光头站在那里，彼此的眼神仿佛能把对方杀死。

"我答应你！"

"答应我，答应我什么？"赵青禾有些不明所以。

"我答应你的挑战，参加匠心杯技能大赛。当然，你想找我比赛，随时随地都可以！"

这其实并不是赵青禾想要的结果，但是，眼下的他却又激动万分。毕竟，自己是遇强则强的赵青禾！面对慕容枫的突然改变，赵青禾也有纳闷的地方，他小心地问道："为什么？"

"因为，没有人可以错过他的青春！"

"什么？谁？"慕容枫的回答显然让所有人都大吃一惊。赵青禾的脑海中有一万种理由，比如放下过去、继承父愿、挑战自己、赢得名誉等，唯独眼下这一句话让赵青禾瞬间出戏。

慕容枫指着面前的宋初夏说："她，宋初夏！她就是我的青春！"

宋初夏也蒙了，她分明是误入战场，不知道为何此时也被误伤。

当慕容枫说完那句话的时候，赵青禾便立马明白了所有的一切，他的猜想是对的。当年宋初夏桌洞里的情书就是慕容枫写的，他俩唯一的相遇也就是那晚慕容枫偷偷摸摸送情书的"作案"现场。

宋初夏有些慌张地问："你是不是搞错了？慕容枫，我们才认识三天而已！"

慕容枫转过身对宋初夏说："高中三年和你做笔友的那个人就是我，你扔的漂流瓶被我捡到了。我就是那个'不被定义的风'！"

直到此时，宋初夏也蒙了。正是这个笔名为"不被定义的风"的人，在高中时代与自己倾诉压力和对生活的不满，陪自己度过了难熬的高中三年。只不过，上大学后，这个人便和自己失去了联系。宋初夏一度认为那个人是赵青禾搞怪故意伪装的，但是考察了几次后，宋初夏发现赵青禾并不知道此事，而且，对方的笔迹也和赵青禾完全不同。打那以后，宋初夏便将所有的不快统统向"不被定义的风"倾诉，当然也包括对赵青禾的厌恶。所以，作为隔壁班的同学，当慕容枫第一次见到赵青禾和宋初夏的时候，他便痛痛快快地配合了宋初夏的恶作剧，假装是宋初夏的男朋友。

逃避的想法又一次涌上了宋初夏的心头，她满脸绯红地赶紧朝着外面跑去。缘分，就是这么可怕，自己辛辛苦苦寻找的笔友，竟然在技师学院随手一抓就找到了。看到宋初夏朝着远方逃走，叶一茜嫉妒不已。原来，宋初夏真的是慕容枫爱慕的对象，眼前这个相貌平平的女孩子居然有两个帅气的男孩守候着，自己哪点比不上她呢？想到这里，叶一茜失落地转身离开了。虽然涛尼的眼光确实不错，才不过一天的时间，他的搭配就做到了很高级的感觉，让叶一茜眼前一亮，但眼下这一切在叶一茜看来已经毫无意义了。原本闪耀的她，从小到大都是众星捧月般的存在，没想到来到了技师学院，自己在宋初夏面前却成了丑小鸭，而自己眼中的丑小鸭却出尽了风头。

"没有人可以错过他的青春！"慕容枫的这句话在叶一茜的脑海中回响着，有谁真正追求过自己的青春呢？多如牛毛的男同学，但是又有谁在众多困难下坚持追过自己呢？好像并没有！更别说持续三年了！

听坤雄说慕容枫的故事之前，赵青禾内心是抗拒慕容枫参赛的，因为那很有可能会夺走本该属于自己的荣誉。当坤雄来到后院掀开篷布，看到慕怀远出事故的那辆车的时候，坤雄瞬间明白了。慕怀远之所以出意外是因为刹车出了问题，一个老司机绝不可能犯这种低级错误，如果坤雄没猜错的话，刹车的失误应该和慕容枫脱不了干系。而事实也恰如坤雄的猜测，为了让慕容枫更好地了解汽车各部位的功能，父子二人将车拆了个遍。而组装完后，慕容枫却因为刹车那里没搞懂，私下里又将刹车拆了一遍，而这些，慕怀远当然不知道。慕容枫更不知道父亲瞒着自己去比赛，所以，慕容枫认为，是自己的失误导致了父亲的死亡，虽然所有人都说是因为雨天路滑导致了赛车失控，但是他始终无法原谅自己。一个少年背负着父亲去世的痛苦，还要跑外卖养活家庭，这放在谁身上都难以承受。也正是因为如此，善良的赵青禾发自内心地希望慕容枫能够走出那个阴影。哪怕父亲的离去真的和慕容枫有关系，那他更应该振作起来，完成父亲未竟的事业才对。赵青禾是希望能取巧的，但是他不希望自己用这种方式规避隔壁班的强大对手，一个事业和感情上的真正对手。

当坤雄看到慕容枫和慕怀远的合影时，他愣在那里，久久不能平复内心的波澜。坤雄终于明白，为何慕容枫一直拒绝自己，因为那场比赛赢的人正是自己。赛场上翻车出事故很正常，自己也无数次躺在医院的病床上被医生从鬼门关一次次拉回来。长年累月地参加比赛，坤雄只在乎输赢。看来，拉慕容枫进自己团队的事情可以暂时搁一搁了。一直以来，坤雄总想找机会表达自己的心情，但总也找不到合适的机会。坤雄不知道该和慕容枫说些什么。是歉意吗？肯定不是，自己没有对不起任何人。赛场上输赢本就是常事，慕怀远的去世和自己没有本质的联系。是安慰吗？慕容枫估计不会接受，毕竟是自己获胜的那场比赛让他的父亲永远离开了。

直到那天坤雄来到海边，他看到一对父子拿着泳圈从身边走过的时候，心里便有了主意。有时候，无声的行动胜过千言万语。虽然自己什么话也没说，但是他看到了慕容枫的眼里重新闪烁起希望的光。而从与坤雄的你追我赶开始，慕容枫和赵青禾的比赛就变成了坤雄和慕怀远的比赛，慕容枫希望打败父亲曾经的这个对手，延续父亲曾经的梦。

赵青禾如愿以偿地将慕容枫拉下了水，此时的他当然不知道慕容枫是带着复仇的心态来参与这场比赛的。赵青禾内心的确也有一团火，高中时代，"不被定义的风"便已经出现在自己和宋初夏的世界里，但是他不知道这个人到底是谁，因为这个人每次寄信都在不同的邮局，任凭赵青禾怎么查也查不到。不过后来，看到宋初夏因为这个笔友而变得更努力，赵青禾便也没有再说什么。眼下那个影子终于现身，赵青禾唯一能做的就是像个真正的男人一样，用自己的实力彻底击败对方。因为，没有人能够错过宋初夏的青春。因为，自己一直是那个守护初夏的人！只有在初夏才有的"青青河边草"！

第八章　不听话的下一代

如果不是你，我至今还不知道那就是喜欢

眼前发生的一切对于有社交恐惧症的宋初夏来说宛如噩梦！曾经陪伴自己高中三年的笔友竟然是隔壁班的慕容枫！

升到高中的时候，高强度的学习节奏很快让宋初夏吃不消。以前在初中时代轻轻松松就能名列前茅，到了高中，自己的优势荡然无存，人间大魔头赵青禾的百般捣乱也让宋初夏烦恼不已。父母整天忙于打理餐馆，根本没时间倾听自己的心事，宋初夏只好将所有的不快写到信纸上，装进漂流瓶后扔到海里。也就是在那时，慕容枫在海边第一次见到了奋力扔漂流瓶并大喊大叫的宋初夏。眼前的这个女孩像蔚蓝的大海，清澈而又带有些许忧郁，她那扔漂流瓶的姿态带着几分滑稽与喜感。慕容枫在海边捡垃圾的公益活动做完后，便沿着海边溜达了起来。因为他知道，凭着宋初夏的力气，漂流瓶很快就会被海浪重新推回到岸上。

那一年，慕容枫看了成龙和舒淇主演的《玻璃樽》后，第二天就拿着瓶子来到了海边加以实践。数次失败后，他才发现，原来有专门的公司帮忙代发漂流瓶业务，收集到漂流瓶后，公司会派船开到远海，然后将漂流瓶放走。这样，瓶子才会跟随着洋流被送往世界各地。也就是说，除非你扔得特别特别远，要不然大多数漂流瓶都难逃重回沙滩的命运。

不出所料，慕容枫捡到了宋初夏的漂流瓶，瓶子里装满了厚厚的信纸，慕容枫不得不将瓶子带回家敲碎后才得以将里面的信全部取出。深夜的台灯下，看到宋初夏对高强度学习的不满、对恶魔同桌的憎恶，以及班里同学那些见不得光的小秘密，慕容枫看得哈哈大笑。原来，乖巧的外表下竟然是如此有趣的灵魂。厚厚的信件几乎写满了宋初夏的牢骚，当慕容枫看到回信的地址后，不禁感慨缘分的美妙。这个女孩居然和自己同一个学校，而且就在隔壁班！从那时起，慕容枫便按照信上的地址回信，同宋初夏做起了笔友。为了不让宋初夏发现，慕容枫每次的收信地址都选择了父亲所在的汽车俱乐部，而自己的寄信地址则分布在城里的各个角落。因为他知道，恶魔同桌赵青禾肯定会偷看宋初夏的信，他也深信，赵青禾肯定会循着地址来找的。结果可想而知，慕容枫的信都是由父亲带回家，俱乐部人来人往，赵青禾的蹲点自然是失败的。

而学校的老师有时候也会突击检查。一段时间为了抓学习，寄往学校的信件有时候会被班主任以耽误学习为由扣留，这才有了慕容枫亲自去隔壁班送信被赵青禾撞见的那一幕。

高中时代的所有谜团都在此刻伴随着慕容枫和赵青禾剃掉的头发而浮出水面，宋初夏一下子被卷入了复杂的情感旋涡中。烦躁的她从床上跳起，打开柜子翻来翻去找吃的。看着柜子里仅有的全麦切片面包，宋初夏啃了几口就放到了桌子上，最后还是拿出了一罐啤酒一口气闷了下去。宋初夏很快就满脸绯红，走到床边躺了下去。听到手机叮叮当当传来的信息声，宋初夏转身便睡了过去，任凭两个光头在宿舍楼下拿着手机相视无言地彼此发着信息。

慕容枫的光头只是用推子推了一下，而赵青禾却又让涛尼拿着剃刀刮了一遍。路灯下，赵青禾的光头更胜一筹，像极了电灯泡。看到宋初夏的窗子关了灯，二人只好作罢，一言不发地离开了宿舍楼。

早上，宋初夏早早起床做起了早饭，一夜的休息让她感觉精力充沛。她熟练地在锅里将蛋液摊成蛋饼，而此时的赵青禾则在天马行空的梦里横冲直撞。赵青禾梦见了自己正在宋初夏的锅里和慕容枫开着汽车比赛，伴随着二人的闪展腾挪，漫天的葱花、香菇、香肠和米饭等从天而降。赵青禾不但要追赶慕容枫，还要躲避这些食材。看到漫天飞舞的白色晶体，赵青禾抓起一块舔了舔，大呼不妙，原来是出锅前撒的食盐。眼看着慕容枫已经将车开出锅外，赵青禾不甘示弱，猛踩油门紧跟其后。就在赵青禾马上就要飞出锅外的时候，一个鸡蛋从天而降，赵青禾连人带车一头栽进了鸡蛋里。黏黏的鸡蛋液让赵青禾几乎窒息，他猛地拨开眼前的迷雾，却发现一切都是个梦。

而此时的叶一茜也在做早餐，虽然同样是鸡蛋，但是叶一茜的就显得高级很多。叶一茜将铁锅烧得通红，然后将两个鸡蛋打入，鸡蛋就像冰壶一般在锅里漂移了起来，这是叶一茜的独家秘籍，少油少盐的健康早餐。

鸡蛋的不同做法也体现了宋初夏和叶一茜对美食截然不同的理解：宋初夏认为，食美则人美，美食就是让人享受的，所以要丰富而有仪式感；叶一茜则认为，一切看似美好的东西必然会使人堕落，犹如好看的玫瑰必然带刺一般，这是大自然的法则，美食亦是如此，严格抵御美食给自己带来的诱惑是每天都要经历的三次磨炼。如果说叶一茜是通过极致的自律而追求卓越的话，那么宋初夏则是顺其自然享受岁月的静好。

赵青禾打开手机才发现，微信群里已经艾特了自己无数次，原来两个光头比赛的消息很快传遍了朋友圈，而"青青河边草"赵青禾凭借自己逆天的颜值很快晋升为技师学院的新任校草，收获了无数粉丝。众多"吃瓜"群众也在此刻才明白，那晚慕容枫漂移的对决选手竟然是情敌。如此"大瓜"又被群众配在了飙车视频的解说上，只是一夜之间，两位备受期待的种子选手便引爆了网络。匠心杯技能大赛未赛先火，收获了一大波热度。而这段三角暗恋的关系，也随着媒体的曝光，传到了三个人的老家——四川乐山。

看到短视频的三家父母反应自然不同，但总结就是：不听话的下一代！但，你不能否认，这个世界的进步好像都是从下一代不怎么听话开始的。

初夏餐馆的食客们看到了宋初夏参赛，纷纷拿手机给初夏妈妈看，得知此事的宋妈赶紧嘘声示意，这事儿打死也不能让宋浦生知道！宋初夏瞒着宋浦生参赛的事情如果捅到了他那里，简直就是大逆不道——宋浦生千叮咛万嘱咐，日防夜防宋初夏重走自己的老路，万万不能在大学这个节点上出了岔子！

如果不是宋初夏将赵青禾和慕容枫二人比赛的视频传到网上，如果不是后来人剪辑后再传播，大家至今都不敢相信网络的力量。赵青禾、慕容枫还有宋初夏瞬间成了"风口上的猪"，收获了大量的粉丝。原本三个人的私事儿，一下子有了千千万万吃瓜网友的监督和关注。

这让原本内向的宋初夏和慕容枫始料未及、烦恼不已，却让人来疯的赵青禾欲罢不能。

在坤雄的训练场地，赵青禾认真地拆解着汽车，虽然他早都烂熟于心，但是有了老师的教导，他自然不会马虎。看到赵青禾眼皮都不眨就签下了与自己的合约，坤雄也是手把手地教赵青禾如何超越对手。原地漂移、八字漂、S形漂移等各种技巧的学习让赵青禾仿佛打开了新的世界，他开始喜欢上了那种汽车高速过弯过程中失控的感觉，此时的赵青禾内心对慕容枫是充满感激的。因为，如果不是他，赵青禾至今还不知道那种感觉就是喜欢。无论是对宋初夏，还是对漂移，赵青禾的情感是朦胧而模糊的。慕容枫像一块抹布，擦掉了镜子上的雾气，让赵青禾清晰而明了地明白了什么是热爱。他热烈地爱着宋初夏，也开始对赛车这项运动充满着热爱。有时候成熟得晚并不是什么坏事，赵青禾心无旁骛地将所有精力灌注到了汽车上，这让坤雄看到了赵青禾身上所蕴含的巨大潜力。积累了两年游戏经验的赵青禾不仅让坤雄刮目相看，连自己也惊叹于进步之快。

如果说赵青禾打游戏是在为赛车积累理论数据的话，那么慕容枫送外卖则是积累实战经验。晴天雨天,大街小巷,不同的路况与拐角突然出现的情况,都无时无刻不在锻炼着慕容枫的实战能力。所以,当那晚赵青禾同他比赛的时候,慕容枫随时都拥有着最佳的手感和反应能力,而赵青禾则显得迟钝太多。

坤雄的眼光是毒辣的,假如有一天慕容枫和赵青禾能够联手,那么他将不惧任何大赛。而赵青禾则是那条打破一切瓶颈的鲶鱼!只要能改变慕容枫的现状,那就一定有机会让二人合作。少年的心总是单纯的。坤雄回想起当年,也是因为喜欢一个女孩子而进入这一行,想要出人头地。斗转星移,当完全投入这一行的时候,他再回过头看,车已经替代了当年那个女孩的位置成为自己最大的精神支柱。他希望赵青禾能够快速成长,他更希望慕容枫能够放下过去,拥抱未来。

涛尼的时尚装扮和菜刀理发的绝技很快在网上被热捧,很多人专门冲着涛尼的菜刀理发赶来,一时间,同学理发店门口排起了长队。而涛尼也渐渐地在案板的叮叮当当中找到了那种一号理发师的感觉,自打手里的剪刀换成菜刀后,顾客的意见也明显少了很多。你可以想象,一个理发师拿着一把菜刀架在你的脖子上问你有没有意见的感觉。在叶一茜的刺激下,涛尼成功地变成了真正意义上的一号理发师,理发工具也从一把中式菜刀拓展到了众多刀具,不但有西式的整套刀具,甚至还有跨行业混搭,比如杀猪刀等。但是,人潮如织的顾客中,涛尼却始终没有等来叶一茜。

极度自律的叶一茜虽然喜欢慕容枫,但是她更清楚自己来技师学院的目的,那就是赢得比赛,进而说服父亲叶海峰投资自己。相比自己的事业来讲,眼前的这些小情小爱根本不值一提。在看到了这个野路子出家的宋初夏后,叶一茜本能地感受到了压力。虽然自己有备而来,但是看到相貌平平的宋初夏总是能轻轻松松吸引众人的目光,这让叶一茜十分不爽。特别是当她亲眼看见宋初夏的厨艺后,叶一茜更是一度怀疑宋初夏是扮猪吃老虎。无论是从刀工、速度还是从味道来讲,宋初夏的菜品堪称高级。但是在叶一茜看来,宋初夏的短板也很明显，无法在摆盘上让菜品锦上添花。好的味道可能随处可见，但是高级的摆盘和搭配是叶一茜这种在世界各地旅游打卡女孩的优势。在拍照发朋友圈的时候，叶一茜更多的是关注菜品的色彩搭配和摆盘的技巧。在高级的厨师那里，一盘菜品堪称一幅精美绝伦的艺术品，从色彩搭配到空间设计，完全不亚于名家的画作。色香味是优秀菜品所具有的基础，让最终的作品呈现在不同的厨师那里显得更加多元，这是叶一茜参加大赛的绝对优势。

吃过早饭的二人各自出门，叶一茜去了烹饪教室，而宋初夏却鬼使神差地来到了同学理发店。不知是天气太热还是内心烦乱，她总觉得自己的头发太长，而这一切都在涛尼老师这里被安排得明明白白。

"初夏，你该不会也想剃光头吧？"看到宋初夏坐在那里，盖斌有些忐忑地问。

"别打岔，打扰我思考！"涛尼拿着案板和菜刀在宋初夏面前走来走去，时远时近。

"海涛哥，你这能行吗？"看着涛尼拿着菜刀在自己的头发上划来划去，宋初夏露出了怀疑的表情。

"哎，叫我涛尼哥好不好！否则后果自负！"

像是立体扫描一般，涛尼很夸张地走到门外很远的地方看着宋初夏的侧颜。回来后，他便挥刀砍了起来。宋初夏也是做菜的，刀工自然不错，但是涛尼的刀法让宋初夏刮目相看。涛尼手起刀落，只是几下，宋初夏的发型就完成了。

以前理发少说也得半个小时，刚才短短的几分钟仿佛变魔法一般，看着镜子里短短的头发，宋初夏觉得自己像极了米兰发型秀场上的模特，不仅有了中学时代的青涩，而且十分灵动。没有过多的修饰，几刀下去恰到好处。此时的涛尼不再像以前那样强迫症附体，一根一根地修理，而是做减法，大开大合的设计更注重整体的效果。在涛尼鬼斧神工下，宋初夏简直可以说是换了个人，以前的头发掩盖了那俊俏的脸庞，现在气质大变，眉眼之中都透着一股英气。

走到校园的马路上，脖子间微凉的清风让宋初夏舒畅不已。短发随着微风飘起，像是《千与千寻》里的白龙，又带着昆汀电影《低俗小说》里的乌玛·瑟曼那种独有的女性魅力。眼前的林荫道仿佛成了飒爽英姿的宋初夏走秀的舞台，那份自信与洒脱更是收获了无数路人的目光。

当宋初夏来到烹饪教室的时候，那张脸几乎在第一时间便吸引了热爱时尚的叶一茜。发型尾部像一道闪电，刘海虽然不齐但是个性十足。虽然在宋初夏这里只不过是一个个性的发型而已，但是在叶一茜看来，眼前的设计却是顶级的甚至超越了时尚的概念。看到宋初夏拿起菜刀开始处理眼前的食材，叶一茜看了看手表，打开了锅盖。让宋初夏有些惊讶的是，蒸锅里面放着的却是一个鸡蛋！看到叶一茜身边的案板上有剩余的作料和肉馅儿，垃圾桶里有一些厨余垃圾，宋初夏简直不敢相信，叶一茜大动干戈竟然只蒸了一个鸡蛋。

但是很快，宋初夏就认识到了自己的无知。叶一茜将鸡蛋取下，剥壳之后，一个完整的鸡蛋便躺在了盘子里。宋初夏围了过去仔细看，虽然没发现什么异样，但是闻到了一股肉香。莫非是在锅底放了肉汤，用肉汤蒸蛋？肯定不会，那未免太荒唐了。

叶一茜拿起刀准备切开，看到宋初夏在那看，叶一茜索性连盘子带鸡蛋端到了宋初夏面前。

"送给你了！"

"我就是好奇，你今天就煮了一个鸡蛋吗？"

"嗯！"对于眼前的鸡蛋，叶一茜显然十分满意，她看了看手机，脱下围裙朝着外面走去，留下了不明所以的宋初夏。

叶一茜走后，宋初夏拿起鸡蛋反复观看，众人也围了过来。盘子在大家手里传来递去，最后大家确定这就是一个普通的鸡蛋，并没有什么特别之处，但是鸡蛋的肉香味让大家迷惑不已。宋初夏拿起刀切开看时，却瞪大了双眼！原来，大家闻到的肉香是因为鸡蛋里面的蛋黄被换成了肉馅儿！明明是一个完好无损的鸡蛋，自己亲眼看到叶一茜剥的壳，肉馅是怎样在不破坏鸡蛋的前提下被放进去的呢？宋初夏百思不得其解。她拿起一块放到了嘴里，果然香味十足！羊肉和葱花的组合让蛋清有了更加饱满的口感。一个鸡蛋竟有如此乾坤，这让宋初夏大开眼界。果然是"来者不善"。相比之下，宋初夏只是擅长初夏餐馆的日常菜品，对于味道和火候的把握是自己的强项，没想到叶一茜一个简单的创意就可能在赛场上横扫千军！原本的优势一下子荡然无存，叶一茜成功扳回一局。

宋初夏赶紧走到更衣室拿出手机搜索，在网上，她终于找到了相关的做法。原来，这道菜的关键在于蛋壳的完整和馅料的调配。在蛋上取孔后，将蛋清和蛋黄分开，然后再将肉馅小心地塞到蛋壳里，反复摇晃之后，肉馅在蛋壳里便形成了一个肉球。用注射器将蛋清注射到蛋壳里后，上锅蒸就可以了。不过宋初夏尝试过后发现，只有合适的馅料比才能够让馅儿悬浮在蛋液中，尝试几次后，宋初夏便知道了什么叫独家秘籍，自己的做法根本行不通。想必为了这道菜，叶一茜也是花了功夫的，她应该尝试过很多次才将馅料的配比做到了恰到好处。但是不服输的宋初夏偏偏不信邪，她拎了一大兜子鸡蛋，尝试了不同的馅料配比，终于成功地让馅儿悬浮在了蛋液中。但是很快，她又发现在蒸蛋的时候，蛋清老是破壳而出，看来温度的控制也是一大关。在失败数次后，宋初夏感受到了来自对手的强大压力。如果用煮蛋器，可以精准控制蒸蛋的火候。但是叶一茜用了蒸笼和大锅，这么简单的设备能够准确掌握蒸鸡蛋的火候，哪怕是自己父亲宋浦生也未必能够掌握！看着眼前垃圾桶里的鸡蛋壳，宋初夏简直不敢想象，叶一茜到底是用了多少颗鸡蛋才练成了今天的手艺。环视四周，大家都在复刻叶一茜的鸡蛋。宋初夏隐约感觉，未来在赛场上，叶一茜将会是一个强大的对手。

看到了宋初夏的发型，叶一茜对涛尼有些刮目相看起来。看来，这个涛尼的确有点悟性。看着自己油腻的头发，叶一茜便也来到了同学理发店。好在这个时间点人也不多，叶一茜悄悄地来到了理发店坐下，打量着专心致志理发的涛尼。

涛尼从镜子里看到叶一茜的时候，强作镇定，若无其事地将眼前的顾客服务完后才走过来。

"叶同学，今天洗头可以，但是理发不行。"

涛尼的反守为攻让众人惊讶不已，也瞬间让叶一茜的逆反心理爆棚。

"哟，厉害了，我还没打算让你理呢！"

"反正最近我也给你理不了。"

"为什么，你这还记仇呢？"

"因为原本给你的设计，我给宋初夏了！"

作为万年留级生，涛尼阅人无数，他敏感地感受到了叶一茜的心思。从盖斌那里他知道了叶一茜对慕容枫的好感，昨天两个光头对峙的时候，大家都忙着看宋初夏了，唯独涛尼从头到尾将视线放到了叶一茜身上，他从叶一茜这里看到了她对宋初夏的敌意。所以，当自己给宋初夏理完发后，涛尼就等着叶一茜的登门，只不过让涛尼没想到的是，叶一茜会这么快来找自己。

涛尼也确实赌赢了，叶一茜对宋初夏的发型很是满意，她当然不想复刻宋初夏，但是那种只有菜刀才会有的方块风格让叶一茜为之着迷。看到自己被涛尼拒绝，叶一茜当然不能落了下风。她站起来围着涛尼转了一圈，这让涛尼十分不自在。

"不错，进步很快！但还是差点意思！"

看到叶一茜嚣张地走出去，涛尼不服气地大喊道："喂，你把话说清楚！我哪里还差点意思了？"

叶一茜当然不会搭理涛尼，她准确地拿捏了涛尼老师的不自信心理，只顾着大步流星地朝远处走去。涛尼老师提着菜刀三步并作两步追了上来，拦在了面前，不依不饶。

"想知道吗?"

"只要你说得对就行!"

看到涛尼一副拼命三郎的架势,盖斌和凯文随后便追了过来,哪怕盖斌是个胖子,却依旧没能拖住涛尼半步。

叶一茜从涛尼手中拿过菜刀,看了看,然后菜刀在叶一茜的手里仿佛玩具一般在指尖翻转,涛尼看得心里直发毛。

"你,你想干什么?"

"帮你改造改造!"

叶一茜说完便扯起涛尼的T恤衫袖子,用菜刀划开一道口子,奋力将袖子扯下。看到涛尼穿的牛仔背带裤,叶一茜更是一个高抬腿将涛尼放倒在地。坐在涛尼身上扯起涛尼的裤腿,用刀将涛尼的牛仔裤撕成布条。叶一茜的操作可以说是惊为天人,上次的菜刀理发让涛尼吓得差点尿裤子,这次的菜刀改衣服也着实让旁观者盖斌和凯文吓得躲在了墙角。

叶一茜撕扯完,站起身打量了下趴在地上的涛尼,满意地大舒一口气,叶一茜将菜刀递给墙角的盖斌便转身走了。二人赶紧将惊吓过度的涛尼从地上拉起,看着一地的破布头,他们方才注意到涛尼身上的新造型。叶一茜不愧为国际时尚达人,在粗暴拉扯下,布条沿着涛尼的大腿垂下,竟多了几分飘逸与莫名的灵动。虽然同是"乞丐服",但是涛尼现在的着装明显要更显气质。特别是右腿的裤子几乎被叶一茜全部撕下,只留了裤腿左右的肋条拉住,带着汗毛的大腿虽然粗犷,但是透露着涛尼内心那不羁的傲慢。T恤没有了袖子之后,两只胳膊露了出来,彰显了男性的阳刚之气。

"蛇!她是美杜莎!"涛尼站在镜子前面喃喃自语地转来转去孤芳自赏。

他搞不懂,为何叶一茜看似随意甚至是粗暴的几下就打破了几年来自己无法逾越的瓶颈?叶一茜为何在理发界像是一个天花板级别的存在呢?虽然叶一茜才来技师学院短短几天,但就是这几天,涛尼却感受到了某种血脉的压制,他内心涌起了强烈的好奇心,他想知道,那股难以名状的力量来自哪里，或许，那就是自己内心一直想要追寻的答案……

看到涛尼突然转过头虎视眈眈地看着自己，盖斌和凯文还未来得及逃跑便被涛尼用刀子将穿的衣服划破。当然，涛尼的理发技术无可挑剔，但是改造衣服还是差点意思。

接连在宋初夏和涛尼那里各扳回一局，叶一茜心情大好。她打开手机看了看附近的理发店，没有几个能入她法眼，想来想去，叶一茜索性又回到同学理发店。一朝被蛇咬，十年怕井绳，看到叶一茜手拿剪刀，三人吓得不行。

受到涛尼的启发，叶一茜只是在发梢那里做了层次分明的剪断处理。如此一来，黑长直搭配层次分明的硬线条立马让叶一茜有了御姐的风范。叶一茜走遍多个国家，见过很多大师和艺术家，她没有想到，在技师学院竟然也有这么多可爱的怪人。原本想偷摸参加个比赛就离开的，但是眼下，相比那个明确的结果，她开始觉得通往结果的过程变得有趣了起来。

正当叶一茜打算出门的时候，发现了一个熟悉的身影走了过来。凌厉的气场让叶一茜隔了几十米都能感觉到那就是自己的老爸叶海峰！叶一茜知道，从自己手机被定位这件事来看，叶海峰早晚会找到自己，只不过她没想到会这么快，无处躲藏的叶一茜只好转身又回到了同学理发店。

"糟了，糟了！一会儿有人要是认出我来，你们可得帮我！"

看着叶一茜慌张的样子，盖斌有些不明所以地问："什么意思？"

"没机会解释了！口罩，快，大家都戴上口罩！"

说话间，叶一茜赶紧将盖斌身上的理发围裙扯下来围在自己身上，若无其事地拿起扫帚在那打扫起来。

叶海峰似乎并没有发现叶一茜，巡视四周后坐在了位子上。

涛尼见状走了过去，"不好意思，您是洗头还是理发？因为我看你头发好像不太长。"

看到涛尼手里拿着菜刀，叶海峰拿出手机，打开网上爆火的菜刀理发的视频指着说："菜刀理发的人，是你没错吧？"

我，隔壁班的

"嗯嗯!"

叶海峰打开一个视频按下了暂停键递给涛尼说:"照着这个造型弄,能行吗?"

涛尼看了看说:"没问题!"

虽然涛尼嘴里说着没问题,但是确实有点难度。因为以前菜刀理发的多是女士,即便是男士也是长发居多。眼下短发的话,只能用菜刀当刮刀使了。好在涛尼更换了质量上乘的刀具,否则还真就被难住了。若是被对方发到网上说自己完不成,那就算是彻彻底底砸了自己的招牌。眼前这个男人的镇定自若让众人感受到了一股强大的气场,像是久经沙场的老将军一般稳坐泰山。看到叶一茜都有些紧张的样子,涛尼一度怀疑是不是竞争对手派来砸场子的。

涛尼拿起水壶喷了几下,却发现水壶里已经没有水了。看着叶一茜一直在那扫地,涛尼计上心来,既然叶一茜对眼前的人回避,那自己终于可以借着这个机会教训一下叶一茜了。

"哎,地别扫了!去给我打点水!"看到叶一茜看着自己,涛尼有些不耐烦,"干什么呢!赶紧!要温一些的!"

面对涛尼的颐指气使,叶一茜只好点头哈腰地走过去接过了涛尼手中的水壶。看到叶一茜没了之前的嚣张,盖斌和凯文不怀好意地对视一笑。既然涛尼选择了让叶一茜打下手,那么后续的一系列"教育"就是全套。这些都是涛尼拿捏学徒的惯用伎俩,盖斌和凯文无一幸免。所谓老师傅就是居高临下,在不断的批评声中让你迷失自我,进而彰显老师傅的个人魅力,让你怀疑自己不知道该干什么才好。

涛尼接过叶一茜递过来的水壶摸了摸,在盖斌和凯文看来,不管水温合不合适,那肯定就是劈头盖脸的一顿说。涛尼都摆好了架势,但是奈何叶一茜的高跟鞋已经狠狠地踩在了涛尼的脚上,涛尼只好装作若无其事的样子点了点头。

菜刀在叶海峰的头上刮着本就不长的发梢,咻咻作响。看到对方穿的衣服是阿玛尼，涛尼更是小心翼翼。叶海峰也很享受地闭上了眼睛，涛尼毕竟是一号理发师，越来越得心应手。叶一茜看着涛尼突然想起来自己处理猪肉皮时候的情景，有些忍不住想笑。涛尼也非浪得虚名，之前看电视的时候他还特意看到了有人用镰刀剃头的生猛场景，没想到今天便施展了一把。

对比着手机上的照片，涛尼认认真真地修着，强迫症的他再次发挥了精雕细琢的习惯。涛尼的手法温柔，疲惫的叶海峰很快就睡了过去。看到叶海峰睡着，叶一茜悄悄地溜了出去。看到门外远处有保镖，叶一茜便又转身回到屋里拿起拖把走了出去。

涛尼不负众望。待到叶海峰醒来的时候，叶一茜早已逃之夭夭。当叶海峰看到自己的发型的时候，有些哭笑不得。原来，自己让涛尼看的是视频的截图，而暂停键刚好印在了男子发型的一侧，涛尼将这个暂停键也完美地复刻在了叶海峰的侧鬓上。看到侧鬓上的圆圈里面有一个三角形的暂停键，叶海峰先是眉头一皱，后又哈哈大笑了起来。显然，这个造型很有创意，但是无奈自己是一个集团的领导，他只好又让涛尼索性将两鬓刮净，如此一来就显得更加利落一些。

当叶海峰扫码付款的时候，仅仅10块钱的理发费用让叶海峰十分不适应，也让他印象深刻，临走前叶海峰还专门看了看三人，搞的三人一阵紧张。

叶海峰出来后，身边的保镖很快就走了过来。未等对方说话，叶海峰便伸手制止了。此刻的他经过了盖斌的一番按摩和凯文的吹风后，感觉清爽了很多。同样的洗剪吹，在这里竟然有了不一样的感觉。看着校园门前这个充满阳光的法桐路，叶海峰竟然听到了树上的鸟叫。要知道，平时他满脑子都是公司琐事，根本无暇顾及其他，更别说倾听鸟语了。其实他早就认出了叶一茜，但是看到她在这里有朋友，叶海峰便不再担心。叶海峰让保镖先去校门口等自己，自己一个人在校园里转了一圈。而叶一茜就在不远处紧紧地跟着叶海峰，直到叶海峰走出校门上车离开，方才松了口气。

慕容枫关闭了外卖订单，打算早早回去准备今晚和赵青禾的比赛，看到一辆车从自己面前一闪而过，慕容枫敏锐地觉察到车上的光头就是赵青禾。为了验证自己的想法，慕容枫掉转车头追了过去。红绿灯路口停下后，慕容枫也终于明白了为什么赵青禾最近几天没有来骚扰自己，因为坐在副驾驶上的正是坤雄。

在慕容枫看来，坤雄并不是什么坏人，但也不是什么好人。毕竟他和自己父亲的死有着千丝万缕的联系，而且他是个商人。所以，他难以接受坤雄的邀请加入车队。但是最终他还是选择了放下过去，用实力去证明自己。眼下坤雄吸纳了赵青禾，赵青禾就不再是之前的那个莽撞的"青青河边草"了。看来，自己也得抓紧时间练习了。

其实在赵青禾看来，坤雄只需要给自己提供场地和车就足够了，两年来的积累足够赵青禾摸索一阵子了。因为有着很好的基础，所以坤雄的点拨就更轻松些。一个莽撞少年，遇到了一个过气的"英雄"，仿佛一切都充满了可能。

而慕容枫的摩托车也在第一时间就进入了赵青禾的后视镜，只不过赵青禾怕慕容枫尴尬，选择了视而不见。看到慕容枫掉头跟了过来，赵青禾内心甚至有些激动，终于，自己成为慕容枫不可忽略的对手。没错，赵青禾的期待值就是这么低，从最开始的被人漠视，到现在只要对手瞧得上自己，赵青禾就莫名感到满足。

当赵青禾收到了慕容枫回复的短信的时候，他几乎不相信自己的眼睛。果然，慕容枫开始有了一个对手该有的样子了。从昔日的影子情敌，到今天的拦路虎，赵青禾终于迎来了正面交锋的时刻。

当然，既然是比赛，赵青禾自然要叫上盖斌，要他见证自己的高光时刻。这些天满负荷的训练已经让赵青禾的车技飞速提升，找到了慕容枫驾驶时候的那种感觉。今晚，他势必一雪前耻。

赵青禾带着盖斌早早来到了赛场，围着赛场找了各个角度的拍摄位置。思前想后，赵青禾觉得一个机位太过敷衍，于是盖斌又把涛尼和凯文也喊了过来。如此一来，涛尼负责拍摄整个赛场的大全景，凯文负责两车追逐的小全景，而盖斌则负责拍摄自己下车时候的飒爽英姿。当然，这些愉快的合作是赵青禾用一顿火锅换来的。

赵青禾等了很久也不见慕容枫来。又等了一会儿，当赵青禾觉得慕容枫食言了，今晚不会来的时候，慕容枫却出现了。此时的慕容枫已经穿上了崭新的赛车服，那套赛车服正是他相中很久的那一套。赵青禾千算万算，愣是没想到慕容枫竟然以这种方式轻松抢了自己的风头，并抢了辛苦布置的三机位镜头。

"你说的是对的。"

"什么对的？"

"那天是发动机内部出了问题。我承认以前是我小看了你。你是值得尊敬的对手。"

面对慕容枫的一番认可和吹捧，赵青禾的脸一下就红了。这一套台词下来让赵青禾有些乱了阵脚，失去了主角该有的镇定和压迫感。

"那就开始吧！"

"不急。我想跟你说，这次的比赛，我不是以宋初夏的名义来的，而是出于对你的尊敬。算是上一次你挑战我的回礼。"

虽然慕容枫说得很气人，但是让赵青禾莫名其妙的暗爽不已，原本准备好的大段台词在此刻只从赵青禾嘴里蹦出了一个字："好！"

原本赵青禾设想的所谓的碾压式谈话，在盖斌的一亿像素手机的长焦镜头下，显得很是滑稽。慕容枫身着赛车服身姿笔挺，反倒是赵青禾一直在那抓耳挠腮。

按照规矩，上次是赵青禾先开的，这次就轮到了慕容枫先开始。赵青禾拿着秒表坐在副驾驶，从容地看着前方。慕容枫深吸一口气，目光如炬地看着前方。发动机启动，随着一阵油门的轰鸣，汽车一个360度摆尾，让涛尼和凯文惊呆了。让盖斌吃惊的是，慕容枫的车速比以前更快了。有几次过弯的时候，盖斌从镜头里清晰地看到，车轮几次离开了地面，车差点侧翻。慕容枫摒弃了上次的华丽表演，将更多的精力用到了赛道上。无疑，眼前慕容枫的表演是华丽而精彩的，看到赵青禾从副驾驶下来，盖斌不禁为他捏了把汗。

为了拍摄得更清楚，盖斌像是特战队员一般从墙根来到了赛道边上，他怕被慕容枫看到，便趴在了地上，而正是贴地的这个角度反而让盖斌获取到更加直观和清晰的镜头。

赵青禾的眼神让慕容枫心里有些打鼓，毕竟，士别三日，当刮目相待。此时的赵青禾和上次相比沉稳太多，况且，他还得到了坤雄的指导。赵青禾没了之前花里胡哨的动作和言语，直接启动了汽车，和慕容枫一样，一个360度漂移甩尾开了出去。而慕容枫却延迟按下了计时器，因为他完全有信心赢得这场比赛。

只不过几日的功夫，赵青禾的操控技术稳了不少，这让慕容枫心里忐忑不已。和以往不一样的是，此时的赵青禾过弯漂移的时间点比自己更提前，要知道，刚才自己已经明显感觉到了车轮抬起，若是再提前一些，恐怕赛车就会翻滚，闹不好就有车毁人亡的危险。而此时的赵青禾在直线速度追平自己的前提下，如果想赢得自己只能提前转弯，而这个节点正是翻车的临界点。如果没有过硬的技术，没人敢提前哪怕一米。这就是慕容枫故意让了赵青禾几秒按下计时器的底气所在。汽车高速过弯所带来的离心力让车轮高高抬起，吓得盖斌瞬间从地上爬了起来，好在有惊无险，汽车平稳落地。但是赵青禾的操作却把慕容枫吓个半死，毕竟，自己可不想死在一个想逞能的愣头青手里。当赵青禾开到第二圈的时候，慕容枫瞬间明白了，原来，赵青禾之所以敢提前过弯，全部是因为自己的体重。因为自己常年健身，从重量上来讲，至少要超过赵青禾二十斤。正是这坐在副驾驶上多的二十多斤，让赵青禾在旗鼓相当的前提下，有了提前过弯的底气，三圈下来，自然就有了追平甚至超越慕容枫的可能。

赵青禾的车技突飞猛进，这并没有超出慕容枫的预料，只不过赵青禾的胆大心细让慕容枫再一次认识了这个自称"天才"的青年。

三圈下来，慕容枫准时按下了计时器。此刻，赵青禾依旧面不改色、心不跳，好像几天前那个又蹦又跳的青年并不存在一般。

看到两个人在车里良久没有下车，盖斌从地上爬起坐在了台阶上。此刻，赛场上并不只有三个机位。因为，场地边还站着叶一茜。

赵青禾下车，一副信心十足的样子，两人破天荒地握了握手，拥抱在了一起。

赵青禾的拥抱是出于对对方的尊重，他笑着对慕容枫说："我知道你提前按下了计时器，所以，今晚是你赢！"

"其实……"

"我知道，我利用了你的体重。所以，还是你赢！"

赵青禾说完，慕容枫又一次上前紧紧地拥抱了赵青禾。这么多年来，慕容枫意识到自己的成长只在那天下午和坤雄的海边游泳。而眼前的这个人，却让他看到了什么是成长。赵青禾的成长太快了，他不敢相信眼前这个豁达的青年，是几天前还要死要活，拼了命也要赢自己的那个人。

和上次不同，赵青禾面无表情地转身离开，留下了心里五味杂陈的慕容枫。而此时的盖斌紧紧地将镜头瞄准了赵青禾的背影，此刻的他只缺一个赵青禾潇洒回头的镜头。赵青禾走了几步后便停了下来，他转过头看着慕容枫若有所思。

"几秒？"

像是读懂了赵青禾的心声一般，慕容枫无奈地笑了，但是慕容枫很快又收起了笑容，认真地说："4秒！"

听完慕容枫的回答后，赵青禾这才有些释然地潇洒转身走了。

"完美！"盖斌如愿以偿地拍到了赵青禾潇洒转身的镜头，在"洗剪吹三人组"群里发了一条：收工！

4秒，慕容枫提前4秒按下了计时器。但是，秒表上数字，赵青禾只领先了3秒。也就是说，从上次落后3倍的时间到今天只差1秒，赵青禾只用了几天

我，隔壁班的　　165

的时间。这次比赛，赵青禾虽败犹荣。这1秒的领先，让慕容枫感受到了赵青禾那重重的一击。

技师学院的小吃街上，赵青禾几乎是横着走过了每个霓虹闪烁的苍蝇小馆。

"今晚我反悔了！这么漂亮的失败，怎么能一顿火锅就完事儿了呢？应该是想吃什么就吃什么。"赵青禾硬是将炫耀的功夫发挥到了极致，在他看来，今晚的拍摄堪称大片。因为自己只是将大学两年来打游戏的理论付诸实践便取得了如此成绩，后面超越慕容枫指日可待。赵青禾甚至觉得，自己的胜利根本不用等到比赛那天。只要慕容枫敢接受自己的挑战，比赛前，自己有必胜的决心。

众人走后，叶一茜走到慕容枫身边，她冷冷地问："多少？"

"1秒……"

"那也算赢了……慕容枫，我兑现我的承诺。剩下的，就看你了。"

叶一茜说完便笑着转身离开了，看着叶一茜的背影，慕容枫攥紧了拳头。

没错，上帝给我们的每一件礼物，都在暗中标好了价码。涛尼说的也没错，叶一茜并不是天使，而是美女蛇。这并不怪叶一茜，从小生长在大家族，在父亲的影响下，叶一茜逐渐养成了理智而又冷血的性格。虽然她很喜欢慕容枫，但是她又清醒地知道，像慕容枫这种极为要强的人，自己是很难征服的。而这一次，是慕容枫主动找到了自己。

原来，在慕容枫撞见坤雄和赵青禾的那天，他便跟踪到了训练场。慕容枫在远处看到了赵青禾的突飞猛进，他瞬间明白了坤雄当年屡战屡胜靠的是真本事。虽然父亲是自己的偶像，但不可否认，父亲并不是战神。自己这么多年来一直逃避，既然鼓足勇气迎战，那么自己就没有退路可言。在任何人那里，胜败都是兵家常事，但是在慕容枫这里，自己必须赢。慕容枫想在宋初夏面前赢了赵青禾。同时，他更想赢了坤雄，如果不是自己的失误，自己的父亲当年便可以战胜他。

而想要赢，那就必须有资本来扶持自己。求路无门的慕容枫思考一宿后选择了正一集团的千金——叶一茜。慕容枫并没有刻意去调查叶一茜的背景，而这一切都是慕容枫被迫得知的。原来，那天叶一茜躲在自己车下侥幸逃脱之后，正一集团的人并没有放弃哪怕一丝一毫的线索。他们很快就从路边的监控查到了叶一茜藏在外卖小哥摩托车下的线索，顺着车牌号，很快就找到了慕容枫。直到此时，慕容枫才知道，眼前这个天不怕地不怕的女孩竟然是正一集团叶海峰的独生女。原本这些和自己并没有什么关系，自己也无心介入豪门的生活，但是赵青禾的出现打乱了这一切。准确地说，宋初夏的出现让慕容枫死水一般的生活起了波澜，而赵青禾正是推波助澜的那条不安分的鱼儿。正如赵青禾的父亲所言："鱼儿终将要跳出池塘奔入大海！"

而慕容枫奔入大海的代价就是，选择签下叶一茜的协议。按照叶一茜的话来说就是：Business is Business，生意就是生意。要想得到自己想要的，那就必须要付出代价。而叶一茜所付出的代价并不是慕容枫的感情，而是她不愿看到自己欣赏的男孩一门心思追着自己并不看好的宋初夏。在叶一茜看来，宋初夏拥有的东西，自己理当拥有。

当慕容枫找到叶一茜，希望叶一茜出资支持他的时候，叶一茜除了拿出协议之外，还有一个附加条件，那就是自己要亲眼看到慕容枫赢了赵青禾。毕竟，之前的视频太过模糊，叶一茜想要的是眼见为实。虽然慕容枫只是以微弱的优势赢得了比赛，但是叶一茜有足够的信心让慕容枫成为明日之星。因为叶一茜深知有一种力量可以撼山动地颠倒乾坤，那就是资本。

虽然没有赵青禾苦心安排的三机位效果，叶一茜的一个机位足以让父亲叶海峰看到这场比赛的胜利者就是慕容枫。

在慕容枫签下协议后，叶一茜也不再躲闪，她主动拨通了父亲叶海峰的电话，因为此刻的她有了另外一笔划算的生意。一个技能过硬却毫无背景的穷苦少年，这正是资本青睐的原始股。

叶海峰竭尽全力地寻找都找不到这个爱躲猫猫的宝贝女儿，当他接到叶一茜的电话的时候，叶海峰一度有一种不真实的恍惚感。从小娇生惯养让叶一茜有着极为严重的叛逆心理，叶海峰一路摸爬滚打饱尝艰辛，本着不想让女儿受苦的心态，叶海峰对叶一茜的要求从来都是百依百顺。当叶海峰意识到叶一茜的性格有缺陷的时候为时已晚，自己亲手酿成的苦果只能自己去承受。有一段时间，叶海峰一度认为自己失去了这个独生女，他甚至找到了妻子商量用年轻时在国外储存的卵子再次做试管婴儿，若不是妻子提出了财产分割的要求，叶海峰也不会进退两难。伴随着自己的资本版图越扩越大，叶海峰收获更多的是不安全感。看到妻子提出的要求，叶海峰本能地拒绝了妻子的建议。在叶海峰看来，钱能带来最大的安全感，相比之下，其他皆可抛。

当叶一茜拿着慕容枫的合同和那段振奋人心的比赛视频出现在自己面前的时候，叶海峰喜极而泣。叶一茜作为叛逆的孩子无时无刻不在同自己唱反调，但是叶一茜此刻的行为却像极了自己。说到底，叶一茜身上终究流着自己的血，从叶一茜这笔稚嫩的买卖上，叶海峰仿佛看到了未来的希望，一个带有国际视野的集团继承人，一个扩张资本版图冲出国门进入国际的大好时机。所以，叶海峰很快就原谅了女儿参加技能大赛的事情，并且全力支持叶一茜的计划，前提是，慕容枫要赢得比赛。

叶海峰的宽容也一度超出了叶一茜的理解，在叶一茜看来，父亲叶海峰就是一个独裁者。自己从小就是按照他的路线行走，完全没有童年都归咎于叶海峰排得满满当当的辅导班。虽然自己的老师都是各行各业的顶级大佬，但是叶一茜对此丝毫不感兴趣，所以叶一茜的游泳技能是呐喊着坚持下来的，其他技能更不用多说。无利不起早，叶一茜知道父亲之所以网开一面答应了自己，这其中必定有他的算盘，但是叶一茜始终不明白慕容枫于正一集团到底有什么文章可做。想来想去，叶一茜选择了相信叶海峰的说法。

牛顿曾经说过一句话：如果说我比别人看得更远些，那是因为我站在了巨人的肩上。

叶海峰从小爱动脑子，大海文化让他有了兼收并蓄的性情，他从豆瓣酱调味料开始做起，慢慢拓展到了厨房各方面的生意，不粘锅的风靡让叶海峰抓住了风口并迅速积累起了大量资本,也有了后来的正一集团。整个集团不光涉及文旅酒店,还包括生物医药等众多行业。陪叶一茜在海外伴读的日子里,叶海峰更是认识到集团国际化的必要性,而叶一茜的叛逆思维正是自己思维模型的短板,从叶一茜的身上,叶海峰看到了自己的认知不足。在集团各项业务增长迟滞、海外版图拓展失败的前提下,叶海峰急需一张牌打破眼下的僵局。从叶一茜带来的合同里,叶海峰站在了巨人的肩膀上,看到了未来。

"茜茜,抛开你偷偷回国这事儿先不谈,我想知道,你签这份协议的目的是什么?"

"慕容枫的先天条件很好,只是缺乏平台和机会,我确信他能够赢得比赛。如此一来,嫁接我的商业项目就能省下一大笔推介费。毕竟,我的项目大都是在郊区拿地,客户都是有车一族。现在投资慕容枫,事半功倍。退一万步讲,哪怕他输了,对你我来讲,也没有损失什么。"

"那是你的计划,我的意思是我能得到什么?"

"正一集团一直对技能教育有投资赞助,如果赢了技能大赛,这可以当作我们取得的一项重大成绩。国家鼓励职业教育,这对正一集团的股票是利好,占据人和的优势。这几年国家大力发展汽车产业,基本上家家户户都有汽车,我虽然没有什么好的想法,但是你应该能从中找到商机,无论是商用还是农用领域,这对正一集团都是新的蓝海。虽然你一直没有动作,但我不认为你会放弃这片市场,而且,我没记错的话,你曾经一直想介入汽车产业的供应链的,毕竟这是天时。至于地利,我就更不用说了,技能大赛在中国举办,这么大的赛事,正一集团不可能袖手旁观。老爸,这么多年,只要你想做的事情,几乎没有做不成的,所以我想了想,利可共而不可独,就让你来分一杯羹了。"

"哈哈哈……"听叶一茜说完,叶海峰开怀大笑,他笑的并不是叶一茜的计划,而是他欣慰地发现,极度叛逆的叶一茜终究还是自己的女儿,她已经开始策划自己的商业运作了，而这一次的计划显然比以前更深思熟虑。叶一茜不再想当然地按照自己的想法去做事情，而是更具条理和商人思维。

"那，你需要我做什么？"

"这个你放心，我不会让你投一分钱的，我只需要你的一些资源就行，俱乐部啊，训练场地，车企什么的。"

"老爸可和车企不熟。"

"现在正好就有了可以熟识的机会啊！再说，我也不是说让车企来赞助，我们去参观学习总没问题吧？"

"那倒是不难。老总我肯定不熟，但是找个车间主任还是比较简单的。"

"那这么说，你同意了？"

"可以试试！反正比赛也不是一次就比完的，不得好几次吗？"

看到叶海峰难得答应自己，叶一茜简直有些不敢相信，这一招险棋自己算是走对了。叶一茜知道自己参赛的事捂不住，索性来了一招化干戈为玉帛。眼下，自己不但可以名正言顺地参加技能大赛，还能网罗各路人马，为自己今后的商业帝国铺路。

其实，早在叶一茜回来之前，叶海峰早就让手下顺藤摸瓜，将慕容枫的底细查了个遍。叶海峰之所以答应这件事是因为他看到叶一茜递过来的材料和自己所查到的相差无几，这就说明，慕容枫在她面前并无保留。当然，叶一茜不知道的是，他答应此事还有另外一个目的，那就是让慕容枫照顾叶一茜。叶一茜从小就天不怕地不怕，老实待在技师学院反而不是一件坏事，为了避免她吃亏，找一个靠谱的人伴随左右最好不过。不听话的下一代，终于开始脚踏实地了。看到叶一茜这份制作工整的策划书，叶海峰心想，是时候让她真正搏一把了！

第九章　老家伙们的好家伙

翻滚吧！少年

赵青禾业务能力的突飞猛进让慕容枫乱了阵脚，赵青禾自己也得意不已。看到赵青禾有些翘尾巴，坤雄便加快了培训赵青禾的进程。虽然坤雄从没有和赵青禾签订任何书面协议，但是坤雄深知赵青禾并不会离开自己，因为他太像年轻时候的自己了。

在坤雄看来，赵青禾是名校出来的学院派，理论知识已经足够了，剩下的就是融会贯通。他现在需要做的就是对汽车的构造再做一次更新的认识，为此坤雄特意联系了大型汽车装配厂带着赵青禾去参观。但是当坤雄把车停在屠宰厂门口的时候，赵青禾却有些蒙了。

"雄哥，你带我来屠宰场干什么？学杀猪啊！"

坤雄没有说什么，当他带着赵青禾漫步在满是猪肉的屠宰车间时，坤雄方才认真地说："青禾，车和人一样，有骨架，有血肉，还有各种系统。我带你来参观屠宰场，是想让你意识到，每个系统的重要性，缺了任何一个环节，都不是一辆合格的汽车。赛车是汽车工业顶尖科技的结晶，但是道理和这屠宰场是一样的！如果技术不行，那后果就如同挂在这里的血淋淋的尸体一般，选择这行，你要有充分的心理准备！"

"哦……"汽车的结构赵青禾没那么在意，倒是挂在那里被开膛破肚的猪让他觉得触目惊心。

当车停在汽车工厂门口的时候，赵青禾有些不屑地说："雄哥，我在学校早就学过汽车装配了，再说，我家就是开汽修厂的，我亲自拆过的汽车都不知道有多少辆了！"

"井底之蛙！你们学校那只能算个模型！至于你家嘛，那也只是个小作坊！等看完再说话！"

里面的车间肖主任出来后对坤雄毕恭毕敬，听到对方喊"偷心海盗大哥"，赵青禾瞬间便明白了，坤雄这是利用了自己在游戏界的江湖地位联系上了这次参观学习的机会。

在肖主任的带领下，赵青禾得以在第一时间看到了什么叫现代机械化工厂。汽车的每一个部件都是由无数机械臂在那精准装配，流水线上，赵青禾看到了汽车的每一个状态。虽然之前自己拆过、在学校也见过，但是眼前的景象还是让赵青禾意识到，自己确实就是井底之蛙。

果然，学校和社会最先进的技术是存在代差的，如果说学校的设备是"蒸汽时代"的话，自己家汽修厂的水平简直就是"刀耕火种"。看到装配人员在用各种仪器精心调校汽车底盘时，赵青禾方才明白什么叫书到用时方恨少！

坤雄这次带赵青禾来这里的目的并不是看装配流程，而是这里的大型风洞实验室。在坤雄看来，一辆好的赛车之所以能够获胜，除了驾驶员的技术因素，关键还在于高科技的加持。当驾驶技术超越了人体所能达到的极限，那么一辆领先时代的好车就是成败的关键！把车理解为一个沙发加上发动机和轮子的话，那是最原始的理解。真正的好车像战斗机一样，需要流线的设计以最大限度上减少风阻，进而获得最快的速度与抓地力。这一切，离不开风洞实验室！这可不是一般人能够接触到的，而此次参观的关键就在于此！

当赵青禾饶有兴趣地看完生产流水线后，坤雄指着不远处的风洞实验室问："能去那里看一下吗？我在咱们官网看到这个，好像很牛气的样子！"

肖主任看了看手表说："以前的话没问题，今天这会儿不大行！得到下班后！"

"哦，为何？"

"今天董事长有客人，正在参观风洞实验室呢！"

"晚点也行！晚点还能多学习学习！肖主任，今晚想喝点什么酒，清香的还是酱香的？"

"'海盗'大哥，怎么能让你破费呢！我都安排好了！"

正当二人寒暄的时候，赵青禾脸上的笑容却瞬间消失了。没错，那个从一开始来到技师学院就看到的噩梦再一次出现了——慕容枫和叶一茜一起从风洞实验室走了出来！

如果说之前自己看到慕容枫和叶一茜在一起是个误会的话，赵青禾勉强相信，但是眼下自己再也不会跟随众人否定自己的判断了，慕容枫和叶一茜之间一定有秘密。

看到赵青禾和坤雄一起出现在生产线上，慕容枫显得很不自在。情敌相见，此时的赵青禾没再像以前那样大吵大闹，而是更加坚定了自己要超过慕容枫的决心！坤雄看了看站在高处的叶一茜和慕容枫，心里也明白了个大概。

兹事体大，坤雄一把搂过愤怒的赵青禾笑着说："放轻松点，小不忍则乱大谋！"

"雄哥，你放心吧！"

"肖主任，你说的贵宾就是他们吧？"

"怎么着，你们认识啊？"

"也不是很熟，就是见过几次！"

"我说呢,你非得今天来参观!听说是正一集团的千金,董事长才专门陪同的,要不然,谁能有这么大的面子!"

"要不,我们边吃边聊?"

"也行!走吧!"

肖主任带着二人来到了单位的食堂。虽说是食堂,但是二楼也有专门的包间,包间与包间之间只是用屏风隔了起来,坤雄坐下后看了看,生怕与慕容枫再撞到一起。

"肖主任,你们董事长应该不会来这里吃饭吧?"

"雄哥,你放心就好,我刚才专门和后厨打听过了,没有接到准备餐食的通知!董事长几乎没在食堂接待过客人!"

听肖主任说完,坤雄方才舒了口气。因为之前早就打过招呼,很快菜品就被端了上来。就在肖主任出去接电话的工夫,坤雄便把赵青禾心里想的都分析了个透彻。

"别想了,慕容枫肯定是见你跟了我进步飞快,所以才找的靠山!你前几天剪辑给我的视频,我都看了!你别怨我心直口快,显然他轻视了你的进步,刚开始的时候没有用尽全力,但是在我看来,你已经赢了!"

"为什么?"

"为什么,这不明摆着的吗?要不是你赢了,慕容枫找那个富家千金干吗,我们能在这碰上?"

"也对!"赵青禾恍然大悟,原来自己已经赢了慕容枫一把。想到对手背后偷偷下功夫,赵青禾不禁眉开眼笑。

"哎,这就对了!这就是合纵连横,兵家常事!开心点!吃完了带你长长见识!"

肖主任接完电话回来后,满头大汗。未等肖主任开口,隔壁已经有人坐了进去。

"那个,雄哥,小赵!今天本来没我啥事儿,刚接到董事长电话,让我过去陪客人！你说今天董事长都看到我了，我说不在也不合适，所以刚才我就说在回家的路上了，可是董事长还是让我再回来！"

"可以理解，你赶紧去忙，我们晚点再去风洞实验室也行！"

"那可说好了，今晚我请客，千万别客气！"

"肖主任，你就别客气了！赶紧去吧！"

"哎！"肖主任站起身来，走到门口又回来坐下，"我就实话实说吧，董事长让我去陪刚才见的客人！也是见了鬼了！平时从来都不在这吃饭的，今天非要在食堂吃！我一会儿就在隔壁陪酒！你们吃慢点！"

赵青禾本来肚子都饿了，食堂的水平也是了得，毕竟是肖主任给"偷心海盗"准备的接风宴。但是，得知慕容枫和叶一茜就在隔壁，赵青禾恨不得一脚将屏风踹倒。按下葫芦浮起瓢，坤雄也只能无奈地苦笑。

"哎，青禾，我是无所谓的啊！今天我是来学习的，肖主任陪不陪，我是无所谓的！"

坤雄的话提醒了赵青禾，毕竟，这次来的任务就是学习，慕容枫也是如此，不能因小失大。看到坤雄假装不经意地看向窗外，余光却时刻紧盯着自己，赵青禾假装猛地站了起来。这个假动作把坤雄吓了一跳，他赶紧走到门口堵住了门。赵青禾却拿起饮料给坤雄递了过去，二人心照不宣地哈哈大笑起来。

眼不见心不烦，二人吃饱饭就下楼坐在车里等着。

其实原本的饭局并不在单位食堂，只是在叶一茜强烈要求下才改在这里的。一来她不想麻烦别人，只是简单地参观学习，不涉及资本合作和运营；二来叶一茜知道，赵青禾肯定也在。这次的意外相遇反而让叶一茜觉得恰到好处，不但离间了慕容枫和宋初夏的关系，还激发了慕容枫的斗志。看到肖主任过来陪酒，叶一茜不免问上一二，只是这一切让本就不善交际的慕容枫如坐针毡。

坤雄接到肖主任电话的时候，一度以为肖主任是中途离场过来找自己的，谁想到饭局已经结束了！这都得益于叶一茜，叶一茜从肖主任那里得知赵青禾要等到下班后参观风洞实验室，就加快了吃饭的速度。得知叶一茜成为慕容枫的幕后金主，赵青禾十分来气。在赵青禾看来，一个嚣张至极，一个目中无人，两个人在一块简直就是"狼狈为奸"。

"肖主任，你不是说得下班后才能看吗，这不影响你吧？"

"雄哥，不影响。多亏了你那位朋友，我原本是想偷偷地带你们进来的，但是刚才在饭局上，茜总跟我们董事长说了，你们也是她的好朋友，董事长就直接批准了，我就踏踏实实地带你们来了！要不然啊，我们就只能看，不能演示！"

"哼，猫哭耗子假慈悲！"

赵青禾嘴上并不领情，但是当肖主任领着二人来到风洞实验室的时候，赵青禾的大脑一片空白，眼前的设计简直就是科幻大片！果然科技是第一生产力！

肖主任打开设备，一辆汽车在风洞里，能够通过流动的白色烟雾直观地看到汽车高速行驶的时候所受到的风阻，这就是顶级大厂造车的底气所在！通过风洞试验不断改动车的外形，哪怕是微弱的改动，也能够为汽车在日后经年累月的使用中节省下大量燃油！而赛车的改装更是如此！如何调校底盘及悬挂系统，使得赛车在赛场上有着最完美的表现，这几乎决定了顶级高手间的成与败。坤雄从一开始就知道，来风洞实验室顶多也只能参观学习罢了，自己的团队目前是用不上这样的阵仗的，毕竟，只是一个匠心杯技能大赛而已！但是，让他不能忽视的是慕容枫的选择。如果背靠正一集团这棵大树，叶一茜有可能为他提供最顶尖的设备与条件。

看着眼前的赵青禾，坤雄内心惆怅不已。原本，他是打算借着赵青禾情敌的身份扰动慕容枫死寂的心，继而进一步说服慕容枫加入自己的团队。没想到，最不可控的赵青禾铁了心要跟自己打天下，反而看似最稳重的慕容枫走了一步谁也没想到的棋。在坤雄看来，赵青禾的实力和慕容枫旗鼓相当，各有各的优缺点，而眼下双方阵营的实力却悬殊了起来。毕竟，自己同正一集团相比，无异于以卵击石！如此一来，坤雄只得想尽一切办法来盘活这盘棋了！

赵青禾看得很认真，原来赛车改装并不像自己想象的那般花里胡哨，而是有实打实的黑科技在里面。看到汽车周围流动的烟雾，赵青禾突然想起自己的父亲赵运驰！原来，当年赵运驰帮人调校赛车尾翼的时候也做过同样的事情。只不过，赵运驰用的是卫生纸！没错，当赵青禾听说让自己拿两卷卫生纸的时候，他一度以为父亲魔怔了。看到父亲把卫生纸贴在车头上拉出去好远，赵青禾摇了摇头便回屋吃西瓜了。现在想来姜果然还是老的辣！虽然没有风洞实验室的条件，但是赵运驰巧妙地运用卫生纸的飘动方向和鸡蛋清在车表面上流动的痕迹来判断汽车的气动设计，进而帮对方调校出一辆质量过硬的赛车！

看到赵青禾乐于学习，肖主任也饶有兴致地给他讲解着汽车设计的各方面的知识，还将很多资料打包了一大箱送给了赵青禾。看着隔壁风洞里面盖着幕布，赵青禾好奇地走了过去。

"肖主任，这个是什么？"

"这是民航飞机模型。"肖主任说着将幕布拉了下来，一架等比的飞机模型瞬间展示在了赵青禾面前。

"怪不得制造飞机贵呢，看来都是高科技啊！"看到飞机在风洞中的烟雾轨迹，赵青禾叹为观止。

"没错，因为汽车是家用产品，所以最开始的汽车设计很少考虑空气动力学，只有少部分赛车才是如此。后来日本的企业在国际市场上主打省油，做得就比较先进一些，现在我们国家也慢慢追赶了上来。青禾，你是高才生，后面赶超的任务还得靠你们年轻人啊！"

"肖主任说得很对，赛车分两种，一种是靠硬件的，一种是靠技术的，你回去好好研究吧！"

"嗯，嘿嘿嘿……"

搬着沉重的一箱资料，赵青禾心里有着说不出的感慨。可以说，是坤雄带着自己打开了新世界的大门。

莫名其妙地冒出了一个陪伴自己多年的隔壁班帅哥，莫名其妙地陷入三角恋的中心，然后又莫名其妙地被堵在宿舍门口两天后，两个追求者又不约而同地人间蒸发，这让宋初夏突然有一种不真实的错觉。自从被当众表白后，宋初夏便把自己关在宿舍里，专心在网上研究新式的菜品。不过，很快她便觉得有些不对劲。几日不见赵青禾骚扰自己，宋初夏十分不习惯。事出反常必有妖，眼看着还有几天就要初赛了，宋初夏忍不住发了条信息给盖斌，而盖斌则将赵青禾精心剪辑的多机位比赛视频发给了宋初夏。赵青禾的漂移技术让宋初夏刮目相看，看到结尾处赵青禾煞有介事地添加"青青河边草"的片尾，宋初夏竟然从那份嚣张与莫名的自信中看出了几分亲切感。

"初夏，你放心吧，青禾打死都不会走了！他最近拜了一个特牛的师傅，这人叫'偷心海盗'，是个网游大神！真名叫坤雄，你网上都能查到，之前拿过几次赛车比赛的冠军！我最近几天也没见他，听说是去工厂参观学习去了！他比以前靠谱多了，你不必担心！"

听完盖斌发来的语音，宋初夏方才大舒一口气。她本以为是自己太过敏感了，可是说曹操，曹操就到。赵青禾和慕容枫几乎同时发来了信息：晚上我请你吃饭！看着二人一字不差的信息，宋初夏极度怀疑是不是二人在面对面检验自己。自己的第六感果然是对的，看似安静的背后果然有问题。

未等宋初夏回复，二人几乎又同时发来了第二条信息。只不过，赵青禾发的是：不要告诉慕容枫。而慕容枫发的则是：不要告诉赵青禾。

宋初夏索性给赵青禾打了过去。

"喂，青禾，吃什么饭？还不让我告诉慕容枫，你搞什么啊！"

"也没啥，我昨晚和慕容枫比赛了，今天就是想跟你说说我最近发生的事儿！"

"我都看过啦，进步飞快！你遇到大神的事儿我也听盖斌说过了！你得好好加油哦！"

"啊，你都看过了啊！怪不好意思的！"

"哟喂，两天没见，你倒也懂得谦虚了啊！不得了，不得了！"

"今天的我已经不是昨天的我了。晚点小吃街见，我请你吃正宗的四川火锅。"

就在宋初夏犹豫要不要去的时候，慕容枫发过来了第三条信息：晚上小吃街，烤鱼还是海鲜？

宋初夏原本打算答应赵青禾的，但是看到二人发来的信息，宋初夏有些犹豫了。和慕容枫做笔友的那些年，二人无话不谈；作为同桌，虽然赵青禾离宋初夏最近，但是他并不知道，宋初夏并不像别的四川人那样喜欢火锅。因为火锅多用牛油，宋初夏每次吃完都要拉肚子。相比之下，她更喜欢海鲜，来到青岛这座海滨城市，自己还没来得及吃正宗的海鲜呢，这个选择也让宋初夏心动不已。直男赵青禾完全不管宋初夏喜欢吃什么，命令式的邀请自然让宋初夏选择了慕容枫。

"青禾，我晚上不去了，改天吧！叶一茜是个狠角色，我正在上网研究好的菜品呢。"

"你知道就好，我跟你说，她绝对不是个简单角色，背景强大，你……改天再跟你说吧！"

赵青禾原本想竹筒倒豆子，但是副驾驶的坤雄却拿着手机打着字在一边提示赵青禾：大气、不强求、稳住。

看着赵青禾成功挂断电话，坤雄方才松了口气。

"追女孩子和开车是一样的，油门踩得太紧人家就跑了，要懂得张弛有度，明白了吗？"

"没明白，但是我尽量吧。"赵青禾无奈地点了点头。

"哈哈哈，想吃大盘鸡？我陪你去。"

"算了,今晚我想早点回去看这些资料呢。"

"咳咳,把昨晚拍摄的那几个兄弟叫上,我掏钱。"

有人掏钱,自然有食欲,未等坤雄反应过来,赵青禾便一脚油门朝着校外的小吃街驶去。

能够在技师学院附近开饭馆,没有点绝活是混不下去的。虽然名义上叫小吃街,但是绝对是来本市必打卡的地方之一。物美价廉还是其次,主要是还有众多的美女、帅哥。小吃街有两家大盘鸡,一家新疆沙湾大盘鸡,一家川味大盘鸡。洗剪吹三人组自然而然地来到川味大盘鸡这里,毕竟,麻辣诱惑无人能挡。

菜品上桌,盖斌就迫不及待地将叶一茜父亲追到学校来的事情一五一十地说了出来。其实,这在赵青禾这里已经不是新闻了。当洗剪吹三人组听赵青禾说慕容枫和叶一茜在一起时,大家简直不敢相信。明眼人都知道,叶一茜将会是宋初夏最大的敌人,前天还在众人面前表白宋初夏,转头就和敌人联手?这让大家直呼不可思议。不过,看到坤雄的眼色,大家便也都心领神会地转移了话题。

"涛尼老师,我听说你最近火了,啥时候给我也设计个发型。"

"雄哥,不瞒你说,我进来就开始琢磨了,我觉得你两边必须推掉,只留头顶和后面。"涛尼说着便把手机递了过去。

"不错不错,我喜欢。果然是万年留级生,老练。"

"咳咳,那个……涛尼哥,是我和雄哥推荐你的,你不要介意。"看到坤雄转头就把自己卖了,赵青禾只得边解释边夹了一个鸡腿送到了涛尼的碗里。

"青禾,你不用紧张,我现在还真就倚老卖老了呢。雄哥,侧面我也有设计,我想把你的侧面做个造型。"

"闪电我可不要啊,太土了。"

"肯定不会,我打算在您的侧面做一个字母C,一个字母G。"

"CG?这不是计算机特效吗?"

"当然不是，您是车神，'Car God'的缩写。"

"哈哈哈，有点意思。"

"涛尼，你给我也整一个呗，SG，'Speed God'，速度之神！"赵青禾随即附和。

"没问题，都是小事儿，小事儿！"

一顿大盘鸡让赵青禾心满意足，他几乎忘记了慕容枫的事儿。毕竟，自己有两个老师，而慕容枫却只有叶一茜背后的财团。原本清晰的目标伴随着隔壁班的慕容枫变得模糊了起来，又伴随着坤雄的出现逐渐明晰了。此时，赵青禾的心里只有一个目标，那就是赢得比赛，真真正正地做一回王者！

慕容枫收到了宋初夏的回复后，直接骑着摩托车去了海边沙子口渔港码头。这里是渔民们出海回来的集散地，有着最新鲜的海鲜。渔民打上来的螃蟹在这里只卖超市五分之一的价钱，这是慕容枫做外卖骑手的意外收获。买完海鲜后，去小吃街让老板代加工，只收加工费，划算又好吃。

没有人可以质疑慕容枫对宋初夏的情感，他是最早走进宋初夏心里的那个人。他是"不被定义的风"，心里的枷锁一旦决定打开，慕容枫只剩下一个选择，那就是赢得比赛。慕容枫和赵青禾有同样的想法：用赢得比赛在宋初夏面前证明自己。只不过，赵青禾完全就是玩的心态，而慕容枫却选择了孤注一掷。因为，这已经不是一个人的游戏，只要宋初夏选择了自己，那么自己拼死也不会输的。

带着清晰目的而来的宋初夏自打遇到慕容枫以后，很多事情都变得模糊了起来。原本自己是心无旁骛地参加比赛，悄悄地来，悄悄地走，贵在参与。可想想慕容枫的当面表白，眼下她的心已然起了波澜，毕竟，那个自己幻想过无数次的笔友也恰好符合自己的审美。

当宋初夏来到海鲜大排档的时候，慕容枫也刚刚到。看着慕容枫手里拎着的大包小包，宋初夏更是感动不已。

海鲜吃的就是鲜味，慕容枫只是让老板蒸煮一下，食材便美味无比。因为他们从小长在祖国的大西南,很多海鲜从沿海运到四川的时候,基本上都饿瘦了。而眼前的海鲜却一个个像是被吹胀了的气球一般,肥美无比,这让宋初夏啧啧称赞。特别是蛤蜊,在四川老家被叫作花甲,相比之下,简直就是两个物种。一份清蒸,一份辣炒,还有蛏子、螃蟹、海星和海胆。每一道菜都刷新了宋初夏对海鲜的认知,虽然在上海读大学的时候也吃过不错的海鲜,但是和眼前的还是没法比。

同样是渔港码头,慕容枫也是对比调查了很多次之后才确定了眼前的这家店。因为,这家店里不做外卖,看到老板懒懒散散地躺在躺椅上晒太阳,慕容枫十分好奇地走过去看了看。原来,别家的海鲜都是批发来的,而这家店的老板却有自己的渔船。每天打捞出来的海鲜都直接运送到北京,剩下的星星点点也被朋友们消费了。再者,好的海鲜并不是每天都有,所以,这家店自然成了附近海鲜界的"扫地僧"。

得知海鲜的来历,宋初夏宛如发现了新大陆,非得让慕容枫第二天带自己去看。新鲜的食材对于一个厨师来讲,那简直就是命根子,有了好的货源,宋初夏便有了和叶一茜比拼下去的勇气。

直到此时慕容枫才恍然大悟,原来,自己做外卖骑手的经历也能对二人的比赛有着莫大的帮助。哪家店好不好吃,哪个菜市场更加卫生,慕容枫有着最大的话语权。虽然叶一茜在本地很有实力,但是慕容枫隐约觉得,她早晚都得问自己,毕竟,那些最新鲜的食材并不是有钱就能买到的。

慕容枫本就觉得和叶一茜走得近有些对不起宋初夏,但是眼下他能够为宋初夏帮上忙,心里便宽慰了很多。

"'不被定义的风',你今晚是不是想跟我说点什么啊?"看到慕容枫欲言又止,宋初夏便也直言不讳。

"呃,也没有……"

"吃人嘴短,你尽管说,我不会在意的。"

看到宋初夏开心的样子,慕容枫的内心更加感到不安了起来。之前就是因为没有提前解释导致了误会，这次，自己无论如何也得赶在赵青禾之前将事情说清楚才行。思前想后，慕容枫将叶一茜的背景和盘托出。

"这么厉害，怪不得她做的菜都那么高级呢！哎，你知不知道，我在家都很少做鱼，所以我素菜做得比荤菜好吃。改天让你见识见识！"

"初夏，我之所以选择接受叶一茜的赞助是因为……"

"我当然知道啦，赛车可不是炒菜，需要训练的，你们学校的教练车肯定不行，万事俱备只欠东风，如果能够好好利用正一集团的优势，那你就不用窝在这里了。当然，我也不是说这里不好啊，我是说，你当年本就是学习很好的，其实有条件了，你还可以继续往上考啊。"

"你不生气？"

"怎么会！哎，我没记错的话，你跟我说过你的小名就叫东风吧，以后我就直接喊你东风了啊，喊慕容枫太麻烦了。"

"随你了。"

"哎，你还记不记得我们高中时的约定？"

"当然记得。"

"那我告诉你，现在依旧有效哦。翻滚吧，少年！"

看到宋初夏开心的样子，慕容枫却鼻子一酸红了眼圈。高中时的约定，慕容枫怎么会忘。当年他在信中约定，一定要在顶级的学府见面。如果不是因为父亲的去世，那么慕容枫现在应该和宋初夏报考同一所大学，早就成为情侣了。虽然技师学院也可以升本读研考博，但是大部分人来到这里后便没有心气再往上走了。毕竟，从高中校园出来后，这是截然不同的两条人生路。眼下，两条原本截然不同的人生轨迹在技师学院重新有了交集，宋初夏的一番无心之言唤起了当年那个学霸沉睡已久的灵魂。

看到最后一个生蚝被宋初夏一口吞下去，慕容枫十分满足，船老板的货果然够硬，一桌子菜几乎都让宋初夏一扫而光。突然，宋初夏"哎"一声，吐出一个硌牙的东西，二人发现居然是颗珍珠。

"哇，是珍珠！快快，给我拍照！"

看到宋初夏兴奋的样子，慕容枫的脸上也绽放出久违的笑容。

正当赵青禾几人笑着闹着抬着一箱子资料往回走的时候，却在小吃街撞见了迎面走来的慕容枫和宋初夏。看到宋初夏清爽的发型，简直美呆了。赵青禾的手一松，箱子应声落地。很快，赵青禾也反应过来了，宋初夏骗了自己。赵青禾蹲在地上捡着资料，洗剪吹三人组赶紧重新拉起赵青禾。

谎言被戳穿，宋初夏也不知道该说什么才好，但是总这么站着也不是办法，宋初夏刚一开口，赵青禾便气愤地把资料摔在了地上，视而不见地从二人面前走了过去。

"哎，青禾！"望着赵青禾失落的背影，宋初夏走也不是留也不是。此时，一轮圆月在赵青禾的头顶，像极了一个"备胎"。

"呃，初夏，你不是说不出来吃饭的吗？"盖斌说完便和涛尼、凯文抬着箱子赶紧追了上去。

宋初夏拿出手机拨了过去，但是被赵青禾挂断了。

"改天再解释吧，他那脾气，几头驴都拉不回来。"慕容枫说着递给宋初夏一顶头盔。

虽然小吃街到学校只有几步路，但是宋初夏吃得太饱，也懒得走了，还是坐摩托车快些。可是慕容枫骑着车并没有回学校，而是直奔海边而去。慕容枫的驾驶技术了得，他穿行于车水马龙之间，最后行驶在海滨公路上。伴随着咸湿的海风与阵阵海浪声，宋初夏有着难以名状的幸福感。

车很快停在了情人坝的灯塔下面，望着月色下闪着粼粼月光的大海，听着一波波涛声，宋初夏震撼不已。慕容枫却拉着宋初夏爬上了废弃的灯塔，二人站在塔顶眺望着远处的轮船。海风吹过，宋初夏的头发随风起舞，一次次拨动着慕容枫的心。

"好美啊！东风，你是怎么找到这种地方的？"

"想不开的时候……"

"大海就是不一样啊,感觉整个人都要起飞了。哎,你说咱俩像不像在'泰坦尼克号'上?Jack,Rose,我来了!"

看着宋初夏激动地张开双臂飞啊飞,慕容枫朝着灯塔的屋顶摸了过去。那里有一束他早已准备好的玫瑰花,他从口袋中掏出戒指,缓缓地跪在了地上。

"哎,东风,你说……"等宋初夏转身看的时候,却发现慕容枫正深情地望着自己。

"初夏,虽然这么说有点土,但我还是想说,我等这一天很久了。虽然大学这两年我缺席了,但是我想好了,后面我会继续跟随你的脚步向上走。既然你再次来到我的身边,我不愿看着你从我身边走掉,做我女朋友吧!"

望着眼前陪伴自己三年的笔友,宋初夏有些犹豫了。毕竟自己只和慕容枫相处了不过一周的时间,自己真的了解他吗?自己和慕容枫身处上海和青岛,异地恋会有结果吗?慕容枫读的技师学院,未来二人会有交集吗?其实这些早在慕容枫第一次表白的时候,宋初夏就想过。但是,和慕容枫在一起的感觉是自然而舒服的。他让人觉得踏实,有安全感,仿佛就是天生的男朋友。而赵青禾的角色定位则是模糊的,宋初夏很难将之前的恶魔同桌和男朋友之间画上一个等号,别说等号,就是放到一起都是对"男朋友"这个词的不尊重!

但是宋初夏明白,当你犹豫的时候就说明这件事情并不成熟,不过感情并不都是理性的,特别是当身边有烟花绽放的时候。

正当二人沉默的尴尬时刻,不知道是谁在灯塔下面放着烟花。七彩斑斓的花火照亮了宋初夏的脸庞,也打开了那颗尘封已久的心。看着灯塔下的少男少女们在那儿追逐打闹,那是自己未曾拥有而羡慕的青春,内心的冲动让宋初夏微微地点了点头。慕容枫开心地将戒指戴在宋初夏的手上,给二人之间漫长的笔友生涯画上了圆满的句号。原本慕容枫是打算第二天一大早带着宋初夏来看日出的时候再表白的,不过遇到了赵青禾以后,他不敢犹豫半分。

表白后，自己便可以更加踏实地投入比赛中去了。慕容枫也第一次真正感受到这座城市的温暖，因为一个人，爱上了一座城。

得知原委后的洗剪吹三人组气愤不已，又拿出了赵青禾的存货边喝边吐槽。赵青禾连头发都剃了，宋初夏最终还是选择了慕容枫，这让大家都觉得不甘心。当然，这种不甘心是建立在几顿饭之后的。如果不是盖斌的铁哥们，如果不是几顿饭的交情，对于涛尼和凯文来讲，他们更偏向于慕容枫，毕竟，二人站在一起感觉更合适。只不过，赵青禾已经成了自己人，那就是另一回事了。原本以为慕容枫选择了叶一茜的支持，阵营自然明朗了，没想到，慕容枫还是棋高一招。本来慕容枫加叶一茜对上赵青禾加宋初夏的敌我矛盾，瞬间就转变成了内部矛盾了。赵青禾甚至有些怀疑人生，自己当初怎么就脑袋一热来技师学院了呢？走到现在，真算是赔了夫人又折兵。

"那个，青禾，有一说一，那天你来剃光头的时候说打算比赛前表白初夏，你还记不记得？"

"记得，涛尼哥，算了，礼物你甭帮我琢磨了，现在这事儿翻篇了。"

"问题就在这，我已经帮你下了定金，发来消息说明天让我去验货呢。"

"什么货？"

"一个传说中的江湖老家伙，唯一和武侠离得最近的好家伙，明天到了就知道了。"

"那就散了吧，青禾，我们先走了啊。"看到赵青禾眉头紧锁，涛尼却越说越兴奋，盖斌赶紧拉着二人走了出去。

躺在床上的赵青禾好像有些明白了坤雄跟自己说的那些话，喜不喜欢自己说了不算，与其抓住对方不放，还不如让自己变得更优秀。自己千里迢迢来到技师学院陪伴宋初夏，却赶不上半路杀出的慕容枫，这就是差距，一切的一切都是自己太想当然了。赵青禾心中逐渐升起了一团火，那团火让他迫不及待地想赶紧开始比赛了，他想拼尽一切打败慕容枫，以胜利者的姿态走到宋初夏的面前，然后潇洒离开。参观完风洞实验室后，汽车在他心目中不再是交通工具，而是实现梦想的时光机，他想开得更快，他想挣脱这份感情的束缚。赵青禾从床上跳起，走到台灯下，将肖主任赠送的资料全都整理了出来，他开始认真地做起了笔记，思考着一切可以提升自己技能的方法。

当第二天一大早洗剪吹三人组来到赵青禾宿舍的时候，赵青禾已经趴在桌子上睡了过去。他连衣服都没有脱，就这么熬了一宿，愣是把所有的资料都翻了一遍。这就是天才之所以恃才傲物的原因，专注而集中，快速而高效。赵青禾原本打算睡觉，但是架不住涛尼的死缠烂打，最后还是坐上了公交车，朝着郊区驶去。

当4人下车的时候，很明显，已经来到了郊区中的郊区。看着眼前的小渔村，赵青禾一度以为涛尼要带自己来吃海鲜。涛尼带着大家左转右转，穿过了重重小巷，终于在村后的半山坡上停了下来。

听着院子里传来的叮叮当当的声音，赵青禾不禁问道："这是哪里？"

"江湖侠客的灵魂归宿，铁匠铺。"

"什么？走了那么久，来铁匠铺干啥？难不成你要给我打一副头盔？"

"进来就知道了。我跟你们说，方师傅脾气很怪，你们一会儿千万别直视他的眼睛，对他客气点！"

"为啥？"看着涛尼故弄玄虚，困得不行的赵青禾完全没了耐心。

"因为他是江湖上远近闻名的刀客，不对，是剑客，三代单传的制剑手艺，历代帝王腰里的佩剑都是这位前辈做的，要不是我当年免费给他理了发还陪他喝了一顿酒，你们根本就见不到。"

"瞎扯什么，还历代帝王呢。"

看到大家对涛尼所说依旧嗤之以鼻，涛尼刚打算和大家娓娓道来。伴随着一阵狗叫声，铁门吱呀的一声被打开。赵青禾循声望去，却真的看到了一位身着铠甲、腰佩汉剑的白发老爷子。强大的气场如同时空穿越一般，让4人瞬间回到了汉唐。这种情景自己只在电视剧里看到过，没想到见到真人后，让赵青禾瞬间打起了十二分精神。

我，隔壁班的

方大师拔剑而出，一声清脆的声音伴随着一道寒光直射而来，而盖斌和凯文真的没敢直视方大师的眼睛。

"来者何人？"方大师气若洪钟，铿锵有力。

"方大师，我是海涛啊。"

"咋穿成这样了，他们几个呢？"

"是我的室友，不，拜把子兄弟。"涛尼说完赶紧拽了拽赵青禾的衣角，赵青禾也配合着低下了头。

方大师走到面前，用剑挑起几个人的下巴看了看，猛地在4人面前挥舞一圈后又放回鞘里。

"既然是朋友，请进吧！"

4人跟随着方一刀来到了他的工作室门口，上交手机是必须的，不能随便拍照。两道大门打开后，赵青禾简直兴奋得要跳起来。原来涛尼说的并没有错，历代帝王的佩剑都是方大师的作品，只不过，是影视剧里的历代帝王。看着墙上挂着的一把把佩剑，众人的震撼程度不亚于昨天赵青禾参观的风洞实验室。

原来，涛尼所说的老家伙的好家伙，就是铸剑师手里的剑。而涛尼和方一刀的相识正是在慕容枫和宋初夏表白的灯塔那里。

当年涛尼为了苦练手艺，便带着理发工具练摊。看到顾客很少，涛尼索性就免费理发。他对理发有着偏执的热爱，因此连流浪汉也不会放过，而方一刀就是那个涛尼追了几条街的流浪汉。当时方一刀不修边幅，醉倒在路边，看到他满头长发，涛尼顿时来了感觉，想要给他好好修理一番。可是方一刀却有社交障碍，看到一个陌生人上来就摸自己的头发便吓跑了，而涛尼硬是追了方一刀几条街，才说服他理了发。

涛尼的手艺已经很不错了，他还给方一刀扎了一条发带，如此一来，大师气质顿显。也正是从那时起，涛尼才知道眼前这个疯癫老头不但性格极度内向，而且是一个铸剑大师。

自打自己用菜刀理发搞出了名堂，涛尼就琢磨着光是跨界还不行，手里的工具不能只局限于杀猪切菜的行业属性，要加上传统文化去打造一把能够理发而又属于自己的汉剑，那非方大师莫属。所以，涛尼偷偷地来到方大师的工作室预订了一把可以随时挂在腰间彰显自己侠客身份的汉剑。要不然，自己拿起杀猪刀给顾客理发的时候，别人拍完了会以为自己在给猪皮去毛，俗，而腰间的汉剑正是提升自己所谓格调的利器。

涛尼当然为赵青禾的不屈不挠追逐真爱所感动，在他拿着杀猪刀给赵青禾刮头发的时候，他就想到了，其实赵青禾可以专门为宋初夏定制一把无与伦比的菜刀，如此一来，在以后的比赛上，便可大放异彩。就算比赛不能用，那对于喜欢做饭的宋初夏来说，无异于好马配好鞍，独到而别具匠心。但是一代铸剑大师怎么可能做菜刀呢？所以，涛尼为了交下赵青禾这个铁哥们，还是下了些功夫，秘诀无他，就是陪老头喝酒。

几人坐在茶台那里，方大师停掉设备给几人倒上了茶。当然，送茶的时候自然是用剑端到4人面前。整个工作室就方大师一个人，以前他还雇几个村民帮自己打铁铸剑，后来大家都嫌累不干了。再后来有了机械设备，这样又能够让他一个人把这个爱好重新捡了起来。

当方大师取出那把工艺精美的菜刀时，赵青禾一度以为是某位侠客的佩刀。精美的纹路，独特的设计，堪称一件艺术品。这也是方大师最后的倔强，毕竟，他总不能打一把大集上卖的那种菜刀吧。他既然答应了涛尼，那肯定要下点功夫，光是锻造淬火手艺不行，一定要有中国风的文化灵魂注入，才能配得上顶级的中国厨师。

而涛尼的那把佩剑，简直骚气极了，虽然是一把短剑，但是玉质手柄加上黑红相间的刀鞘，让涛尼活生生有了荆轲的气势。极度时尚新潮的打扮，外加极度精美的中国风汉剑，那种文化的碰撞与跨界的融合，一下子让涛尼觉得自己的理发费用可以加个零。

"女孩用的刀我不熟悉，女孩用的菜刀我更不会了。这把菜刀，要谢的话，就谢我的侄女吧，设计图是她出的。"看到赵青禾摸来看去，方大师甚至有些许不自信了起来，因为他不知道这把刀到底能不能让年轻人喜欢。

"大师，您侄女在哪？我要当面谢谢她，不，跪谢。"好的物品能够让人产生共鸣，赵青禾仿佛看到了宋初夏收到礼物时的样子。

"她在龙泉读大学呢，暑假才过来。"

"读大学，大学里有宝剑专业吗？"

"当然有，宝剑设计专业，我去过，很壮观，都是一帮年轻的孩子在车间里叮叮当当地打铁铸剑。我做梦都没想到，这事儿算是后继有人啊。"

看到方大师手机里录制的教室视频，赵青禾惊为天人。无数和自己年龄一样的男孩子个个拿着锤头在车间里敲敲打打。要不是亲自打开手机查询，赵青禾打死都不信，国家的职业教育已经发展到如此程度。

赵青禾拿着菜刀，眼中都是充满爱意的小星星，盖斌和凯文更关注涛尼手中的短剑。当然，4人想取走刀剑，光付尾款是不行的，方大师一人面前抓了一把花生米，然后从桌子底下拎出一坛酒来。

赵青禾心情大好，他仿佛变成了一位为爱奔走的侠客，一股豪气从胸中冲出，他一口便喝掉了碗里的白酒，对宋初夏的爱重新拾起了信心。只不过，他不知道的是，此时的宋初夏早已离他远去。

直到后来，赵青禾才从方大师身上学到了一个道理：爱情是江湖，不让爱人伤心，就是行侠仗义。

第十章　人间烟火气，最抚凡人心

纵有不平路，天天有归人

方大师的人生状态让众人羡慕不已，一人一狗一个小院，一份能够倾其一生沉浸在其中的事业，这便是幸福。

少年们个个豪气万丈，几碗酒下去便不省人事了。唯独久经沙场的涛尼留了个心眼，毕竟，他在方大师这里吃过几次亏。

当赵青禾摇摇晃晃上完厕所回来，打算一屁股坐在躺椅上的时候，涛尼赶紧朝着赵青禾喊："哎，青禾，别坐，那有颗螺丝没拧。"

方一刀却赶紧抬头问道："哪儿，哪个俄罗斯美女？"

大师之所以为大师，并不是只是胆识过人技艺超群，在涛尼看来他的酒量更是深不可测，而难的是在醉和醒中间找到微妙的平衡。方大师说完话便又云淡风轻地喝了一杯假装什么事也没发生一样，涛尼意识到，大师不是随便就能当的，大侠也是！

等众人睁开眼后，发现都已经躺在了各自的宿舍里。按照涛尼的说法，方大师喜欢清净，而盖斌和赵青禾的呼噜声太大，涛尼只好叫了出租车，将3

个醉鬼带回学校。当赵青禾质疑涛尼是如何将大家分别抬回宿舍的时候，涛尼说出了他的操作——让出租车司机将车开到了盖斌的宿舍楼下，然后将凯文和赵青禾扔到了草坪上。将赵青禾送上楼后，再将凯文带回理发店。当赵青禾问为何先送盖斌的时候，涛尼的回答是："他太重了，我一个人抬不动。"

当赵青禾抬头看向窗外的时候，已经是下午4点了。有时候在下午醒来，会有一种被世界抛弃的感觉。这个时间餐馆基本不营业，路上也少有行人。这个时候出去，备感孤独。赵青禾坐在床上，猛然想起自己的菜刀，他慌张地站起，在宿舍里找来找去，才发现，涛尼将刀插在了自己的裤腰里。

赵青禾很快就振作起精神，换上了自己最喜欢的白衬衫，去找宋初夏。他原本想给宋初夏打个电话的，但是昨晚的尴尬至今未解，思前想后，赵青禾觉得还是当面解释比较好。

因为几次都在女生宿舍楼门口作妖，宿管阿姨看到光头赵青禾又来到门口，直接告诉他："宋初夏不在宿舍。"

"哦。"

"应该是去教室了。"

"哦。"

"小伙子，加油啊！"

"哦。"

看着宿管阿姨拿着拖把拖地，赵青禾一度陷入了恍惚。看来，坤雄说得没错，自己对宋初夏的感情已经人尽皆知了。毕竟，在赵青禾这里，爱情本就是一场事先张扬的预谋，只是宋初夏还没读懂而已。

来到烹饪教室后，赵青禾却只看到了叶一茜。宋初夏不在宿舍，也不在教室，能去哪里呢？看到叶一茜正在拿着擀面杖敲打面团，赵青禾好奇地走了过去。

"哎，美女蛇，我们家初夏去哪了？"

听赵青禾说完，叶一茜扑哧一声笑了出来。

"哎，你笑什么啊？"

"还你们家呢，人家早都答应慕容枫了。"

"胡说八道，什么时候？"

"就在昨晚，慕容枫告诉我的。你背后拿的什么，月季啊，没事儿别糟蹋学校的公物好不好？"

"你骗我吧，慕容枫怎么会告诉你呢？"

"因为我现在是他的赞助商啊。我们合同里有写，有问题就得及时汇报，我猜他是怕你截胡，所以昨天晚上就抢先一步表白了。"

"真的假的？你不是喜欢慕容枫吗，我看你的样子也不像啊？"

"我喜欢他是我的事儿，他喜欢谁是他的自由，我无所谓，我又不是第一次恋爱。"

"喊，信你个鬼。我告诉你，你不要以为家里有关系就可以打败我，我肯定能赢的。"

"我选慕容枫呢，是看中了他整体稳重的形象气质。你吧，也挺帅，就是脾气太急了，不过，如果你愿意，也可以来我这里。"

"拉倒吧，不跟你扯了。哎，你这做的什么啊？"

"面条。"

"我听说你厉害得不行，原来就做碗面，做面谁不会啊。"

"看好了，我这可是用鱼肉敲出来的面团，在法国，一碗要800块呢。不懂可以装懂，但是不要乱说。"

看到案板边上的鱼皮，赵青禾不得不伸出了大拇指。想到在叶一茜这里也问不出什么来，赵青禾便转身走了。

叶一茜确实没有说谎，慕容枫也爱得坦荡。他知道叶一茜对自己有好感，但是他也不想偷偷摸摸地瞒着别人，所以在表白成功后，慕容枫第一时间告诉了叶一茜，而叶一茜也大气地送上了自己的祝福。见过世面的叶一茜当然不会和眼前这个情窦初开的女孩抢男朋友，虽然宋初夏是个强大的对手，但是叶一茜却觉得她很可怜，都到大学了，还没有真真正正地谈过一次恋爱。当然，赵青禾更是个跟屁虫加可怜虫，少年的情怀在叶一茜这里，既让人不齿，又令人怀念。

当电话响起的时候，宋初夏正在慕容枫的摩托车上。对于一个厨师而言，只有最新鲜的食材才能做出顶级的饭菜。所以宋初夏一大早便约了慕容枫辗转于各大菜市场，掌握着这个城市的新鲜密码。而慕容枫更是直接驶向了风景最好的渔港码头，享受着自己同宋初夏在一起的美好时光。

作为往返于菜市场的年轻帅小伙，慕容枫很快就成了这里的红人，深受大妈们的喜爱。刚开始大家都以为慕容枫是误入此行，得知他是技师学院的学生后，大家便也尽可能地帮他，经常把一些小海鲜顺手送给慕容枫。作为回报，慕容枫让渔民们老古董般的汽车重新获得了"第二春"，把它们收拾得焕然一新。在这里，时间仿佛变慢了一般，宋初夏看到每个人都不紧不慢地专注于自己手上的工作，有一个卖菜的大爷甚至直接躺在了摊上，将自己家种的西红柿像是玩积木一般堆在一起。每个人见到宋初夏都热情地同她打着招呼，融洽的环境让宋初夏感到幸福极了。

只是，这种幸福，就怕一个人——赵青禾。几乎就在宋初夏担心赵青禾的那一瞬间，电话就响了起来。糟糕的感觉瞬间涌上心头，宋初夏几乎不用看就知道，肯定是赵青禾的来电。高中时候就是这样，每当自己脑海中有了"赵青禾怎么没出现"的想法，几乎是刹那间，他就会出现在自己的面前。

宋初夏看了看手机，十分无奈地接起来，因为她知道，面对赵青禾这个冤家，逃避是没有用的。

"青禾，我在菜市场呢，有什么事儿啊？"

"没啥，我听说你谈恋爱了？"

"干吗问这个问题啊？"

"你就说到底是不是吧？"

"嗯，昨晚的事儿，我晚点再跟你讲吧，先这样啊，我正忙着买菜呢。"

挂完电话后，宋初夏长长地舒了口气。来到技师学院后，她也明白了一件事，那就是越坦荡越轻松，很多事情，其实根本就没有自己想象得那么复杂，很多时候，并没有那么多过不去的坎儿。这一切的道理，宋初夏中学时代就从《读者文摘》上摘抄到了日记里，只不过，真正地悟到其中的道理却是在慕容枫这里。

几乎从一开始做笔友的时候，慕容枫便在信里向她坦白了一切想法，哪怕有些说出来会被人笑话，甚至是大逆不道。比如，想抢过食堂阿姨手里的勺子狠狠地给自己的餐盘里放满菜。

昨晚慕容枫跟自己坦白了和叶一茜合作的初衷，这让宋初夏相信他们之间并不会存在什么超越合作伙伴的关系。而慕容枫对于目标的追求却很值得宋初夏学习，他拎得清什么是比赛，什么是生活。她原本以为慕容枫会在自己面前修饰些什么，但是慕容枫并没有，他说出了自己这么多年来的想法——他想为父亲赢一次，他想证明自己可以。

昨晚的那场烟花让宋初夏彻底醒悟，美好一瞬即逝，为什么不抓住眼前，坦荡地爱一回呢？在赵青禾眼里，慕容枫就是不择手段的小人，但是在宋初夏这里，他却是燃烧着理想火焰的追梦少年。在选择答应慕容枫的那一刻，宋初夏便彻底放下了赵青禾这个思想包袱。所以，当赵青禾打电话来问的时候，宋初夏几乎没有犹豫便告诉他了。

学校花坛的花算是彻底被赵青禾糟蹋了，看着手里的菜刀，赵青禾苦笑着。看到不远处的长凳上坐着一位白发苍苍的老奶奶，赵青禾走过去坐了下来。

浓睡不消残酒，赵青禾抬头仰望路边的法桐，心里虽然失落，却也有了一份解脱。其实在上午的时候，几碗酒下肚让赵青禾的思维变得通透起来。朦朦胧胧中，他的脑海中不再是无数个宋初夏，而是昨夜熬夜看的赛车的影子。大醉后的赵青禾甚至灵魂出窍，他看到了自己站在领奖台上的样子，他看到了父母站在台下激动的眼神，他也看到了洗剪吹三人组还有室友们一如既往的支持。相比一直拒绝自己的宋初夏，赵青禾觉得，友情和事业似乎也

我，隔壁班的

让人觉得温暖，正如同方大师沉浸在自己小院的人间烟火气里一样。

想到这里，赵青禾笑了，他将手里的月季花送给了老奶奶，但是就在转身离开的时候，他还是忍不住流下了眼泪。

"反正我就是来陪宋初夏比赛的，这样也好，腾出点时间还能好好练车。"

在同学理发店，赵青禾一遍遍地说着自己的遭遇，可是没人在乎，涛尼直接走过来向他要菜刀的尾款还有回来时的打车费。

看着赵青禾怀疑的眼神，涛尼说："看我干吗，这把刀很难得的，你随便'咸鱼'上转手一卖就能挣不少，收藏起来也很有价值的。哎，要不然你送给美女蛇也行，对方不按套路出牌，你也试试看啊。"

"喂，我很伤心的好不好？有你们这么做兄弟的吗？太过分了。"赵青禾说完愤怒地起身离开了。

三人组表面漠不关心的样子，私下里却紧盯着赵青禾的一举一动。看到赵青禾走远，三人赶紧悄悄摸摸地跟了上去。

"涛尼哥，你这样能行吗，别出什么事儿，毕竟是他的初恋，他要是想不开有个三长两短，我回老家没法交代啊。"

"盖斌，你放心吧！就他这种情况，你越是安慰他越来劲，大家越是装作无所谓的样子，他发完牢骚回去睡一觉就没啥事儿了。"

"没错，我认可涛尼哥的说法，反正马上就要初赛了，到时候赢了就忘了这茬了。"

"喂，凯文，要是青禾输了呢？"

"输了就回去了呗，这事儿不就画上句号了吗？"

"也对。"

盖斌听完觉得颇有道理，看到赵青禾回到了宿舍，三人方才松了口气。涛尼倒是粗中有细，他一直等到赵青禾宿舍里的灯亮了才转身回去。

其实，严格意义上来讲，这已经不是赵青禾第一次失恋了。所以，当他回到宿舍的时候，他便忘了个大概。毕竟，他连宋初夏的手都没拉过，像这样无疾而终的所谓爱情，赵青禾已经遭遇过很多次了，暗恋是一个人的"兵荒马乱"，它刺激着赵青禾尚未成熟的心，让这个天才开启了奋斗模式。

时间很晚了，宋初夏才回到宿舍，她小心翼翼地将手机改为静音模式。为了避免收到往日赵青禾的电话"炸弹"，宋初夏甚至距离桌子很远，这也是当初宋初夏拉黑赵青禾的原因之一。你越是不理他，他越是信息、电话来个不停，让人烦不胜烦。但是，过了好一阵子，"炸弹"却没有到来。宋初夏一度以为手机信号出了问题，她走到桌前拿起手机，反复确认。在确认手机确实没有欠费停机后，宋初夏也蒙了。她本以为赵青禾在得知自己答应了慕容枫之后会发狂一般地找自己，但是事实并没有。

有些担心的宋初夏给盖斌发了消息询问，可是此时的盖斌早已在宿舍打起了呼噜。宋初夏坐在书桌面前，却怎么也安静不下来，她有些慌张地下楼，走到了赵青禾的宿舍楼下。看到赵青禾所在的房间依旧亮着灯，宋初夏心里的石头方才落了地。隔着窗纱看到赵青禾在屋里跳来跳去，宋初夏又气又笑。回去的路上，宋初夏又碎碎念了起来，为什么赵青禾没有给自己打电话或发信息呢？他竟然还在宿舍里蹦来蹦去，按理说他不可能高兴地起来啊？赵青禾的改变让宋初夏完全琢磨不透，此时的她心里有种说不出的感觉。

一把利刃斩情丝，一壶浊酒悟青春。此时的赵青禾正手拿菜刀在屋里发泄着自己心中的不满，而他发泄的方式就是跳着看书。没错，从来没有人知道赵青禾之所以自称天才的秘密。

因为父亲赵运驰喜欢开车，所以年轻那会儿赵运驰开车载着青禾妈四处兜风，连生产那天，二人都在去山顶野餐的盘山道上。当羊水破裂的时候，赵运驰完全蒙了。所以，赵青禾就这样意外地诞生在救护车上，他几乎从生下来就带有"运动基因"。小时候的赵青禾简直就是捣蛋鬼，让父母头疼不已，上学后，他也听不进去老师讲课。在赵青禾的凳子上，仿佛有着千万根针在扎他的屁股，让赵青禾无法专注地学习。这样糟糕的状态一直延续到了初中，赵青禾蠢蠢欲动地想跟父亲学漂移，但是赵运驰死活不肯，为了让赵

我，隔壁班的

青禾死心，赵运驰坦言如果赵青禾能够在自己回家之前做完作业，自己就兑现承诺。学车心切的赵青禾二话不说就从书包里掏出崭新的课本学了起来，就在这个时候，奇迹发生了。原本枯燥的、模糊的书本在移动的车里变得清晰起来，赵青禾全神贯注地看着书本让赵运驰误以为是在作秀，但是看着赵青禾快速地在习题本上做着作业，赵运驰便将车绕了一圈又一圈。毕竟，长这么大，赵运驰就没见过赵青禾这么专注过。当赵青禾完成作业的时候，他猛然发现，自己几乎完成了从前认为完不成的任务。也就是这个时候，赵青禾发现了自己的天才技能，那就是他根本无法安静地坐在那里完成学习，但是在移动的过程中，他的注意力却特别集中。所以，每每在课堂上都是赵青禾最痛苦的时候，但是一旦回到家里，他便在屋里又蹦又跳地放飞自我，这就是赵青禾的秘密。为了保守自己的这个秘密，赵青禾索性在上课的时候睡觉，等到下课后自己便偷偷来到屋顶恶补。所以当慕容枫在赵青禾面前操作了一把自己的漂移技巧之后，赵青禾几乎完美复刻了，而且还将自己的体重也算了进去，这也是让慕容枫对赵青禾肃然起敬的原因。慕容枫开得越快，赵青禾的注意力便越集中，慕容枫的每一个操作在赵青禾的眼里便成了慢动作，所以超越慕容枫在赵青禾看来只是时间的问题。包括宋初夏在内的所有人看到的是不疯魔不成活的赵青禾，但只有赵青禾自己知道，那才是真正的自己。

回到宿舍后的宋初夏心绪难平，不知为何，此时她心里想的全都是那个令人讨厌的赵青禾。

从中学开始，赵青禾就想尽一切办法引起宋初夏的注意，无一例外地得到的全是厌恶。幸福果真就像猫的尾巴，当你费尽全力去追的时候，你会发现总也追不上；而当你放弃的时候，它就紧紧地跟在身后了。赵青禾费尽全力几乎做到了少年能做的一切，但是他成功引起了宋初夏的惦念却是在放弃的时候。

伴随着工作人员在赛场上重新画线，离初赛只差3天了。每个人都是抱着玩玩的心态来的，只不过在技师学院待了一周后，所有人都有了留下来的理由。

宋初夏想留下来多和慕容枫一起了解这座城市，赵青禾想留下来证明自己真的是天才，叶一茜想留下来招兵买马完成自己的商业版图。而这一切，都将在3天后的初赛里见分晓。

几日没有赵青禾的消息，远在东北宿舍的三个兄弟十分痛苦，就如同一辆赛车被卸掉了一个车轮。前几天的赵青禾还一条接一条发着朋友圈，里面的内容都让室友羡慕不已，但是眼下已经三天没有了赵青禾的消息，还有一天初赛就要开始了，众人纷纷猜测：陈浩杰认为肯定是谈恋爱进入了火热期；李传航则认为有可能是进入了白热化状态，毕竟以赵青禾的性格，去了那边没准喜新厌旧了，他和叶一茜游泳比赛的视频就是最有力的证据；但是老练的孙钦龙认为赵青禾并不是那种感情用事的人，而且这几天他看到赵青禾登录游戏，而且名次飞涨，这让孙钦龙断定，赵青禾肯定没有荒废时间，同时酝酿着大招，一个让孙钦龙琢磨不透的大招。

孙钦龙还是了解赵青禾的，此刻的赵青禾确实没有感情用事，而是打印了慕容枫的头像贴在沙包上，在那里痛打慕容枫。看到孙钦龙拨过来的视频，赵青禾赶紧切换回浪子模式，将早都准备好的蜡烛、红酒、饮料还有水果零食一一摆在桌子上。

当赵青禾接通电话的时候，室友们都惊呆了。

"龙哥、传航、浩杰，想死你们了！怎么了，大半夜的，我正忙着呢，找我什么事儿？"

陈浩杰一度以为自己喝醉了，使劲揉了揉眼睛，而李传航则以为是微信更新了版本，伸手去戳孙钦龙的手机以验证眼前的光头不是滤镜特效。

"青禾，你这是用了什么特效啊，你头发呢？"孙钦龙问道。

"瞧你们一个个没见过世面的样子，我刮了，练车不方便，有风阻。"看到室友们一惊一乍的样子，赵青禾心中窃喜，虽然有些粗暴，但是至少也让哥几个刮目相看了。

"不是，你开的又不是敞篷车，哪来的风阻？"孙钦龙较真地问道。

"看来你们是没有关注我最近的朋友圈动态啊。还记得我上次发群里的比赛视频吗？就是和我比赛的那哥们，想抢我女朋友，还断发明志，我一气之下就剃了光头。这视频在网上挺火的啊，你们没刷到？"

"还真没有。青禾，大半夜的，你怎么满头大汗啊，你干吗呢？"赵青禾的精心布置终于没能瞒过嗅觉灵敏的陈浩杰。

"没有，你别瞎说，我正好好学习呢！"

"拉倒吧，搞得大学两年你学过似的！再说了，真学习能学成这样？"

"我给你们看看我最近做的笔记。"赵青禾说完将镜头对准了自己的书桌，打开日记本，当然，醉翁之意怎么会在笔记本呢？

桌子上琳琅满目的零食让李传航开了眼，他忙凑过去问："青禾，可以啊，都开始吃牛肉干了啊，看来体力消耗不少啊！哈哈哈，你这大半夜的注意身体啊。"

"别贫了，赶紧说吧，找我什么事儿？等会儿，好像有人敲门了，经常有人来给我送吃的，没办法，人长得帅。"

赵青禾以为是盖斌来找自己，所以穿着拖鞋煞有其事地切换成前置摄像头故意躲开床，可是当他打开门的时候，却赫然发现宋初夏拿了一个饭盒站在了门口。

"哎哟，我……"

"龙哥，快快，截图保存。"

未等室友说完，赵青禾赶紧挂断了视频，他惊呆了。宋初夏明明听到了室友说赵青禾屋里有人，而赵青禾的布置也确实让宋初夏相信，这个屋子里刚才一定发生过什么。

看着衣架上挂的豹纹睡衣，赵青禾尴尬地解释着："初夏，你怎么也不打个招呼，这男生宿舍你也不能随便来啊。哦，这个睡衣是涛尼给我推荐的，他说穿着凉快，对，凉快……"

宋初夏将手里的饭盒放到桌子上，看着桌子上的零食和啤酒，宋初夏四处看了看。

"初夏，里面没人，我跟室友开玩笑呢，我正学习呢。"

在确认屋里真的没人后，宋初夏怀疑地看着赵青禾说："你这几天怎么了，感觉你有点不正常。"

"啊？我这几天在家做功课啊！你大半夜闯进我这里，就是为了说我不正常？"

"没事儿了，我想说，那个，我和慕容枫的事儿……"

"哦，对了。"赵青禾说完便从抽屉里取出了那把菜刀递了过去，"去逛夜市的时候发现的，觉得挺好看，顺手就给你买了！或许你能用得上，我试过了，蛮快的！"

"逛夜市？和谁逛夜市？"宋初夏嘟囔着接过，只看一眼便知道这绝对不是夜市能买到的货色，有分量而且淬火工艺相当精湛。当然，想知道真相并不难，只需要给盖斌发个消息就好。看着赵青禾完全没有半点忧伤的样子，而且有了自己的生活情调，宋初夏也不知道说什么好了。

"那个，我今天买了些螃蟹，路过就顺便给你带几个。"

"嗯，后天就比赛了，你准备得怎么样了？"

"还行吧，初赛应该没问题。你呢？"

"我最近在看资料做笔记呢，这个不好说，毕竟是全国的大赛。"

看着眼前谦虚的赵青禾还有书桌下的一大堆书，宋初夏几乎要抓狂，这根本就不是她认识的赵青禾。如果是赵青禾，他应该说："我肯定要拿第一的，毕竟我是天才！"可是刚才赵青禾竟然摆出了一副谦逊的样子。

看到室友轮番给自己打电话，赵青禾不得已将手机调成了飞行模式。

空气突然安静了下来，宋初夏想说些什么但是又觉得气氛怪怪的，因为她根本不敢相信眼前的这个男孩竟然是赵青禾。

电话响起，宋初夏按下了免提，因为是盖斌打过来的。

"初夏，青禾的手机怎么关机了，你和他在一起吗？我有事儿找他！"

"在呢，你直接打他电话就好。"

宋初夏挂掉电话，赵青禾叹了口气不得已又将手机调回正常模式，在室友和盖斌的努力下，宋初夏期待的电话"炸弹"如期而至，叮叮当当的未接来电显示弹个不停。宋初夏瞬间感觉像是被人施了魔法一般，自己的待遇和赵青禾竟然有些反转了。

"青禾，你室友给我打电话，说你屋里有女孩，什么情况啊？我怎么没听你说过啊！"

"初夏过来给我送螃蟹呢！"

"哦，那就没事儿了。你室友发来了初夏的截图，把我吓了一跳，你没事儿就好！"

电话挂断，宋初夏无奈地转身便走了。此刻只有大写的两个字才能形容宋初夏的心情：无语。

"莫名其妙。这刀，谢谢了！"

看着宋初夏送来的螃蟹，赵青禾不知道为何心里暗爽。因为他分明感受到了那种被在乎的感觉，这填补了赵青禾原本空虚的内心。

"送刀是什么意思，难道是想跟我一刀两断？"看着楼上赵青禾在屋里手舞足蹈，生气的宋初夏拿着刀对着路边的竹子挥了过去。

方大师的刀并不是浪得虚名，宋初夏只是轻轻一挥，火腿肠般粗细的竹子应声折断，这简直吓坏了宋初夏。看到附近没有保安，宋初夏赶紧小跑着回了宿舍。

灯光下，宋初夏关上门来拿着放大镜仔细地查看着手里的刀。从设计到做工，简直是极品的存在，从锻造工艺和淬火水平来看，绝无仅有。宋初夏从头上拽下两根头发放到了刀上，没想到竟然触之即断。工欲善其事，必先利其器。有了眼前这把刀，宋初夏信心十足。

很快，涛尼便收到了赵青禾的刀钱，900块，算是巨资了。换作平时，赵青禾肯定不会要的,只不过涛尼说的确实没错,方大师的刀转手在"咸鱼"上都能翻两番。就在宋初夏没来之前,赵青禾还一度想把刀在网上卖了,但是看到宋初夏送来的螃蟹,赵青禾的心又动摇了,本来就打算送给她的,不能一时赌气就做了贪财的小人。既然都送吃的过来了,那就吃完再说。

人间烟火气,最抚凡人心。看似稀松平常的螃蟹,没想到质量一流。和平日里吃的不同,螃蟹的肉非常紧实而且蟹黄更是香到让人流口水。一时慷慨一时爽,只是这费用却只能变卖家产偿还了。赵青禾打开自己的游戏账号,将自己珍藏版的道具忍痛割爱卖了出去。

刚才赵青禾的欲擒故纵成功让他在室友们的心中地位拔高了不止100米。连陈浩杰也自愧不如。几日不见,赵青禾已然完成了室友眼中的人生大逆袭,一跃成为让室友羡慕的王者,真正的天才。

欲承王冠,必受其重。在室友面前风光无限的赵青禾,此刻心里却有着比当年高考更大的压力和痛苦。虽然自己心里十分不情愿,但是赵青禾还是拨通了慕容枫的电话。

而让所有人都惊诧的是,御姐范十足的叶一茜却也有着不为人知的火热的一面。眼看着快要比赛了,慕容枫硬着头皮找到了叶一茜,毕竟,自己总不能用学校的教练车参加比赛。参赛总要有自己的赛车,不然毫无胜算可言,而叶一茜则早有准备。叶海峰预订的两台赛车刚刚被运到港口码头,自己正准备去提车。

当慕容枫按照叶一茜的指示,骑着摩托车一起奔驰在海滨集装箱码头的时候,叶一茜却拍了拍慕容枫的肩膀。

"怎么了,走错地方了吗?"慕容枫戛然而止,摘下头盔看向后座的叶一茜。

叶一茜下车走到前面说:"你下车,我来骑一会儿。"

"行吗?这个车自重大,操控起来可能会差点。"

"这里面车少,你放心吧!"

看到叶一茜有些瘦弱的身板,慕容枫心里多少有些打鼓。但是他执拗不过眼前的这个千金大小姐，只得坐到了后座上，紧紧地攥住了车的后座。

行家一出手，就知有没有。看到叶一茜熟练的轰着油门，大有特技老师傅的本色。伴随着离合被松开，摩托车如离弦之箭冲了出去。哪怕慕容枫已经有所准备，但是依旧让他出乎预料。叶一茜可以称得上狂野骑士，她左闪右转，完全不怕车摔倒在地上，每一次的压弯几乎都是极限，这让一向沉稳的慕容枫方寸大乱，惊出了一身冷汗。

"一茜，开慢点！开慢点！"

慕容枫的大喊并没有起到作用，反而让叶一茜更加兴奋了起来。她索性站了起来朝着海里冲去。

"不要啊！一茜！"

要不是摩托车车速太快，慕容枫都想跳车保命。眼看着摩托车要高速冲进了海里，慕容枫只好听天由命，做好了落水的准备。

"抓紧！"

叶一茜大喊的同时，踩下了刹车，摩托车一个漂亮的侧漂在距离岸边3米的地方，划出一个完美的弧线，停在那里。眼下完美的操作让慕容枫恍如隔世，这难道不是动作片里的龙虎武师才能做到的吗？眼前这个叫叶一茜的美女蛇到底是什么来路？怎么什么都会？

没错，叶一茜确实爱好广泛，虽然称不上是天才，但是相比同龄人来讲，那就是个多面手。当所有同学埋头于国内方程式、微积分的时候，叶一茜早已在加拿大利用自己的业余时间修习了自己喜欢的项目，皮划艇、橄榄球、蹦极、游泳、摩托车统统玩了个遍，这也是她能够做到临危不乱的底气所在。

惊魂既定，叶一茜潇洒地下车摘下头盔，一脸坏笑。慕容枫有些生气地看了看右手边不远处的码头，哆哆嗦嗦地下了车。

"喂，十几米高，落下去会死人的，神经病吧你！"

"哟，怎么还急眼了呢，这就怕了。不得不说，这车被你磨合得蛮不错的，开起来很顺手。哎，来人了。"

叶一茜之所以在码头里横冲直撞，就是因为她的微信已经拉黑了叶海峰。叶海峰说已经打好招呼了，自己来提车就好。但是叶一茜并没有收到联系人的电话，叶一茜明白，这是叶海峰故意让自己问他，他便会借着推荐微信名片的名义让叶一茜把微信再加回来。可是叶一茜却偏偏不这么做，她选择了哪吒闹海。这样一来，叶海峰安排好的人就会过来找自己。在码头闹事是要被罚款的。

一队人马冲了过来，将二人押到了保安室，先是开了巨额罚单，然后才被带着去提货区取车。看到集装箱里开出的两辆跑车，慕容枫膝盖一软，简直想跪在地上，开上这样的车是一般人无法到达的高度。

两辆定制款赛车有着精美的涂装，一辆是炫酷的黑红色，一辆则是少女粉。而两辆改装后的赛车也早已办理了手续，上了车牌。

"上去试试？"

"算了，回去再说吧！"

"怕什么！"

叶一茜说着便上了车轰了轰油门，而此时的慕容枫却担心地看向岸边，生怕叶一茜再次逞能。但是，叶一茜却将车开到了慕容枫的身边笑着说："别愣着了，上来啊！"

慕容枫忐忑地坐在了车上，紧张地盯着叶一茜的一举一动。

保安队队长走过来声色俱厉地说："先说好了，试车归试车，不准横冲直撞。出了安全事故，我们负担不起！"

"放心吧！"

叶一茜直接一脚油门冲出去，然后来了个小龙摆尾。未等慕容枫反应过来，叶一茜便又冲了回来，在众人面前来了一个360度原地漂移。精湛的车技让保安队长大开眼界，他忍不住想鼓掌，却又硬生生地放了下去。

果然，涛尼的判断是对的。眼前的这个漂亮女人真的不简单，烹饪、理发甚至是漂移，不知道她到底有多少技能。此时在慕容枫眼里，叶一茜"美女蛇"的称谓实至名归。

"你怎么也爱这个？女孩很少玩车的。"

"汽油的味道和香水一样，很迷人。"

叶一茜的回答让慕容枫心生佩服，虽然叶一茜的漂移手法有些生涩，但是一个女孩，能够驾驭得了汽车漂移这种技能，不是自己学学就会的。这需要花费巨资找专业老师和专业场地，长期训练才能达到眼下这种水平。而慕容枫当年之所以下定决心来到技师学院，就是因为在这里有足够多的训练机会。慕容枫并不是没有往上考学升本读研的能力，而是慕容枫清晰地认识到，想要走上自己钟爱的赛车事业，没有大量的财力作为后盾，几乎连门槛都摸不到。所以，自己在技师学院的这几年，他几乎将教练车用到了极致。因为做的动作难度大，所以车辆在极限使用的情况下自然就会出各种问题，慕容枫自然要负责修理好。所以仅仅两年的时间，慕容枫不但练就了一身漂移的本事，还在修车方面成为众多学员中的佼佼者。

可以说，就在今晚，慕容枫有生以来第一次感受到了什么叫差距。条条大路通罗马，而有的人出生在罗马。而此时的叶一茜也着实让慕容枫刮目相看，并不是所有的富二代都像网上说的那样嚣张跋扈。叶一茜的努力与优秀，是同龄人应该学习的。此时的叶一茜在慕容枫眼里已经从一个纨绔二代转变为涛尼口中的"美女蛇"。既然是"美女蛇"，自然也充满着该死的诱惑。此时的海风吹过了叶一茜的头发，竟然让人觉得有一股难以抵挡的魅力。毕竟，机车漂移这种极限运动，算是男士专属了，慕容枫很少见到像叶一茜这样集美丽与野性于一身的女孩。

"喂，愣着干吗？你去试试你那辆！"

"哦……"

慕容枫努力调整着自己的情绪，尝试着不让叶一茜看出自己没见世面的样子。看到保安大哥用质疑的眼神看着自己，慕容枫心里明白，要是不在众人面前露两手，估计会被看扁。但是叶一茜已经将规格定得很高了，甩尾漂和原地漂，这两项都极具代表性，自己该如何超越对方呢？看着远方的减速带，慕容枫心里有了一个大胆的想法。

此时的叶一茜也想看看，慕容枫到底能够做出什么样的动作来应对自己。看到保安大哥偷偷用手机假装若无其事地拍着，叶一茜也拿起了手机。

慕容枫启动汽车，那种发动机的轰鸣声让人兴奋。他很快就将车朝着集装箱附近的减速带开去，眼看着慕容枫要撞上集装箱，保安大哥急得大喊了出来。

"哎，小伙子，别撞上了啊！"

没错，慕容枫确实打算撞集装箱，只不过是轻微的触碰。车驶过减速带的时候，慕容枫并没有减速，而是靠着减速带弹起的动势将车贴着集装箱驶去。慕容枫很快调整姿态，众目睽睽之下，车身侧起，他仅靠两个轮子就驾驶着车子朝前驶去。

优秀的平衡能力让叶一茜啧啧称叹。漂移是粗暴的平衡，但是慕容枫做的却是极致的协调，是人车合一的完美状态。

转弯处，慕容枫利用惯性将车放下，原地360度漂移后，一个加速朝着众人驶来。叶一茜站在路中间，丝毫没有退缩的意思，倒是保安队队长吓得赶紧躲在了集装箱后。慕容枫紧张地盯着站在路中间的叶一茜，快到跟前的时候慕容枫猛地踩刹车一个侧漂将车横在了叶一茜面前。慕容枫的漂移让叶一茜十分震惊，不是叶一茜胆识过人，而是她被冲过来的汽车吓坏了，完全没法移动了。在慕容枫这里，叶一茜也见识到了什么叫艺高人胆大。

虽然定制的赛车晚到了几天，但是叶一茜有足够的信心，给慕容枫一天的时间磨合就足够了，初赛根本不会涌现出太多的天才级选手。毕竟，赛车是项有门槛的运动。

叶一茜签完字后，将慕容枫的摩托车钥匙递给了保安大哥。二人开着车在前面，保安大哥骑着摩托跟在了后面，三人一起回到了技师学院。

慕容枫做梦都没有想到，自己人生中的第一辆赛车竟然这么突然地来到了自己面前。按照自己的计划，技师学院毕业后，攒钱开一家汽修店，5年之内应该能够买一辆像样的赛车。叶一茜的出现，将他的人生计划提前了不止5年。

当赵青禾的电话打来的时候，慕容枫正在学校的车棚下仔细地欣赏着赛车。资本的力量让慕容枫褪去了之前的自卑，他大方地接起了赵青禾的电话。

"青禾，找我什么事？"

听着慕容枫老友般温和的语气，赵青禾简直不敢相信，慕容枫竟然对自己有了称呼，而且还不是直呼全名。

"青禾，听得到我说话吗？"

"喂，我找慕容枫。"

"我就是，怎么了，青禾？"

"慕容枫，我拜托你正常点好不好！你在哪？我想找你聊聊！"

小吃街的烧烤摊上，老板拿着一把羊肉串放到了小桌上，赵青禾也拿起了酒瓶给慕容枫倒了一杯啤酒。此刻的二人仿佛不再是剑拔弩张的对手，而像是老友一般坐在了那里。几天的时间，彼此的气场好像都变了。赵青禾变得沉稳了，他开始将更多的心思用到了比赛上。慕容枫变得自信而温和了，他拥有了宋初夏和新的人生。

别说慕容枫，赵青禾也很难相信，二人能够平心静气地坐在一起吃烧烤。

"我听初夏说，你跟她表白了？"

"嗯！我中学时代就已经跟她表白过了。"

"如果我没记错的话，应该是表白了两次，还约定了一起读同一所大学对吧？"

听赵青禾说完，慕容枫吃惊地看着他说："当年我俩之间的信，你全都偷看了？"

"嗨，话别这么说嘛！我就是好奇而已！再说了，当初我也是为了宋初夏的学习好，你这属于搞破坏！"

"要是这么说的话，搞破坏的好像不止我一个人吧！"

慕容枫说完不屑地拿起烤串自顾自吃了起来，因为经常在这里送外卖，所以老板专门多送了几串过来。看到赵青禾欲言又止，慕容枫也不着急，边吃边等。

"你准备得怎么样了？"

"还行吧！比赛实力是一回事儿，信心也很重要。你呢？"

"我肯定比你差点，毕竟大学这两年我都没怎么摸过车。"

"赵青禾，你没事儿吧？"看到天才在自己面前谦虚了起来，慕容枫浑身发毛，一时间，嘴里的烤串都不香了。

"没事儿，我能有什么事儿？"赵青禾说完拿起一瓶酒猛地灌了下去，此刻的他缺乏勇气。毕竟，宋初夏选择了慕容枫而不是自己。

慕容枫看了看手表，时间已经很晚了，小吃街也没什么人了，烤串店的老板又免费送了几串蔬菜过来。

赵青禾又开了一瓶啤酒一饮而尽，看着眼前的慕容枫，赵青禾缓缓地说："以后，对初夏好点！"

没错，赵青禾找慕容枫就是为了说这句话。吃螃蟹的时候赵青禾开始意识到，其实有时候做朋友也挺好的，不用提心吊胆，不用胡思乱想。当你把希望值调低，用朋友的身份去看待当年这份情愫的时候，一切好像自然了许多。或许，眼下的自己并没有调整好，或许自己真的还没准备好做宋初夏的男朋友。

赵青禾说完便抓起桌子上的烤串起身走了，留下了一脸迷茫的慕容枫。

慕容枫也仿佛意识到了些什么，他站起来朝着赵青禾大喊："喂，不是说好了是你请客吗？"

赵青禾头也不回地举起手摇了摇说："我请客，你掏钱！"

赵青禾果然还是那个"青青河边草"，看着隔壁班倔强的少年，慕容枫的嘴角也露出开心的笑容，他终于可以心平气和地同眼前的这个旧友真真正正地比一场了。

我，隔壁班的

第十一章　双向奔赴的高手对决

极速车手的美食漂移

正所谓杯酒泯恩仇，从相互看不惯到彼此认可，赵青禾的成长让盖斌都觉得不可思议。在涛尼和凯文看来，赵青禾简直就是孙悟空。倒不是因为他多么强悍，而是太善变了。在大家看来，赵青禾的每一刻仿佛都是崭新的。

而比赛前的这天，坤雄也终于带着赵青禾来到了自己俱乐部的车库。伴随着灯光一排排打开，赵青禾明白了坤雄说过的话："车手，车手，只需要车和手。"

在坤雄的上下两层车库里，停满了几十辆顶级的赛车。赵青禾高兴地跳到了坤雄的背上，像个猴子般大喊大叫。

"雄哥，这都是你的车啊？！"

"喂，冷静点！这些车都是我代为保管的！平时很多发烧友都没时间开，放我这里，我就时不时地开出去给轰一轰油门。"

"哦，那哪辆是你的？"

"你最近开的那辆就是我的，这些都是别人的。"

"雄哥，你这不是逗我呢吗？都是别人的你带我来看个什么劲？"

"看一看过过眼瘾啊！喜欢哪辆告诉我，赢了的话我们可以买下来。"看到赵青禾瞬间泄了气，坤雄笑着点燃了一支烟。

"算了吧！买赛车可不是买玩具，没那么容易的。不过你那辆车也挺好，比赛用足够了。"

"我怎么能让天才的首秀用我的车呢？选一辆吧！虽然都是别人的，但是我都可以用的，这也是我让他们免费存在这里的条件。"

赵青禾激动地指着坤雄，不知道说什么好。他兴奋地跑来跑去，从一楼到二楼，挨个看着车库里的每一辆赛车。

作为自己的赛场首秀，爱出风头的赵青禾自然要选一辆拉风的赛车。可是每一辆车在赵青禾看来都很优秀。换言之，就是每一辆都差不多。如何凸显自己的个性，脱颖而出，这让赵青禾费了脑筋。站在二楼高处，赵青禾放眼望去，一辆浑身粉色的小车引起了赵青禾的注意。一个大胆的想法瞬间在赵青禾的脑海中闪现，他快速下楼朝着小粉车走去。

"喂，天才，你该不会是想用那辆粉红豹吧？"

看着赵青禾站在粉车面前看来看去，坤雄也有些意外。毕竟，放眼望去，充满肌肉感的、炫酷涂装的专业赛车比比皆是，一个大老爷们选一辆粉红色的赛车，这让直男坤雄有些接受不了，毕竟，赵青禾代表的是自己车队的颜面。

"不行，不行！你一个大小伙子，就应该选点炫酷的！你这样上场会被嫌弃的！"

看着坤雄直摇头，赵青禾却更加坚定了自己的想法。

"雄哥，我要的就是曝光效果。你想想，连你都忍受不了，别人更是忍受不了，我要的就是大家的关注。你放心吧！过了初赛，我就不用这辆车了，我先试试效果。你知道的，初赛我肯定没问题的。"

"你呀你！你就丑人多作怪吧！"

玩漂移的一路人马中，男士居多，女赛车手在这个行业里很少有。但是，只要有女赛车手，那各方面的实力都不能小觑，坤雄之所以默认了赵青禾的想法也正因如此。虽然这是一辆装饰亮眼的粉红豹，但是从各方面的性能来讲，几乎是整个车库里顶级的存在。或许，一个光头帅哥开着一辆粉红豹的出场方式更适合赵青禾，也确实是不容忽略的绝对话题。有人关注，自然就有合作方找上门来，只要赵青禾成绩能够保持前列，那就充满着无限可能。

竞速漂移赛的规则很简单，用时最短的人将会获胜。因为赛道的特殊设计，直道很短，选手根本不可能靠加速减速来完成，只有用极速漂移才有取胜的可能。赛事分为小组淘汰赛制，一组5人，晋级后再随机5人一组继续比赛，直到初赛选手全部比完，选出小组赛的前12名作为复赛人选。

发令枪响起，摄影师还有讲解员激动地观看着赛场上的一举一动。慕容枫的表现十分出色，这片赛道对他来说简直太熟悉不过了，他又一次完美复刻了自己之前的手法，只不过，这次他已经将车调校到了最佳的状态。发动机的轰鸣让慕容枫以绝对的优势超出了对手，轮胎所摩擦出的阵阵白烟也让众多记者见识到了这位种子选手。

慕容枫知道，依照赵青禾的性格，他定会在赛场上哗众取宠，在宋初夏面前，慕容枫自然不甘示弱。从前天晚上喝酒他便知道，虽然赵青禾并不是自己的对手，但是一个冷静的赵青禾却足以让自己敬畏。他不但要赢得比赛，更是要彻底赢得宋初夏的心。初赛胜出已经毫无悬念，慕容枫额外要做到的是吸引大家的眼球。当然，在赛场上慕容枫不可能侧身而行，那样的话未免太过张扬。唯一稳妥靠谱的办法，就只能在终点线做文章了。慕容枫尽可能地节省时间，在即将冲到终点的那一刻，他选择侧身漂移，让整个车侧身划过了终点线。漂移越过终点线，这对于每个选手来说都不是难事，所以，在车划过终点线后，慕容枫锁住前轮，让车在原地360度转了一圈。

这着实需要技术，要知道车侧漂之后动力大大减弱，如果让车继续原地旋转，那么就需要侧漂时的力量足够大，同时还要在侧漂结束前迅速操控汽车提供后续的动力。但是很明显，慕容枫的操作没有用第二种方式，而是用足够大的侧漂力量让汽车在发动机熄火后完成了两次漂移。

慕容枫的获胜毫无疑问点燃了观众席的热情，沉稳老练的技法让众人为之折服。

初赛选手良莠不齐，有的纯粹贵在参与，但也不乏优秀的选手。有了慕容枫的精彩亮相，很多选手也想在终点处来一个初赛首秀，但是更多的则是偷鸡不成蚀把米，有的选手原本是本小组的领先者，但是到最后漂移的时候没有把握好尺度，直接将车横在了终点线，没有过线就不能算成绩，当再回一把轮的时候已经遗憾出局了。当然，这还算体面的，更有选手技术不过关，直接侧翻，连人带车滚出了赛场，出风头果然是大家共同的爱好，但遗憾的是并不是每个人都具备这个实力。

没等到赵青禾出场，慕容枫知道赵青禾胜出是没有悬念的事情，看到没有什么可以值得学习的对手，慕容枫便站起身打算走，可是强有力的赛车轰鸣却又将他吸引了回来。虽然很多小组的车技都很拉垮，但是眼前的这一组却让所有人刮目相看。这随机抽到的一组5人中，个个都是一顶一的高手，不相上下。

精湛的车技让慕容枫真正感受到了技能大赛该有的魅力，看着大家你追我赶，到最后的时候所有人都不敢相信，5辆车竟然同时越过了终点线。当裁判员将过线视频在大屏幕上重新回放的时候，观众席沸腾了，因为逐帧的画面中，5辆车的确是同一时间过线。别说是比赛，就是专门挑选5辆车来完成这一操作都很困难，何况这是不同选手驾驶的不同汽车。

既然是淘汰赛，自然不可能都晋级，裁判们商量过后，决定专门为这一组选手再加一场。车辆重新回到了起跑线上，伴随着发令枪响。5辆车几乎同一时间冲了出去，眼前的这场小组赛堪称巅峰对决，精湛的车技一看就是来自专业的团队。慕容枫想，若是自己抽在了这组，有可能一场就被刷下去了。所以，有时候运气也很重要。

没有华丽的炫技，更没有多余的路线动作，一切都是以最快冲到终点为标准。众人你追我赶，只要能够出线，便能在第一时间淘汰掉剩余4名有实力的选手。但是，奇迹再次发生了，5名选手再次同时出线。

外行看热闹，内行看门道，慕容枫敏锐地觉察到，哪怕是更换了赛道，每个人也能极为准确地按照既定的最优路线行进。所以在操作技巧和赛车性能都相差不大的时候，就会出现这样的局面。而第三轮加时赛开始前，慕容枫便已经提前预知了结果。最后的获胜者只能是油耗最大的那辆车，因为两轮比赛下来，每辆车的油箱消耗各有不同，这就导致了油耗大的车自重会相对下降。别小看这微弱的下降，这将会给后面的比赛带来绝对性的胜利，就好比那晚慕容枫坐在副驾驶改变了车辆的重心让赵青禾得以一展车技是一个道理。

虽然每个赛道都有着不同的弯道，但是专业的选手早已精准无误地知道了在哪里加速，在哪里转弯。所以在实力相当的情况下，变量只能是车本身的性能或者是车手的失误。果然，这些猜测都在第三轮应验了。首先是因为在上两轮漂移的过程中，轮胎过度磨损，导致了每辆车的车况有了很大的差别，个别车手在转弯时因为车辆控制而出现了操作失误，两辆车陆续出现了冲出跑道的事故，所幸有惊无险。剩余三辆车虽然保持着前进的态势，但是有一辆车还是按照原先的时间点转弯，这导致了车辆在漂移的时候明显较之前多漂出了很多，等车手回轮跟上的时候，速度明显慢了下来，被甩到了后面。车在连续漂移之后，轮胎不但抓地力减弱，而且还会因为轮胎变热而打滑。所以在漂移的后期，原本设计的漂移点就得提前。车辆滑动的距离会增大，要在漂移过后迅速提速，只能根据经验不断进行调整。

只剩下两辆车了，眼看着两辆车就要并排冲到终点，其中一辆却选择了和慕容枫一样，在终点来了个小龙摆尾。这一招很高明，因为一旦将车横过来，就会有绝对的胜出优势。这也超出了慕容枫的预料。如此一来，自己看好的那辆车的重量优势将不复存在。此车手果然不是个简单角色，不但做到了知己知彼，而且一招化解了对方的优势。

后车很明显地没有在第一时间觉察到这一危险举动，如果不随之一起漂移过线，那么后车就只能踩下刹车，否则就会直接撞上前车而败北。于是在终点线还有不到5米的距离，两辆车一前一后将车头调转了90度，几乎同时侧面漂移过了终点。

主动漂移的选手直接下车，一副胜利者的姿态摘下了头盔，他占尽了优势，似乎会独自赢得比赛。大屏幕上回放着刚才的录像，奇迹的一幕出现了，慕容枫的判断终究是对的，虽然前车因为提前漂移取得了先机，但是因为对方车身自重低，被迫漂移的时候完全出乎预料，所以在最终冲刺的那几米，后车急速的刹车让车尾有了极强的加速度。当录像慢放的时候，大家发现后车虽然被前车挡住，但是后车的后车轮却在同一时间与前车一起过线。也就是说，后车因祸得福，用车屁股又一次共同赢得了比赛，神级反转让观众再一次沸腾。

面对只有在决赛才能出现的神仙打架，裁判员走到评委席议论了一阵子。最终，裁判员走到了车前敲了敲车门，沟通了一会儿后，车内的选手方才决定走出来。而众人也期待着这位最具戏剧性的种子选手，所有摄影机对准了车门。当车门被推开，选手下车摘下头盔的时候，让众人目瞪口呆的是，获胜者竟然是赵青禾。原本大家认为这个粉红豹上坐着的应该是位妙龄少女，但是，他分明就是光头赵青禾。强烈的反差让众多媒体记者纷纷将镜头对准了眼前这个选手，赵青禾的迷之自信也彻底点燃了观众的热情，而裁判拉着二人的手宣布：两位选手同时晋级。

看到自己的光头大脸被投放在大屏幕上，赵青禾便知道，自己的策略是对的。只不过，因为手气太差，这一次的恶作剧差点遭遇滑铁卢。为了这场首秀，他早就安排好三人组拿着手机对准了自己。你可以想象，在5位选手中有一辆扎眼的粉红色赛车一直名列前茅，而且这辆车的涂装简直要比叶一茜的精致太多。粉红豹本身就令人浮想联翩，当那个熟悉的光头走下来的时候，仿佛晋级是实至名归。

赵青禾知道自己玩砸了,所以他迟迟不敢下车。当时的他脑子想的都是回去后怎么和大家交代,但是当裁判说他赢了的时候,他才同意下车。赵青禾以一己之力几乎淘汰掉了4位实力强大的选手。他打死都没有想到,为何自己遇到的都是实力这么强的选手,毕竟,这只是初赛。

看到大荧幕上赵青禾没心没肺地笑着,坐在角落里的坤雄方才擦了擦脸上的汗站起身来。这确实是一步很险的棋,不得不说,赵青禾的应变能力远比坤雄想象的差太多,也正是赵青禾慢的那半拍才让他的车屁股触线。不过幸运的是,赵青禾并没有在初选赛就和慕容枫抽到一个组,否则两个人谁输谁赢可就说不准了。但不幸的是,另一名获胜选手来者不善,因为从漂移手法上来看,坤雄几乎可以判定,那是"搞事辉"阿搞的手下。

"搞事辉"原名房文辉,同自己一样也是专业搞车队比赛的,只不过"搞事辉"喜欢搞事情,三百六十行,什么赚钱做什么,所以这些年投资了房地产之后,赚了不少钱。而不为人知的是,坤雄之所以隐退,其实除了身体原因之外,还隐藏着更大的秘密。

本地赛车爱好者众多,坤雄算是老派势力,"搞事辉"是后起之秀。所以,大家会轮流坐庄,在岛城最具代表性的龙翔路举办赛车活动。一三五坤雄坐庄比漂移,二四六阿搞组织比摩托车。后来,坤雄和阿搞因一次争执,二人选择一赛较高下,而正是那场私下里的二人比赛,彻底改变了坤雄以后的人生。坤雄自那晚以后便淡出了龙翔路那个圈子,为此,坤雄一度沉迷于电竞游戏,也就有了后来的"偷心海盗"。"搞事辉"来势汹汹,这说明了阿搞也和自己一样,有着类似的计划。所以,在赵青禾看来,自己的对手是慕容枫,但是在坤雄看来,阿搞团队将会是慕容枫和赵青禾需要共同面对的强敌。

看着大荧幕上选手的名字"简森",坤雄便知道此人并不简单。眼下各方实力旗鼓相当,是时候认真对待了。

12强选手胜出的时候,赵青禾算是扬眉吐气了一把。他把提前录制好的视频剪辑好发给了辅导员及室友们。粉红豹的这次险胜出乎所有人的预料，等待慕容枫和赵青禾的是难度更高的山地赛。场地赛主办方出于安全考虑，筛选掉一些技能一般的选手，将赛场搬到了海边的山路上。这将极大考验选手的应变能力，而这也恰恰是慕容枫这两年来坚持送外卖所锻炼出来的无人能敌的长处。第二轮比赛定在3天后。慕容枫天天骑车行于市井小道，阿搞团队的简森几乎每天都在龙翔路跑山。坤雄愁眉不展，他开始琢磨几天后赵青禾该如何零经验超越其他同样优秀的车手。

比赛一结束，赵青禾便带着洗剪吹三人组来到了烹饪大赛的比赛现场。叶一茜和宋初夏的对决也在如火如荼地进行着。

不同于赛车只需要速度一个维度参考，烹饪专业包含了各种技艺，需要考察的因素自然多元。而选拔赛也是从基本功开始，逐项进行。烹饪在技师学院是与汽修专业并排的第一大专业，所以报名人数众多。

在正式比赛之前，作为热身运动的第一关，考察的是刀工。

在巨大仓库改成的烹饪教室里，桌子上摆好了统一配备的厨具，所以赵青禾花巨资为宋初夏打造的宝刀并未派上用场。比赛开始之前，谁都不知道刀工考察的是什么。当仓库大门打开，一辆卡车从外面开了进来，卸下一车洋葱。第一关的考题就是将洋葱切成大小相同的碎丁，而标准则是1厘米×1厘米，类似于计算机键盘上的按键大小，第一时间切满而且满足条件的方才算晋级。因为标准统一，所以裁判随时检查完成的选手，完成要求的前30名选手算是顺利晋级。

切洋葱看似简单，实则暗藏玄机，因为洋葱一层包一层，所以如何用刀工准确掌握每一层的大小，不是简单的技术问题，还暗藏了数学计算。将洋葱一剖为二，你会从截面发现，最外层的洋葱弧度最大，往内依次递减，所以一刀竖直下去，你会发现最上面一层的洋葱丁会远大于内层。所以，在切的时候不仅要设计好下刀的角度，更为重要的是每个洋葱都不一样，这就需要厨师本身有着相当扎实的功底，才能在手握洋葱的第一时间准确判断出洋葱的内部纹理结构。当刀切开的时候，下刀的角度自然就有了。除了洋葱特殊的纹理结构，还有就是洋葱呛人的味道，有经验的厨师会用刀蘸水，否则会流眼泪。考验厨师刀工的菜品有很多，但是洋葱是最快淘汰掉选手的完美选择。这就像《卖油翁》里讲的：我亦无他，惟手熟尔。

既然是匠心杯技能大赛，自然要选出千锤百炼的匠人，是骡子是马，拉出来遛遛。看似简单的筛选，实则已经将很多小白排除在外了。

哨声响起，每个人拿起自己身边的筐去自选洋葱，每一个细节都显示出了考官们的精心设计。成熟的选手不但会挑选个头合适的洋葱，而且还知道整体需要多少，也就是说，并不是越多越好、越大越好。

很快整个车间里便充满着"咔嚓咔嚓"的切菜声，有的选手从一开始便慢吞吞的，有的选手因为着急将手指切破了。医护人员将选手请出场外包扎的时候，就代表着这位选手的比赛结束了。没多会儿，很多选手开始咳嗽，被洋葱呛得泪流满面，根本无法继续下去，有的索性放下了刀放弃比赛含泪走了出去。

这样的活儿当然难不住叶一茜，因为洋葱是西餐中不可或缺的原料，而西餐中对于洋葱的运用也是丰富多元的，所以叶一茜对这项考察游刃有余。

作为初夏餐馆的得力助手，切洋葱这种事情对于宋初夏来说同样很轻松。烤鱼是到初夏餐馆的食客点的比较多的菜品，作为垫底的洋葱基本都由宋初夏来完成。作为打底的菜品，对于洋葱的形状其实并没有要求，只要切开即可，但是面对着一筐又一筐的洋葱，简单枯燥的活计总得被宋初夏玩出花样来。宋初夏也不知道切了多少洋葱才产生了无与伦比的手感，一颗洋葱，从上手一掂到用力一捏，宋初夏几乎都能够猜出洋葱有多少层。一刀剖开过后，宋初夏几乎凭借手感就能够切出大小一样的洋葱丁来。凭借切洋葱的强大优势，宋初夏几乎是以最快时间选完回到工位上的那个人，在她看来，一盆洋葱丁需要多少洋葱，她心里清楚得很，自然能换算出斤两来。

比赛进行到一半时间，有的人还在为洋葱丁大小不一而头疼不已的时候，宋初夏已经完成了任务，按下了操作台上的亮灯按钮，时间也显示在了巨大的电子荧幕上。48号选手宋初夏：5分53秒。当然，宋初夏并不会像赵青禾那样爱出风头，只不过她的速度确实很快。评委走上前来拿着尺子检查切过的洋葱，和叶一茜对宋初夏的第一印象一样，评委简直不敢相信眼前这个女生竟有着如此扎实的功底。没办法，谁又能相信宋初夏从小学二年级开始择菜，三年级开始就用刀切菜了呢？当然，更没有人相信，这个女孩抓周抓的就是这个行当。按照赵青禾的口吻来说：宋初夏天生是吃这碗饭的。

当评委按下同意晋级的按钮后，所有人几乎才刚过一半。赵青禾的激动完全不输给任何一个人，看到宋初夏开心激动的样子，叶一茜不屑地笑了。只是个初出茅庐的小孩子而已，才刚过了初赛就兴奋成这样。

宋初夏本来就是抱着学习的心态参赛的，压根就对比赛最终的输赢不抱什么期望，能够得到专业评委的赞扬，自然高兴不已。叶一茜却志在必得。

在速度上，叶一茜早已经领略了宋初夏的扎实基本功，看到宋初夏完美晋级，叶一茜索性摘下扎头发的纱巾，将眼睛蒙了起来，因为刀蘸水耽误了她太多的时间。蒙眼切菜，并不是叶一茜哗众取宠，她平日里就是这么训练自己的。当你闭上眼睛，用心感受，那么身体的感官就会被充分地调动起来。叶一茜闭眼做过很多菜品，这是她针对自己的成长做出的高水平要求。当叶一茜蒙起眼睛的那一刻，镜头很快就瞄准了她。光是看着切丁就已经不容易了，眼下这个选手闭眼切洋葱，会是在作秀吗？面对众人的质疑，叶一茜深吸一口气，熟练地将洋葱剖开切割，然后再装盆。全部动作如行云流水一般，一气呵成。看不到别人的手忙脚乱，叶一茜的内心反而平静了下来。此刻的她心无旁骛地操纵着手里的刀，很快将洋葱切完。

别人看到的是叶一茜的艺高人胆大，而慕容枫看到的却是绝对的自信，那种对于身体的控制能力和对物品位置的绝对掌控。那一瞬间让慕容枫肃然起敬，仿佛此刻整个赛场只有叶一茜一个人在那里专注工作，身边的其他选手都只是陪衬，而她终将走到最后拿到桂冠。叶一茜像一头狼，她不急不躁，知道自己要的是什么。

不断有人举手示意，评委一一走过去检查，有的勉强过关，有的为了追求速度，质量上一塌糊涂被迫出局。

叶一茜的刀法却不疾不徐，很快，叶一茜便举起了手。当然，质量是毫无疑问的，除了比宋初夏稍微慢些之外，叶一茜的箩筐里只剩下七八个洋葱了。这也暴露出叶一茜的短板，那就是做饭只追求质量，从不考虑原材料的多少问题。而初夏餐馆则是能省就省，每一笔钱都要用在刀刃上。

一场热身赛下来，场地里只剩下了30名选手。大家紧张地看着评委，等待着即将宣布的第二轮考验。

如果说刀工检验的是选手本身的硬件实力，那么第二轮理论上来讲应该考察选手本身的软件实力了。评委从后厨推出了一锅汤，这锅汤是用了20种原料熬制而成，每个选手品尝过后，必须说出10种以上的原料方能晋级。可以少说，但是不允许说错。

当评委宣布规则后，众人啧啧称叹。刀功是一个厨师的基本功，刀工熟练后才能接触到做菜这个概念，而做菜最基本的就是从熬汤开始。没有复杂花哨的技法，只是简单的两项操作基本就把烹饪的精髓囊括了。作为厨师，精准控制身体制作出合格的菜品只是第一步，菜品最终的味道呈现才是烹饪的意义所在。而对味道的掌控一定不是死记硬背菜单原料配比，高手之间的对决往往都是厘毫之间见功夫。如果一个厨师味觉不敏感，那自然也就失去了晋级的资格。所以，通过成品猜出原材料，这才是对选手味蕾和大脑的顶级考验。

答题时间是10分钟，除了面前的一碗汤，每个人喝完后可以到前面再盛。宋初夏仔细地看了下眼前的这碗汤，通过肉眼便能看得出至少3种原料，而通过闻也能猜得出两三种原料，剩下的就只能靠品尝了。

宋初夏慢慢地用汤匙喝了一口，汤的味道出奇得好，各种味道调和得恰到好处，可以算是酸辣汤的升级版，但是在此基础上又融合了南北地方特色，还加入了评委自己的想法。这一关的难度在于不能出错，按照评委的话来说就是，你如果连糖和盐都分不清，那自然不能胜任顶级菜品的制作。

叶一茜只是尝了一小口便知道了其中的玄机所在。评委很容易就给了大家五六项选择，稍微有点实力的就能猜出个七八项来，但是问题就在于评委设置了烟幕弹，那就是胡椒粉。大家都知道胡辣汤里的辣味来自胡椒粉，但是黑胡椒和白胡椒有所不同。从本质上来说，二者是同一种植物的果实，只不过黑胡椒是未成熟状态的果实，而白胡椒则是完全成熟后的果实。直接写胡椒粉，则会避免失误。越容易的题目越是考验一个人的智慧和定力，这就好比一位顶级大师拿一碗清水放在那里，很多紧张的选手估计都能尝出不同的调料味来。有时候，比赛不仅考验选手的直觉，更是考验一个优秀的厨师对权威的质疑能力。毕竟，创新往往都是从年轻人不怎么听话开始的。

胡辣汤，宋初夏简直想笑，她太了解了，不知道做过多少次。这也是父亲宋浦生教她做的第一道菜，而这道菜也第一次让宋初夏明白了，在阴冷潮湿的冬天，什么是温暖，什么是爱，什么是味道！宋初夏一上来就让众评委大跌眼镜，别的选手都在那一勺一勺地品尝，宋初夏二话不说，一饮而尽后拿着碗来到前面又盛了一碗。正当大家觉得这个瘦弱的女生要端着碗走的时候，宋初夏直接站在原地仰头"咕咚咕咚"又喝了一碗。三碗下肚后，宋初夏方才打着饱嗝回到座位上。你想，5分钟内连干三碗胡辣汤，不知道的还以为这是景阳冈的酒。

大家哈哈大笑，评委的眼中却露出了欣赏的神色。但是镜头给到叶一茜的时候，众人却疑惑不已。和宋初夏完全不同，叶一茜只是端起那碗汤闻了几下便很快在答题板上写下了10种答案，毕竟60分万岁，多1分浪费，写多了反而有被踢出局的危险。

评委们纷纷议论了起来，不品尝就写出答案，这会不会太自负了些？上一局叶一茜的蒙眼操作已经惊呆众人，眼下更是让评委们不得不认真审视眼前这个不一样的选手。

我，隔壁班的 ··· 221

而宋初夏一直都是贵在参与的心态，看着时间还剩一分钟，她方才心满意足地写下最后一种原料后合上了答题板。

最后结果揭晓的时候，几乎所有选手都选择了保守的答题技巧，但也有一些剑走偏锋的选手弄巧成拙。而也有一部分人为了晋级，并没有写到底是黑胡椒还是白胡椒。

当答题板挨个出现在大荧幕上的时候，评委们现场做了点评。当宋初夏翻开自己的题板时，大家都惊呆了——宋初夏写了足足有16种原材料，光凭数量稳居榜首。

当评委在宋初夏的答案上一个个打钩的时候，现场沸腾了。而面对宋初夏最后写下的答案，评委饶有兴致地问了一句，因为宋初夏一开始写的是白胡椒，但是后来又涂抹改成了黑胡椒。

"为什么改掉了呢？万一你答对了呢？"

"我确定，不会错的。"

"哦，为什么？"

宋初夏指了指脑门说："刚才我喝了三碗，虽然胃里暖暖的，但是脑门上并没有冒太多的汗，这说明里面的就是黑胡椒。白胡椒驱寒效果要比黑胡椒好，所以大部分的汤底都用白胡椒，但是这锅汤和我之前做的不一样，所以我确定用了黑胡椒。"

"为什么写那么多种？你明明可以写10种稳妥晋级的。"

"我觉得是匠心杯，就尽心尽力去做，自己尽力了，哪怕错了也无所谓。"

评委认真地看着宋初夏，在这最后一个答案上打了钩。宋初夏全部都答对了！可以说，宋初夏成为全场最耀眼的存在。

宋初夏说得没错，她真的就是尽心尽力，贵在参与。叶一茜却显然不是如此，她走的每一步都是精心设计，不会多走半步所以不曾出错。

当评委来到叶一茜面前时，显然，叶一茜的答案全都是正确的，但是看着动都没动的汤，评委问道："你真的是靠嗅觉就闻出了这10种原料？"

"是的。"

"为什么不尝一下呢？你知道这样做会很冒险，而且我看你还写了黑胡椒，这可是道送命题。"

"我之所以能够对这碗汤印象深刻，是因为之前有人一直给我做，这碗汤让我回忆起了寒冷还有离别，这种又酸又辣的味道，我特别讨厌！所以，我拒绝品尝并不是对评委的不尊重，还请原谅！"

相比宋初夏的16种答案，在评委的眼里，叶一茜却更胜一筹。因为一个有着丰富生活阅历的人才能做出常人所不能理解的菜品，就是一道汤里也蕴含着故事。

当然，既然是高手云集的技能大赛，自然会有真正的高手出现。一位其貌不扬甚至有些不修边幅的选手亮出自己的答题板后，众人震惊了，那人竟然写了20道原料。赵青禾第一时间就有了惺惺相惜的感觉，如果这位选手不是疯了，那一定和自己一样，是个天才。赵青禾看了看选手的名字：黄巨翔。

在评委看来，这几乎是不可能完成的任务。因为有一些食材加入的量很少，很难通过味觉准确辨别出来，除非拿到实验室做化验，否则不太可能全部猜中。黄巨翔面前的那碗汤几乎没有被动过，所以在宣布答案之前，评委强烈要求回放录像，而黄巨翔的答题方法也十分具有戏剧性。

全景画面中，黄巨翔端起汤闻了一下便放下了，他只是用手指头蘸了蘸舔了舔，就一口气写出了15种原料，这让在场的3位评委都一度认为泄题了。黄巨翔再用手指头蘸着仔细尝了尝，又写出3种。最后2种黄巨翔实在没办法辨别出，方才不情愿地拿起勺子喝了一大口。他稍微品味了一下便将所有的食材都写了出来。那会儿所有的镜头都被叶一茜和宋初夏抢了过去，没人注意这个其貌不扬的选手。黄巨翔和涛尼一样，有着万年留级生的气质，不同的是，涛尼已经在叶一茜的改造下对接时尚前沿，而黄巨翔的外貌则像是某个大文豪，年纪轻轻就留着胡楂，迷茫颓废的眼神和这个朝气蓬勃的年纪极为不搭。如果换上马褂长衫，很多人都会以为这是走错片场的特型演员。

黄巨翔所列举的20种原料分别为芹菜、香菇、金针菇、香菜、木耳、白萝卜、冬笋、胡萝卜、青椒、黄瓜、西红柿、鸡蛋、豆腐、干黄花菜、紫菜、猪肉、猪血、黑胡椒、虾米、孜然。

黄巨翔的答案全对！评委没有在第一时间公布结果，反而从场外很快进来两个安保人员，拿着各种仪器在黄巨翔身上反复检查。直到确认黄巨翔身上没有带任何电子设备之后，评委们方才松了口气。但是主评委却有些不愿意了，他不愿相信自己精心设计的汤羹轻而易举地就被眼前这个小伙子全部识破。所以，主评委强烈提议，为了公平公正，再临时为黄巨翔熬一锅汤以证清白。熬汤需要时间，其他评委表示不同意，主评委却说自己10分钟就能完成。

当主评委端着一碗黑乎乎的汤羹出来的时候，大家才明白，这哪是汤，这分明就是调味碟。

看着眼前这碗黑乎乎的"汤药"，黄巨翔十分为难。不过，既然主评委都端上来质疑自己了，那证明给他看看也无妨。黄巨翔用手指伸进碗里，当他提起来的时候，汤如油漆一般沾在了自己的手上，十分恶心。两鬓银发的主评委正为自己的杰作暗自得意。

看到众多摄影机围了上来，黄巨翔不得不把手指放到了嘴里，这一举动甚至让摄影师看着都有点犯恶心。黄巨翔面露痛苦的表情，一股辛酸甜辣的奇怪味道让他直流泪。黄巨翔连着打了几个喷嚏，赶紧走到水龙头边上喝了几口水，漱了好长时间的口。所有人都相信，如果有牙膏牙刷的话，黄巨翔一定会在那里对着镜头认真刷个牙。

黄巨翔叹了口气闭上眼睛，仔细回味着汤里的成分，一个个写了下来。伴随着镜头的特写，众人看到了这碗汤的答案：咖喱、孜然、肉桂、藏红花、生姜汁、蚝油、虾酱、豆腐乳、花生酱、芝麻油、蜂蜜、芥末、茴香、醪糟、牛肉粉、酱油、醋，最后，黄巨翔抬头盯着主评委琢磨了一会儿，写下了洗手液。

当黄巨翔写完洗手液的时候，主评委几乎被雷击一般坐在了地上。这简直不可能！世界上怎么会有如此强大的味觉？这该是一种什么样的味蕾！黄巨翔这种天才级的存在深深地震撼了主评委。

主评委将话筒放到了嘴边："我宣布，选手黄巨翔所写配方，全部正确！"

看到主评委的眼神，黄巨翔感受到主评委有一种巴不得把他拉到实验室做解剖的恐惧。经过这一轮的筛选，30人的队伍变成了22人。

终于到了初赛的第三个环节，这才真正到选手们施展厨艺做菜的时候。跟随着大荧幕上的短片，大家看到了评委身后的一个巨大菜品仓库，宽敞的冷气仓库里，摆满了几乎能够想象到的所有果蔬，而中间的调味品货架上则摆满了几乎全部能够想象到的各色调味料。犹如篮球场般的储物间让众人看傻了眼，在宋初夏看来，这简直堪称蔬菜博物馆，顶级食材更是触手可及。而见多识广的叶一茜并没有像其他选手一样觉得多么惊艳，正一集团旗下的五星级酒店就配有类似的全智能仓库，虽然没有篮球场那么大，但是和这个相比也差不太多。

令所有人惊讶的是，伴随着主评委打开摆在桌面上的篮子，大家惊讶地发现，篮子里装满了鸡蛋。要知道，能用鸡蛋做出的菜品数不胜数，所以鸡蛋是给参赛选手施展厨艺的考题食材。虽然身后就是篮球场大小的蔬菜博物馆，但是这次的主角却是鸡蛋。评委宣布，每位选手都要用一个鸡蛋做一道菜，需要的菜品及佐料包括工具都按需自取。评委特别强调，主题只能是鸡蛋，而且只能用一个鸡蛋。因为评委有3人，所以每个人要做3份同样水平的菜品。

其实从前两轮的设计来看，叶一茜便已经猜到了第三轮的主题。同别的大赛追求华丽的菜品及选手的阵容不同，这次大赛的主评委尽可能地遵循了用最简单的形式来筛选真正最具潜力的选手。而之前叶一茜费尽心思在教室做那一个鸡蛋，估计就是猜到了这有可能会是大赛的选题之一。因此，在叶一茜看来，这道题很大程度上也是送命题。越是简单的食材越不容易做出新意，特别是很多新手在面对眼花缭乱的菜品时，光是在菜品选择和设计这一关便让很多人耗费掉大半时间了。所以，蔬菜博物馆只是个障眼法，一旦进入便迅速拿走自己想要的，不宜久留。

评委走到一边，身后的仓库大门打开，一个庞大的蔬菜储藏室展现在了众人面前。伴随着主评委的哨声，大荧幕上的一小时倒计时也同时开始。看到众人为了赶时间一窝蜂地冲进了储藏室，叶一茜和宋初夏则站在了原地。

在宋初夏很小的时候，父亲宋浦生便训练她"命题作文"。有时候宋浦生会给宋初夏钱，要求她在规定时间内完成菜品购买任务。宋初夏第一次走进菜市场，她总是觉得好的在后面，可等她一直走到最后发现也没有多好，再次回头的时候好的菜品早已被别人抢先一步买走了，时间就在犹豫中过去了。之所以会对不同的菜品有着这山望着那山高的想法，本质上是对各种品类的蔬菜缺乏了解，当你熟知每一种蔬菜的最佳标准的时候，你只需要按照自己的标准去选择就好了，再多的摊位也不会对你产生迷惑。所以，宋初夏的难题不在于选择菜品而是设计。而简单的三道题也彰显了主评委深厚的功底，第一道题是人生没有捷径，只有扎实的基本功；第二道题则是做任何事情之前要懂得目标导向，为结果负责；第三道题则是你该如何面对未来的可能性，在琳琅满目的菜品中不迷失自我，坚持自己的初心，这是人生哲学命题。而叶一茜之所以没有行动并不是自己没有想好，而是她想看看宋初夏有什么想法再做行动。

宋初夏闭着眼睛在那琢磨了一会儿，基本想好了自己的菜品。在宋初夏看来，匠心杯技能大赛高手如云，自己的所有技法都来自小镇餐馆，很有可能初赛就出局，首秀即终点。所以，宋初夏自被叶一茜做的鸡蛋震撼到开始，她便研究了关于鸡蛋的多种高级做法。在闭眼思考的几分钟里，宋初夏将自己笔记本上所有的记录重新回忆了一遍，确认无误后方才坚定地朝着仓库走去。

紧跟其后的叶一茜也想好了制作方法，毕竟她遍访全球各地的米其林餐厅，对于鸡蛋的做法随便复刻一道都可顺利过关。叶一茜看到宋初夏拿了珍珠蚌、鱼胶、模具等东西时有点摸不着头脑。当看到宋初夏伸手去搬一条60多斤的龙趸鱼（人工养殖，非野生）的时候，叶一茜脑海中还琢磨着一些可能和鸡蛋相关的菜谱。但是当宋初夏拿了一瓶茅台之后，叶一茜彻底蒙了。此刻的她根本不知道眼前的这个女生到底要做什么，至少，叶一茜可以肯定的是，宋初夏所选取的食材压根无法和鸡蛋联系在一起。时间紧急，叶一茜也顾不上那么多了，宋初夏不管做什么，菜谱都不会和自己的撞车了。

和众选手不同，别人都是拎着篮子出来的，只有宋初夏是用一个大的推车来回搬运了两趟，光是60多斤的龙趸鱼就推出来三条，而叶一茜的篮子里的食材则少得可怜。不知道的还以为宋初夏要把食材免费搬回家去。还有很多选手挑花了眼，都不知道自己到底能做什么。

宋初夏大张旗鼓地搬运成功地吸引了众多评委的关注，没人知道眼前的这么多食材和鸡蛋有什么关系。

宋初夏先是将整只鸡放入砂锅中炖，将鱼胶放到砂锅里加入姜片熬，然后开始取出珍珠蚌中的珍珠，研磨成粉末之后用筛子筛出细细的珍珠粉。因为龙趸鱼实在是太重了，宋初夏十分费力地将龙趸鱼放到桌子上，开始大刀阔斧地在那"咣咣"砍。龙趸鱼的肉质一般，大多数取其皮，宋初夏却在众目睽睽之下将鱼皮鱼肉剔除，全部弃之不用（并未浪费扔掉），反而拿着一条鱼骨开心到不行。时间很快过半，眼前的鸡蛋宋初夏压根就没动过。叶一茜根本猜不透宋初夏这是要做什么，但她很快将专注力重新放回到自己的菜品上来。

如果说宋初夏是在众多食材中做加法，叶一茜则是在做减法，她更关注鸡蛋本身。叶一茜要做的菜是米其林三星大厨的一道招牌菜：冰与火之蛋。将柠檬皮放到开水中去除苦涩味，擦干水分后切成碎末，将碎末加入酸奶中搅拌后送到冰箱冷藏备用。叶一茜煮了一锅开水备用，然后用开蛋器小心地将鸡蛋从顶部打开保留蛋壳的完整性，将蛋液倒出后将蛋壳里的白膜撕掉。叶一茜只将蛋黄重新放了回去，撒上一些盐和胡椒粉，再切一些韭菜末放进去。叶一茜拿着温度计测量了一下水温，当水温达到80度后便关火，并将鸡蛋放到了锅里。3分钟后，叶一茜准时取出鸡蛋，放入冷冻好的奶油填补剩余的一半空间，然后均匀地撒上鱼子酱，最后放上罗勒碎和少许韭菜碎，一颗鸡蛋就完成了。她又从冰箱中取出冰块铺在盘中，将鸡蛋摆上，再撒上酒精，点燃，冰与火之蛋便完成了。

这次，叶一茜是第一个完成菜品的选手，而且从造型到摆盘，菜品只有一颗在烈火与冰块上的鸡蛋，可以说，十分贴合主题。

叶一茜按下计时器的时候，时间已经过去了35分钟。当叶一茜端着3份菜品走向评委席的时候，大荧幕上出现了无与伦比的作品效果。

评委们拿起勺子品尝了一口，那种冰火碰撞的感觉瞬间占领了整个大脑。叶一茜之所以选择这样的菜品，是因为她知道，谁第一个将菜品放到评委们面前，谁最占便宜。毕竟，当你的舌头尝试过菜品后，后面上来的菜品会不自觉地与之作比较，这就很难再做出公正客观的评价了。

三位评委尝完后稍作讨论，主评委说出了自己的评价："冰与火之蛋，一口便能体验到冰火两重天，酸甜苦辣咸，冰凉丝滑的奶油，温热绵密的蛋黄冷热交替，中间的鱼子在咀嚼的时候迸发出美妙的口感，还有柠檬、蜂蜜、罗勒、胡椒的酸甜苦辣，全部融合到了一起，是一道符合主题的菜品。我们给出的分数是80分。"

待到评委讲评完，有几个做西红柿炒蛋、蛋炒饭的同学直接扔掉了围裙选择了放弃。相比之下，这种家常便饭不可能获胜。

叶一茜对于晋级毫无悬念，因为她端着菜品走到评委席的时候，她便用余光扫视了一圈，除了宋初夏还是不知做什么之外，其他选手的菜品基本上都没有超出叶一茜的期待。所以，叶一茜在顺利晋级后第一时间便转头看向了宋初夏，此时的宋初夏依旧做着没人能够看明白的菜。

宋初夏用斩骨刀和锤子小心地将三条龙趸鱼的鱼骨关节处劈开，便得到了形似果冻的龙髓。当宋初夏用勺子将龙髓挖出放在碗里的那一刹那，叶一茜和评委们都明白了宋初夏的匠心。宋初夏将熬好的鱼胶过滤只取浓汤，然后放入珍珠粉，加入鸡汁浓汤，再放入姜汁去腥，两勺茅台酒增香，将汤汁倒入模具中放入冰箱冷藏。众多选手已经陆续将菜品端了上来，而成绩也是高低不一，叶一茜则一直稳居榜首。倒计时五分钟的时候，场内只剩下宋初夏一个人，她将鸡蛋打到盘里，取出蛋黄，留下蛋清铺满盘底后，倒入蝶豆花泡制的蓝色温水上色，放入锅中蒸熟后取出，再次在盘子的边缘放入没有染色的蛋清再上锅蒸熟。眼看还有一分钟，宋初夏方才将冰箱里的菜品取出，一颗珠子放到了盘子的中央。当宋初夏将菜品端到评委们面前的时候，时间刚刚好，一秒不剩。

这让所有选手都捏了一把汗，忙活了这么久，要是因为超时而失败实在太可惜了，这是所有人都不愿看到的。

评委眼前的这道菜品十分惊艳！淡蓝色的盘面上躺着一颗白色的珠子，而盘子边缘的白色蛋清恰似海浪。

"品尝之前你先讲一下你这道菜的名字吧！"

宋初夏擦了擦额头的汗水，长舒一口气，她也是第一次做这道菜，不过成品她很满意。

"这道菜的名字叫'沧海遗珠'，在《东海志》中有一则民间传说，取百斤以上龙趸的髓，再取东海鲛人的泪，就可制成一颗堪比仙丹的沧海遗珠。古代神话里的鲛人一般指的是人身鱼尾的神兽，传说鲛人流下的眼泪落入海底就会化成珍珠，所以我选择了将珍珠研磨成粉，用鱼胶固定成型，就完成了这道'沧海遗珠'。"

宋初夏的讲解让眼前的这道菜有了穿越千年的浪漫，场上掌声雷动。评委们则纷纷品尝起来。

"'锦瑟无端五十弦，一弦一柱思华年。庄生晓梦迷蝴蝶，望帝春心托杜鹃。沧海月明珠有泪，蓝田日暖玉生烟。此情可待成追忆，只是当时已惘然。'这道菜让我突然想起了李商隐的《锦瑟》，大海里明月的影子像是眼泪化成的珍珠，只有在彼时彼地的蓝田才能生成犹如生烟似的良玉。寻沧海遗珠，只为红颜一笑，有龙趸鱼之精髓与鲛人千年之泪，虽然取走了蛋黄，但是鸡汁与打底的蓝色'大海'互为呼应，不浮夸，不做作，具备了东方式的浪漫。这是今天最精彩的作品！"

三位评委相互讨论后，一致给出了最高分90分。同红烧小Q一样，宋初夏出道即巅峰，首秀一战封神，问鼎榜首。

哪怕赵青禾像是人猿泰山一般呼天喊地，也被淹没在了众人的欢呼声中。一道"沧海遗珠"将宋初夏送上了当天的热搜榜，力压粉红豹赵青禾，成为技能大赛最具关注度的选手。虽然叶一茜并未将宋初夏放在眼里，但是宋初夏的临危不乱和杰出的想象力让叶一茜再次刮目相看。虽然叶一茜心里有些不服气，但是"沧海遗珠"实至名归。相比之下，自己的菜品只是取了西方的形式主义，从内容上来讲逊色太多。一个小餐馆老板的女儿能够在这么短的时间内构思完成如此复杂的一道菜，没有相当的功底是不可能做出的，宋初夏的身世背景再一次引起了叶一茜的极大好奇。

黄巨翔是天赋型选手，此类人在某一方面天赋异禀的同时，大概率会有做菜方面的短板，但糙汉子的黄巨翔不一样，他还能做出鸡蛋花篮。将鸡蛋煮熟后剥壳，用吸管将蛋清插出花篮的形状，然后将青豆、蟹肉等放入蛋黄中打碎，再装回蛋清中，再将蒜薹焯水后切段当作花篮的提手，再放上萝卜苗加以点缀，看起来像一个个花篮一样，既可爱又美味。你很难想象如此精致可爱极具少女感的菜品竟会出自这个不修边幅的选手身上，天生味觉天赋与强烈的反差感也让黄巨翔晋升为人气选手。但是，真正让大家注意到他的是，黄巨翔每赢一次比赛，必哭一次。按照他自己的说法，并不是自己心理脆弱，而是他需要定期排出体内的盐分。

其他选手也有善用高级食材制作的菜品，比如鱼子酱蒸蛋。将三颗鸡蛋分别放入量杯中，算出鸡蛋的体积。鸡蛋羹最重要的是蛋与水1∶2的比例，用量杯是为了精确，将法国鹅肝用鲜牛奶浸泡后切成粒，用橄榄油稍微煎一下，鱼子酱用红酒去掉腥味，向鸡蛋液里按比例加水，煎好的鹅肝、一半的鱼子酱及盐等配料装入蛋壳内蒸熟，出锅后再放入另一半的鱼子酱点缀。

根据比分排名，前15名胜出的还有金钱蛋、红烧虎皮蛋、青椒炒荷包蛋、鲜菇鸡蛋煲、黄金鸡蛋肉卷、赛螃蟹、完美同心圆荷包蛋等。初赛下来，30人的队伍变成了15人，而下一轮的比赛也将会在3天后进行。

赵青禾激动地在场外准备好了绿茶饮料等待着宋初夏的出场，却发现慕容枫快自己一步站在了宋初夏面前。看到宋初夏接过慕容枫手里的矿泉水，赵青禾假装若无其事地拧开绿茶转身走了。

坐在台阶上的赵青禾拿着手机，正在犹豫到底要不要给宋初夏发信息祝贺，想来想去还是放弃了。叶一茜若无其事地走到他身边坐下，毫不客气地将赵青禾手中的饮料拿过来就喝。

"哎……你这人……算了，喝吧喝吧……"

叶一茜一饮而尽，心情大好，她笑着说："知道牛郎与织女的故事吗？"

"想说什么直接说就好，别阴阳怪气的！"

"你觉得辛苦一年跑来找织女鹊桥相会，本该是两厢情愿，但是你知不知道，天上一日，地上一年。在牛郎看来，自己想念了织女一年才等到了今天，而在织女看来，却是每天都在见牛郎。"

"所以呢？"

"所以，爱情本身就是不平等的。不要以为自己苦苦等待一年，别人就可以和你共情，仅此而已。谢谢你的饮料！"

叶一茜拍了拍赵青禾的肩膀转身便走了，而眼前的这一切都被宋初夏看在了眼里。男孩的心思你别猜，因为那一把刀，宋初夏开始琢磨起赵青禾的心思，她想知道，此刻的赵青禾葫芦里到底卖的什么药。

看着赵青禾落寞的背影，叶一茜隐约记得赵青禾说过的那句话："宋初夏就像是白米饭，你不觉得她哪里好，但好像又谁都替代不了。"看到眼前这个不按套路出牌的对手，叶一茜决定调查一下这碗"白米饭"的来历。

第十二章　用魔法打败魔法

那个驭风的少年

虽然在比赛前涛尼就在网上一炮而红，但是技能大赛不允许用刀枪剑戟去理发，所以在面对众多高手的比赛上，那些先进的设计和前卫的造型显得尤为重要。但是有时候如果过于先进和前卫，那恐怕就不是技能大赛而是行为艺术作品展了。

涛尼大胆前卫地设计了地中海造型，在众人看来，剃掉一头秀发，专门修成秃头，然后留下两条横跨左右，这换作谁都很难理解，但是涛尼将这个设计起名为：驭风者。在涛尼看来，这个年纪的男性基本上都是事业有成，但是由于连年劳累工作而导致的脱发成为一大困扰。之所以大家对这种发型不理解，那是因为没有人将它当作发型。涛尼在积累了一定的经验下，完美定义了"驭风者"发型的业内标准。如果说"驭风者"让人难以理解的话，那用发胶将披肩发全部竖起在头上就更是惊人了。这个设计名为"擎天者"，就是字面意思，一柱擎天。第三个发型则是将头发一分为二，按照男左女右的设计，左边是板寸，右边则是大波浪，这种有阴阳调和之美的发型被命名为"穿越者"。在涛尼看来，宇宙即我心，而掌控心的核心在于大脑，左右大脑的距离便是时空穿梭的距离，所以"穿越者"体现的是头发之外的内核：大脑中的思想。

如果说"擎天者"是为了彰显天之美，那么"驭风者"则体现了地之美，"穿越者"则是一体两面的人之美。天、地、人三者达成了完美的辩证统一。听着涛尼慷慨激昂的演讲，众人都激动万分，这大概就是形而上学的思想之美。但是，技能大赛不是演讲大赛，涛尼在第一时间便被请出了赛场。如果他能完成初赛基本的要求，那么涛尼晋级肯定是没有悬念的，但是涛尼固执己见，在他看来，选手们热烈的掌声就已经足够了。涛尼的无心之举一下子让他成为网络上的"美发教父"，众多年轻人对涛尼一本正经的胡说八道追捧不已。一时间，网络上竞相模仿，诸如"牛吃草"这种作品层出不穷。同学理发店成了技师学院一道靓丽的风景线，打卡必去之地。因为路人频频合影实在是太影响生意，涛尼只好明码标价：合影，10元。

涛尼的出局让原本信心满满的盖斌和凯文灰心不已，盖斌甚至觉得涛尼压根就没打算正经去参赛，而是故意去做了一场秀。伴随着密集消息提示音，盖斌打开手机，看到了赵青禾发来的消息，赵青禾说要请客，盖斌期待已久。毕竟作为摄影组的三人也没少下功夫，赵青禾剪辑出来的作品堪称动作大片。特别是闪展腾挪后，最后的摘帽子特写很亮眼。正当三人组起身打算开溜的时候，盖斌又收到了"美女蛇"叶一茜发来请客的信息，这简直让盖斌不敢相信。盖斌几乎都没有思考，瞬间就放了赵青禾鸽子。照涛尼的话来说，毕竟兄弟那么多年了，感情在那，吃不吃无所谓，但是人家"美女蛇"第一次发出邀请，不去不合适。

可是涛尼的话很快就被打脸，叶一茜很快补了一条信息：只你一个人来。

看到叶一茜发来的高级西餐厅的地址，盖斌惊喜过望，二人烛光晚餐的画面跃然脑海。至于涛尼，自然改道去了赵青禾那里。照他的话来说，毕竟兄弟一场，不能因为一个女人就放弃了自己的道义。

在一座大厦的顶楼，盖斌见到了身着晚礼服的叶一茜，瞬间有一种落入偶像剧里约会的错觉。如果不是叶一茜请客，自己恐怕永远不会来这种高级的地方。

叶一茜将菜单递给盖斌，盖斌看了半天，光是一份法式鹅肝就得1200块。这份看着让人肝颤的菜单全是英文，盖斌指着一个没有图片的菜说："我要这个菜。"

服务员接过菜单看了看说："不好意思先生，您点的这个菜是厨师的名字。"

看到盖斌窘迫的样子，叶一茜将菜单接过，点了几道菜后便切入了正题。

盖斌知道这顿饭肯定价值不菲，叶一茜找自己来这里肯定有着不可告人的秘密。而叶一茜也很直接，还没等盖斌开口便直奔主题：她想从盖斌这里知道宋初夏的身世，甚至她还想去宋初夏的老家一探究竟。

主题挑明后，盖斌放松了下来，毕竟，富家千金的羊毛不薅白不薅。

"嗨，我还以为是什么事呢！搞这么大阵仗原来就是为了打听宋初夏的身世啊！她家就是个开餐馆的平头老百姓，没你想得那么复杂。"

"你确定吗？"

"这有什么不确定的，我们同学聚会都去她那里，就冲着能打折。"

"餐馆有多大？"

盖斌看了看四周说："差不多有六张桌子那么大吧！五六十平方米？"

"那你们同学聚会怎么坐得下？"

"同学聚会就去她家屋顶了，和这里一个意思。当然，她家屋顶肯定没这里环境好，但是都是同学，只要菜好吃，没人挑。"

盖斌说完便把初夏餐馆的位置发给了叶一茜，而小小的苍蝇馆在地图上却是附近各种热度榜的排名第一，这让叶一茜刮目相看。在她看来，很多苍蝇馆子多是重油重盐重味精，走的都是短平快的路子。如此一来，那问题肯定就出在宋初夏大学老师身上了。

"你知道宋初夏大学的烹饪老师是谁吗？我在网上都没查到。"

"什么？她大学学的是金融好吧，哪来的烹饪老师？"

叶一茜着实吃了一惊，她无法想象一个光凭借业余爱好的金融专业学生竟然能够有如此水准。如此一来，问题的原因一定出在初夏餐馆老板宋浦生的身上了。

看到菜品一道道地被端了上来，盖斌有些不好意思地说："宋初夏没你想得那么厉害，你这还兴师动众。她读书那会儿就是个书呆子，独来独往的，一门心思搞学习，读大学后就喜欢在宿舍里做点好吃的，所以她这次来就是打个酱油。你甭放在心上。你点这么多菜干什么，挺破费的。"

"我就是想来试试这家餐馆的水平，你尽管吃就好了。还有，我打听宋初夏这事儿……"

"嗨，也算不上打听，是人都知道初夏她家有个餐馆，地图上能搜得到。"

"盖斌，还有三天复赛，你能不能和我一起去趟初夏餐馆？我想尝尝她家的菜。"

"回哪？老家啊？"盖斌受宠若惊，"那可不行，他爸妈都认识我，我去了就露馅儿了。再说，平白无故的，我回到老家被熟人撞见也不好交代啊！"

看到盖斌铁骨铮铮，叶一茜端起酒杯晃了晃杯中的饮料想了想说："如果你需要一个理由的话，你可以对他们说我是你的女朋友。"

叶一茜一招毙敌，差点让盖斌喘不过气来。毕竟，这就是盖斌的七寸要害之地。从高中开始，盖斌就看到身边的朋友纷纷出双入对，但是奈何自己实力单身，那时候起，他心里就不是滋味。最起码赵青禾还有个暗恋的对象，盖斌连暗恋的对象都没有。想到叶一茜开着粉红色小跑车带着自己回老家，不管遇到谁也都给自己长足了面子，如果恰巧能找到当年的那帮狐朋狗友炫耀一番，想来也是长脸了，值了。

"你别开玩笑了，这种事儿怎么能随便说呢？"

"我不是随便说说，我刚看了路线，来回三天刚刚好。你开车，我出油钱和食宿。"

盖斌二话没说，拿起手机当场便给赵青禾发了语音：青禾，我最近这两天打算参加个培训班，暂时不到理发店了，有什么事三天后再说。我要专注学习！

盖斌说完笑着放下了手机，同叶一茜干杯。

涛尼和凯文目标很明确，就是来干饭的，所以吃饱喝足之后便也不啰唆，直接打道回府。赵青禾回到宿舍躺下，看着手机里并没有宋初夏发来的消息，心里的落寞涌上心头。看到坤雄来电话，赵青禾想了想挂掉了。但是听到外面的汽车喇叭声，赵青禾方才发现，坤雄不知何时已经将车开到了楼下。

既然躲不过，只得下楼去了。看到赵青禾没有半点开心的样子，坤雄二话没说开车就带着赵青禾来到了海边的龙翔路。这条靠近海边的上山公路十分具有挑战性，发夹弯多如牛毛，稍有不慎下面便是万丈悬崖和漆黑的大海。

海浪声让赵青禾清醒了许多，一路走来，虽然坤雄什么话也没说，但是看到一辆辆赛车从身边疾驰而过，赵青禾便也明白了，坤雄这是让自己提前做好复赛的准备。来到山顶的观景台，坤雄在路灯下画了一个大大的圆圈后停了下来。

"如果我没猜错的话，复赛应该就在这条龙翔路上举行。"

"不会吧？"

"听说大赛组委会已经和政府申请场地封路了，而这里是不二之选。"

赵青禾朝着山下望去，背后冒出一身冷汗。

"这要是开不好掉到山下，那岂不得粉身碎骨？"

"初赛选手我都看过了，你获胜的希望还是很大的。开弓没有回头箭，我之所以带你来这里就是想告诉你，比赛的时候要专心才行。"

"我当然很专心啊！要不然怎么能在初赛打败神仙局？"

"慕容枫并没有我想的那么简单，他之所以走在你前面表白宋初夏，是有原因的。"

"你是说他跟我打心理战？"

"我不能排除这种可能，越是到后期，比的就越不是技术，而是心理素质，你现在心不静，所以到时候很容易被对手抓住机会。"

"怎么会呢？再说，他也不可能拿初夏的感情当赌注吧？"

坤雄的话在赵青禾心里激起阵阵涟漪，誓死不参加比赛的慕容枫，只在三天之内便表白了宋初夏，而且还找到了叶一茜背后的正一集团做赞助，他真的不是一个简单的选手。

坤雄打开发动机盖，取出汉堡递了过去，边吃边看着远处的大海说："以前我心情不好的时候会去盲人按摩，我会让师傅使出最大的劲儿给我浑身按一遍，每一块骨头都复位了，自己的心里也就舒坦了，这是我跟兄弟们讲的。其实我之所以去找盲人按摩，是因为哭的时候不会被别人看到。你现在心里对宋初夏念念不忘，这不是车手该有的状态！"

"哎，我也没办法啊！雄哥，你说该怎么办？"

"要玩就玩真的，换作我就直接杀到她家里，跟她父母坦白，我喜欢你家姑娘，我有信心照顾好她。如此一来，她父母便会知道这件事，如果她父母支持，你就成功了一大半；如果她父母不支持，那就彻底死了这条心。但是，直捣黄龙这一招，无论如何，都会让对方对你刮目相看的。我估计她这辈子都不会忘记你，因为没有人敢这么做。"

"肯定啊，宋初夏他爸是厨师，我要真去这么做了，不被按在案板上剁了就是万幸了！这肯定不行！"

"这有什么不行的，不以结婚为目的的谈恋爱都是耍流氓！你这样反而能增加彼此的好感！要不然，你还能有什么更好的办法？你不是不甘心吗？直奔结果就好了啊！"

"肯定不行，你这也太离谱了，哪有追女孩先去见父母的！"

"怕什么，反正你现在一无所有，你去了顶多就是让人瞧不起，但是这会让女孩永远都记住你！"

"不行不行，完全是乱打王八拳！真的不行！"

"打败魔法的只能是魔法，你可要想清楚，复赛是要签补充协议的，这种环境下你得保证心无杂念才行！万一哪天你喜欢的女孩生气了，你根本就没法专心开车。车子和女人一样，都是靠经验和感觉的，这点你心里比谁都清楚。"

看到赵青禾铁骨铮铮，坤雄便也没有再说话，开车便往回走了。回去的路上，赵青禾却陷入了沉思。坤雄的话显然很荒诞，换作任何人都不会考虑的，但是唯独赵青禾不会，因为他是不按套路出牌的人。虽然直接找宋初夏的父母很离谱，但是坤雄的一句话点醒了赵青禾，那就是用魔法打败魔法。

赵青禾明白，宋初夏是自己的一个心结，他需要心无旁骛地参加比赛才能走到最后，否则真就是赔了夫人又折兵。自己输了没关系，但是让慕容枫赢得比赛还有宋初夏，那么自己打死也不愿意。与其这样纠结，倒不如认真地和以前道个别，而道别的方式就是回老家。

等到赵青禾反应过来的时候，车已经行驶到了高速路口。

"雄哥，你这是去哪里？"

"回乐山老家啊！"

"我没说要回去啊！我都还没考虑好回去要干什么。"

"路上再说啊！"

玩笑归玩笑，坤雄当然不可能带着赵青禾去找宋初夏的父母，只是他早就知道龙翔路是复赛的场地，他更知道最近有很多人在这里练车。所以，如果能够胜出的话，只能争分夺秒地锻炼赵青禾的应变能力了。而这种锻炼根本不可能是在龙翔路，因为太熟悉一条路有时候也不是一件好事，他会钝化车手对路况的判断。比如，当你知道拐角下面是山崖，你自然会下意识地减速；当你知道前面路很窄，你自然会下意识地提前踩刹车。而坤雄之所以晚上带着赵青禾只看一次赛道就离开，是因为整个山东半岛很少有符合条件的路况。所以，坤雄绞尽脑汁只能想出一记歪招，去乐山。自己之前去过一次，那里有着最好的盘山道，来回三天的车程，刚好让赵青禾放松心情，体验一下大好河山，一举两得。

坤雄之所以选择带着赵青禾远离龙翔路还有另外一个很重要的原因，那就是"搞事辉"。当初他离开了这里，"搞事辉"的车队便一直在附近。坤雄明白"搞事辉"的手段，若是提前让对手看见了赵青禾的招数，基本上必败无疑。所以，为了保存实力，坤雄只能在复赛前先消失三天。

一趟说走就走的旅行让赵青禾心情大好，他一直都是这样的人，看到坤雄如此任性，赵青禾更是视同知己。还好是夏天，赵青禾心想路上花点小钱买件T恤就能解决，但是坤雄说买一块肥皂，直接带他跳河游泳，洗完澡上岸后，衣服也就干了。

赵青禾便幻想着能够有一天开着车从东北一路南下回四川，这次终于得以实现一部分。而坤雄出了山东就把方向盘交给了赵青禾，一路上，赵青禾的车技逐渐从鲁莽到沉稳再到心无旁骛。每一个转弯，每一个路口，都是无法复制的。坤雄特意选择绕行重庆，复杂的山路吓得坤雄紧紧地握住了扶手，但是赵青禾越发沉稳了。

坤雄的选择是对的，他用行万里路打开了赵青禾的格局与胸怀。而看了一路的风景后，赵青禾似乎也释然了。眼看着要到家门口了，赵青禾的心情却和出发的时候截然不同。其实坤雄的目的很简单，到了重庆便可以折返，吃个火锅时间也刚刚好，如果赵青禾想回老家看看，那也未尝不可。但是赵青禾却坚定地选择吃火锅，拒绝回老家，在他看来，没有取得最终成绩之前，自己是没脸回去的。

近乡情更怯，地道的重庆火锅让赵青禾吃得满头大汗，可是吃着吃着他就鼻涕眼泪一起流了下来。那个驭风的少年，穿越了整个夏天，却还是没能放下心里的那份惦念。回程的路上，坤雄什么话也没说，在盘山路上越开越快。赵青禾欲言又止，最终还是选择了沉默。坤雄猛踩油门，在山路上来了一段夺命漂移。眼看着来往的车辆与自己擦肩而过，赵青禾几乎差点"亲吻"到对面卡车上的泥巴。

"雄哥，你要死啊！太危险了！"

"怕死啊？怕死就不要去爱一个人！"

"喂，大哥，爱一个人就非得去死吗？"

"是啊！比死更可怕！"

赵青禾像猴子一样大喊大叫着，告别着自己的青春。坤雄最终在半山腰处停了下来，刚才的那段行驶让他出了一身汗。看到赵青禾下车就吐了，坤雄哈哈大笑。

"雄哥，你赢了，你终于报了一箭之仇了！我让你吐一回，你也让我吐了一回。"

坤雄点燃一支烟故作轻松地说："再给你一次机会，追到她老家表白一次！"

"等会儿，雄哥，你是说初夏回老家了？"

"那你以为呢？"

原来，坤雄那晚在烧烤摊楼顶和朋友谈赞助的事儿，刚好听到了宋初夏要回家的电话，所以才开车跑到了赵青禾楼下，带着他去了龙翔路。

"天才，你可要想清楚，奔赴千里可并不是为了说你好。机会我是给你了，到时候别掉链子！"

"我还是不信，雄哥，这也太突然了吧！"

"喂，别这样好不好？我很看好你的！天才，我可跟你说好了，这次比赛可是押上了我全部的身家，你可不能放弃！上次来得匆忙，我都没有去拜佛。这次顺道回趟乐山拜一拜凌云大佛，祈求比赛顺利，你没意见吧？"

"拜佛归拜佛，我可说好了，不去找宋初夏，拜完就走！"

坤雄看了看赵青禾认真的样子，忍不住哈哈大笑了起来，任凭赵青禾询问，坤雄只是笑而不语。

到了乐山，坤雄第一时间就把车开到了慕容枫家院外，透过栅栏，赵青禾看到了那辆被撞的赛车，感受到了来自慕容枫的压力。

"这下明白了我为什么让你断舍离了吗？你觉得慕容枫是为了宋初夏参加

的比赛，但是他可是为死去的父亲而战，要么慕容枫赢，要么你赢！走，吃饭去！吃完饭睡一觉，明天一大早回去！"

当车开到初夏餐馆的时候，赵青禾也没了脾气，他知道，坤雄一定会带他来这里。

作为宋初夏最讨厌的人，每周末都要来蹭饭吃的赵青禾，宋初夏的母亲当然一眼就认了出来，但是，宋母的一句话却让赵青禾和坤雄差点惊掉下巴。

"青禾，半年没见怎么头发没了？对了，还没到暑假，你今天怎么也回来了？"

"头发……阿姨……我……等会儿，也？"

"是啊，你们都回来了。"

宋母指了指楼顶，赵青禾心领神会，去了自己人才有资格享用的楼顶"雅座"。说是雅座，其实就是宋初夏养的花花草草中间摆了两张桌子用来招待同学用的。条件很一般，但是视野极好，能够一眼看到眼前的青衣江，除了装饰简陋点，雅座实至名归。

当赵青禾带着坤雄走上楼顶的时候，却赫然发现所有人都在。慕容枫和宋初夏坐在一边，对面则是盖斌和叶一茜。当然，坤雄和赵青禾的出现也令所有人震惊。前天大家还在山东青岛，今天晚上便不约而同地相聚在初夏餐馆，这简直就是一个奇迹。

赵青禾站在楼顶门口惊讶地指着众人，欲言又止，天才的赵青禾终于在一瞬间大脑短路，任凭他绞尽脑汁也想不到，原来缘分是这样的。当然，是孽缘。坤雄没有骗他，但是此时的他依旧没有准备好。

既来之，则安之。六个人坐在一起，简直就是"神仙打架"。坤雄倒是看热闹不嫌事儿大，他麻利地搬来凳子和赵青禾分坐桌子两头。当然，作为撒谎的"叛徒"，盖斌自然要再一次解释眼前的这尴尬一幕。

时间就先退回到宋初夏的"沧海遗珠"一举成名后讲起吧！因为其饱含东方式的浪漫传统风格深受网友追捧，烹饪界围绕菜品而展开的传统文化探讨，热度久居不下。作为乐山中学的学生，学校很快就在校园公众号上进行了转载。所以，哪怕宋母极力掩盖，宋浦生最终还是在深夜刷到了那条"乐山学子匠心杯技能大赛一鸣惊人"的消息。宋浦生刚开始觉得，作为乐山人自己很是骄傲，但是当他点开的时候却发现，那个笑得跟向日葵似的人正是宋初夏。不常看手机的宋浦生一查才发现，网上到处都是宋初夏的消息。他看了看云淡风轻的妻子才知道，天天抱着手机不放的她肯定隐瞒了自己。有心栽花花不开，无心插柳柳成荫，宋初夏还是瞒着宋浦生走上了烹饪这条路。宋浦生知道，宋初夏对于美食有着天生的直觉，虽然"沧海遗珠"很是惊艳，但是宋浦生不相信宋初夏只是凭借着爱好就能够走到比赛的最后。学金融的宝贝女儿不务正业，参加技能大赛的烹饪项目，这让宋浦生很难接受。一家三口各有各的想法，妻子不说自然是有她的考虑，宋浦生走到楼顶抽了支烟，想了很久。

　　初战获胜后的宋初夏本打算回去准备复赛的菜品，她明白自己这次纯粹是走了运，刚好遇到了准备过的主题而已。可是慕容枫却不依不饶地拉着她一起去搞点食材庆祝，只不过这次慕容枫并不是去买，而是去海边亲自去挖。摩托车上，两个戴着头盔的年轻人呼喊着疾驰而过。那夕阳下的海风，正是他们当年梦寐以求的青春。

　　慕容枫带宋初夏来的正是龙翔路下的海滩上，这片礁石遍布的沙滩上，退潮后有着数不清的虾兵蟹将，虽然个头比不上渔船打来的大货，但好在能够享受亲自抓虾蟹的乐趣。收获众多后，慕容枫拉着宋初夏爬上了礁石，在离岸边不远的半山腰山崖上，有一个不大不小的山洞，这里就是慕容枫的秘密基地。这个秘密基地是慕容枫最早来青岛读大一闲来无事溜达的时候发现的，山洞很小，起初还不能容纳一人，后来慕容枫每次来都动手挖掘一些，慢慢地变得能够容纳两张小型躺椅的大小。靠在洞里，欣赏着远处的海景，算是名副其实的海景房。

　　当二人带着亲自赶海抓的海鲜来到啤酒屋吃得正欢的时候，宋浦生的视频电话来了。宋初夏本能地拒接并回复消息说自己在自习室，看到宋浦生发过来的新闻，自知躲不过的宋初夏只好连忙跑到天台拨了回去。

事情既已败露，宋初夏也不再遮掩，大方地承认了错误。而宋浦生却怪宋初夏不该欺骗父母，偷偷跑去，这会让家人担心她的安全。宋浦生话不多说，要求宋初夏发地址，这两天到了之后再解释。宋初夏连忙道歉认错，宋初夏知道，父亲是大厨，离开后小店也没法经营。宋初夏想了想决定自己回去当面说明情况，毕竟复赛是在三天后，如果父亲不同意，那初赛首秀也不遗憾了；如果父亲支持，那最好了，这么久了，也是时候摊牌了。

　　宋浦生打视频给宋初夏本想是给她鼓励，但是说着说着语气就不自觉变得严厉起来。宋浦生认真观察了宋初夏的刀法还有做菜的水平，竟然觉得宋初夏有几分获胜的希望，他本想严厉斥责宋初夏后，亲自去技师学院鼓励一下她，听到宋初夏要回来，宋浦生便也不好说些什么，毕竟复赛是三天后，时间上来讲也没什么问题，刚好最近店里有街坊定了生日宴，生意还得照顾，索性就同意了。

　　看到宋初夏若有所思地回到座位上，慕容枫递过一只螃蟹安慰道："不要气馁，好好解释解释，我相信父母都会理解的！"

　　"没关系，我现在反而有一种解脱的感觉。东风，你知道我等这个机会等了有多久，这么多年来，我终于可以借着技能大赛将自己的爱好跟父母好好谈谈了。"

　　"难道你以前没有提过？"

　　"以前自己小，说了也白说，他们并不拿你说的当回事儿。但是现在，我已经成年了，我打算坐明天一大早的高铁回去，和他们好好聊聊，毕竟这是我自己的人生。"

　　"既然你爸妈都知道了，你手机里的美图也可以发出来了。"

　　"对哦！"心里的石头终于放了下来，心情大好的宋初夏对着桌子上的美食拍了照片，凑够9张照片发了朋友圈，并配上了文字：旗开得胜，初夏可期！

　　第二天一大早，宋初夏便坐上了回去的高铁，整个车厢并没有多少人，因为晚上睡得太晚，所以上车后的宋初夏便睡了过去。直到自己一觉醒来时宋初夏才发现，自己睡得太死，靠在了邻座的肩膀上。她连忙擦了擦嘴表示歉意，但是抬头看时，却发现身边的人竟然是慕容枫。

"你你你，你什么情况？"宋初夏以为自己还没睡醒，狠狠地捏了慕容枫的脸并使劲拽了拽。

"哎呀，疼！"看到宋初夏没有放手的意思，慕容枫也捏起了宋初夏的脸。

等高铁驶出隧道的时候，二人的脸上都有了一个红红的印记。

宋初夏一脸疑惑地问："东风，我回老家是跟爸妈解释，你回去干什么？"

"我也和父母解释啊！"

"你爸不是已经去世了吗？"

"是啊，自打我爸去世后，我这两年就回过一次老家。要不是因为他那次着急，也不会有今天这样的局面。宋初夏，谢谢你！我曾经拒绝参加一切和赌相关的事情，包括比赛，是你给了我很大的决心和勇气，要不然，我至今都不会迈出这一步挑战自己，所以，我打算回去和他好好说一下，我也要开始自己新的生活了……"

宋初夏知道慕容枫此刻的内心是复杂的，但是她假装很轻松地说："也对，这样的话，那我就提前给我爸打招呼了。"

"打什么招呼？现在告诉父母会不会太早了？"

"想什么呢你！我是说不用他来接我，我自己回家！要是被他发现咱俩一起回来，我就说不清楚了！谁知道他看没看到你表白的那些视频！"

"哦，也对，也对……不过，就算看到了，也没什么，毕竟你也不小了，不算早恋。"

"那也不行！"

虽然宋初夏一再强调不想耽误初夏餐馆的生意，不需要宋浦生亲自来，自己打车回去就好，但是宋浦生依旧打扮了一番，为了迎接宋初夏凯旋，宋浦生甚至还亲自去花市买了一束花。

当宋初夏坐在行李箱上被慕容枫拉着跑出车站的时候，宋浦生的脸几乎和墨镜一个颜色了。既然是初夏餐馆的当家掌柜，理所当然的是记性好，因为他必须在最忙的时候记住客户对菜品的需求，包括客人的相貌。虽然宋初夏解释说慕容枫只是隔壁班的同学，二人回来时偶遇，但是当宋浦生看到慕容枫的第一眼便想起了，这个小伙子在中学时代就经常一个人来店里吃东西。慕容枫每次除了独来独往，还会吃得很慢，这让宋浦生印象深刻。有一次，宋浦生甚至直接坐到了慕容枫面前质问，是不是饭菜很难下咽，让他在这里一粒一粒地吃蛋炒饭。为了能够理直气壮地在初夏餐馆多待一会儿，慕容枫就对宋浦生的手艺挑毛病，比如分量少了，不够辣，锅巴应该再煳一点吃起来才香。宋浦生当然不知道慕容枫是醉翁之意不在酒，但是慕容枫的相貌让宋浦生印象深刻。

直到此刻，宋浦生一下子明白了，这分明就是宋初夏的男朋友。看着宋初夏慌张的样子，宋浦生怎能轻易放过，既然都一起回来了，那就不如吃完晚饭再走。虽然慕容枫很客气地表示自己回家吃饭就好，但是宋浦生很不客气地强行把慕容枫留了下来，势必要亲自审问一番才行。

正当二人在车里互发信息商量对策的时候，宋浦生却开口说："有话一会儿去楼顶商量吧，别在这发信息了，我听着吵。"

当车开到了初夏餐馆停下来的时候，慕容枫却发现了那辆熟悉的粉色跑车。没错，宋初夏和慕容枫迎面遇到了前来吃饭的盖斌和叶一茜。

其实，盖斌和叶一茜是来的最早的，二人中午就已经来初夏餐馆吃过一顿了。当盖斌答应以叶一茜男友的名义回去摸底的时候，叶一茜心里便有了和坤雄一样的想法。不知道是车手都不愿等待，还是大家都是急性子，盖斌吃完大餐，叶一茜便打开导航开车直奔初夏餐馆。

盖斌一开始以为开玩笑，但是直到上了高速收费站才反应过来，叶一茜是一分钟都不想耽误。两队人马几乎同时出发，路上赵青禾看到粉色跑车甚至还一度想与之飙车，只不过被坤雄拦了下来。因为在坤雄这里，超速罚款足够二人吃一顿大餐了。

来到初夏餐馆的第一时间，叶一茜便一口气将菜单上所有想吃的菜点了个遍。这当然是叶一茜考察厨师的一贯做法，但是在初夏餐馆却是头一回。平日里有些菜品因为价格问题很少有人去点，当得知昔日的小胖子盖斌带了一个美女女友回来，宋浦生便也拿着菜单从后厨走了出来。虽然盖斌反复强调自己多么思念宋叔叔的手艺，胃口多大，但是宋浦生一眼便认出了眼前的美女就是那个技能大赛初赛第二名的叶一茜。从叶一茜熟悉的菜品水准来看，宋浦生知道这将是一个很强大的对手，叶一茜熟悉的米其林级别的菜品及烹饪方式也正是宋初夏陌生的领域。所以，对手不远万里来到初夏餐馆几乎把菜单点了个遍，宋浦生自然知道其用意。只不过，下午宋初夏就回来了，到时候二人碰面应该会有更好的了解。所以，在原材料充足的情况下，宋浦生谎称几个菜需要自己下午去采购，晚上才能有。叶一茜当然知道那几道菜很考验厨师的功底，也是自己这次长途跋涉的目的所在，所以她愿意等到晚上再来，但是让她始料未及的是，宋初夏和慕容枫竟然也回来了。

所以，当坤雄和赵青禾赶到初夏餐馆的楼顶后，一场大戏就此上演。赵青禾拿出手机播放了昨天晚上盖斌发给自己说是要参加培训班的语音，这让盖斌十分尴尬。

"这还不是因为初夏的菜做得好吗？'美女蛇'让我带她来尝尝其他的菜，我寻思着正好搭个顺风车回趟家，省点路费……"

"就是重色轻友，甭找补了！"面对盖斌的解释，赵青禾自然是十分不屑，他看了看若无其事的慕容枫，用脚踢了踢问，"哎，你回来干什么？"

"哦，我啊，我回来取件衣服，你呢？"

"我？我练车顺便路过的。"

"来这里练车？"

"后面是山地赛，不要以为你经验丰富就了不起啊！"

"赵青禾，可别怪我没提醒你，有时候，得动动脑子，别被人利用了！"

"慕容枫，你说谁呢，谁被利用了？"

看到赵青禾噌的一下就站了起来，坤雄狠狠地踩了赵青禾的脚。慕容枫还是老练，只是几句话便将赵青禾成功挑唆，这也是坤雄最担心的。

"青禾，能不能别这么冲动，人家说的没错啊！咱们俩的合作本来不就是相互利用吗？只不过你我没有签合同而已。"

看到坤雄挤眉弄眼，赵青禾心领神会地拿起水壶给大家倒了一圈，然后又坐了下来。

"哎，'美女蛇'，我要是赢了，你是不是可以把我也签了啊？都有什么条件，说来听听。"

看到赵青禾油嘴滑舌，叶一茜笑着说："当然如此，我只对事不对人。条件你随便提，剩下的就看你的本事了。"

宋初夏知道赵青禾说起话来没完没了，赶紧把桌子上的菜单递了过去。坤雄点了酸辣土豆丝和回锅肉，盖斌则点了姜爆仔鸭和水煮肉片，赵青禾点了盘龙鳝段和砂锅肥肠，叶一茜点了双脚功夫鱼、椒麻兔、宫保鸡丁、麻婆豆腐、泡椒猪肝还有酸萝卜老鸭汤。

众人从一开始的唇枪舌战到后来的调侃，宋初夏也不好说什么，她只好下楼，尴尬地走到后厨打算给宋浦生打打下手。宋浦生知道叶一茜来者不善，所以也不愿让宋初夏和叶一茜待在一块，毕竟眼不见心不烦。

看到眼前的菜单，宋浦生若有所思地问道："点肥肠的那个是不是你那个同桌赵青禾？还有那个烫头发的小胖子叫什么盖来着？"

"爸，不用问我了，还是按照当年的口味来做就行。"宋初夏知道宋浦生在套自己的话，毕竟连慕容枫都还记得，其他几个人他肯定记得清清楚楚，谁都知道，宋浦生的记忆力惊人。这是他的特长，也是他的苦恼。

宋浦生笑了笑说："那行，你去陪他们吧！有朋自远方来，我今天就好好给他们露一手。"

初夏餐馆随着宋初夏的夺冠视频，一下子成为远近闻名的网红打卡店，客流量一下子比之前多了几倍之多，很多人甚至专门在门口排队等。看到众多年轻人拿着手机在门口拍来拍去，宋浦生也开始尝试着理解这代年轻人的生活方式，手机里的网络世界可能也是年轻人生活的一部分，自己终究还是老了。平日里准备好的食材很快就用完了，宋浦生不得不再次打电话给菜市场，让那边再送两次食材。宋浦生也理解了，什么叫网红经济。

看到楼下熙熙攘攘的年轻人，赵青禾开始滔滔不绝地讲起了当年高中时代的故事。每到毕业季，这里必是班级聚会的根据地，而宋老板的手艺也是卓尔不群。可以说，吃过几次后，你很难再去别家。盖斌和赵青禾一唱一和，细数当年只要去河里抓了河鲜就来初夏餐馆帮忙加工的那些往事。

宋初夏怕楼顶的光线不够亮，从厨房里拿出了几根蜡烛摆在了桌子上。菜上桌后，盖斌手握筷子不让大家动手，因为他要等到所有菜都上齐后拍照才能继续。菜品很是精致，看似不经意的一锅出的摆盘却超出了叶一茜的想象。以往宋初夏做西餐，摆盘结束后往往会擦掉盘子边缘弄脏的部分，所以你能够看出汤汁的周围有人工干预的痕迹。但是在宋浦生这里，哪怕是一盘麻婆豆腐，叶一茜都没能够在盘子周围看到半点擦拭过的痕迹，这就是高手看的门道。就好比，你必须随手扔一根竹棍，但是这根竹棍必须准确无误地立在盘子的圆心。有了蜡烛，氛围就变得浪漫了起来。一夜之间，大家千里奔袭，离开硝烟弥漫的战场，来到了这家餐馆的楼顶，而楼下的熙攘和远处青衣江畔的灯火，都让这顿饭有了不一样的味道。

盖斌拿着手机一顿猛拍，为此盖斌还专门下楼喊来等待的食客帮众人拍了合影。简单的寒暄后，大家便直奔主题，狼吞虎咽地吃了起来。叶一茜一开始是极度自律的代表，每道菜她只吃了一小口，精湛的厨艺，家的味道让叶一茜一口就沦陷。她便顾不上那么多，于是敞开肚子吃了起来。

无酒不成宴席，盖斌拎了一打啤酒上来，几杯下肚后，盖斌便沾沾自喜地说出自己中午如何叫了中学时代的几个朋友，然后开着小跑载着叶一茜痛报一箭之仇的故事。盖斌当年的几个狐朋狗友瞧不上盖斌，所以当大家来到五星级酒店的时候，大家一度以为盖斌在涮自己，但是当看到盖斌开着粉色小跑车载着叶一茜来到大堂门口的时候,众人惊掉了下巴。当然,为了收买盖斌,叶一茜大手一挥,随便点。任凭众人放开胆量也没能够超出盖斌的最低预算。在叶一茜强大的气场面前,几个豆豆鞋青年简直就是没见过世面,盖斌算是赚足了面子。看到盖斌神情激昂,眼中闪烁着晶莹的泪光,赵青禾瞬间就原谅了这个屡次背叛自己的好兄弟。那种自卑的感觉,赵青禾感同身受。

宋浦生这一次失算了,他没料到大家胃口大开,把所有的菜品都吃了个光。所以,当赵青禾下去加菜的时候,宋浦生颇为意外。虽然坤雄一整晚都在等着赵青禾表白,但是赵青禾却始终还是将头埋在了碗里,好像那碗里能够掏出一辆跑车一样。

外面忙碌到不行,等到食客的菜品上得差不多了,宋浦生端了一盆菜走了上来。而这盆菜的名字除了叶一茜,其他人都颇为熟悉——折箩。

所谓折箩菜,最早来自民间吃席剩下的菜品不舍得丢掉,继而统统放到一起煮。百味食材二次回锅所迸发的味道,当然令人难忘。折箩菜如同开盲盒,里面时不时就会给你一块肉、半条鱼的惊喜。有时候你吃进去了还得想半天才能猜出来是什么菜品,这是很多平民百姓家不可避免的人情世故菜,但是在叶一茜这里却闻所未闻。

宋浦生倒上一杯茶,和大家说:"今天不知道是怎么了,生意比以前好了很多倍,实在是太忙了,没来得及照顾大家。希望你们吃好喝好,有什么问题尽管和初夏说,我先忙去了。"

看到宋浦生若有心事地下楼,叶一茜突然想起来问了宋初夏一句:"初夏,你怎么突然回来了呢?"

"对啊!问了半天,忘了这事儿了。初夏,你怎么突然回来了,不会是知道我俩的行踪回来堵我们的吧?哈哈哈!"盖斌没心没肺地说着,捞了一片午餐肉放到了堆得小山似的碗里。

宋初夏放下碗筷,心事重重地说:"哎,我爸不让我参加比赛,所以我就回来了。"

"什么？！"

当宋初夏说完后，这几乎让所有人惊讶不已，除了慕容枫。而让人意外的是，反应最大的当数叶一茜。作为头号对手，叶一茜不但没有幸灾乐祸，而是非常气愤，在她看来，有一个强大的对手，自己的比赛才有意义。若不是盖斌死命拉住，叶一茜当场就打算下去找宋浦生理论了。就连坤雄也有些意外，掏出打火机点燃了一支烟。

酒足饭饱后，大家都没有要走的意思，就连慕容枫也安静地坐在了那里，好在他没有提前通知徐小芳。直到初夏餐馆的所有食材都用尽了，筋疲力尽的宋浦生才走到前台和众人说打烊了。虽然众多年轻粉丝依旧源源不断地赶来，但是菜市场都关门了，宋浦生只能劝说大家改天再来。从等待的年轻人嘴里，宋浦生也终于知道了生意突然爆火的原因所在，那就是宋初夏做的"沧海遗珠"引爆网络，引起了大家对传统文化的共鸣。所以当有人知道宋初夏就是初夏餐馆老板的女儿后，纷纷前来捧场。年轻人表达情感的方式让宋浦生大受感动，看到眼前的一排长队，心里头积压多年的对传统菜的情感又一次涌起，他仿佛看到了，或许当年自己对传统菜未竟的想法，可以通过女儿宋初夏来实现。自己当年的那个圈子实在是太小太封闭了，眼下年轻人们比以前更大胆，为何不让宋初夏放手一搏呢？

待到宋浦生第二次上去的时候，却发现众人一声不吭地盯着自己，仿佛是在审讯犯人。而宋浦生却举起酒杯庆祝了宋初夏的胜利晋级，并且祝愿她在后面的比赛中再创佳绩。

宋浦生的几句话让原本紧张的氛围一下子变得轻松了起来，盖斌很有眼力见地迅速拿起酒瓶给宋浦生倒满，一场危机就这么简单地被化解了。

青衣江畔，初夏餐馆的一顿饭几乎让每个人都得到了自己想要的结果，皆大欢喜。

看着江风轻拂着宋初夏的发梢，那个驭风的少年，始终还是将爱藏在了风里。

第十三章　你的选择，没有对错

哪个城市不下雨

众人散去，看着宋初夏在后厨帮忙收拾，宋浦生走了过去，不大的后厨便是父女二人谈心的好地方。宋浦生和往常一样，每件器具摆放整齐，宋初夏对此也有了新的认知。作料的排列顺序也是宋浦生长年累月烹饪才有的结果，哪种作料最常用，哪种要远离灶台，一切看似杂乱无章实则实用至极。

"明天一大早就赶紧回去吧！"

"爸，你真的答应我了？"

"当然没有！我是说回学校！"宋浦生拿出一个信封递给宋初夏，认真地说，"这是我托你舅舅在银行给你找的暑假实习函，心想着早让你接触下社会对你有好处，没想到就几天的工夫，你就哪吒闹海了！这次回去专心学习，先踏踏实实把专业念好！有了吃饭的本事再说自己的爱好！"

"哦！"

"你都成年了，是时候要对自己的人生负责了，不要因为一时的冲动而葬送了前程！对了，那个胖子怎么找了这么一个女朋友，俩人在一块，看起来像个助理似的。你要是朋友就跟胖子说说，他俩不合适！"

"他俩啊，肯定不是情侣，您就甭操心了！老爸，忙活一天了，您赶紧先去休息吧！剩下的我来做就好。"

宋浦生的表情很复杂，他本想说些什么，考虑再三后点了点头走了出去。宋初夏能够明显感觉到宋浦生的异样，当着大家的面说让宋初夏参赛的时候，他的表情是那么的舒展、自然、发自内心，可是私下里却感觉拧巴纠结，欲言又止。

宋浦生的背影清瘦而单薄，如果不是盖斌强调那就是初夏餐馆的主厨，叶一茜几乎不认为这就是那个能够做出相当水平菜品的厨师。叶一茜认为的厨师大都脑袋大脖子粗，至少是沾满了油烟气的。但是宋浦生很清瘦，戴着金丝边眼镜的他更像一位中学教师，不但没有烟火气，反而文质彬彬。怪不得宋初夏能够创出"沧海遗珠"这样的菜品。宋浦生的书架上，更多的应该是古籍而非菜谱。虽然宋初夏的身世背景并没有自己想象的那么复杂，但是出自平常人家的宋初夏对于美食的纯粹却让叶一茜佩服不已。都是叛逆的孩子，宋初夏的叛逆是出于爱好，而叶一茜的叛逆则纯粹是叛逆而已。

虽然叶一茜和赵青禾坚持送慕容枫回家，但是都被慕容枫果断拒绝了。他不愿让太多人介入自己的生活，他更不愿看到自己回家的时候，家里是黑的，因为他知道，徐小芳一定泡在麻将馆。慕容枫怕自己打车回去太早，徐小芳没有回家，所以他选择了骑单车回家，重新感受这座生活了20多年的城市脉搏。中学时代，放学路上那熟悉的风景，又一次映入眼帘。

当慕容枫回到家的时候，那期待的灯火并没有出现，他熟练地从墙头的砖缝里拿出钥匙开门。和上次回来时不一样的是，家里虽然冷清却一尘不染。慕容枫来到了后院，那辆当年父亲出事故的车还依旧安静地躺在那里，他走上前去蹲在那里仿佛在诉说着些什么。

回到自己的屋子，一切仿佛都没变，和自己上次走的时候一模一样。慕容枫躺在床上，从床头柜里翻出了一个铁盒子，盒子里满满的都是高中时代自己和宋初夏来往的信件。昔日的一字一句，每一个笑脸仿佛都是宋初夏可爱的样子。慕容枫小心地将信件放回铁盒，起身走了出去。

烟雾弥漫的麻将馆里，在这深夜却显得格外热闹。看到徐小芳双手叉腰站在凳子上，一副高高在上不可一世的样子，慕容枫的嘴角也忍不住地笑了。只要她能够快乐，好像也没有什么不好。慕容枫拿出手机拨打了徐小芳的视频电话，很快，徐小芳就命令整个麻将馆的人暂停。徐小芳站在凳子上和总导演一样指着众人，自己则和往常一样，打了个哈欠假装已经睡过去的样子。

"东风啊，大半夜的，什么事儿啊，我都睡了。"

"妈，没事，就是想你了。"

"哦，你也照顾好自己，没事儿就挂了吧！"

"嗯，你也早点休息！"

看到徐小芳一边假装睡眼蒙眬地跟自己对话，一边指手画脚地怒目圆瞪，让大家安静，慕容枫甚至觉得此时的徐小芳有些可爱。慕容枫并没有打扰徐小芳赢钱的高光时刻，而是转身离开了。

因为宋初夏母亲要去外婆家照看外婆，所以当宋初夏一个人收拾完后已经很晚了。她将店里反复拖了几遍后方才放心地关掉电源出门。宋初夏拿着铁钩拉卷帘门，却发现被卡住了，无奈之下的宋初夏只好拿了一个蓝色的塑料凳站在上面用力拉。塑料凳常年暴晒已经变得脆弱不堪，当宋初夏用力拽门的时候，凳子腿咔嚓一声碎裂，失去平衡的宋初夏手里没有抓稳便失去平衡朝地上倒去。而关键时刻，躲在马路对面的赵青禾起身跑了过去。赵青禾一直没走，而是徘徊在初夏餐馆门外，还在积蓄着最后的勇气。

可是赵青禾还是离得太远了，此刻的慕容枫从转角闪出，一把接住了宋初夏。四目相对的那一刹那，宋初夏不敢相信如此浪漫的场景就发生在自己身上。慕容枫的身体将愣在马路中间的赵青禾死死挡住，而坤雄适时地将车开到了赵青禾的身边咳嗽了两声。赵青禾识相地上车，坤雄一脚油门便离开了这是非之地。

刚才的有惊无险让宋初夏又一次想起了和慕容枫初识的那一天，虽然在一起不过几天，但是这一刻，宋初夏的心方才跳动了起来。如果说之前的邂逅都是偶然，是中学时代遗憾的解释，那么眼下这次则是天命，虽然灯塔的那晚，自己答应了慕容枫的表白，但是从这一刻开始，慢热的宋初夏心里才开始认真考虑和慕容枫的感情。一抹红晕倏地一下染上了宋初夏的脸庞，此刻的宋初夏竟有些羞涩了起来。

慕容枫把宋初夏扶起后将手里的铁盒交给了宋初夏，然后一个灌篮跳跃将卷帘门拉了下来。眼前的凳子则碎裂了一地，慕容枫捡起扔到了不远处的垃圾桶里。

"安全第一，大功告成！走吧！"

"东风，你怎么来了？"

"到家后发现了些东西，拿来给你看看。"

慕容枫说着指了指宋初夏手里的铁盒，宋初夏坐在门槛上，打开后却激动地笑了，这可都是自己当年亲笔写的信啊！

"你这些还都留着？"

"嗯，我说过的，我要保护你！"

待到宋初夏抬头的时候，慕容枫却趁着宋初夏没防备吻了上去。这一吻，差点让宋初夏晕倒，整个人都僵在了那里。伴随着宋初夏手里的铁盒滚落到地上，宋初夏很快惊醒，她像个受惊的小马，推开慕容枫后便跑远了。

慕容枫却一脸坏笑地看着惊慌失措的宋初夏跑远，方才走上前去将地上的信件全都捡了起来。

"偷心海盗"一眼便看穿了慕容枫再次回来的目的，所以他第一时间就带着赵青禾逃离了现场，后面的故事也就没有被赵青禾发现。

虽然赵青禾晚了一步，但晚饭的时候宋浦生给了赵青禾很大的鼓励。宋浦生当然知道，眼前这个满眼星星的男孩喜欢自己女儿，他也知道赵青禾稚嫩的内心所缺乏的那种担当与勇气。所以，在吃饭的时候，宋浦生并没有搭理慕容枫，而是对赵青禾猛夸一番。得到了宋浦生的首肯，赵青禾心花怒放。若不是人多，赵青禾恐怕就按照坤雄说的当着宋浦生的面表白宋初夏了。如此一来，整个局面又回归平稳，原本处于弱势的赵青禾一下子又重拾了走下去的信心。

而所有人不知道的是，宋浦生的鼓励却也是坤雄的主意。坤雄借着上厕所的名义给宋浦生递了一支烟，细说了楼顶几个年轻人之间的关系。当然，年轻人的事情，宋浦生并不想管，但是看到慕容枫眼里坚毅的渴望，宋浦生不得不站在女儿的角度考虑了起来。慕容枫表白宋初夏不是坏事，但是这个孩子的胜负心太重，怕是承担不起感情上的波折。而赵青禾虽然看似疯癫，没个正形，但是他的眼神却温柔。站在父亲的角度，赵青禾是不折不扣的守护天使。所以，再次上到楼顶之后，宋浦生不吝对赵青禾的赞美，差点将赵青禾夸上了天。

坤雄将赵青禾放到了青禾汽修店门口后便去了慕容枫家附近的麻将馆。

当赵青禾拎着一兜橘子出现在家门口的时候，父母二人正在院子里吃着火锅。原来，他们并不像之前说的，自己不在家的时候，吃的差，甚至比自己在家的时候更丰盛。

看到赵青禾的光头，赵运驰饶有兴趣地围着赵青禾看来看去，十分新鲜。和宋初夏、叶一茜的家庭都不同的是，赵运驰年轻那会儿就是潇洒不羁、思想开放的社会青年，养孩子的观念还比较前卫。说是放养也不合适，但是赵运驰夫妇二人给了赵青禾极大的自由任其成长，三者的关系更像是朋友，基本上是无话不谈的。

"哎呀，青禾，记得你上次留这个发型还是我给你剃的呢！当时你哭了好几天，现在看来，还真是可爱啊！青禾，你不要误会，今天这顿饭是客户送的牛羊肉，所以今天才很隆重地搞了这顿火锅，你不要多想……"

"爸，别找补了，赶紧吃吧！"

"儿子，怎么突然就回来了，不是还没到暑假吗？"母亲姜丽娟赶紧加了一副碗筷。

"我就是回来看看你俩，平时是真的省吃俭用供我上学，还是小灶开得正旺。"

"你爸不都说了，来，赶紧，刚开始呢！"

看着满桌子足份的牛羊肉，赵青禾忍不住问："爸，妈，咱家真的很穷吗？"

"废话，为了供你上学，我和你妈已经用尽了全身的本事了。别扯了，赶紧吃吧！"

虽然赵青禾已经在初夏餐馆吃了一顿，但是眼下这顿夜宵不吃也不合适。赵青禾一五一十地将几日来自己为何去技师学院，以及参加比赛的事全说了出来。父母二人只顾着彼此夹菜，恩爱至极，仿佛赵青禾是个多余的电灯泡。

"嗨，说了半天人生理想志存高远，不就是为了追人家女孩子吗？搞得自己多伟大似的！"

"哎，爸，你可不能这么说，我高中时候没早恋吧！窈窕淑女，君子好逑。要不是宋初夏的激励，我能努力学习考上大学？我现在追求人家也没什么吧？"

"天经地义！结果呢？结果还不是没成嘛！下次没成之前就甭说了。来老婆，吃块牛肉。"赵运驰说着给姜丽娟碗里夹了块牛肉。

"儿子，你爸说得没错。不过你也别灰心，你想，以前你要追宋初夏，那竞争者可是千千万，现在她有男朋友了，你的竞争者就只有一个了，对不对？"

"对啊！老妈，你说得很有道理啊！"

姜丽娟一语惊醒梦中人。想必你也能够看出来，赵青禾确实是姜丽娟的亲儿子，毕竟，这种脑洞和逻辑，只有母子二人才能产生共鸣。

"对了，你刚才说参加比赛的事儿，什么比赛？"

"爸，我刚才说了半天你不信是不是？"

"不是不信，你留校察看那会儿你们辅导员给我打过电话，说你学习上好像差点意思。"

"匠心杯技能大赛！我玩的是漂移！厉害吧！"

漂移是极为小众的运动，乐山这里鲜有人玩。因为漂移不但需要高超的技巧，更是需要雄厚的资金支持才能维持。所以赵运驰并不知道赵青禾已经在初赛上以粉红豹的身份崭露头角。听到赵青禾玩漂移，赵运驰的第一反应就是房子被抵押了。

看到赵青禾玩这么危险的运动，姜丽娟二话不说拧着赵青禾的耳朵就嚷嚷起来："你不要命了？这是你这种家庭能玩的运动吗？我和你爸就你一个独苗，以后养老怎么办？"

"妈，你慢点，疼，有奖金，有奖金！"

"奖金够干什么用！你不好好在学校待着，瞎跑什么！"

"60万，一等奖有60万！"

姜丽娟看了看赵运驰，赶紧松开了手，坐了下来。

"那还可以哈！毕竟漂移玩的是技术，相对来说也是比较靠谱的项目了。"

"可以什么啊！青禾，你爷爷那会儿就希望我能够读大学去名企学汽车制造工艺，然后回国继承这家修车铺，以此为基础慢慢地发展成为一家闻名中外的造车名企。"

"那你为何不造？"

"我这代人发展得还不够，所以我把你爷爷的希望寄托到了你的身上，希望你能将家族事业发扬光大。漂移那都是费钱的买卖，什么车能经得起漂移这么造啊？青禾，我劝你三思啊！"

赵青禾二话不说拿出手机，将自己比赛的视频递了过去。

"哎呀，娟娟，你快看，这个小光头不得了啊！没想到我们家小天才竟然没费我一条轮胎就练得如此厉害了啊！"

"哎，不信是不是？"

看到父母一唱一和完全不给赵青禾说话的机会，赵青禾瞬间秒懂。毕竟，生在这种快乐的家庭，再难过的事情，你都会觉得很好笑。看到二老欢喜的样子，赵青禾从旁边拿了几个路标摆在了那里。

"亲爹，给我找辆马力大的跑车！"

"你还真别说，今天刚好有一辆小野马。"赵运驰说着扔给了赵青禾一把车钥匙，"这可是我朋友的车，你可别给人弄坏了！"

"瞧不起谁呢，你，跟我一起上来！"赵青禾说着将车开到了饭桌旁，赵运驰只好端着饭碗坐到了副驾驶上。

赵青禾看了看赵运驰不屑地说："还挺自信，端着碗就上来了！"

"嗯，我是老司机，什么大风大浪没见过？青禾，差不多就行了，别假装坚强了。我这不也没拆穿你，视频做得挺好的，一点都没有作假的痕迹。"

"激我，行！"

赵青禾二话不说一脚油门在小院里来了个八字漂，把姜丽娟吓得花容失色。当车再次停在饭桌前的时候，老司机赵运驰却满脸的米饭，碗都不知道甩去了哪里。赵青禾下车帮赵运驰打开车门，赵运驰假装没事儿一样走下车，没走两步便蹲在地上将吃下去的全都吐了出来。

姜丽娟赶紧走过去扶起蹲在地上的赵运驰忙问："运驰，你没事儿吧？"

"没事儿没事儿，呜哇……"

看到二人蹲在那，赵青禾方才满意地回到桌前，重新拿起饭碗吃起火锅来。

赵运驰吐完回到桌子边，脸色大变。

赵青禾得意地问："怎么样，信了吧？"

赵运驰嘴角抽动着，赵青禾本能地躲远以为要打喷嚏，但是没想到赵运驰却抱着姜丽娟哭了起来。

"爸，你放心，这都是我打游戏玩熟练了，在学校学的，没花钱，你别哭了。"

"我想我爹了，你爷爷要是能活到现在该多好，他当年想要的就是这样的感觉！呜呜呜……"

直到此刻，赵青禾才明白，赵运驰之所以哭，是他终于明白了当初爷爷想要的感觉，那种与汽车对话的感觉，不是完全掌控，也不是放任自流，而是在失控中的那种协调，是与汽车的平等对话，这种感觉前所未有。

看着火锅的汤底快没了，赵运驰走到水龙头那里洗了把脸，然后端了一碗清水倒进锅里。赵运驰看了看姜丽娟，姜丽娟也点了点头。

"青禾，这车是你的了。"

"什么意思，今天是愚人节？"

"不是，青禾，这辆车是你爸攒钱买给你的，你前段时间不是给你爸打电话问赛车手的事儿吗？我和你爸商量了，觉得你学了汽车专业，就应该有辆车，这些天你爸什么都没干，从里到外给你翻新了一遍，本来是打算等你放暑假回来的时候给你的，没想到你今晚突然回来了。"

"妈，差不多得了，我也没说你俩吃火锅有什么的，真的是，服了你俩了！一哭二闹三上吊的！"

"青禾，妈没骗你，你爸也没骗你！就是给你买的！"

赵青禾知道，虽然赵运驰经常满嘴跑火车，但是母亲姜丽娟从未欺骗过自己。他有点不相信地看着姜丽娟，而姜丽娟也缓缓点了点头。

短短一天时间内，赵青禾真真切切地感受到了什么叫大喜大悲。回到老家，大家齐聚初夏餐馆，表白未遂但是遭到宋浦生的一顿猛夸，鼓起勇气奋力一搏却让慕容枫先人一步，回到家中觉得被冷落却突然天降大礼，五味杂陈、翻江倒海已经无法用来形容此刻赵青禾的心情。

拿到车钥匙的那一刻，赵青禾还在担心父母是不是故意开玩笑涮他，但是看到姜丽娟认真的表情，赵青禾方才喜极而泣。此刻的赵青禾觉得自己实在是太难了，虽说是天选之子，但是对自己来说，老天的捉弄也太反复无常了，剧情也太跌宕起伏了！

作为天才的母亲，姜丽娟自然也要尝试一把漂移的感觉："运驰，青禾集团指日可待啊！趁着这小子没膨胀之前，我得先体验体验。"

"没错！男人嘛，就得有自己的事业！赶紧让赵总给你漂一圈！我可说好了，就一圈，轮胎很贵的。"

八字漂移过后，姜丽娟大呼小叫直呼过瘾，虽然下车的时候腿已经筛糠一般抖，但是姜丽娟一下子爱上了这种极限的感觉。

此时的赵青禾心血来潮，他将手机放到火锅前，一家三口在这辆黄色的二手小野马车前，开心地留下了全家福合影。

慕容枫回到家里，躺在沙发上回味着刚才的一切无法自拔，看着灶台上摆放干净整齐的厨具，慕容枫心血来潮。他又一次骑车来到附近的夜市，买了韭菜、鸡蛋等折返回来。他突然想做一顿夜宵庆祝一下。

徐小芳今晚的运气爆棚，别人一度以为她出了老千，所以昔日牌友看到没便宜可赚便纷纷借故撤退了。坤雄则顺势顶上，看到很久没来的老朋友，徐小芳心情大好，因为坤雄这个人的牌技实在是太差，上次徐小芳就从他这赢了不少钱。

心情大好的徐小芳回到家时，看到屋里亮着灯一度以为家里进了贼，她紧张地抄起了门口的扫把，绕过门口从后院小心翼翼包抄过去。

当徐小芳从后门悄悄绕到客厅撞见迎面走来的慕容枫时，紧张的徐小芳二话不说挥舞着扫帚大嚷着就冲了上去。直到那一声熟悉的"妈"回响在耳边，徐小芳才认出眼前这个满脸锅灰的男人正是自己日思夜想的儿子。

"妈，煤气灶坏了你也不找人修一修，害我半夜捣鼓了半天。"

"儿子，你……你什么时候回来的？"

"刚回来，你先去坐一会儿，马上我就做完夜宵了。"

徐小芳惴惴不安地走到餐桌旁，才发现桌子上已经摆了几个自己最爱吃的菜：回锅肉、宫保鸡丁、水煮肉片还有清炒空心菜。

"来喽！"

看着一盘韭菜鸡蛋馅儿的水饺摆在了自己面前，徐小芳眼里流下了感动的泪。她紧紧地抱着慕容枫，仿佛心中有着说不出的委屈。毕竟，之前丈夫太宠自己了，以至于当那一天来临的时候，自己一下子不知道生活该如何继续。看到儿子做的一桌饭菜，那正是徐小芳渴求的家的温暖。

"儿子，我……我以后再不去打麻将了……"

"妈，没事儿，打麻将也没什么，你开心就好。"

看到慕容枫说出这样的话，徐小芳身上的鸡皮疙瘩都起来了。她怀疑地看着慕容枫问："怀远？"

"妈，说什么！我是东风！"

"东风，你以前不是很反对我打麻将的吗？你今天这状态，看起来很不正常啊！大半夜的，我害怕！"

看到徐小芳无助的样子，慕容枫握住徐小芳的手说："妈，你儿子长大了，等我赚了钱，咱们就搬去海边住。"

"你去参加比赛了？"

"妈，你放心好了，我不会去的。老爸去世三年了，我也想明白了，与其争名夺利，不如踏踏实实过日子。我会认真攒钱，然后早点让你过上好日子。"

因为比赛，徐小芳失去了丈夫，这在她心里一直是个坎儿，所以她不允许慕容枫再步后尘，比赛这一点上，徐小芳是坚决反对的。看到慕容枫坚定的眼神，徐小芳放下筷子走到了抽屉旁，拿出了一封信。那是慕怀远准备了很久的，写给慕容枫18岁成人礼的演讲稿。在演讲稿里，慕怀远希望慕容枫能够坚持做自己喜欢的事情，而且家里的积蓄也够慕容枫买车，他希望慕容枫能够有着远大的理想和未来。之前徐小芳怕慕容枫心生动摇，看到眼前的慕容枫，徐小芳也释怀了，那正是自己最希望看到的样子。

夜深了，宋初夏回到自己的房间，小心关上房门，累了一天的她躺在床上，失落地看着墙上自己的偶像。看到偶像的嘴角有东西，宋初夏坐起来凑上去看了看，是一粒干了变黑的米粒。宋初夏依旧记得，当年自己每次吃饭都是拿着饭喂给偶像先吃的，那种傻傻的天真现在看来都觉得好笑。虽然宋初夏小心地抠着米粒，但是依旧将偶像的嘴唇抠下一块。看着发白的嘴唇，宋初夏只好拿出了自己平时都不用的口红。

正当宋初夏认真地给偶像描着口红的时候，宋浦生却推门走了进来。所以，宋浦生看到的画面是这样的：宋初夏拿着口红趴在墙上给偶像抹着红嘴唇，而宋初夏惊恐地回头，嘴上也有很明显的口红。

"爸，你怎么不敲门啊？"宋初夏惊恐万分，这下想不被误会都难了。

"门开着，我就进来了，我给你端了杯莲子羹，你一会儿可以喝了。"

"哦……"宋初夏慌乱地擦了擦嘴，但是更显得欲盖弥彰，"那个，不是，我……"

"早点睡吧！"

正在宋初夏打算解释的时候，宋浦生当作什么都没发生过一样走了出去，只留下了欲言又止的宋初夏。生活总是这样，它从来都不会给你惊喜，只会给你添堵。

如果你遇见这样的误会，不要解释，因为那只会欲盖弥彰。

看到宋浦生悄悄地带上了门，宋初夏看着自己嘴唇上凌乱的口红笑了，笑着笑着却又哭了，或许，宋初夏并没有父母想象的那么懂事，她也只是在装懂事而已。

少女情怀总是诗，那可是自己的初吻，宋初夏哭着哭着便睡了过去，慕容枫和偶像的脸在脑海中交叉闪现，满脸泪痕的宋初夏的嘴角很快就在梦中上扬了起来。

来到了乐山，自然要去凌云大佛。毫无疑问的，赵青禾和叶一茜两拨人又碰到了一起。凌云大佛气势非凡，叶一茜也显得极为虔诚。在大佛的脚趾那里，盖斌让路人拍下了四人的合影。

看到赵青禾的新车，盖斌羡慕不已，任务已经完成，盖斌便不再打算和叶一茜一起回程。因为叶一茜开车实在是太快了，这让盖斌十分不舒服，还是坐在赵青禾的车上比较自在。虽然赵青禾一再想打电话给宋初夏和慕容枫，想捎带二人回去，但是被二人异口同声拒绝了。怎么来，怎么回，这样最好。

宋浦生虽然骗过了众人，但是没有逃过坤雄的眼。当他单独和宋浦生嘱咐多夸赵青禾的时候，宋浦生的力道几乎超出了赵青禾的承受范围。事出反常必有妖，坤雄敏锐地感觉到宋浦生对叶一茜的复杂态度。那种感觉和自己看到"搞事辉"的车队出现在赛场如出一辙，好像眼前的叶一茜是他的仇人一般。可是，明明大家都是初次见面。

同样的感觉也让慕容枫产生了怀疑，因为宋浦生把每个人都夸了一遍，唯独没有说叶一茜，这对一个成熟的男人来讲根本就不合常理。第二天收拾完家里，慕容枫便躺在沙发上给宋初夏发信息询问回去的高铁班次，在得到了宋初夏的回复后，慕容枫骑着共享单车来到了初夏餐馆，因为宋初夏回复的是，她不去技师学院了，而是回上海。

在宋浦生面前，慕容枫只有哀求的份儿，因为宋浦生压根就没把眼前这个毛头小子放在眼里。讲到最后，宋浦生只说了一句："下午的高铁，如果你不嫌弃，我可以开车送你俩一起去高铁站。"

所有人都不知道宋浦生的葫芦里卖的是什么药，但是一切好像又无可奈何。

刚刚在一起就面临着分别，慕容枫心里有着万分的不舍，他拉着宋初夏走到了餐馆的一角，试图劝说宋初夏再去参加比赛。可是父命难违，自己本来就是瞒着父亲参加的比赛，自己已经尽力了，虽然有些遗憾但是也没什么不好放弃的。

得知宋浦生不同意宋初夏继续参赛，母亲彭文静走到后厨问："浦生，之前不是说好了答应初夏去参赛的吗？这会儿怎么又不同意了？"

"娟娟，是不粘锅……"

"什么，他又联系你了？不过，这个和初夏有什么关系？"

"来的那个女孩你不觉得有点眼熟吗？"

直到此时，彭文静才明白了宋浦生的用意。不是冤家不聚头，原来，宋浦生和正一集团也有着莫大的渊源。

20年前，三峡工程启动了第一批次的移民，而同在库区的叶海峰和宋浦生却分别选择了青岛和乐山。就在这次移民之后,二人之间再无往来。也就是说,叶一茜和宋初夏两家其实还算是世交。

当年宋浦生和叶海峰一起搭伙做烤鱼生意,宋浦生负责后厨,叶海峰负责前台及进货。因为宋浦生祖传的好手艺,所以生意很快就做得红火起来。有了钱之后的叶海峰便不再将注意力放到经营上,而是研究各种调味料来。毕竟,大家的口味要求渐渐地都提高了,传统的健康饮食已经无法满足食客。看到用了很多添加剂调料的餐馆人流量很大,叶海峰也买来了一些,而这就是二人经营上的最大分歧。宋浦生坚持炒良心菜,不加化学增香调味料,而叶海峰却觉得大家都加,隔着马路都能闻到香味,自己不加,生意做不下去。

很快,餐馆的生意一落千丈,而此时叶海峰的心思也多了起来。因为之前二人赚了些钱,叶海峰提出花钱购买宋浦生的酱料配方,宋浦生当然拒绝。万州以烤鱼著名,每家都有不同的配方,自己不可能把祖传的酱料配方卖了。而叶海峰却不死心,购买配方未果后几次尝试偷看都未能得逞。后来叶海峰拿着缺少一样材料的不完全配方调制了豆豉烤鱼酱料,以此为基础立了门店。赚到钱后的叶海峰很快就发现了不粘锅的商机,因为缺一部分资金所以拉着宋浦生入伙。但是宋浦生研究后却觉得不粘锅(脱落的涂层)对身体有伤害,所以拒绝加入,最终叶海峰靠着一批劣质不粘锅迅速积累了资本。

从那以后,宋浦生便基本断绝了和叶海峰的来往。叶海峰是个生意人,为了钱可以不择手段,而宋浦生却无法做到这一点,这注定了二人有着截然不同的人生。后来叶海峰想方设法地找过宋浦生,唯一的要求就是想要到烤鱼酱的原版配方,买配方的钱也伴随着正一集团的发展高到离谱。

宋浦生在楼顶说的话当然是发自内心的,但是当他看到叶一茜时,才知道她是叶海峰的女儿。那段尘封多年的往事,也随之浮现。宋浦生做了很艰难的决定,他深知资本的力量。以他对叶海峰的了解,宋初夏无论做出多么惊艳的作品,都不会赢到最后的。这中间,叶海峰会想尽一切办法让叶一茜赢得比赛,而这些都不能保证宋初夏的安全,毕竟厨房是刀光剑影的江湖。想到这里，宋浦生把想说的话又硬生生咽了回去。但是，他能够敏锐地感觉到，叶海峰应该很快就会找上门来。毕竟，宋初夏做的"沧海遗珠"太出色了。

宋初夏很快就坐上了回上海的高铁，而慕容枫却只能失魂落魄地独自一人回到了技师学院。在火车站，二人交换了当年的来往信件，约定暑假再见面。虽然遗憾，但是慕容枫还是尊重了宋初夏的选择，在回程的高铁上，他打开信一封封地回忆着自己当年的意气风发。

叶海峰发现叶一茜的行踪纯粹是盖斌的神助攻，如果不是为了盖斌的面子，叶一茜也不会在乐山刷那么大的一笔信用卡账单，而叶一茜不知道的是，账单信息超过一定数额会有邮箱预警提示，而邮箱留的就是叶海峰本人的。

很快叶海峰便打着关心的名义给叶一茜打来了电话，而叶一茜也直言不讳地说出了自己的成绩和去乐山的目的。毕竟，自己遇到了一个值得去调查的对手。当叶海峰打开叶一茜发过来的合影时，那个熟悉的面孔却一下子让叶海峰愣住了，那分明就是自己苦苦寻找多年未果的昔日老友宋浦生。

正一集团发展壮大后，叶海峰早就将宋浦生的烤鱼酱秘方忘到脑后了，他更思念的是当年两个穷小伙白手起家的奋斗日子。从迁居地的选择上就能够看得出二人的行事风格，叶海峰选择了人生地不熟的北方挑战自我，而宋浦生的选择更趋于稳定，从一个说四川话的地方搬到了另外一个说四川话的地方而已。叶海峰追求人生的大开大合，而宋浦生则喜欢老婆孩子热炕头的小日子。

20年过去了，叶海峰通过从宋浦生这里偷来的不完整酱料配方起家，创造了一个商业帝国，而宋浦生依旧经营着一家即将等待拆迁的苍蝇小馆。

叶海峰是孤独的，商业上的成功早已让他没有了朋友。这么多年来，他对宋浦生心怀愧疚，他想都没想就预订了第二天一大早去成都的飞机。

从美丽的海滨城市来到这个江边小城，那种安逸的氛围让叶海峰一下子回到了当年三峡移民之前练摊的日子。20年前，两个好朋友在夜市上一见如故，没日没夜地经营，从江边练摊到开门面店，再到开酒楼。那时叶海峰的心是充实的,而此刻的他却孤独到连家人都无法交心的地步。

看到巷子尽头已经有挖掘机在拆迁,叶海峰感受到了在资本推进下,西南小城的发展脉搏,不过还是晚了,江边寸土寸金,换作是他,早就买下这里建文旅商圈了。初夏餐馆很好找,排队很长的那一家便是。叶海峰戴着墨镜,一个人取了个号坐在那安静地等着。

每张桌子上都有纸笔,叶海峰只要了一道菜:鱼香茄子。当彭文静拿着菜单走进来的时候,宋浦生一眼就认出了那熟悉的笔迹。曾经共同创业的经历让他几乎对这些菜名产生了肌肉记忆,宋浦生下意识地走出去看了一眼。看到坐在角落里等待的叶海峰,宋浦生终于还是等来了这一天,只不过比他预想的要快。

宋浦生并没有按照客人的点单顺序做,而是立马给叶海峰做了那道鱼香茄子,记忆力超群的他当然还记得叶海峰当年的口味。当菜端上来的时候,叶海峰便也明白了,宋浦生是让他晚上打烊后再来找他。

慕容枫一路上看着当年自己写给宋初夏的信,却意外发现后面的两封信压根就不是自己写的,有人模仿了自己的笔迹。慕容枫想都没想就知道了,赵青禾模仿了自己的笔迹,将自己约宋初夏出来见面的那封和毕业的那封信全都替换掉了。

慕容枫突然回忆起,那个自己精心准备好的见面的夜晚。冬天的小雨下个不停,而慕容枫在初夏餐馆对面的路灯下等了好久,可是宋初夏并没有像约定的那般出现在自己面前。当自己再写信询问的时候,却被告知还没有准备好见面,想来这一切都是赵青禾从中搞的鬼。

而此刻的宋初夏也发现了其中的问题,因为里面的两封信压根就不是自己写的。

正在服务区吃饭的赵青禾,同时收到了慕容枫和宋初夏发来的信件照片,共同质问赵青禾怎么回事。赵青禾当然心知肚明,做贼心虚的他转手将手机扔到了一边。

盖斌很快就发现了赵青禾的变化，他赶紧拿过手机问："什么情况？是不是人家发来合影刺激你了，赶紧解锁给我看看。"

"什么破合影，还不是当年你出的馊主意！"赵青禾说着把二人的照片转发给了盖斌，狸猫换太子的主意正是盖斌出的。

"不可能吧！二人已经发展到这个地步了？"盖斌打开照片放大看了看，便兴奋地拍了拍赵青禾大腿，"哎，青禾，有料！"

"什么料啊，你就不能拍自己大腿？"

"你看看，这明显就不是一辆车！你看啊！慕容枫这个是高铁没错，但是宋初夏的这个小桌子明显就是卧铺啊！他俩肯定没坐同一班车啊！"

"可以啊盖斌，你赶紧查查今天的卧铺车都有去哪儿的！"赵青禾放大照片看了看，确实也发现了蹊跷。

"上海！青禾，初夏回了上海！她不是比赛吗，怎么回了上海？"

看到二人兴致勃勃地在那划拉手机，坤雄不紧不慢地说："别猜了，宋初夏退赛了，她爸不让她参加比赛。"

"不可能，昨晚明明都当着众人的面说了同意的啊，还说让我好好照顾初夏。这会儿食言，没理由啊！"

"不信你问问就是了。"

正当宋初夏和慕容枫相互解释着当年的误会，赵青禾的电话打了过来。宋初夏气愤不已，顺便将不能参加比赛的怨气统统发到了赵青禾身上。

"喂，青禾，你当年怎么能偷看我的信？！"

"果然还是被你发现了，嘿嘿，我写得怎么样，是不是还可以？"

"你别臭屁了，我现在恨不得把你大卸八块！你怎么可以这样？！"

"等明天回来试试呗！哎，你几点到啊？"

"我不回青岛了！我爸不让我继续参加比赛了，我要回学校了。"

"喂，初夏，我在山里呢，信号不好，喂喂喂……"

目的既然已经达到，赵青禾自知理亏多说无益，以信号不好的名义直接就挂断了电话。

"咳咳，盖斌，你看看这会儿初夏的车到哪儿了？"

"大哥，你该不会要追火车吧？"

"没有，我就是问问！你看看！"

"下一站其实还来得及。"

看到两兄弟摩拳擦掌，坤雄吹了吹保温杯里的热水喝了一口说："明天上午8点，我在龙翔路那里等你。"

"雄哥，我又没说……"

坤雄二话没说便站起身来径直离开了。盖斌对追火车这事儿十分兴奋，赵青禾也按捺不住内心的激动跳了起来。赵青禾激动的原因在于，自己模仿了慕容枫的笔迹改写了二人的约会。

一年一度的元旦晚会，是学校每个人大放异彩的高光时刻，赵青禾怎么会漏掉这个出风头的机会。但是唯独高二那年，他选择了做绿叶。赵青禾千方百计通过贿赂宋初夏身边的女孩得知了宋初夏打算在晚会上唱庾澄庆的《情非得已》。赵青禾联合盖斌想了无数招数去配合：跳舞不合适。合唱？人家肯定不同意。盖斌想到了一个招，那就是让赵青禾弹吉他伴奏。主意虽好，但是赵青禾根本不会弹吉他，而且唱歌的人肯定会自己准备伴奏的。

最终，盖斌又想到一招，他去负责将整栋楼的电闸拉下，赵青禾苦练吉他就行。

赵青禾不愧为天才，想做的事情哪怕掉皮掉肉也能完成，虽然一开始毫无吉他演奏基础的赵青禾面对吉他手忙脚乱，但是很快他便调整自己像模像样地练了起来。当然，首先学的必须是姿势，如何看起来更酷比会弹更重要。

一不做二不休，当然，盖斌冒着这么大的风险也不纯粹为了友谊，他早就去批发市场购买了蜡烛，等到那一刻，便火速联合小伙伴们兜售。

那晚的元旦晚会，赵青禾将吉他藏到了一个角落里。他无心去看别人的表演，全部的视线都在宋初夏这里。

当宋初夏站在了教室中间的时候，盖斌不负众望，让整栋楼停了电。伴随着整栋楼的尖叫声，盖斌的蜡烛很快销售一空。当众人打算拿出手机给宋初夏伴奏的时候，赵青禾自告奋勇，拿着吉他走了上去。

看到赵青禾手里的吉他，众人都惊讶不已，不知道那把吉他是什么时候被赵青禾神不知鬼不觉地带到教室的。

蜡烛点起，赵青禾没有让宋初夏失望，如同泡腾片扔进了可乐瓶，清脆的吉他声让宋初夏的那首《情非得已》大放异彩，感染了班里的每个人。从一开始的大家合唱，到后来带动了隔壁班，再到整栋楼都在合唱这首代表着青春萌动的歌。

而赵青禾则一反常态，戴着墨镜，脚踩凳子，安静地弹着吉他，这是赵青禾自认为的高光时刻。在众人把手机当荧光棒的挥舞下，他成功弹完了伴奏。

很快，电路便恢复了，而宋初夏的一首《情非得已》也成功结束。

那年的元旦晚会是成功的，而重头戏自然在后面，因为赵青禾知道，今晚自己冒名写信约了宋初夏出来见面。

当然，约会的地点是在初夏餐馆对面的路灯下。

那晚宋初夏回到餐馆，早早收拾完后厨和往常一样拉下了卷帘门，打着伞走到了路对面等待着那个陪伴自己的知心笔友出现，可是她却等来了自己最讨厌的赵青禾。

看到赵青禾打着伞来到了初夏餐馆门口，宋初夏本能地转身便走，可是依旧被赵青禾发现了。

"初夏，你别走啊！我还寻思着来份蛋炒饭呢！你给我做呗！"

"打烊了，你去别家炒去！"

"哎，我今晚可是帮你大忙了，你这叫忘恩负义，知道吗？"

"忘恩负义？如果不是看到你桌洞里那一把提前准备好的蜡烛，我还差点就信了呢！"

"嘿嘿，你还挺细心的嘛。大晚上的，你站马路对面干什么？该不会是约会吧！"

"我想在路灯下看雨，不行？"

"行，那我也看会儿雨！"

就这样，赵青禾打着伞陪着宋初夏在冬日的路灯下看了好久的雨。可是宋初夏要等的那个人并没有出现，因为约她出来的就是自己最讨厌的赵青禾。那晚的雨对宋初夏来说是急躁不安的，但是对赵青禾来说如同久旱后的甘霖，浪漫极了。看到无聊的赵青禾在马路边上跳起了舞中曲，宋初夏厌恶地转身便走。

"别走啊！宋初夏，不就是约会嘛，人家还没来你就走了？"

宋初夏大步地走着，听赵青禾说完，她猛然停下脚步，回过头狠狠地瞪着赵青禾，咬牙切齿地说："混蛋，又偷看我的信！你个扫把星，我……我打死你！"

看到宋初夏气急败坏地从街边捡起一个拖把追了过来，赵青禾自知理亏，一溜烟地跑了。因为他看得出来，宋初夏把约会未遂的苦闷发泄到自己身上了，若是真被宋初夏追上，自己估计要被打死。

这一切都被宋初夏写在了信中，而假冒慕容枫的赵青禾在信里则用姥姥生病需要照顾这种理由搪塞过去了。在看到慕容枫的表白信后，赵青禾决定毕业前再次约宋初夏表白。赵青禾将时间定到了慕容枫信里约定的后两个小时，将原来的8点改为了10点。一来赵青禾想会会这个"影子"，二来也想碰碰运气，看看宋初夏到底能不能把握住这个陪了她很久的笔友。

可是那晚慕容枫真的没能来，因为那次他是真的病了。或许上天没有选择站在慕容枫这边，那一晚的雨下得很大，而慕容枫也烧得很厉害，他在梦里奔赴了一场不存在的约会。赵青禾依旧选择站在了马路边，幸灾乐祸地看着宋初夏在那等着笔友的出现。

宋初夏并不是没有怀疑过这个同时空出现的"青青河边草"，因为在约会的时间他总能够准时出现，这让她费解。但是她认真对比过二人的笔迹，赵青禾的笔迹潦草而轻浮，慕容枫的则方正而有力，所以宋初夏很快就打消了这个想法。与其说赵青禾是来制造浪漫的，倒不如说他是刻意来看热闹的更贴切。初恋这种事情，一定要很小心才行，如果选对了，那就是彼此鼓励；如果选错了，尝到禁果的同时便万劫不复，所以宋初夏一直很小心。

雨过天晴，宋初夏只记得那晚的星星点缀在天际，和之前在教室里的窗边窥见的无数个夜晚没什么不同，一如既往。

一场南方小城的巴山夜雨，让这段缘分就此按下了暂停键。也正是赵青禾的再次捣乱，将这段尘封已久的感情得以延续。

赵青禾的车开得飞快，他也想追上那即将逝去的爱情。

毕竟，青春的选择没有对错。

第十四章　风口上的猪，装成了

你怎么不上天

叶海峰吃完饭后并没有急着离开，而是在这条小街上逛来逛去。为了能够兑现自己的承诺，赢得技能大赛，叶一茜竟然能够亲自实地调查，如此强大的执行力让叶海峰刮目相看。

集团电话响起，股票在市场上遭到了做空，叶海峰不得不加快了回程的步伐。他知道宋浦生炒菜的间隙会在后厨的街上抽支烟，所以他径直绕到了初夏餐馆的后街上。

初夏餐馆的生意很好，但是宋浦生终归还是有休息的时候。他走出厨房的时候，却发现叶海峰早已从麻将馆搬了张桌子，坐在那里泡了壶茶。老友相逢，自是相逢一笑泯恩仇。毕竟都过去20多年了，当年的争执化作了如今事业上的成就，胜败已经有了定论。

宋浦生笑呵呵地走过去坐下，叶海峰倒上一杯茶递了过去。

"海峰，我知道你是直爽的人，跑这么远来，有什么话你直说吧！"

叶海峰知道宋浦生的性格，原本他只是想来看看老友，但是刚才集团的一番电话却让他心中五味杂陈，一年来集团股票增长乏力，支柱产品也没有了自己独特的优势，市场上的竞品有很多。如何投资开发新的项目，进而拉动公司疲软的业绩是叶海峰一直以来的心病。所以面对宋浦生的坦然，叶海峰咬了咬牙，还是没有提配方的事情，毕竟，当初就是他偷走了宋浦生的配方创办的企业。

"我女儿叶一茜来过，听说你不让你女儿参赛了，这事儿应该有我的原因在里面吧？我来找你，不是为了配方的事儿，我是想让你同意你女儿继续参赛，毕竟她和你一样很有天分。"

宋浦生简直有些不敢相信这个视财如命只爱自己的人会说出这样的话，他从前可是疯狂找人给自己带话要花巨资购买配方。

"你大老远跑来，该不会就是为孩子们比赛的事情吧？没错，我之所以不让初夏参加比赛，就是因为你的女儿，我知道你会不择手段让她赢，我不想初夏受到伤害。"

"浦生，你错了，我现在有时候也会回想当初你说的话，或许人们早晚有一天会回归简单健康的饮食。我想，如果有机会，或许我们可以把之前的酒楼重新开起来。"

"算了，我现在的生活很幸福，我赚那么多钱也用不着。"

"一茜是个叛逆的孩子，她们之间的比赛，我绝不会干涉，放心让初夏去参赛吧！她遗传了你的天赋，如果能赢得奖金，对她的工作不也是很好的帮助吗？"

集团的电话一直响个不停，叶海峰说完便起身走了，留下宋浦生在那发呆。叶海峰看穿了他的心思与顾虑，但是宋浦生不懂叶海峰此番来找自己的目的，他真的只是想来看看自己吗？顾客催得紧，彭文静便来到了后厨，当看到宋浦生一个人坐在那里的时候，她便也明白了些什么。

宋浦生百思不得其解，叶海峰是怎么知道宋初夏退赛的事情？自己并没有告诉任何人，叶一茜是怎么知道的呢？

叶一茜当然不知道宋初夏退赛的事情，告诉叶海峰的人是慕容枫。虽然慕容枫拒绝做叶海峰的狗腿子，但是有能力影响宋浦生的好像只有叶海峰了。慕容枫不知道叶海峰和宋浦生曾经认识，但是他知道，既然是自己女儿这么关心的对手，叶海峰一定会有他的办法出手帮忙。当然，叶海峰大可不管不顾，借此机会为叶一茜夺冠扫除障碍，但是慕容枫赌的是叶海峰对叶一茜的爱。叶一茜虽然骄横野蛮，但是昨晚慕容枫从她身上看到了难得的接地气的一面。叶一茜和慕容枫不同，慕容枫只想赢，拼尽一切办法的那种赢，但是叶一茜更在乎赢的方式，她更尊重对手。在这一点上，慕容枫敬佩叶一茜。所以，考虑再三后，慕容枫选择将这条信息告诉叶海峰，也就有了父辈之间的那场短暂的相见。

当赵青禾狂奔在表白路上的时候，世界一下子变得晴朗美妙了起来。看到路边的油菜花，赵青禾甚至奔跑到路边采了一束。新车只在赵青禾这里一天的时间便输给了爱情，前一晚还说车手，只需要车和手，现在这会儿便可以交给盖斌开回青岛，自己坐高铁全速去告白。

当赵青禾手持油菜花狂追到火车站，成功买票进站打算给宋初夏一个惊喜的时候，宋初夏收到了来自父亲宋浦生的惊喜。宋浦生并没有讲叶海峰和叶一茜的事情，他只是轻描淡写地说银行实习的事儿因为业务调整取消了，所以还是建议宋初夏去把比赛完成，如果可以的话，赚点奖金也是好的。

虽然宋初夏不知道宋浦生的语气为何如此平静，但是她兴奋不已。能够做自己喜欢做的事情，天下难道有什么比这个更让人开心的事情吗？所以宋初夏毫不犹豫地定了同站换乘去往青岛的高铁。

光头赵青禾手持油菜花踏上高铁站台的那一刹那，便成功地吸引了众人的目光。而当赵青禾挨个车厢寻找宋初夏的时候，却发现宋初夏早已拖着行李走在了站台上。眼看着高铁马上就开动了，赵青禾这才慌张地拨通了宋初夏的电话。

"喂，找我干什么？你还好意思打过来！"

"初夏，你怎么下车了？我刚上来！"

"什么？"

"你快回头！我在车里！"

"你疯了，你在干什么？"

"哎，我这不是来找你回去比赛的吗？"

"我这不打算回去了！"

"算了，回去再说吧！"

就这样，两个人完美地错过了彼此，赵青禾扑了个空。最终，赵青禾还是没能在高铁上用油菜花表白。坐在高铁里看着宋初夏站在站台上与自己分别的感觉让赵青禾十分难受，那种爱而不得的无奈刺痛了赵青禾的心。

"赢得比赛吧！赵青禾，不要再做这样的人，不要再守护别人了！"赵青禾的脑海中一直萦绕着这样一个声音，久久挥之不去。

电话响起，传来了盖斌小心翼翼的声音："青禾，我看了下，下一站有一家羊肉米粉挺好的，我去火车站接你，咱俩去试试看？我请客，毕竟不能白蹭你的车。我跟你说，我一个人开回去太远了，我有点害怕……"看着桌子上的油菜花，叶子已经蔫掉，赵青禾挂掉电话，嘴角开始抽动了起来。

正当自己打算哭的时候，坐在对面的一个女生却板着脸喊道："喂，你别哭好不好！我本来想哭的！从开车到现在，我已经忍了很久了，因为……我和我男朋友分手了，呜呜……"

看到对面的女孩子哭得伤心，赵青禾起身便去了厕所。

在厕所里，赵青禾不知道为何心里十分拧巴，他没有心思去分析这到底是为什么，他只知道，宋初夏一定不知道最早向她表白的是自己，要不然她的眼神不会那么嫌弃。他打开水龙头洗了洗脸，看着镜子里的自己，他甚至开始怀念在宿舍和龙哥打游戏的日子、在课堂上被室友整蛊的日子。此刻的他并没有想家，而是无比怀念被友情包裹的日子。他知道，大家虽然表面上都在看他热闹，其实是希望他过得好。

看着镜子里的自己一副委屈的模样,赵青禾突然泪如泉涌,哭得像个小丑。

盖斌开着那辆黄色野马车从下一站的高铁站接上了赵青禾,回去的路上,赵青禾什么话也没说,他认真地看着路两边的风景。当拉着游乐园奥特曼的拖挂卡车迎面驶过的时候,赵青禾不知道为什么,眼里噙满了泪水。

两个粒子纠缠所产生的时空,终会让想念的人再次相遇,这便是缘分。或许,构架那个缘分时空的人并不是自己;或许,某一步踏出后,心里期待的那个人早就在那一刻消失了;或许,这便是成长。

晚上的时候,车已经开到了龙翔路。在观景台,赵青禾看着悬崖下的海岸,波澜不惊的面色下是一颗如礁石般坚硬的心。

盖斌一度以为赵青禾因为感情失利会想不开,但是他大大低估了赵青禾触底反弹的力量。赵青禾从发动机那里取出了四个汉堡,狼吞虎咽地吃起来。

伴随着巨大的轰鸣声,一队车从海边驶了过来。赵青禾一眼便认出来,正是自己小组赛遇到的最强大的对手——何知光。

何知光是"搞事辉"车队里的强将,常年在龙翔路练车。和其他人不同,何知光穿着打扮十分时尚,染发、耳钉、裤链一应俱全。稚嫩的脸上写着青春的不羁与张扬,时尚的打扮也仿佛让他自带光环,仿佛从漫画里走出来的人,十分有型。初赛过后,慕容枫和赵青禾的集体消失让何知光纳闷不已。但是,他终于还是等到了赵青禾。何知光第一时间来到了赵青禾面前,自报家门。

"青禾,你好,我叫何知光,好久不见。"

看到流里流气的何知光伸过来的手,赵青禾十分不屑地说:"和你很熟吗?"

"喂,青禾,我是很欣赏你的技术好不好!虽然有些不熟练,但是你这个人我很喜欢,交个朋友嘛!"

"我不缺朋友!"

面对赵青禾的冷漠，何知光仿佛早有预料，他笑着走到跟前看看远处的海说："不要以为对手都不是好东西。青禾，有时候，你要小心你身边的人哦，比如雄哥。"

"你什么意思？"

"我只是说，非亲非故的，这么卖力帮你，你是天才，难道不该想一想原因吗？"

"你别费力气了，比完赛再说吧！"

山下的喇叭声响起，坤雄的车准时到达，何知光也识趣地回到了车上。

"青禾，你有种，我看好你。有空可以上网查一下'搞事辉'和坤雄龙翔路的事。明天见！"

何知光的车队掉头朝着山下驶去，和坤雄打了个照面。看到对方兵强马壮，坤雄倒吸了口凉气。

"你没和那帮人比赛吧？"

"没有！不过他们好像是专门来找我的，他们怎么知道我在这？"

坤雄指了指远处树上的摄像头说："这条路上到处都是他们私下里装的摄像头，三个月的电量，只要有车来，他们都会知道。我之所以没带你来这里练车就是这个原因。"

"那今天我们来这里是……？"

"这次技能大赛的规则很多元，我在想，初赛其实已经检验了很多车手的基础，若是复赛和决赛再设置类似规则的话，那就毫无意义。所以，今天我开了一辆不一样的车想让你试试手。"

直到这时，赵青禾才发现，坤雄竟然开了一辆电动汽车。

"电车漂移？雄哥，你不是开玩笑吧，我听都没听过啊！"

"知道这些年我为何打游戏吗？"看着赵青禾摇了摇头，坤雄点了支烟若有所思地说了下去，"汽车制造技术常年被西方和日本等国家和地区控制，我们想发展一直发展不起来，所以国家这些年大力发展电车，刚开始没人看好，但是现在的造车技术已经很成熟了。这次技能大赛就涌现出了很多新的元素,我猜想,或许后面的比赛会提供统一的赛车,而电车漂移目前在国内是空白。我尝试过后觉得这个和游戏里的设计很相似,因为电能转化不需要像发动机一样有那么强的滞后性。这也是我押你的原因,因为你比别人更会打游戏。"

"雄哥,刚才那个叫何知光的跟我说……"

"忘掉那些,比赛就是比赛,心理战也是一方面!"

"嗯!"

当赵青禾驾驶电车的时候,那种强有力的起步和推背感简直就是颠覆性的体验。本质上来讲,电车漂移和燃油车的漂移完全就是两种感觉,电车的制动比燃油车更加灵敏,几乎是无缝衔接,你可以在电动汽车上完全忽略汽车本身所带来的微小时间差。

"雄哥,这个简直太奇怪了,完全听不到发动机的轰鸣,只有轮胎和赛道摩擦的声音。圈里根本没人用电车漂移,你是怎么想到这个的呢?"

"很多年前我就在研究这个领域了,只不过是正一集团的动作提醒了我。"

坤雄拿出手机将一条新闻发给了赵青禾,赵青禾打开看,发现正一集团投资了一家新的电动汽车制造公司。

坤雄是个嗅觉敏锐的人,而大集团的一举一动都被他看在眼里。最早在风洞实验室遇到慕容枫的时候,他便开始怀疑叶一茜签下慕容枫的动机不可能是纯粹地培养种子选手。没有叶海峰的支持,叶一茜也根本不会得到汽车厂家领导的高规格接待。这一切都表明,叶海峰支持了叶一茜投资慕容枫的计划,而这背后必定有着资本的逻辑,那就是,叶海峰未来即将布局电动汽车市场。而很快,市场的行为就验证了坤雄的判断。

其实,叶海峰在见到慕容枫的那一刻便有了这个想法,如果慕容枫真如叶一茜所说能够获得比赛的冠军,那么叶海峰将会站出来大做文章,进而高调进军电车市场。只是,市场的疲软让叶海峰提前打出了这张牌。电车漂移也是坤雄近年来研究的领域之一,一开始的电车从设计到动力各方面都不成熟，根本无法持续完成高难动作。特别是在高强度拉力赛和复杂地形之下，电动车的安全隐患实在是太大了。眼下，电池技术和制造技术已经取得了重大突破，他也从车库中愈来愈多的电车中看到了自己未来布局的方向，这也是"偷心海盗"的来历。一切的一切，都是坤雄卷土重来的提前布局。

"资本永不眠，正一集团不会做无用功的。"

望着坤雄深邃而冷静的眼神，赵青禾想起了刚才何知光说过的话。如果说正一集团出于利益考量签下了慕容枫，那么坤雄为何选中了自己呢？是时候该好好考虑考虑了。

回去的路上，赵青禾冷静地思考着何知光的话。从坤雄的角度来说，他起初就是想拉慕容枫入伙，可是并未如愿，所以退而求其次选择了培养慕容枫的对手。当然，这也取决于自己有一定的基础。但是利益呢？利益从哪里来？坤雄难道不怕自己出名后便单飞了吗？赵青禾百思不得其解，可能答案就在何知光说过的话里。

回到宿舍后，赵青禾便打开电脑搜索了"搞事辉"和坤雄在龙翔路的那场比赛。

坤雄说的是对的，龙翔路到处都是"搞事辉"私下安装的摄像头，比赛视角清晰可见。原来当年的坤雄恃才傲物，在圈里确实是大神级别的存在，特别看不起喜欢漂移的"小白"们。龙翔路是漂移爱好者们的聚集地，原本只是几个发烧友在这切磋交流，可是后来人越来越多，一时间成了一个热闹的场所。一到晚上，这里不仅灯火通明，而且豪车美女如云，甚至发展到了众多烧烤小商贩也跟着来摆摊的繁荣局面。要知道，龙翔路平时是鸟不拉屎的地方，仅仅通过漂移爱好者们的民间交流赛，硬是发展出了一条小商业街。原本这里相安无事，可是坤雄的傲慢却打乱了这一切的美好。作为大神级别的他来到这里无视规矩，用车技吊打众人，有时候喝了酒还撒泼，一时间引起了众人的反感。事情发展到最后，坤雄竟然插手发烧友们的比赛，看到众人都开始排斥这个昔日的大神，"搞事辉"带头站了出来。在受尽了坤雄的侮辱后，最终达成了一、三、五坤雄坐庄，二、四、六大家自由组织的局面。

坤雄的霸道与膨胀最终让大家咬紧牙关苦练车技，虽然在赛场上打败坤雄几无可能，可是在龙翔路就说不准了。最后"搞事辉"终于找到了一个合适的机会，打算同坤雄一较高下。坤雄当然没把"搞事辉"看在眼里，依旧口出狂言。

"赌一、三、五，二、四、六没什么意思，雄哥，拿兄弟们的爱好赌不太合适。要不就赌大点！赌女朋友怎么样？"

"'搞事辉'，你要搞事情我奉陪到底！一会儿我打你脸你不要喊疼就是了。"

"好啊，谁输了，谁和女朋友分手！"

"搞事辉"抓住了坤雄的软肋，他想借此一战让坤雄彻底离开龙翔路。为此，大家齐心协力在龙翔路的两边装上了摄像头，研究了坤雄在龙翔路的几乎所有开法后，"搞事辉"胜券在握。

天公不作美，那天暴雨如注，但是有人挑战自己，坤雄自然不能示弱。就这样，"搞事辉"几乎用搏命的心态和坤雄比了一次。弯道的时候，坤雄怎么也没想到，"搞事辉"竟然从外线超车。如果坤雄再往外一点，那么"搞事辉"就要跌落悬崖了，但是如果坤雄让"搞事辉"通过了，那么他注定要被超车输掉比赛。但是，"搞事辉"最终赌的是坤雄的良心，他成功拿下了比赛。而作为比赛之前口出狂言的代价，坤雄也不得不落下一个赔了夫人又折兵的下场。从那以后，坤雄便再也没来过龙翔路，他女朋友得知此事后也离开了他。

"搞事辉"也成了"屠龙英雄"，一跃成为大家心目中的队长。凭借这份胆识和气概，"搞事辉"后来发展得顺风顺水。

搞了半天，自己认为的大神竟然是一个经历不怎么光彩的人。而哪怕自己赢得了比赛，加入了坤雄的战队，那也会在圈里被人笑话。自己辛苦的努力成为坤雄洗脱自己昔日恶名的筹码，此刻的赵青禾终于明白了何知光的那句话内涵：名不正则言不顺。赵青禾本是为爱出战，现在看来，投靠坤雄简直是无比错误的决定，甚至愚蠢至极。怪不得慕容枫死活不肯答应坤雄，估计他应该也知道了龙翔路的那段往事，不愿为坤雄而战吧！想到这里，赵青禾对慕容枫的气愤又多了一分，他看似冷酷无情，实则步步心机。答应自己出战后，便第一时间联系了叶一茜，这是多么成熟而靠谱的决定啊！反观自己，则是乱弹琵琶，毫无章法。

想到这里，赵青禾头疼不已。此刻的他手里已经没有什么底牌可言了，只有胜利。先比赛吧，比完再说。毕竟，除了慕容枫，初赛还有十名选手胜出，能不能通过第二天的复赛还是个未知数。

第二天的比赛，果然让坤雄押中了考题。十二名选手每四人一组，最终选出小组获胜者三名进入决赛，而比赛所用的车是官方提供的最新款电动汽车。当得知要用电车漂移的时候，很多选手顿时慌了手脚。但好在大家都差不多，没人会选电车玩漂移。

大赛官方之所以选定赛车，一来是想通过指定赛车来筛选真正具备操控技术的人，二来更是想率先引领这个潮流。如果燃油车是一个机械产品的话，那么电动汽车完全就是一个数码产品。它和电脑城里的组装电脑一样，每一部分都有着自己完整的控制系统，每一部分可以升级替换。比如刹车需要刹车软件系统，悬架有平衡软件系统，电池则有单独的供电系统。与其说是一辆车，倒不如说它是一个多系统组合而成的大号电子产品。而电子产品的属性改写了汽车的历史，也将改写漂移这项运动的规则。敢于突破常规，敢于引领时代，这也是匠心杯技能大赛的宗旨所在。

幸运的是，赵青禾依旧没有抽到和慕容枫一个小组，这或许让二人的角力延续到了决赛。不过，二人没有想到的是，其余选手的实力远超想象。自己没有用过电车，并不代表其他选手也是这样。何知光早在电车刚出现的时候就已经开始琢磨了，而且"搞事辉"不但利用自己的身份将关系发展到了传统车企，更是从电车企业那里拿到了新车测试的活计，很多厂商的新车往往都是送到"搞事辉"这里做免费的测评，而何知光便是主力中的主力。作为接受新事物的年轻人代表，何知光几乎在第一时间就爱上了电车漂移的感觉。在他看来，电动汽车的整车布局和传统燃油车有着很大不同，传统燃油车的重量多在发动机上，而电动汽车的整体重心却在底盘的电池上，这就使得以传统的汽车操控技巧很难驾驭高难度的漂移动作。何知光认为汽车漂移竞速赛之所以拉风，关键不在发动机的轰鸣，而是如何在各种弯道和复杂路况下完成闪转腾挪，技术本身远比炫酷更重要。这一点，在初赛的时候，赵青禾便已经深深地领教过了。可以说，虽然何知光看起来比自己小一点，但是在电车漂移领域绝对是"老司机"。

比赛终点站在山顶的观景台，到达山顶时折返，用时最短的胜出。

一开始，就可以看出很多选手在操作上的不熟练，但是竞争依旧激烈。几日来的长途拉练让赵青禾拥有了更敏锐的应变能力，全新的环境和赛道也让他格外兴奋。面对这种复杂环境，坤雄最怕的就是突发意外情况，比如飞鸟走兽之类的动物，突然出现的情况将极大考验选手们的应变能力。

初赛的好运气到了此时就没那么顺利了，虽然何知光依旧想和赵青禾在自己最擅长的龙翔路一较高下，但是他抽到的却是慕容枫，而山地赛恰恰是慕容枫最擅长的。每到心情不好的时候，慕容枫便骑车来到这条路上，反复压弯之后便来到悬崖下的礁石那里度过自己的独处时光。

赵青禾痛快不已，他原本想在复赛就亲手淘汰掉慕容枫，没想到慕容枫对上了何知光。此时赵青禾想起何知光的那句话，不要以为对手都不是好东西，有时候对手也有可能是战友。

大赛组委会在终点那里设置了大屏幕，在山道的很多处弯道那里架设了摄影机，无人机实时跟拍，同步直播。这一盛况将山下的小街几乎堵死了，很多发烧友慕名来观战。

在慕容枫眼里，龙翔路确实是难得的漂移的好地方，最难过的是一连十道的发夹弯。但是四川老家的山道比这更陡更弯更窄，这种道路在老家只能算是最简单的路了。

何知光开始练车就是在龙翔路这里,他闭着眼都知道路上的每一处拐弯,可以说这里是自己的主场。

二人的实力超群,在下山的时候,二人都心照不宣地选择跟在了前车后面,这便是策略——先观察对手的驾驶套路,然后伺机弯道超车。前车的两个新手有些操控不来电车,在转弯的时候怕出问题,只好减速通过,而慕容枫率先超车冲了过去,何知光则故意落后于慕容枫,试图麻痹对手。

当慕容枫一骑绝尘领先的时候,他的节奏开始慢下来,因为他从后视镜里看不到后面的三辆车,不自觉便慢了下来。看到前面就是发夹弯,何知光知道机会来了,他猛踩电门甩开后面的两位选手,在发夹弯处绝地漂移。当何知光从慕容枫身边超车而过的时候,慕容枫甚至都不知道何知光什么时候跟上来的。电车的优势就在于此,没有了发动机的轰鸣,对手就失去了一个很大的判断维度。

有了何知光的带头,慕容枫更轻松了些,他只需要紧紧地咬住前车不松口就好了。所以发夹弯过后,何知光几乎是被慕容枫紧紧死咬着。凭借对道路的熟悉程度,何知光迅速地计算着每个弯道的最佳切入角,但是让他意外的是,怎么也甩不掉慕容枫。

而慕容枫这边也是满头大汗,虽然没被落下,但是何知光的实力远超过慕容枫的想象。自己已经尽最大努力在下山的时候适应电车的漂移操作,但是依旧未能追上前车。若不是常年送外卖的经历,自己很难在第一时间通过肌肉记忆应对各种复杂的路况,自己恐怕早在某个弯道来不及刹车冲向悬崖了。

坤雄担心的事还是发生了,一只飞鸟从树林飞过,撞到了何知光的车窗上,车子瞬间失控摇摆,而慕容枫抓住机会猛地超了上去。还剩下最后几百米,慕容枫终于松了口气,只要电门踩到底,胜利在望。

可是,鬼才何知光很快调整了方向,压着公路的最内圈追了上来。如果说汽车在正常转弯的时候，离心力需要轮胎的摩擦力来解决的话，那么漂移的速度决定了汽车的安全范围，所以在漂移过弯的时候，除了轮胎的抓地力之外，如何减速就成了胜败的关键。而何知光有自己的绝招，那就是将车轮卡到内侧的水沟里，全速过弯。也就是说，相当于用一根绳子拉住车来抵抗高速过弯的离心力。水沟卡住的车轮将车紧紧地抓住不被甩出去，这种技法最早出自日本著名漫画《头文字D》。虽然大家都知道，但是鲜有人尝试。何知光果然是艺高人胆大，只是几个弯道过后便追上了慕容枫。

当慕容枫即将过线的时候，奇迹的一幕又出现了，何知光和慕容枫同时过线。

镜头慢放，二人的车头一起冲到了终点。观众沸腾了，发生在初赛的奇迹再次上演，二人只能再来一次加时赛。

这次，何知光并没有保留，而是全速前进，将慕容枫甩出了老远。慕容枫自然不能输掉这场比赛，毕竟他身上背负了太多的期待，他再次将他的稳重发挥到了极致。他故意让何知光超过自己然后拉开距离，没有了对手自然就会丢掉自己的节奏，这是自己上一局的弱势。甩开慕容枫的何知光刚开始全速前进，但是到了发夹弯后，人便会下意识减速再减速，慕容枫就是在这个时候出现在了何知光的后视镜中。看着窄窄的山道，何知光死死地卡住了道路的控制权，让慕容枫无法超车。只是，何知光低估了这个出身于赛车世家的慕容枫。看到慕容枫朝着外道开过去，何知光吃惊地瞪大了眼睛。难道慕容枫要从外道超车吗？难道他不知道外道无法通过会车毁人亡吗？看到慕容枫完全没有停下来的意思，何知光狂按喇叭提示，可是慕容枫好像没有听到一般继续加速追了上来。

"他疯了吗？"何知光当然不能让开车道，但是慕容枫的拼命驾驶着实让何知光吓了一跳。

在最后一个发夹弯，慕容枫猛然变换车道驶入了内侧，何知光猛打方向盘卡死右侧道路。只不过，慕容枫借助水沟边的落石将车侧翻了过来。巨大的离心力让慕容枫的车直接贴到了何知光的车上，若不是何知光的车在外侧阻挡，慕容枫指定要翻车坠崖的。眼下的这番操作惊爆了何知光的眼球，竟然还有这么高难度的动作。何知光怕被慕容枫推下山崖，只得死死地把住方向盘，但是车还是被慕容枫推出去一段距离。慕容枫就此完成了一个华丽的超车，开到了前面。

这段神仙打架让赵青禾冒出一身冷汗。若是换成自己，估计早就被慕容枫比下去了。

何知光惊叹对手的实力之强大，没有很长时间的驾车经验和对车的绝对信任，没人敢在弯道高速行驶时玩这么高难度的动作，慕容枫绝对是个胆识过人的高手。

二人的博弈不分上下，你追我赶终究难分高下。以前燃油车大量消耗燃油造成的车辆的重量损失在电车上完全可以忽略不计，能够决定胜负的只有车手的判断和车技。

何知光有弯道卡水沟的技术，慕容枫自知在上坡赛道很难与之竞争，急中生智的慕容枫选择了自己的方式，那就是开车窗。慕容枫选择打开左侧的两个车窗，如此一来，车辆内外形成了一个压力差，内侧的车窗被空气紧紧地吸住，慕容枫一点点地释放着过弯时的速度。何知光的技术虽然有优势，但是只有在过弯的时候才有，慕容枫却能够从全程统筹把握，然后一点点超过对方。

眼看着慕容枫即将追上自己，何知光索性将左侧车门打开，用脚狠狠地顶住。车门像是风帆一般，有了巨大的向心力，在最后一个弯道，何知光利用车门的阻力成功节省了时间追平了慕容枫。

而最终两车驶过终点的时候，众人又一次沸腾了。这一次，又是同步过线！

看到何知光脸上轻松满意的笑容，慕容枫才明白眼前这个天才少年可怕的实力。原来，初赛时的几次同时过线都不是偶然。何知光用自己绝对的实力控制着整场比赛。他之所以在初赛的时候数次选择和赵青禾同时过线，根本不是偶然。他欣赏粉红豹赵青禾的愣头青车技。那是高手之间的惺惺相惜，何知光不愿赵青禾在初赛就被淘汰出局，所以尽自己最大可能挽留了这个对手，这也是何知光对赵青禾说那番话的意义所在。同样的情愫也出现在了慕容枫身上，何知光的车技在龙翔路可以说是炉火纯青，他本打算第一局就将慕容枫淘汰出局，但是飞鸟帮了慕容枫一局；第二局则是慕容枫的侧位超车让何知光再次选择保留这位实力选手。也就是说，何知光站在了全局视角为自己选择了决赛的对手：慕容枫和赵青禾。

原本何知光以为自己最大的劲敌是赵青禾，没想到半路杀出个程咬金，慕容枫的出现让何知光对这场比赛充满了期待。毕竟，有着强大的对手，自己的成功才会显得更加有意义。

视角转到叶海峰这里，叶海峰打开叶一茜发过来的有关慕容枫比赛晋级的视频链接，看到慕容枫的车技及格局，叶海峰欣慰地点了点头。叶一茜的布局是对的，慕容枫如果赢得比赛，那么正一集团就会宣布自己早已布局汽车赛道，并且取得了成绩。这样一来，所有竞争者便不会再诋毁自己一个做调味品的企业布局新能源市场的逐利动机。如果说传统燃油车讲究的是技术与精湛的工业水准，那么新能源电车则像电子产品一样更加年轻化、多元化，这是叶海峰在见到慕容枫的那一刻便想好的未来新赛道。

当观众席上的叶一茜和宋初夏为慕容枫出线而高兴的时候，唯独赵青禾愁容不展。

虽然赵青禾没有遇上何知光，但是复赛是激烈而残酷的，赵青禾的小组对手也非等闲之辈。从之前的两组比赛来看，大部分人认为能够胜出的机会只有发夹弯，因为在同等因素下，直道很难超越。但是天才的赵青禾却并没有这么想。当所有人将目光投射到发夹弯那里的时候，赵青禾却将想法放到了终点线这段直道上。当比赛开始过半的时候，这更验证了赵青禾的判断。所有选手都吸取了前面比赛的经验，纷纷卡死对方，让后面的车无法超越。

这样，占据车道的前两辆车谁都不让谁。赵青禾虽然没有掉队，但是想要胜出的话，就只能在终点前的直道上下点功夫。

当赵青禾成功躲过卡位的两辆车后，他终于以微弱的优势冲向了终点。但是，和其他所有选手不一样的是，赵青禾并没有把终点当作车停的地点，而是车速最高点。也就是说，所有车手都会选择在车冲过终点后刹车，所以在冲过终点前几十米必定不会猛踩加速踏板，因为那样会冲过道路坠落悬崖。而赵青禾在对手的紧逼之下，只能全速通过终点线方有胜算的可能。这就是天才与普通人的区别，赵青禾几乎是想别人之不敢想，做别人之不敢做。

看完前两组的比赛之后，坤雄也放弃了夺冠的想法。毕竟，对手实在太强了，凭借赛场认识的一个毛头小子夺冠，现在想来都有些可笑。当所有人都以为赵青禾即将以微弱的劣势败北之时，赵青禾没有选择减速，而是在最后一刻成功过线冲出了终点。伴随着众人的惊讶声，赵青禾冲破了荧幕，朝着山下飞驰而去。所有人都震惊了，而洗剪吹三人组完全愣住了，他们拍的不是赵青禾的高光时刻，而是赵青禾的疯狂之举。

当前车一个急刹车停下来时，所有人都跑到了悬崖边上往下看去。而此时的宋初夏更是焦急地奔向了山崖，这个自己讨厌的人为何选择在众人面前结束自己的生命？此刻的宋初夏有些失了神，不知为何眼泪止不住地流了出来，她的内心在不经意间在乎起眼前这个自己最不在乎的人。

赢真的有那么重要吗？至少在赵青禾这里很重要。他不善表达，也没有那么勇敢，他唯一能做的就是用行动来证明自己，哪怕将为之付出生命的代价。

只听众人一片欢呼，原来，车冲出悬崖的时候，赵青禾已经迅速打开车门跳了出去，并第一时间打开了身后背的"降落伞"。这其实是一种名为"充气降落系统救援背包"，造型和降落伞非常相似，打开后气囊充满，伞罩迅速展开，形状如同羽毛球，缓缓沿着悬崖峭壁飘落。众人稍微松了口气，这个不要命的衰人，既让人讨厌，却又让人喜欢。

虽然赵青禾开伞及时，避免了当场车毁人亡，但悬崖下面的礁石林立，落在上面依然很危险。就当所有人以为赵青禾要粉身碎骨的时候，海风让赵青禾成功落到了水里。有人说过，站在风口上，猪都能飞起来。赵青禾解开背包，上半身趴在气囊上。在周边海域游弋的快艇迅速冲过去扔下了救生圈。赵青禾激动地朝大家挥舞着双手，他当然知道自己赢了。他当然也知道，这次他又完成了史无前例的、精彩绝伦的最完美亮相。

当媒体齐奔海岸围住赵青禾采访的时候，赵青禾又一次成为众人瞩目的焦点。只不过此时的赵青禾没了初赛时的激动与兴奋，他更像是为爱赴死的勇士，在空中的那一刹那，他释然了。

宋初夏看着头发未干的赵青禾，她走上前去朝着赵青禾就是一巴掌。

"赵青禾，你疯了！你知不知道，你这是玩命！为了一个比赛值得吗？！你个混蛋，知不知道我有多担心！"

赵青禾只是傻笑地看着宋初夏。

看着脸上还带着红手印的赵青禾冲自己傻笑，宋初夏哭着紧紧地抱住了这个自己曾经最讨厌的人。

曾经，为了拥抱宋初夏，赵青禾穿着签满名字的校服，拥抱了班里的每一个人。

宋初夏明白，曾经最讨厌的这个人，终将成为她青春的底色，无人能够替代。

第十五章　姑娘，我敬你是条汉子

好一道厉害惊人的菜

赵青禾的空中飞人将他推上了当天的热搜榜，各种联系的电话纷至沓来。赵青禾关掉了手机，将自己锁在了屋里。靠玩命闯过复赛的赵青禾如释重负，原本就是为了逃避课堂学习出来旅游的，结果硬是被人赶鸭子上架，不得不走到了今天，太不容易了！这算是给学校、给室友、给父母一个交代了，决赛到底如何，赵青禾懒得去想了，顺其自然吧！

勇气，并不是随时都有的，若不是慕容枫的种种小动作让赵青禾愤愤不平，若不是坤雄的设计让自己成为棋子，赵青禾早就选择放弃了。当他躺在床上回想在空中划过车窗的海鸥，还有冲入海水的那一刹那时，整个世界都变得安静了。那种拼尽全力不留遗憾的畅快，那种丢掉一切放空自己的轻盈，让赵青禾浮躁的内心再次回归了踏实与宁静。

这届技能大赛堪称创新改革的典范，它不再墨守成规，而是真正地考察了一个匠人该具备的所有品质。烹饪大赛的复赛规则出现的时候，所有人都为大赛组委会的大胆改革和锐意创新竖起了大拇指。复赛的规则是15人的选手自行组队，分为三个小组，在规定时间内，每个小组自己设计并采购菜品，最终将餐车开到客轮上。

三个小组将为客轮的船员提供一份套餐，然后由船员投票决定胜出的两个小组进入下一轮的比赛。也就是说，这一轮的比赛是团体间的竞争，而非个人的角逐。

如果说初赛是考察烹饪选手们的基本功与天赋的话，那么复赛则是考验了选手们的合作能力。毕竟，厨房是刀与火交锋的战场，每个人都不能脱离了团队而存在，一个优秀的匠人更应该是兼收并蓄的，而非排斥外界的人、事、物，闭门造车。

每一个小组都有专门的摄像组，跟拍从选购到开会的每一个环节。作为对手，叶一茜第一时间便找到了自认为对路子的几个选手。这几个选手和自己的资历背景相似，对西餐都有着很深的造诣，家庭也比较殷实，平日里的食材都以中高端为主。叶一茜的强势与组织能力在这一环节得到了最大的发挥，她站在那里仿佛就是天生的领导者。叶一茜本打算将拥有天生味觉的黄巨翔纳入麾下，但是黄巨翔却拒绝了叶一茜的邀请，主动地来到了宋初夏这一组，在黄巨翔看来，宋初夏给人的感觉更舒服一些。

宋初夏这边有些手忙脚乱，而叶一茜这里已经开始和队员们商量起自己的菜品来。

从一个业余的烹饪爱好者，一跃成为初赛明星，再到复赛的领导者，宋初夏显然有些受宠若惊。以前从来都是小兵心态，见了每个人都是见了大神般地膜拜，现在一下子让宋初夏没了底气。正在众人等待着宋初夏领导的时候，宋初夏的大脑却一片空白。

沉稳的黄巨翔一句话便给了宋初夏很大的信心，她很快就调整了自己的状态。

"喂，宋初夏！你可以把这场比赛当作是乡镇的一场红白喜事而已，没那么复杂。这场比赛比的是人数，又不是摆盘。你琢磨那些花哨的没什么用。"

黄巨翔也是深谙人性，他之所以来到宋初夏的团队，只是因为他吃透了考题。这次考的是人数，也就是说以味道为主。比赛走到现在，大赛官方的思路已经趋于明朗。初赛筛选有扎实基本功的选手，这一关看似简单，但是只要能通过的那都是顶尖的好手。复赛看的是选手的格局和应对复杂条件的团队沟通及应变能力，最终的决赛应该就是一对一的真正的比实力与个人想法的顶级设计。

如果说用船员来当评委，那么味道和能吃饱就是首位。在黄巨翔看来，叶一茜虽然比宋初夏有着更强的领导力，但是宋初夏的出身更适合这次的主题。毕竟，家里有小餐馆的，每年总会关门几天去乡镇给人张罗红白喜事。乡镇的红白喜事基本规模都在百人以上，且在准备的食材规模和制作时间上都和这次的考题极为相似，这就是宋初夏能够赢得这场比赛的核心秘诀。

宋初夏很快就顺着这个思路回想起父亲宋浦生之前的喜事菜单，300人的份量可不是小数目。但是好在大家都用餐盘，所以四菜一汤的样数则是固定的。很快，宋初夏就制定了菜谱。船员常年在船上，湿气重，而以麻辣口味为主的川菜则是不二之选。船员体力消耗大，肉品的选择上牛肉则是首选，所以"川辣牛肉"是宋初夏团队确定的第一道菜。有麻辣的菜品，自然就要有一道与之相搭配的菜来抵消吃过后的油腻。"养生萝卜大煲"则是宋初夏坚持的一道菜品，这道菜选用了最便宜的白萝卜，用猪大骨熬制而成。每当宋初夏胃口不好吃不下饭的时候，父亲宋浦生总会为她做这道菜，这道菜看起来简单，但是吃到胃里，让人感觉很舒服。既然是船员，鱼自然不可少，但是300人份的鱼可不是小数目。思考再三，宋初夏决定做"鱼腹藏羊"。"鱼腹藏羊"号称天下第一鲜，取新鲜的大黄鱼，整鱼脱骨，然后将鱼辅以葱、姜、料酒初步腌制。选用肥瘦相间的羊肉加入海米炒制完成后装入鱼腹，最后用猪网油包裹放入烤箱中烤制。如此一来，鱼羊之鲜便能得到最大的发挥。三个传统的菜品有了，黄巨翔建议必须做一道高级的菜品，毕竟这是技能大赛，而不是食堂考核，况且对手还有以高级食材著称的叶一茜。众人想都不用想就知道叶一茜肯定会选择做西式牛排，光是这一道菜就能够将整体规格拉高。宋初夏与队员讨论后迟迟拿不定主意，毕竟主菜要是选用鸡鸭鱼的话已经和之前的菜品重复了，西餐其实是最容易的选择，但是和整体的搭配又显得违和。如何在传统中式菜品的设计上让人眼前一亮，这个问题一时间令众人陷入了沉默。而在汤的选择上，众人也产生了争议，有队员建议就用传统的番茄蛋汤，一来是做起来简单，二来是比较搭配整体的菜品，但是其他人都觉得太过简单了。

宋初夏想到，小时候，父亲总会带着自己上山采蘑菇，将蘑菇熬制成菌汤火锅。宋初夏觉得可以做野生菌鸡汤，菌汤的鲜美清淡可以不用在用餐结束后再喝，在餐前便可以先喝几碗开开胃。这个建议得到了众人的认同，菌汤也很好地搭配了菜品的荤素。

"初夏，你赶紧想想有什么高规格的菜！"看到叶一茜团队已经分头行动了，黄巨翔有些着急。

"牛鞭？"

宋初夏想到父亲宋浦生的一道拿手菜——牛鞭炒鸡腰。牛鞭和鸡腰子都是大补之物，放在一起炖炒，从气势上便已经赢了。从制作的复杂程度及其食材的选择上来看，与之前的麻辣牛肉和野生菌鸡汤相辅相成互为表里。

四菜一汤的菜谱终于设计完成。当众人抬头的时候，发现其他两组选手早已离开赛场去采购了。新的问题又来了，大赛为每个小组准备了一辆小卡车用来采购物资，但是宋初夏所在的这组，竟然没有人会开卡车。

当宋初夏找到评委询问可不可以找外援或花钱雇司机的时候，叶一茜已经和队员们采购完牛排后奔驰在海港码头。

海港码头就是慕容枫之前带宋初夏去过的那个。大量的食材采购，当然是去码头才最正宗、最新鲜。

叶一茜团队并没有在现场讨论菜品，而是在去往码头的路上定下来的。在叶一茜看来，牛排是首选，菜品烹饪肯定需要300块上好的牛肉，只要把握好火候就能够让船员们吃个痛快，这道菜大家都表示赞同，其他的菜在去买牛排的路上讨论即可。

初赛在创意上输给了宋初夏，这一局叶一茜的想法十分大胆。她听了队员们的意见，但是大家的都中规中矩，叶一茜认为不妥，最后说出了自己的全套想法：主菜是牛排，然后就是芙蓉蟹斗、红烧肉，素菜则是开水白菜。看到众人忍住想笑，叶一茜缓缓地说出了自己的做法。

牛排并不是简单的烹饪，叶一茜称之为"无烟之火"。具体的做法就是用土豆泥打底，在上等的菲力牛排撒上橄榄油，用海盐、黑胡椒、黄油、大蒜还有迷迭香腌制，然后60℃火候慢煮一个小时。在土豆泥中加入黄油、热牛奶、黑胡椒粉、淡奶油及少许盐，用来打底。然后将煮好的牛肉裹上竹炭粉，用喷枪将牛肉的外表烤熟，当闻到焦香味的时候停火完成。高超的烹饪技艺及其搭配组合一下子让所有队员都闭上了嘴。

芙蓉蟹斗则更是代表了叶一茜的顶级水准。用龙趸斑、褐石斑、花金斑、黄丁斑、老虎斑、瓜子斑、东星斑七种石斑鱼取肉做泥用来当花用。虽然都是石斑鱼，但是七种石斑鱼的肉质各有特色，东星斑的肉质最为细软，花金斑和瓜子斑的含油量高，龙趸斑和老虎斑的肉质紧实，不同的鱼肉放到一起方能调和出最佳的口感。叶一茜其实最早是打算将七种鱼肉分别打泥做成一朵花瓣，但是想到要做300份基本不可能，所以叶一茜自己便放弃了这种想法。接下来将母蟹的蟹黄及蟹肉取出炒蟹粉，炒完后取蟹壳填满，然后在上面加上石斑鱼肉做的肉泥雕花，最后再放到蒸笼中蒸熟。

听叶一茜说完这道菜后，大家自然明白，红烧肉更不是简单地拿猪肉来炖，叶一茜选择用大米粉来仿制。用大米粉加入红曲粉先做肉皮，调整碱水的浓度做瘦肉和肥肉的部分，然后用模具压实，最后压在一起蒸熟，用猪肉做一锅真正的红烧肉但是只取汤汁，最后将大米粉做的五花肉放在锅中炖。一块"如假包换"的红烧肉便做成了，不仅有红烧肉的味道，而且不油腻。

而作为国宴名菜的开水白菜就不用多说了，众人都懂，如何熬制清汤最为关键。但是叶一茜所说的无相神汤众人确实第一次听。无相神汤是用九九八十一道食材分九种单独熬制九锅汤，分别为金汤、奶汤、清汤、靓汤、素汤、毛汤、药汤、龙凤汤、二汤。最后再将这九种汤混在一起熬煮，取万象成无相，最后在汤碗里放入一朵莲花，取其哲学禅意。

光是听完叶一茜的解释，众人便明白了，这是叶一茜的主场，只要跟着她干，这一局准赢。所以大家一致抛弃自己的想法，全身心地投入叶一茜分配的任务中去。也正是因为食材众多，所以叶一茜在第一时间就选择先去采购。

当叶一茜指挥众人大肆采购的时候，宋初夏这边还在为谁开车而焦灼。眼看着时间一分一秒过去，宋初夏无奈坐上了驾驶位。

"初夏，你会开车啊？"

"没时间了，大家赶紧上车吧！"

直到宋初夏猛地将货车甩尾开出赛车的气势，众人才知道，宋初夏简直就是扮猪吃老虎。她不但会开车，而且简直就是一个高端玩家。寒暑假时，都是宋初夏开车替父亲去菜市场买菜。

宋初夏也并不是有意要欺骗大家，虽然她会开车，但是她也有自己的难言之隐。正因为每次聚餐，她高中认识的朋友都不让她喝酒，专门负责开车送大家回家，所以宋初夏之后干脆隐藏自己的开车技能，所有大学室友还有老师、同学都不知道宋初夏会开车这件事儿，她跟大学的朋友聚餐时便能敞开肚皮吃个痛快。紧急关头，自己不得不担起这项重任了。

为了赶时间，宋初夏驾驶着货车在海滨道路上疾驰，后面的跟拍摄像车甚至都没能跟上。迫不得已之下，摄像组只好在车上放出无人机来跟拍宋初夏的车。这也是大赛主委的硬性要求，因为要全程录像保证参赛选手没有作弊。

当无人机都差点跟不上宋初夏的小货车的时候，一个被做饭耽误的车神就这么诞生了。

宋初夏来到之前慕容枫说的渔港的时候，却发现叶一茜早就把货物一扫而光了。毕竟300人份的量，叶一茜当然要有备无患，况且，她的菜谱都极尽奢华。不仅如此，叶一茜也猜到了宋初夏必然会来这里买鱼，索性将用不到的好货也一并买了。看着整个码头零零星星的散货，宋初夏脑子嗡嗡响。得知有一个美女买走了货物后，宋初夏才知道，自己被叶一茜阻击了。

没办法，宋初夏只能临时改菜谱，但是300人的量，不可能挨个海鲜市场去买。宋初夏只能先赶往下一站菜市场再做决定。虽然鱼已经不是宋初夏的难题，但是摆在宋初夏面前的是如何买够300人份的牛鞭和鸡腰子。

宋初夏开车赶往市场，虽然老板摊儿上只有几条牛鞭，但是宋初夏深知商业经，只要价钱合适，老板自有渠道。当宋初夏说出自己要150根的时候，差点把老板吓死。

"姑娘，你没跟我开玩笑吧！"

"没有。大叔，我们要给300个人做饭，借一步说话。"

因为摄影师就在跟前，所以宋初夏将大叔拉到一边表示每根多出十分之一的价钱，前提是，一定要足份的。看到宋初夏愿意付定金，事情自然就有的谈。大叔先是走到一边打了个电话，回来后伸出了两根手指。

"耶？成功了？"

"姑娘，是必须要20%，要不然没戏！"

看到大叔坚定的眼神，宋初夏也没啰唆，毕竟都是节目组报销，她痛快地说："行，成交！"

"姑娘，你知不知道，就因为你这一下子，今晚整个城区的烧烤店都点不到这道菜了？你啊，是条汉子！"

想要吃鸡蛋，不一定非得自己养一只鸡，想要得到想要的食材也不一定非得刨根问底，有时候就需要学会花点小钱办大事儿。这是宋初夏从父亲那里学到的，把朋友做多，就是生意做好的秘诀。

而大叔的秘诀就是，联系了屠宰场的车间主任，塞了一条烟过去，就将原本给别人的订单延迟了一天。毕竟,准时交货也没有这些好处。挣到了钱,大叔自然开心,便不遗余力地帮宋初夏去购买别的食材。一圈儿下来,宋初夏节省了不少时间。

看到菜市场的鲤鱼,宋初夏停了下来。看着大小不一的鲤鱼,宋初夏有了主意,那就是做"怀抱鲤鱼"。"怀抱鲤鱼"就是将小鲤鱼腹中塞满八宝饭,然后再将小鲤鱼塞入脱骨的大鲤鱼腹中,最后下入油锅慢炸。外面的鱼酥脆,里面的小鱼则是清蒸的效果,小鱼吸收了八宝饭的味道,让人回味无穷。

三个团队都已购买完食材回到了制作场地。

宋初夏在买菜的时候便安排了众人各自的任务,因为是简单的食材,大家处理起来毫不费力。当两个团队已经进入状态的时候,第三个团队还因为彼此不服气在那争吵个不停。这便是评委最不愿看到的状态,一个团队里没有话事人,每个人都有自己的想法,这样的厨师是无法完成美食的创新和融合的。

叶一茜的菜品虽然是顶级,但是她忽略了一个问题,那就是,并不是每个人都有如她一般精湛的厨艺,其他成员很难复制她的菜品,这导致了每一道菜的品质良莠不齐。有些牛排因受热不均,部分地方基本上是生的,这若是让人吃到了,简直就是噩梦,着急的她只好用烤箱替代了喷火器继续推进。

宋初夏一行人回去将食材卸下的时候,看到对手桌子上摆放的众多高端食材,宋初夏心里也没底。

她悄悄地走到黄巨翔面前问道:"老黄,下午之前,300人份,她们能做完吗?"

"以我的经验,我觉得很难,她们算是走了一步险棋。初夏,我还是觉得完成比完美更重要,别琢磨了,赶紧安排大家继续吧!"

宋初夏的食材过于简单,对于团队成员来说毫无挑战,大家三下五除二便把食材准备好了。宋初夏负责大锅炒菜,黄巨翔则负责味道的调制,其他人打下手。最难的就是在炸鱼的时候控制油温,要保证外面不煳,里面能熟。

这艰难的任务最后当然也落到了宋初夏这里，只是实验几条后，宋初夏便将油温和时间摸索出来，团队人员齐上马，进展迅速。当所有菜品做完装车的时候，宋初夏团队成员甚至觉得过于顺利，因为这个时候的叶一茜还没有完成三分之一的菜品。

虽然自己提前完成了任务，但是临走之前，宋初夏还是看了一眼叶一茜那边的高端菜品，她有些心虚了。

货车开到了客轮上，众多船员已经开始集结。宋初夏和众人将做好的菜摆好的时候，另外两个团队都还没有来。当然，就算是一起出发，另外两个团队也未必能够跟上宋初夏的车。

时间很快就到了，叶一茜这边进展才刚刚过半，但是她也赶紧命令一个队员先将做好的一部分拉到目的地，自己则继续带领其他队员往前追赶进度。

当哨声响起的时候，每个船员都有自主选择菜品的权利，可以只选一份，也可以吃三份。叶一茜的队伍排得最长，这完全得益于叶一茜对菜品设计的定位。宋初夏的定位是吃饱吃好，而叶一茜的定位则是味觉享受。在这风平浪静的日子里，忙里偷闲的船员们难得在这船上享受一顿米其林大餐。很快叶一茜的餐品就被取完了，但是后续的制作还是没有跟上。等不及的船员便无奈地走到了宋初夏和另外一个团队那里。宋初夏原本以为牛鞭炒鸡腰会是一道硬菜受到追捧，但是很多人并没有站过来，毕竟有些船员并不习惯吃这些。嘴上虽然说不喜欢，但是身体很诚实。爆炒过的牛鞭和鸡腰入味十足，麻辣牛肉也十分下饭，鱼羊鲜淋上蒸鱼豉油和料汁之后味道十足，而且打开鱼腹后让人惊喜连连，养生大煲绝对是超出很多人期待的菜品，看似简单的萝卜，入口之后香甜绵柔，喝上一口菌汤，犹如将脚扎到了泥土里那般的踏实。

眼看着时间已经不够了，叶一茜只得放弃最后的菜品制作，她最终还是没能完成300人份的菜品制作。当叶一茜拉着最后的菜品来到船上时，她看到了大家对她的料理的高度认可，但估计最终因为菜品数量不足，会有40人没能尝到她的高级菜。反观宋初夏的团队，叶一茜嗤之以鼻，心想：萝卜白菜也拿来打比赛，牛鞭这种东西根本就难登大雅之堂，这次比赛，自己赢定了。

看到足份的菜品只被领走了一半，宋初夏团队的成员仿佛吃了败仗一蹶不振。但是事情很快就发生了反转，有的船员吃完一份再去宋初夏那里拿了一份，很多人开始一声不吭地来到宋初夏这里排队领取那道硬菜。初夏餐馆稳做二十多年的秘诀，靠的就是回头客。刚开始是因为好吃多吃一份，但是发展到后来就是猎奇和凑热闹了。虽然有的人领了两次，但是宋初夏在准备之初就多做了20份出来，这也不是什么花招，只是做红白喜事多了自然会明白，为防备意外情况发生，多准备一桌的饭菜总是没错的。

当宋初夏的所有菜品被扫光后，几乎所有的船员都吃到了那道硬菜，可以说宋初夏的菜品是低开高走，而叶一茜的菜品则是高开低走。无烟之火、芙蓉蟹斗、红烧肉和开水白菜固然惊艳，但是不足以饱腹。宋初夏的菜品虽然觉得像红白喜事的大锅炖，当然本质上也是这么做的，但是能够让人有一种满足感。这种满足感从胃里发出，让人愉悦。

最终，结果已经明朗，叶一茜和宋初夏成功胜出。第三个团队倒不是因为菜品设计上出了问题，而是内讧导致大家连一半的菜品都没能完成。然而，在大家投票的环节却出乎了大家的预料。两者几乎势均力敌，投票结果是230：200：80，也就是说有接近200人同时吃完了两队的菜品。230票是叶一茜预想到的范围，毕竟自己做了260份，总会有那么几份因为火候水准而出现问题，也总会有一些人不太喜欢今天的菜谱，但是宋初夏的选票却大大超出了叶一茜的预想。

一份简简单单的菜谱怎么会赢得大家这么高的票数呢？在叶一茜看来，宋初夏能够得100票就已经很好了。看到叶一茜的菜品口味都比较中性，宋初夏在做麻辣牛肉还有牛鞭炒鸡腰的时候稍微加重了些口味，她要的就是吃完叶一茜的那些还吃不饱，可以再来自己这里吃一份。如果大家觉得口味重了，可以用养生大煲来中和。而最后的菌菇汤也是宋初夏的点睛之笔，菌菇汤的重点在菌菇的鲜味，吃完麻辣油腻的菜品后来一碗汤是最好的点缀也有着很大的口味反差与层次感。叶一茜的无相神汤从设计和制作上是顶级的，但是在吃完牛肉、鱼肉、蟹肉、红烧肉之后再来一碗无相神汤便不觉得有多惊艳了。

评委给了叶一茜很高的评价，虽然没能够足量完成，但是每一道菜都独具匠心，从组织上到应急管理上都表现出了很高的水准。反观宋初夏，虽然很好地完成了任务，也获得了高分，但是和初赛时的"沧海遗珠"相比，已经完全没有了当初的勇敢，对自己没有了之前更高的要求。在评委看来，宋初夏本应该有着更为出色的表现。如果不是第三支团队因为内讧没有完成任务，哪怕宋初夏得票很高也未必能够顺利晋级。川辣牛肉、养生大煲还有菌汤都过于简单，特别是怀抱鲤鱼，放着那么多优秀的海鱼不用却选择了河鱼，这让评委断定为宋初夏严重的决策失误。唯一有点挑战性的牛鞭炒鸡腰也是坊间江湖菜，体现不出较高的水准。

面对评委的批评，宋初夏没有反驳。因为她明白评委是故意激怒选手，看看选手们能不能够以一个平和的脾气面对食客的评价。这是父亲宋浦生早就教会她的基础课。看到宋初夏很好地稳住了众人心态，评委们方才相互点了点头打出了心里满意的评分。

叶一茜的每一道菜都具备极佳的意境，特别是那碗无相神汤，更是借用了南北朝的名诗：神心鉴无相，仁化育有为。这让菜品有了高雅意境！

虽然没有全部完成，但是这一局的第一名非叶一茜莫属，而叶一茜也终于收获了自己的高光时刻。对此，宋初夏也心服口服，自己最开始的时候并不是没有想法，而是看到众多和自己想法差不多的平民选手，她选择了最保守的策略，那就是先让大家晋级再说，不能因为自己大胆的设计就带领团队冒险，叶一茜其实就是走了一步险棋。如果团队成员没有很好的制作高端食材的基础，那么最终的结果必然是团队成员为叶一茜的冒险买单，共同出局。这也是宋初夏最早的想法：完成比完美更重要。

复赛第一轮下来淘汰掉了五名选手。因为时间关系，第二轮的比赛将在第二天继续进行。

复赛第一轮结束后，赵青禾找到了慕容枫。赵青禾面色冰冷，因为他已经看穿了眼前这个为了赢而不择手段的人。

"喂，青禾，当年你写的信……"慕容枫看到赵青禾，犹豫地想跟他说起信的事。

"没有勇气说就不要说了，我无所谓！不过，你现在应该很纠结吧？！"

"为什么这么说？"

"初夏去的码头，什么菜都没有了。如果不是你告诉叶一茜，叶一茜也不会第一时间去码头，下狠手买光所有食材，因为我看到做完菜后她车里满满当当的食材很多都没有用过！如果你真想初夏赢，那么就做得磊落一些。"

慕容枫当然希望宋初夏赢过叶一茜，但是他也不希望自己输掉比赛，毕竟自己的对手不只是赵青禾。当初叶一茜明明同自己保证过会给宋初夏留有余地，且以停止赞助为要挟，自己才告诉她码头地址的。慕容枫自知理亏，便也没有说些什么。

想到宋初夏遇到的窘迫局面，赵青禾心里很不舒服，看到慕容枫因为资本和叶一茜关系暧昧，赵青禾怒从中来想要教训一下慕容枫。

慕容枫明白赵青禾心中的怒气。他当然看到了赵青禾给宋初夏的表白信，但是他并没有和宋初夏说明实情。感情，本来就是自私的。

眼看二人冲突一触即发，盖斌开着那辆黄色小野马及时赶到，拉住了赵青禾，涛尼和凯文也在后座。赵青禾沉稳了很多，心里明白意气用事当莽夫并不能解决问题，他压抑住了自己内心的愤怒，坐到副驾驶上便离开了。

回程的路上，赵青禾陷入痛苦之中，他明明看着宋初夏一步步走进不可挽回的感情旋涡却又无能为力，慕容枫到底是不是那个能守护她一生的人呢？

宋初夏在远处看到了两个人的矛盾冲突，心里的疑惑慢慢生长了起来，她急需去求证。

"叶一茜，我想问你，那个海港码头离比赛场地很远，附近大的菜场也有很多,你为什么选择去那里呢?"

叶一茜毫无保留地说:"慕容枫告诉我的,那里的食材最新鲜。"

叶一茜一向坦诚,宋初夏并没有怀疑。宋初夏看到叶一茜车上有太多用不到的食材,叶一茜也确实扫光了码头主要的新鲜食材,好让她陷入窘迫。如果不是自己随机应变,那么很可能在今天比赛的时候就已经被淘汰掉了。慕容枫为了他自己的输赢,将秘密告诉了对手。胜败,真的有那么重要吗?

第十六章　我希望你，是我独家的记忆

不存在的世界

信念就如同一颗种子，一旦种下便会悄悄生根发芽。赵青禾的所作所为在宋初夏的脑海中不停上演，怎么也抹不掉。直觉让她觉得，慕容枫对自己的情感好像和自己认知的有些不太一样了。慕容枫真的还是那个"不一样的风"吗？毕竟，二人的情感只通过书信往来，到底哪些信是赵青禾冒充写给自己的，难道慕容枫就没有骗自己吗？

宋初夏再次翻出了当年慕容枫写给自己的信，一一仔细看着。终于，宋初夏还是发现了端倪，赵青禾写的那几封信都是缺角的。想来也对，按照赵青禾的性格，他怎么会不留痕迹呢？照着这个线索，宋初夏便很快找出了当年赵青禾冒充慕容枫写过的信。令宋初夏感到震惊的是，赵青禾写给自己的信的数量几乎和慕容枫写给自己的差不多，一半一半。看着赵青禾对自己的表白，以及对自己生活的体贴入微都来自赵青禾，宋初夏仿佛瞬间明白了，为何那个从未谋面的"不一样的风"这么了解自己的内心。

宋初夏仔细地看着每一封赵青禾写给自己的信，心头的很多疑惑一一被解开。一封封信清晰勾勒出了赵青禾对宋初夏的情意，原来，赵青禾说的是对的，他是不折不扣的"守护天使"，从来没有离开过自己。

她终于明白当时两次约会为什么都莫名其妙地遇到了赵青禾，然后陪自己到很晚很晚；她明白了赵青禾为何奋不顾身地想追上自己的高铁，并想和自己说些什么。原来，一切的一切都源于那最初的美好。自己确实误会了这个曾经最讨厌的人，而那个高中时代用信件构造的几近完美的世界，并不存在，它是两个人拼凑起来的时空。

到底要不要找慕容枫呢？宋初夏反复抛着手里的硬币，哪怕桌子上正反面的统计次数已经过百，宋初夏仍旧犹豫不决。

如果你把硬币抛向天空，却发现自己还是选择了放弃爱情，那么，那便不是爱情，那是寄托，或者说是自己心灵的底牌。就像Queen（皇后）之于奥斯汀，是自己内心最后的幻想空间，最后的精神寄托，那是一张可以任意涂抹的白纸，如果有一天这张纸上的字迹清晰了，那可能会让你觉得痛苦。因为那个人在你心里已经是完美的存在，你不想看到哪怕有一丝不一样的地方，何况是欺骗自己这样的瑕疵。

如果，你走到了天涯海角，却发现那只是一个普通的沙滩，那你会失落，因为在你心里，天涯海角一定是人世间不存在的地方。

当宋初夏拿着那些信来到车间找到慕容枫的时候，慕容枫便明白了，有些事情终究是瞒不住的。

"初夏，有些信确实不是我写的，但是赵青禾曾经也写过一些很过分的信，只不过让我给撕掉了。他说我们考上大学之后再联系，但是我无法再次选择去参加高考……"

"东风，我理解你的感受，其实我想说，比赛赢不赢都不重要，重要的是我们能够从过程中收获些什么，难道不是吗？"

"不是。初夏，既然你选中了我，我拼了命都不会让你输！"

"可是我并没有要求你一定赢啊！东风，我觉得是不是我们的心态都变了?"

"没有。初夏,我一定要赢,我必须得赢,我……再也输不起了……"

慕容枫的回答让宋初夏十分失望,她并没有再问信的事情,虽然那句质问的话在宋初夏脑海里回荡了很久,但是她最终还是没有说出来。她原本想问为何慕容枫告诉了叶一茜那个秘密码头,如果告诉了叶一茜也没关系,至少他应该跟自己也说一声的。看着眼前目光冰冷的慕容枫,宋初夏放下慕容枫写过的那些信转身离开了。

看到地上的信,慕容枫放下了手中的工具,朝着宋初夏喊去:"宋初夏!"

看着慕容枫欲言又止,宋初夏只是静静地等待着慕容枫把没说出的话说出来。

"有一件事我要告诉你,最先对你表白的人,是赵青禾!他比我懂你,安慰你的那些事情,都是他做的!"

面对慕容枫的坦白,宋初夏如释重负,那个自己看好的人没有辜负自己的期待,至少他说出了实情。

初恋的感觉,好像你正开心地走在路上,却突然被泼了一盆水,这盆水会让你很难过,但也泼灭了你不切实际的幻想,让你想变成更好的自己。

在四川老家的徐小芳被众人祝贺自己的儿子有出息的时候,徐小芳一度恍惚。直到众人将慕容枫赛车的视频递了过来,徐小芳才明白,原来儿子骗了她。他之所以兴致勃勃地回来,并不是想家,而是他决定步父亲后尘去参加漂移比赛。或许是长时间在麻将馆消耗了体力,或许是自己一时间接受不了这个结果,徐小芳在站起来的瞬间便晕倒在了地上。自己就这么一个儿子,她不能够承受失去丈夫后再因比赛失去儿子的痛苦。几乎是一夜未眠,徐小芳一大早便踏上了前往技师学院的高铁。

当宋初夏找到赵青禾的时候,赵青禾正在赛场上一圈又一圈地练着自己的车技。从一开始的逃避比赛,到后来的迎难而上,再到此时,他和慕容枫一样,赵青禾无法放弃比赛,而且一样的,他也不能输。如果自己不来技师学院该多好，或许慕容枫同自己和宋初夏根本就是两个平行世界，如果自己不来，这两个世界便不会交叉，生活将会是另外一番模样。他已经输了宋初夏，他再也输不起比赛了。

若不是宋初夏猛然出现在跑道中央，赵青禾根本没有发现宋初夏其实已经在边上喊了自己好久。赵青禾猛踩刹车但是已经来不及了，一个侧漂从宋初夏身边划过，吓掉了宋初夏手里的铁盒。

赵青禾赶紧下车，慌忙朝着宋初夏跑去。看到宋初夏满眼泪水，赵青禾生气地责备道："你白痴啊？干吗突然出现在我面前？你知不知道这样很危险！"

看到宋初夏蹲在地上捡信，赵青禾也蹲下帮忙。捡着捡着他便发现，落在地上的信全都是自己当年冒充慕容枫写的。赵青禾几乎瞬间就明白宋初夏之所以哭，或许并不是被吓哭的，而是她可能发现了些什么。若是换作几天前，赵青禾一定欣喜万分，要不然他也不会追上高铁去表白。但是，此刻的赵青禾却完全没了之前的心情，看到眼前梨花带雨的宋初夏，他心里想的是只要她开心，其他的都没那么重要了。

"青禾，你告诉我，这些信是不是你写的？"

面对宋初夏的质疑，赵青禾知道，她一定找过慕容枫了，而慕容枫并没有告诉她答案。思索再三后，赵青禾笑着给宋初夏抹了抹眼泪说："傻瓜，我哪有那么大本事写那么多信，我只写了最后你们不要见面的那一封。"

"不要见面？"

"对，我担心你们写信见面会影响到你高考，所以我冒名写了等考上大学后再联系。"

"不可能，我这里没有这封信的回复啊？"

"傻瓜，慕容枫没告诉你吗？被他撕掉了。"

"不可能，你骗我！"

"喂，你清醒点，冒名写信很累的好不好！你知道我为了凑齐那些字，翻完了你所有的作业，要是这些信都是我写的，我早就进安全局了！"

看到宋初夏心情平复了很多，赵青禾从车里拿出了一瓶汽水递了过去。

"我知道你为什么哭，不就是慕容枫瞒着你把渔港码头的事儿告诉了叶一茜吗？你也得理解人家，毕竟，他参赛的车都是人家给买的，不像我用的都是二手的。人在屋檐下不得不低头，他也挺不容易的。"

看着宋初夏泪眼婆娑，赵青禾哈哈大笑着说："你是不是觉得我为他说好话特奇怪？我也觉得奇怪！初夏，何知光你知道吧？前几天他跟我说过一句话，或许，对手不一定都是坏人。"

"赵青禾，你脑袋是不是被驴踢了，今晚你好像换了个人。我从没见你这么正经过！"从开始的明争暗斗，到现在的彼此袒护，慕容枫和赵青禾的关系仿佛一夜之间发生了质变，这让宋初夏十分费解，仿佛自己才是慕容枫和赵青禾之间的那个第三者。

"初夏，在这之前，我一直不太懂，为什么总有些人用不同的方式爱着你，今晚我总算懂一点了。"

"别给我阴阳怪气的！谁爱你了？"

"初夏，你知不知道，我这无名之辈走到今天为什么能够挤进决赛？"

"凭你是天才呗！"

"没有，是慕容枫和何知光保护了我，是他俩让我进了决赛……"

"啊？！"

面对赵青禾的答案，宋初夏简直颠覆了三观，毕竟每一次的比赛她都看得到，赵青禾尽管每次都赢得很悬，但都是凭实力冲到了最后。

现在赵青禾却说了宋初夏不知道的另外一个故事，一个何知光告诉他的故事。

在比赛前，何知光并不认识慕容枫，但是经常去龙翔路观战的慕容枫却早已知道何知光的大名。在参加技能大赛之前，何知光就已经获得过几次国外漂移大赛的冠军，名声在外。所以，低调的何知光其实从大赛一开始就是名副其实的扫地僧。当慕容枫看到何知光出现在赛场的时候，他便知道了自己的终极对手是谁，因为何知光的实力远在自己和赵青禾之上。赵青禾和何知光分到一个组的时候，结果其实已经没有悬念了。但是何知光却用自己超群的车技硬是和赵青禾打了三场平手，同样的事情也出现在了复赛慕容枫身上。

其实初赛的时候，何知光留着赵青禾纯属好奇，他想留下这个开着粉红豹的光头，这样的人应该会有一个有趣的灵魂吧！但是复赛的时候，就是另外一个故事了。

当慕容枫抽到了和赵青禾一个尾数的时候，慕容枫悄悄凑到了何知光面前请求他和自己换号。面对慕容枫的不情之请，何知光当然拒绝。而慕容枫的理由却让何知光很是吃惊：赵青禾是个天才，如果没有情敌的刺激，他便不会迸发更大的潜力，自己不愿过早地和赵青禾正面交锋，因为那样二人之间必定会淘汰一人。当何知光问慕容枫，自己凭什么答应帮忙的时候，慕容枫说出了那句让何知光佩服不已的话。

"这个刺儿头虽然很臭屁，但是你也很喜欢他，要不然你也不会在初赛的时候故意三次同步过线，让他参加复赛，不是吗？"

能够看穿何知光心思的，目前为止，怕是只有慕容枫一个人了。那是一种知己般的共鸣，比赛的意义不就在于此吗？找到志同道合的朋友，一起挑战未知的可能。所以何知光几乎在第一时间便答应了慕容枫的请求，但不幸的是比赛并没有按照尾号选小组，而是抽了奇偶数，所以慕容枫很不幸地遇到了何知光。

何知光之所以喜欢赵青禾，不仅仅是因为那台放荡不羁的粉红豹，更多的是他之前在网上看到了赵青禾因为宋初夏对峙慕容枫的视频。感动何知光的只是那个为爱奔走的幼稚少年，仅此而已。本来拥有上帝视角的何知光打算拉赵青禾一起玩到底，甚至有机会的话他可以亲手先淘汰掉慕容枫，提前为赵青禾扫平敌手，但是慕容枫的行为让何知光感受到了什么是爷们，一个男人真正的担当。

慕容枫拼尽全力想赢何知光，也使出了让何知光惊叹的技术，但是何知光最终还是选择留下这个可敬的对手，而这些，慕容枫都心知肚明。

慕容枫是自私的，因为他想赢得比赛的目的不只是为了宋初夏，更多的是为了死去的父亲。他无法拒绝叶一茜的求助。但同时他对赵青禾又是慷慨的，他知道眼前这个风一般的少年有着很好的前途，他不愿赵青禾因为一个女孩而踌躇不前，哪怕那个女孩是自己也很喜欢的宋初夏，他希望激发赵青禾那颗颓废太久的心。

打断骨头连着筋，一切的一切，都只因为那句话："我，隔壁班的！"

隔壁班的情谊，让慕容枫选择放下个人私情，让彼此成为更好的自己。早早品尝过生活苦难的慕容枫明白，爱情并不是你情我愿那么简单，自己和赵青禾一样仍需历练，直到自己的肩膀变得足够承担一个家庭为止。

赵青禾与慕容枫对峙后回来的那个晚上，他反反复复想着慕容枫所说的一切，还有何知光对自己的欣赏。他仿佛明白了，自己并不是天才，至少不是一名合格的大学生。从一开始来到技师学院鄙视慕容枫，到现在他才明白，原来小丑是他自己。

当赵青禾质问为何慕容枫利用宋初夏的时候，慕容枫却喊着说自己比任何人都在乎她。而且，慕容枫甚至在大一的时候亲自骑摩托车到了上海，在宋初夏所在的学校，慕容枫默默地看着宋初夏和室友们一起进了餐馆，心满意足地笑了。或许，那趟旅行让慕容枫选择真正地放下这段感情。若不是慕容枫亲口说出了那个餐馆的名字，赵青禾根本不相信。因为那次生日，宋初夏吃的什么，自己是知道的。此时的赵青禾瞬间对慕容枫刮目相看。

原来，技术不是界限，偏见才是。

原来，爱一个人可以很卑微，那是驭风少年的选择。

赵青禾自以为出身名牌大学便可以睥睨天下，瞧不起技师学院的隔壁班同学。但是他彻底错了，自己并不比慕容枫厉害多少。文凭能代表什么呢？

在精益求精的匠人面前，自己什么都不是。所以，当宋初夏发现慕容枫对她欺骗的时候，赵青禾并没有落井下石，而是选择将宋初夏重新推回到慕容枫身边，因为他觉得自己配不上宋初夏。赵青禾开始真正懂得，爱一个人并非是占有，只要她开心，只要大家都在成长，这就足够了。

听赵青禾说完后，宋初夏心乱如麻，她已经分不清爱情到底是什么了。因为无论是慕容枫还是赵青禾，那掺杂了友情的爱情，早已在她心里慢慢发酵，渐渐有了亲情的味道。而赵青禾也终于体验了一次把自己喜欢的人亲手推到别人怀里的感觉，果真不是滋味啊！但是，谁让他是顶天立地的男子汉呢？其实赵青禾的脸皮本可以再厚一次的，只是这次他不愿意了。慕容枫能够做到，他当然也能。

做大侠的感觉并没有想象中那么好，赵青禾一个人走在路上，心里却觉得刚才说的那些话简直是亏大了。但是，事情都做了，英雄也装了，只好咬着牙这么坚持下去。

每个人的初恋，都如同史诗电影一样伟大，赵青禾终于明白了，寂寞这东西，果然要真真正正经历一次感情才能深刻感觉得到。或许，暗恋是赵青禾做过的最接近爱情的事情，他从未拥有过宋初夏一秒钟，却好像失去了她一万次……

"加油！加油！加油！"

赵青禾突然在马路中间大声地给自己加油打气，把路过的人吓了一跳。赵青禾在此刻假装热爱生活，只是为了避开爱情本身。

福无双至，祸不单行。慕容枫失去了宋初夏的信任，也失去了宋初夏的爱，但是困难远不止于此。当徐小芳红着眼来到慕容枫面前的时候，他便明白，失去丈夫的母亲再也经不起自己的折腾了。而在慕容枫的心里，他早就有了自己的决定。或者说，当他在龙翔路和何知光一起过线的那一刻，他便愿赌服输了。慕容枫毕竟是个要强的男人，他不愿接受何知光的施舍，所以他第二场拼尽全力去比赛，实际结果依旧是输给了何知光。自己此时退出比赛，心服口服。

至于他和宋初夏说的那句他输不起必须要赢，当然是骗宋初夏的。因为自己才和宋初夏交往了不到半个月而已，但是赵青禾守护了宋初夏5年。慕容枫怎么可能做那个横刀夺爱的人？自打高考结束，自己就已经和宋初夏是两个世界的人。或许，赵青禾的出现就是为了弥补自己当年陪伴宋初夏的那段遗憾，仅此而已。当叶一茜开口问自己哪个码头渔获最新鲜且量足的时候，慕容枫便明白了，自己接受了资本的帮助，不可能再纯粹下去了。他看完父亲留给自己的那封信，第一时间便找到了坤雄。如果说自己参加比赛是受资本的控制，那么当年父亲选择在高考前夕参加比赛是不是另有原因呢？毕竟，父亲并不一定非得在高考结束就送给自己一辆车。

还是那个防波堤，只不过二人的会面不是在岸边，而是站在了灯塔上。面对慕容枫的质问，坤雄什么话也没说。因为，答案早已经在慕容枫的心里。坤雄不愿让这份遗憾在少年心里变得更加沉重，他只是一直在抽烟，什么话也没说。

原本决赛是三选一，但是因为何知光暗中帮忙，出现了四名选手共进决赛的盛况。当徐小芳出现的那一刻，慕容枫便妥协了。他什么话也没说便联系了组委会。为了谨慎起见，组委会选择对外公布慕容枫退赛的消息，毕竟，谁都不能保证这不是资本的运作。

当慕容枫红着眼圈对外宣布因个人原因放弃比赛的时候，慕容枫第一时间冲上了热搜。几乎所有人都为他感到惋惜，因为他代表的不仅仅是个人，而是技师学院所有汽修专业的学子，更是无数技术院校证明自己的机会。技术院校总是被人低看一眼，慕容枫的拼搏让众人看到了，匠人也是值得尊敬的，并不是只有那些名牌院校毕业的学子才是天之骄子，匠人精神也是大国崛起不可缺少的一部分。

当徐小芳陪着慕容枫回到技师学院的时候，几乎所有技师学院的学子都身着汽修工装站在了门口，他们希望慕容枫为职教人正名。徐小芳这辈子也没见过这样的场面。面对众人无言的迎接，慕容枫抬头看着条幅上的字：我们只是做错了题，又不是做错了人，慕容枫，雄起！面对眼前无数期待的眼神，慕容枫终于崩溃了，他跪在众人面前号啕大哭了起来。

失去父亲，不是他想要的；放弃比赛，同样不是他想要的。苦学多年，他深深地明白职教人心里的痛苦，那种被人低看一眼的委屈，那种冷嘲热讽无时无刻不刺痛着他的内心。生而平等，为什么用分数来筛选每个人的高低？喜欢动手实践难道有错吗？面对众人无言的鼓励，慕容枫哽咽了许久。

虽然慕容枫在发布会上说明自己是因为母亲和家庭原因放弃比赛，但是几乎所有网友更情愿相信慕容枫是受到了资本的裹挟而迫不得已做出决定。网络上声援慕容枫的浪潮很快席卷开来，一场关于职业教育和高等教育孰高孰低的争论引发了社会各界的强烈讨论。特别是那句"我们只是做错了题，又不是做错了人"引发了无数职教人的共鸣。组委会迫于压力不得不启动审查程序，决赛被迫一再延期。

看到慕容枫眼里的光一下子暗淡下来，徐小芳也不知道自己做的到底对不对。亲戚们很快便给徐小芳打来了电话，纷纷质问为何让东风放弃比赛。面对亲友密集的来电，徐小芳开始真正思考人生的意义到底是什么？是找个老公生个孩子照顾自己给自己养老，还是成全彼此活出不一样的精彩？自己真的了解孩子需要什么吗？

深夜，徐小芳躺在宾馆始终无法入睡。当麻将馆老板发来视频的时候，徐小芳也彻底想通了。不让慕容枫参加比赛是因为那样会让徐小芳很痛苦，但是顺从自己的意愿后，慕容枫就很痛苦，如果生活一定让你选择，为何不成全年轻人的梦想呢？毕竟，他以后的人生路还很长……

昔日陪伴自己打麻将多年的牌友们纷纷坐在一起，细数着慕容枫私下里为徐小芳做过的一切。原来，这些年麻将馆的生意并没有想象的那么好，而是因为徐小芳喜欢打麻将，所以慕容枫挨个央求街坊邻居能够多去麻将馆陪陪徐小芳。可是，有谁会因为这个专门去打麻将呢？毕竟大家都需要工作、需要吃饭，看到徐小芳在家里一蹶不振，慕容枫能够做的只有拿自己赚来的钱去挨家挨户地央求，每个人的工作一天多少钱，慕容枫出三分之二，这也是慕容枫为何两年来一直寒暑无休，甚至春节都不回家的原因。他需要挣更多的钱，让那些牌友陪伴中年丧夫的徐小芳。所以，看在慕容枫的面子上，只要徐小芳不困，大家没有一个人撤离麻将馆。众人看到了慕容枫过关斩将的视频，纷纷为这个小伙子加油打气，但众人也知道徐小芳的心结，所以一起隐瞒了这个消息。原来，如果没有儿子保护徐小芳，那个麻将馆根本就是一个不存在的世界。可麻将馆毕竟会有新人来玩，并不是每个人都有那份心思的，慕容枫比赛的消息终究还是被新牌友泄露了出去。当众人说出实情的时候，徐小芳泪目了。原来真正需要救赎的并不是儿子慕容枫，而是徐小芳自己。

或许自己并不是一个合格的母亲。或许，幼稚的并不是自己的孩子，而是自己。想到自己肆无忌惮地打麻将彻夜不归，想到每每给慕容枫打电话要钱，徐小芳放声痛哭。她对不起丈夫，也没有照顾好孩子。那一刻，徐小芳获得了彻底的解脱，她终于放下了丧夫之痛，她终于选择放下过去，同自己和解，因为孩子未来的路还很长，她需要做一个合格的母亲。

慕容枫骑着摩托车带着徐小芳去了海洋馆，但是此时的徐小芳无心看人鱼表演，她心里一直酝酿着想开口说一句对不起。

直到慕容枫将徐小芳送到了高铁站，徐小芳才紧张地拉住慕容枫说："东风，时间还早，你能不能买张票陪我去站台等车。"

"嗯……"

坐在候车大厅，徐小芳始终没有勇气说出那句话，她是胆小的，要不然她也不会在丧夫后一蹶不振。她亏欠儿子太多了，此刻的她并不是一个合格的母亲。

直到检票口空无一人，慕容枫有些着急地说："妈，你赶紧上车吧，要不就来不及了！"

徐小芳看着慕容枫，眼圈红红的，她紧紧地抓住儿子的肩膀哽咽着说："儿子，你还记不记得，你爸在的时候经常夸我煮的面好吃？"

"妈，我当然记得啊！你有姥姥传给你的独家配方。妈，你怎么了？"

"儿子，你觉得妈妈不打麻将了，到你们学校小吃街开个小面馆怎么样？"

当说出口的那一刻，徐小芳哽咽了，她瘫倒在地上，将心中所有的委屈哭了出来。

"儿子，是妈不对，妈对不起你，我明明答应你爸要照顾好你的。儿子，这些年，你受苦了！呜呜呜……"

面对徐小芳的失态，众人以为徐小芳受了什么伤害围了上来，乘警也很快过来疏散大家。

"妈，你说什么呢，我没受苦，儿子没有受苦……呜呜呜……"虽然慕容枫狠狠地咬紧了嘴唇，但是他最终还是没忍住，抱着徐小芳哭了出来。

最终，徐小芳没有踏上那班回老家的高铁，而是选择留在青岛陪儿子比完决赛。

风和日丽的午后，慕容枫骑着摩托车载着徐小芳行驶在海滨公路上，一直从栈桥骑到了崂山。一路下来，母子二人谁都没有说话，只是静静地感受着这卸下心头包袱后难得的轻松时刻。

当慕容枫带着徐小芳来到了太清宫关岳祠的那一刻，慕容枫似乎明白了些什么。关羽的忠义，岳飞的家国情怀，自己也要秉持着自己的信念。

而面对眼前那堵崂山道士曾经穿过的白墙，徐小芳也深有感触。只有心思纯洁的人才能穿过那堵墙，这么多年来，总有一堵墙拦在自己面前，她曾经拼尽全力尝试去推倒它，但无济于事。当一切都放下了，那堵墙便也不存在了。

走出太清宫后，二人来到太清宫前的广场，徐小芳提议要和慕容枫去海边走一走。

当母子二人光脚走在沙滩上的时候，慕容枫的电话响了起来。

"妈，是组委会……"

"走，回去！"

慕容枫载着徐小芳回程的路上，世界都变得晴朗了，阳光是那么的耀眼以至于慕容枫甚至看到了遥远的未来……

当组委会迫于舆论压力再次和慕容枫确认是否放弃比赛的时候，慕容枫的回答是："不！我要继续参加比赛！"

众人沸腾了，此刻的慕容枫并不是为自己而战，而是代表了千千万万苦心钻研技术的职教人，欢呼声几乎撒满了直播的弹幕。

此次漂移大赛决赛成为匠心杯技能大赛有史以来最火热的一次。

作为备受瞩目的决赛，大赛官方晒出了最引人瞩目的比赛形式。那就是因为决赛人数由最初的三人变为四人，所以决赛将分两部分进行。关于第一部分的信息大赛组委并未透露，但是决赛的场地大赛组委提前公布了，那就是将在行驶的远洋巨轮的甲板上进行。

消息一经公布便犹如一枚重磅炸弹，成功出圈引发了社会各界的热议。在行驶的远洋货轮的甲板上，不只是漂移赛，这在有关汽车的赛事中都是前所未有的，大赛主委成功阐释了什么叫守正创新。行驶中的远洋巨轮本身就会随着海浪上下起伏，在上面举办比赛，路是"颠簸"的。如果说前面的各项比赛考验了顶级车手的各项因素的话，那么这一项真真正正考察了一个大国工匠所具备的实力。这才是技能大赛的外围赛所发挥的真正的比赛思想：大国工匠精神。

如果说之前的赛事都可以提前训练的话，那么在远洋货轮上的漂移，就没有任何提前训练的可能了，毕竟你再厉害也不可能花钱去租一艘远洋货轮。所以，即使大赛组委会提前公布了决赛的内容，决赛四人组更关注的也是未公布的那项赛事。毕竟只有打通了这关才有机会走入决赛。

宋初夏深知慕容枫和赵青禾面临着艰难抉择，她没有再去打扰二人，而是选择专心备赛。复赛第一轮只淘汰了5名选手，第二轮的淘汰赛绝对会激烈异常。

烹饪大赛的第二轮复赛已经先于漂移大赛开始,这轮只剩下10个人,而这一轮的比赛并没有指定任何菜品,而是一个命题:花非花。每个人只有一个半小时来完成这道菜,每道菜由评委打分,选出前三名晋级决赛。和以前一样,选手们需要的所有菜品都可以在身后的仓库获得。

面对题目,众人并没有像之前那样先去厨房取食材,而是都在原地思考着。很明显,花非花,那么一定是看起来像花但是要用别的食材来完成的菜品。

宋初夏很快便想到了川菜里的开水白菜,但是很快就被她否决了,比赛到了这个关头,一定是具备相当精湛的厨艺方能有取胜的机会。看到众人都在绞尽脑汁想,宋初夏第一个迈出了脚步,朝着仓库走去。如果要在众选手中胜出,那么一定要另辟蹊径,避免撞车。宋初夏首先排除了鸡鸭鱼鹅这些传统的肉类,因为太容易撞车了。看到众人纷纷走进来取材,验证了宋初夏的想法。宋初夏走到了一朵玫瑰花面前,站在那里想了很久。

看到宋初夏迟迟不选食材,叶一茜拿起篮子便走了出去。宋初夏是第一个走进仓库的,也是最后一个走出来的。如果不是有跟拍摄影师,恐怕大家误以为宋初夏正在仓库里偷吃东西。一个半小时的烹饪时间,宋初夏光是用在思考的时间就足足有半个小时。

宋初夏对着那朵玫瑰花看了很久,最终她终于不负众望,嘴里叼着一枝玫瑰,手里拎着一大堆海鲜走了出来。慕容枫和赵青禾第一眼看过去的时候,都以为宋初夏因为三人之间的感情,受了刺激。

"海鲜?海鲜怎么做花呢?"看到宋初夏将玫瑰花放到桌子上在那处理各种各样的海鲜,叶一茜百思不得其解,"玫瑰怎么和海鲜扯上关系呢?"

宋初夏所做的菜品确实和这两天的感情有关,她要挑战一下自己,做一道自己从来没有做过,菜谱上也没有的菜。至于名字,宋初夏还没有想好。

宋初夏先是将龙虾、螃蟹处理后倒入锅中熬煮浓汤,然后快速泡发黄花鱼胶后，便坐在那里一片一片数起了花瓣。不知道的还以为宋初夏在那用花瓣测试到底谁爱自己呢！

虽然过往的菜品叶一茜选择的都是西餐，但是她明白，西餐并不能够打败剩余的对手，于是她另辟蹊径，选择了宋初夏最擅长的川菜。既然上次叶一茜选择做了开水白菜，她当然是下功夫研究了宫廷御菜。而宫廷御菜中与开水白菜齐名的还有一道菜，那就是牡丹鱼片。牡丹鱼片和开水白菜一样，都是川菜中不辣的顶级菜品。而叶一茜最怕的是和宋初夏撞车，所以她选择等宋初夏选完食材后再做决定，可直到所有人都选完食材走光了，宋初夏还在那看着玫瑰花，叶一茜便也无可奈何地拎着食材走了出去。但是当叶一茜看到紧挨着自己的黄巨翔桌子上摆放着和自己一模一样的食材时，她便知道撞车了。二人尴尬地对视下，黄巨翔也没有换菜的意思，叶一茜只好拎着食材又走了回去。

当叶一茜回去重新选材的时候，宋初夏依旧站在那里看着玫瑰花发呆。她知道宋初夏并不是没有主意，而是在那憋大招。而这次叶一茜也是有备而来，她决定做一道难度极大的菜品，这也是自己在影视剧中看到的，那就是"落雨观花"。

有人曾经说过人生有三恨，一恨海棠无香，二恨鲥鱼多刺，三恨"红楼梦"未完。叶一茜选择的食材就是鲥鱼，鲥鱼是长江三鲜之一，另外两种则是刀鱼和河豚。鲥鱼因为其鳞下有着厚厚的脂肪，所以烹煮的时候都不会去鳞。而叶一茜则选择了将鲥鱼剥皮去刺后，于肉中加入蛋清，打成肉泥，然后用裱花袋将肉泥做成花状，再将裱好的鱼花放入锅中，将鱼鳞用线串好挂在花的正上方，这样在蒸的过程中，鱼鳞下的精华便会滴入花心，一道"落雨观花"便完成了一大半。最后再将蒸好的鱼花小心放入文思豆腐做的芡汁中。文思豆腐是将豆腐切成丝状，然后加入青菜丝勾芡做成，这也极大程度上考察了选手的刀工。

黄巨翔的牡丹鱼片则是将鱼剥皮去骨，再小心地将鱼切成薄如蝉翼的鱼片，然后将鱼片放入冰水中添加盐、葱、姜、料酒去腥腌制。腌制的过程中，黄巨翔将蒸熟的山药泥加牛奶、盐、胡椒粉过筛成无颗粒状的山药泥，以此作为牡丹花的底座。这道菜的难点在于你要将腌好的鱼片两面沾上淀粉，用木槌敲七七四十九下，一片片地将鱼肉敲成扇形，然后用剪刀小心地将破掉的边缘剪掉，这便是牡丹的花瓣。之后一片片地将成形的鱼肉放入油中炸出花瓣的弧度，这便是最费时间的过程。然后用藏红花做花心，将炸好的鱼片插在山药泥上，用罗勒的叶子作为牡丹花的叶子摆在盘中，一道牡丹鱼片便已经成型了。最后黄巨翔需要做的是将调好的鲍鱼汁淋在上面，一道牡丹鱼片便完成了。

宋初夏用肉糜将熬好的海鲜汤澄清，然后放入了泡发的鱼胶再次熬煮。当众人期待着宋初夏的下一步动作的时候，宋初夏却又在那里摆弄起了玫瑰花瓣来，这让人十分费解。

眼看着选手们翻车的翻车，挠头的挠头，黄巨翔第一时间将自己的菜品呈了上去。用鱼肉做的牡丹花，从摆盘和色泽上来说都属于上乘，而味道自然不用多说，这是黄巨翔的优势。最终黄巨翔的牡丹鱼片得到了80分的高分。

纵观其他选手，虽然五花八门，但是始终都没人能够超过这个分数。

叶一茜的"落雨观花"，无论从制作还是立意上，都堪称极品。叶一茜不仅将"花非花"的主题呈现在了盘子里。花儿沐雨的意境，使得作品整体升华到了浪漫的层次。而叶一茜最终的得分超过了黄巨翔——90分！

从后来的选手评分来看，叶一茜和黄巨翔晋级几无悬念，但是唯独最后一个选手宋初夏还在那熬汤。更离谱的是，时间过去了一大半，还没人知道宋初夏做的是什么。

当众人期待地看着宋初夏把浓稠的汤过滤出来后，宋初夏却拿了把刷子将汤刷在了花瓣上。

"难道宋初夏这道菜的玄机在玫瑰花瓣上？那肯定不符合主题吧！毕竟主题是花非花，而宋初夏的玫瑰花却是真花啊！"黄巨翔喃喃道。

当宋初夏将所有的花瓣刷完放入冰箱后,她只烧了一壶开水。

"就用开水,难道不做汤底吗?"叶一茜心里也有这样的疑问。

当宋初夏将冷冻好的花瓣拿出,小心地用镊子撕下冷冻好的薄如蝉翼的花瓣的时候,大家终于明白了宋初夏的用意。宋初夏将花瓣慢慢地拼凑成一朵花,然后小心地将花蕊放到花心,在还剩最后一分钟的时候,完成了她的菜品。

直到最后一刻,宋初夏才想好这道菜的名字:那年花开。

而这道菜的食用方法便是将一整朵花放入开水中,花朵瞬间便化成汤融到水中,一朵玫瑰花瞬间变成了一碗海鲜汤。这一刹那间的美好,恰似那年的花开,你经历了好像又没有抓住。

如果说黄巨翔的花儿是绽放,叶一茜的花儿是在风雨中成长,而宋初夏则将花儿做出了黛玉葬花的哀而不伤之感。花非花,最终的成品是一碗汤,却是从一朵花得来,而那碗看似平淡的沸水却也非普通的开水,而是盐水。

"我有一点不太理解,为什么非要用盐水?"评委不解地问。

"既然是那年花开,当然是那年的水。盐水的咸度确实很高,但是这碗咸汤并不是让你全部喝下的,我的设计用意是,你只会喝到你想要喝的量。如果你喜欢,可以整碗喝下,但是如果你排斥,至少可以喝下第一口。你在瞬间感受到咸味的同时,也感受到了那年花开带给你的余韵,你并没有释然,而是随着时间的变迁变得更加浓郁。因为它告诉你,那年花开,不必眷恋,如果非要执意放不下,那受伤害的只有你自己。花非花,水非水,我已不再是你心中之前的我……那并不是盐水,而是我这么多年来因为想念而流下的泪水……"

众人安静了,每个人都在品味那一朵玫瑰花化在汤里的味道,谁没为那朵初开的玫瑰流过泪呢?

"好!"黄巨翔喊了出来,紧接着众人掌声如雷,经久不息。

为了避免尴尬,评委还是沉思片刻说出了那句话:"花非花,水非水!我已不再是你心中之前的我，也就是说这朵花开之前，我还是我，但是遇到这朵花之后，我便不再是我，是这个意思吗？"

"不仅仅我不再是遇到你之前的我，喝完了这口汤，你便也不再是遇到我之前的你。人生需要为之前做总结，而这道菜就是我为高中时光做的总结。"

"花非花，水非水，菜非菜，不但完成了主题，还将故事前后延展，这就是匠心杯技能大赛的意义。不说了，请各位评委打分吧！"

这是属于宋初夏的高光时刻，这一瞬间的表达让众人看到了，那个令人期待的宋初夏还是重新回来了。而评委们最终也给出了95分的最高分。

终于，那个偷着跑出来打算过把瘾就撒的女生，再一次赢得了比赛，顺利晋级决赛。面对宋初夏的这道原创菜品，叶一茜也伸出了大拇指。

那时花开，这些天自己纠结的都是过往的美好，若不是那些信，宋初夏仿佛不敢相信，自己竟然同时被两个男孩深爱过。此时的她站在天平的中间，不知道该走向何方。她甚至也和赵青禾一样，后悔偷偷来参加技能大赛。若不是如此，"不被定义的风"将永远成为自己的独家记忆，而赵青禾也止步于守护天使，成为最好的朋友……至于爱情，就像自己做的这道菜一般，总有一天会有那么一个如清水般纯净的人，瞬间便融化了彼此。

明明是不存在的世界，却分分钟融化了你我，那年花开，花为谁开？或许，这就是青春的意义！

第十七章　父愁者联盟

业余天才

其实当慕容枫看到宋初夏的"那年花开"，便明白了，宋初夏已经放下了感情的包袱，重新开始将注意力转移到了比赛上。看到彼此之间都能够得到短暂的解脱，慕容枫的心也如那朵花融进了沸水中，消散不见。是啊，慕容枫的爱如同那朵花一般，苦心熬制了那么多年，终于在沸水中化作泡影。而赵青禾也终于像那朵未曾得到的花，在那么短的时间里成为更好的自己。他不再浑浑噩噩，明白了大学之所以被称为大学的原因，那就是"所谓大学者，非有大楼之谓也，而有大师之谓也"。既然慕容枫能够在技师学院取得技术方面的成就，那么自己为何不能同样用行动证明自己呢？

爱而不得，或许是感情最初的浪漫。

从一开始的为爱奔走，到后来的为爱停留，再到现在的为爱远离，"那年花开"终将把那份轰轰烈烈的爱情融化到那碗清澈且热烈的咸水里。而那碗咸水，不知道融入了多少无奈和相思的泪水。

慕容枫参赛与退赛的抉择并未给正一集团带来什么正向的影响，对手反而花巨资，利用慕容枫的参赛动机大做文章。可这一切都伴随着慕容枫出色的比赛表现以及高铁站流出的视频触底反弹，正一集团的股价因为年轻人的纯粹飙升。虽然叶海峰一再强调，慕容枫并不是自己集团签约的车手，但是对手依旧拿着之前慕容枫和赵青禾在同学理发店里那个几乎只出现一秒的叶一茜的镜头大做文章。

资本就是如此，你越是辟谣大家越是不相信，几乎所有人都对叶海峰赞助了慕容枫深信不疑，一时间正一集团因祸得福，投资的新能源汽车使得股价直接涨停，这也让叶海峰产生了深深地思考。自己处心积虑要做的事情，到最后基本上都没能成功，但是无心插柳却发自内心的事情，反而给了自己救命的机会。到底什么才是创业之道呢？是精心筹划还是顺势而为？叶海峰站在窗前看着远处的大海，沉默无言……

慕容枫的重新回归，在网络上掀起了前所未有的有关职业技能教育的热烈讨论，年轻人在这次技能大赛上，呐喊出了自己的声音：年轻人更需要工匠精神的引领，并成为工匠精神的践行者！让工匠精神成为年轻人向往的精神追求，不断谱写新时代的中国梦是以慕容枫为代表的职教人的内心渴望！每一个领域都缺少不了匠心精神，中国5G、中国高铁、北斗系统……一切的一切，都离不开无数大国工匠的潜心打磨。

这一届的技能大赛获得了前所未有的成功，不但引导了舆论，而且完完全全达到了大赛主办方想表达的观点，那就是匠心无止境！无论你是职业教育还是来自重点大学，技多不压身，技术始终是你行走天下的法宝，是骡子是马，拉出来遛遛。

网络上掀起了一股技能比赛热潮，无数职教人纷纷在网络上献出了自己苦练多年的绝技，如挖掘机班的同学甚至用挖掘机开酒瓶，用挖掘机炒菜，这无疑展现了一个工匠人对技术无与伦比的绝对掌握。

大多数人没有注意，宋初夏在复赛的时候用的分明是赵青禾送给她的那把绝世无双的菜刀。

打造这把刀的方大师说过,是自己的侄女设计的。第二天,一个戴着耳钉、留着寸头的飒爽女生出现在宋初夏面前,宋初夏根本想象不到,她就是这把刀的灵魂设计师。

这个飒爽的女孩叫方艾侬,按照方一刀的说法就是,那是上海话,方艾侬的意思就是方爱侬。方艾侬之所以留着短寸是因为宝剑设计专业都是男孩,自己则是第一个被招收的女生。她在比赛的转播中看到宋初夏用刀斩断龙虾壳的时候就断定,爷爷并没有按照自己的意思去锻造这把刀。因为按照她的设计,应该比这更大胆、更前卫、更锋利。所以气不过的她亲自来到了技师学院,找到了宋初夏。当宋初夏看到刀的设计主人要取回这把刀的时候,脑袋几乎是蒙的。这把刀明明可以削铁如泥,为何对方还说是个半成品?

直到方艾侬带着众人来到方一刀的工作室,宋初夏才明白方艾侬说的话,还有赵青禾的苦心。为了这把刀,赵青禾花了接近两个月的生活费。

方艾侬没有和爷爷方一刀一样身着铠甲,而是穿着绝美的汉服在那里拿着锤子叮叮当当地拿把菜刀淬火锻造。这把刀最终在方艾侬的亲自锻造下,终于成为它应该有的样子。光是看上一眼,感觉都能被割伤,从设计到成品展现,可以说是方艾侬比较满意的一件作品。

和爷爷方一刀不同,方艾侬更加贴近生活,生活中需要什么,她便设计什么,不局限于刀剑。

作为回报,方艾侬让宋初夏教她做饭。

这个时代的进步,好像都是从不太听话开始的。慕容枫之所以被大家追捧是因为他代表了广大职教群体,而方艾侬之所以帮助宋初夏是因为她的叛逆与反传统,学金融的为何不能选择自己的爱好去烹饪呢?相对于金融专业的高大上,方艾侬认为烹饪也没有什么丢人的,爱好最重要,这也是她成为宝剑专业的第一个女生的原因。并不是考上好的大学就优秀了,去学点手艺就低人一等,方艾侬的设计在业界屡获大奖的原因并不是因为她的学历有多高，而是她对这份事业的专注与热爱。从方艾侬那里，宋初夏第一次知道了，他们这群不听话的孩子有一个共同称呼：父愁者联盟。

有人支持慕容枫，自然会有人支持赵青禾。支持赵青禾的群体理由很简单，高等学府不但学习技术，更多的是在理论层次引导了行业的未来。而赵青禾的胜出则很好地证明了高等教育在动手方面也不输给职业教育。从同一所高中出来的隔壁班同学，表面上看，一个往东，一个往西，但最终绕了一圈后还是回到了原点，相遇在了决赛。

由大赛而引发的巨大舆情让大赛主办方承受了十分大的压力。大赛的主办方主要是宣扬工匠精神。而工匠却来自每一个行业，并不是职业教育就是专门培养工匠，高等教育就缺乏培养工匠精神的土壤，更多的在于人，而非环境，一切都是个人选择与努力的结果。这个道理，有所成就的大师们当然都懂，但是如何调和甚至平息网络上这场舆论是摆在大赛主办方面前的一道重要难题。

面对网友的支持与声讨，原本在学校就不怎么学习的赵青禾也承受了很大的压力。因为他压根没底气能够赢得下一场比赛，自己的功底都是在家时候跟父亲学的，到现在他已经黔驴技穷了，而对手慕容枫还有何知光好像深不可测。或许网友说的是对的，职业技能教育真的在动手能力这块很强，但是自己并没有在理论方面取得多大的成就。赵青禾将自己关在了屋里，似乎在大赛前夕失去了继续下去的勇气……从最开始的无所谓的态度，到走到今天获得荣誉之后的患得患失，他深刻明白了，任何事情，当你未曾拥有，你便拥有了一切，拥有了那种可能，但是当你握在手中的时候，你便失去了一切，因为你太在乎……

宿舍群里已经很久没有收到赵青禾发的信息了，龙哥、李传航还有陈浩杰三人不管谁给赵青禾发消息都没有回，要不是能看到赵青禾比赛的视频，还以为他失踪了呢。

宿舍里的三个人觉得，都是一个宿舍的兄弟，他们三个人应该去现场助力一下，哪怕去冷嘲热讽一顿。他们怕赵青禾一个人承受了太多的心理压力，总需要人在这个不断膨胀的气球上先扎几个眼才行。

赵青禾的成绩有目共睹，所以学院爽快同意了三个人的请假。辅导员的唯一要求就是：确保赵青禾安全回来就行，成绩并不重要。

深夜，赵青禾宿舍门被人猛烈敲响，赵青禾并没有当回事儿，他并不想见盖斌，也不想见宋初夏。可外面的人一直在敲，似乎不开门就誓不罢休。赵青禾烦躁地起来去开了门，就在开门的那一刹那，一盆冷水泼在了赵青禾的头上。站在面前的正是孙钦龙、李传航、陈浩杰应援三人组。

而这一盆冷水则是应援三人组的见面礼，理由是赵青禾没有在群里回复他们请客的消息。看着三人摆着Pose（姿势），一副不可一世的样子，赵青禾先是忍不住笑了，笑着笑着便哭了。他实在是太需要兄弟们的应援了，他一个人单打独斗太久了。

原本是一场躲避上课的出逃，没想到发展成有家不能回。这一盆水让赵青禾的心彻底踏实了下来，他紧紧地抱着孙钦龙哭了个痛快。当然，孙钦龙刚开始是认真安抚的，但是赵青禾抱着自己实在是哭了太久，孙钦龙只好将赵青禾推到了陈浩杰怀里。

"哎，差不多得了。别没皮没脸的，天天跟我装情感大师，还说你是最早谈恋爱的人，鼓励我赶紧谈，还说什么爱情多美好。唉，赵青禾，你这扮猪吃老虎的本事跟谁学的？"

看着赵青禾依旧伤心得大哭不止，陈浩杰只好又把赵青禾推到李传航这里。当李传航毫不客气地将赵青禾像个婴儿一般轻松抱起往外走的时候，赵青禾终于停止了哭泣。

"哎，传航，你这是去哪？"

"别以为你哭就可以逃避请客，当然是去吃海鲜大餐了！来之前我们都做好功课了。小样，买车了还在这跟我这矫情！把那个洗剪吹三兄弟一起叫上，大家认识认识！"

赵青禾将车开出去老远，一直来到了海港码头。倒不是因为这里的海鲜多便宜，而是应援三人组要看海，涛尼便带头来到了这个海边的小渔村。渔村的海鲜品质自然没的说，只是路途远了些。沿着崂山一直走，绕过了太清宫，越过山丘后，一路下坡来到了被海湾环抱的一处小渔村。看着万家灯火，这里竟然有如此世外桃源般与世无争的美景，赵青禾一度怀疑这里是不是青岛。

"涛尼，你要早知道有这么个好地方，你早该带我们来了！"

"喂，这是我家好不好！老空手来谁也受不了不是？"

涛尼选择来这里是有自己考虑的，他明白有心理压力的赵青禾需要到一个完全不同的环境来释放一下才好。每逢大事有静气，这是他之前帮家里打理生意的时候学到的。很多大老板都是遇到了极大压力才选择在这里静静地待一宿，然后再回去征战四方，其中不乏一些社会名流。

直到此时，大家才知道，原来涛尼也是"父愁者联盟"中的一员。涛尼家在村里经营着几家民宿，生意好得不得了，但是涛尼对这种躺着赚钱的生活十分排斥。虽然民宿的生意随着网络越发红火，但是涛尼有着自己的想法。如果说慕容枫和宋初夏的感情是因为一个漂流瓶的话，那么涛尼此生的心动则是那年花开时一个女孩偶然被风吹动的头发。那一缕头发深深地拨动了少年的心弦，也让涛尼发现了自己的热爱。如果说别人的愿望是做一名天使的话，那涛尼的愿望则是希望自己能变成一把剪刀，那样他便可以亲吻自己为之疯狂的头发。

涛尼家位置十分优越，院子再往后就是海。众人把赵青禾买的海鲜拿到烧烤架上，涛尼亲自当起了大厨。一边欣赏着美景，一边搞烧烤，这几乎让应援三人组还有凯文、盖斌为之疯狂，没见过世面的孙钦龙甚至直接跑到了海里喝了几口海水。

涛尼之所以不带大家来家里，原因并不是他说的怕花钱，谜团伴随着他的秃顶爷爷和秃顶爸爸的出现迎刃而解。原来，涛尼那千年不变的发型是有原因的，他的恋发癖也是有原因的。众人默不作声地看着涛尼的头发，而涛尼也索性不装了，毕竟选择带大家来家里，就是选择了将自己的秘密公之于众。没错，涛尼完美地遗传了父辈的基因，也是个"地中海发型"。

当精神小伙卸下假发套的时候，那种中年人的成熟气质伴随着咸湿的海风扑面而来。在涛尼的眼神中，一切金钱地位都不重要了，唯独头发，他最缺的头发才能撩拨他的心弦。万年留级生涛尼并不是因为技术不精，而是他爱着那校园里的青春气息，他并不为赚钱，只是喜欢校园里的客流量。一天不接触头发，他都有可能疯掉。

看到"地中海发型"的涛尼之后，众人的情绪达到了高潮，而岸边的篝火也让赵青禾感受到了从未有过的善意。或许，你之蜜糖我之砒霜，你最不屑的恰恰是别人无法拥有的。涛尼正在用自毁形象的方式告诉眼前这个认识没多久的愣头青，剃掉头发很容易，而冷静地看待这场比赛不容易！

当大家安静下来，涛尼对着赵青禾说出了自己的心里话。

"青禾，你知道我为什么欣赏你吗？"

"我傻呗！他们都这么说我！"

"不是，你身上有着别人没有的勇气！其实你不傻，你明明可以在高中时候就点破那段感情的，但是你没有；你明明可以几次拆穿慕容枫的，你也没有。你知道坤雄不堪的过往之后，你也可以去找他当面对峙的，但你也没有。我还是那句话，剃光头很容易，成长却很难。从见到你到现在，只不过半个月的时间，在你身上，我看到了巨大的勇气！明天或许是最后一战，但是这又有什么关系呢？你最开始来的时候，不就是想出个风头吗？我觉得，你做到了！剩下的，就继续交给时间吧！能够做自己喜欢做的事情，就已经是世界上很幸福的那一类人了。"

"涛尼哥，你可以接着回到这里来做理发，不耽误啊！"

"美好的东西是需要付出代价的，我之所以赖着不走，是因为我怕安逸的环境让我沉沦。在技师学院，我能从他们身上看到那份执着与热血的精神。

在我心目中，技师学院就是工匠们的顶级殿堂！每一个身怀绝技的人，都值得被这个社会尊敬！"

涛尼的"地中海发型"让他一下子老了不止十岁，和他的聊天，仿佛成了与灵魂导师的对话，面对涛尼的鼓励，赵青禾甘之若饴。

看到坤雄给自己发过来的信息，赵青禾将自己的地址发了过去。得知赵青禾和兄弟们在一起，坤雄便也没有再说什么，只让他好好休息，准备明天的比赛。因为坤雄也不知道，四人组到底怎么比赛。

伴随着海浪声，众人玩到了很晚。赵青禾拿着手机想给宋初夏发消息，犹豫到最后还是选择了将手机扔到了一边。

当第二天众人来到赛场的时候，却只发现了两辆燃油赛车。

"糟了，是拉力赛！"坤雄几乎在第一时间便明白了组委会的设计。

没错，组委会宣布四人淘汰赛的规则是拉力赛。也就是四名选手两两自由组合，获胜的两名选手再进入最后的决赛。

拉力赛需要很长的路程和距离，需要一名选手坐在副驾驶做领航员，来提示道路的情况，而另一名选手则专注于驾驶。在赛事的中途站点，两名选手换位置，继续行驶到终点。选手的组合也不再按照抽签制，而是自由组合，前后半段的驾驶顺序也由车手自己选择。

当评委讲完规则的时候，赵青禾的大脑当时就蒙了，只要何知光联手慕容枫，自己基本就不用比了。而慕容枫担心的是，何知光一向对赵青禾很有好感，如果二人联手的话，那么自己很有可能就此出局了。四个人面面相觑，除了何知光，其余三人都在看着何知光的选择。也就是说，何知光选择了谁，可能直接宣布了比赛的结果。

而在何知光的眼里，还有一个可能的组合，那就是隔壁班的两名同学——慕容枫和赵青禾联手，因为只有这样，他们才有一线可能打败自己，可是积怨颇深的二人会选择联手吗？

思索再三后，何知光主动走向除慕容枫和赵青禾以外的那名选手。就这样，慕容枫和赵青禾便不得不走到一起迎战。这次的组合，四个人几乎一句话都没有说。面对这样奇怪的场面，记者忍不住走到何知光那里，问出了所有人心头的疑惑。

"根据上次比赛的排名，您是并列第一名，如果您联合另一位并列的第一名或者第二名，胜算将大大提高，为何您会放弃他们选择第三名呢？您是有信心在这一轮淘汰掉他们两个，轻松进入决赛吗？"

何知光微笑着看着镜头说："这次的加时赛因网上有很多声音，我相信你应该也知道。我之所以选择让他们两个走在一起，一来二位都是我很尊敬的对手，二来我是想知道，职业教育加高等教育到底能不能放到一起去接受考验。"

何知光当然知道自己的选择是最差的，但是他也知道，这个选择对慕容枫和赵青禾来说是最公平的。对于自己而言，拿过那么多次冠军了，多一次少一次都无所谓。对于网络上大家对职业教育和高等教育的看法，他看在眼里记在心里。或许，让两人联手，这才是匠心杯技能大赛最有意义的一件事情吧！

对于何知光的这一选择，慕容枫和赵青禾自然心知肚明。看到何知光坐在了副驾驶，慕容枫便义无反顾地坐在了驾驶位。他知道何知光肯定会在后半场定胜负，那时候安排不按套路出牌的赵青禾比较有胜算。

当发令枪响起那一刻，慕容枫全神贯注地进入了状态，驾驶着赛车一马当先。比赛是围绕崂山海岸线一直穿越到太清宫山上，绕过后山，路过涛尼的家之后再折返。这场比赛，大赛官方竟然租用了直升机做现场直播。

其实这条路即使没有赵青禾的领航，慕容枫依旧能够开得很熟练，毕竟自己不知骑摩托车走过多少次了。因为对手对路况不是很熟练，所以很快便被慕容枫远远地甩在了身后。

"左转，前面有长下坡……"

"青禾，不用说了，这条路我闭眼都能开！聊聊吧！"

赵青禾转头看着慕容枫，若有所思地问："聊什么？"

"如果这场比赛咱俩输了，你会怎么跟大家交代？"

"我没打算交代，我对自己有交代就好了。我来就是陪宋初夏比赛的，打酱油的。进入了决赛对我来说已经够了！倒是你，你和叶一茜签了协议，赢不了的话会不会很难看？"

"其实，叶一茜并没有你想象的那样不堪，她是个清醒的人！赢了，我要为她组建一支车队，把大赛一直比下去，经纪合约三七分成，我三她七，输了大家一拍两散。"

"三七分，果然是无良企业家的嘴脸！"

"我已经很知足了，毕竟人家是免费资助我比赛到现在，没有她，我就没得选了！"

"雄哥也不错啊，虽然他之前的名声不太好……"

"我爸死的时候就是和他比的，我不可能为他去比赛……不说这个了。初夏那边你都跟她讲了什么？"

"讲什么？"

"其实当年你关心她比我多，我到今天才发现，我并没有那么了解她。你是守护天使，希望你能陪她到最后！"

"喂，我们彼此尊重一下好不好，喜不喜欢那是人家的选择，专心开车吧！我跑那么远来，可不是为了这个时候跟你聊天的！"

看到何知光的车从背后跟了上来，二人很是意外。四号选手是黑马，虽然人不出名，但驾驶技术高超。何知光和他磨合了一段路程后，在何知光的辅助指挥下，四号选手绷紧的神经明显放松了很多，驾驶速度也明显提了上来。

慕容枫前半段的优势一下子荡然无存。果然没有完美的个人，只有完美的团队。何知光无疑是这个理念最完美的践行者！

慕容枫也果断闭了嘴，专心致志地和赵青禾配合起来。两辆车几乎是同时到达了中途站点,何知光和四号选手不紧不慢地下车换位置,赵青禾这边都没有下车,在车里直接和慕容枫换了位置便火速开了出去。

下半场注定是何知光的主场,虽然赵青禾昨天就开过这条路,慕容枫也在一边认真提示,但何知光实力超群,拉力赛正是他的强项。

慕容枫的打算还是失策了,赵青禾并没有像他那样稳重地来面对对手的超越。当何知光一骑绝尘超出他们的时候,赵青禾的注意力明显不集中了,若不是在拐弯的时候刹车踩得及时,他差点撞到栏杆上。

而这一切都让大家为之惊叹,不知情的观众一度以为二人理念不合在车里打了起来。

"喂,拜托!你靠谱点行不行,在老家这种路不都闭着眼开的吗?"

"好好,我尽量……"

慌张的赵青禾将车倒出来后,突然紧紧地盯着慕容枫,几乎在一刹那,慕容枫便读懂了赵青禾的意思,既然何知光可以遥控开车,为什么慕容枫不可以呢?

于是,赵青禾尽量让自己的手放松适应慕容枫的指令,一段路下来后,二人竟然用魔法来对付魔法,很快就看到了何知光的车。

慕容枫的定力在此刻得到了极大发挥,而他们的车最终追上了何知光。

"喂,不要再让着我了,要比就比真的!"

赵青禾朝着何知光大喊了过去,而何知光只是比了一个OK的手势。

坤雄的分析是对的,赵青禾的即兴发挥加上慕容枫的冷静,二人绝对是无敌的存在。而何知光那边也并不是铁板一块,他更擅长一个人开车,当身边有人的时候,就是他最难受的时候。他不愿别人看着自己,那样会分走他的注意力。这一点,何知光很早就发现了。后来他跟别人是这样解释的:这有可能就是量子纠缠,就和薛定谔的猫一样。当他一个人开车的时候,结果就是被关在盒子里的那只猫,充满了无限的可能性。但是当身边有人观察自己的时候,比赛的结果就在瞬间坍缩,那无限种可能性会变得越来越少,最终可能导致失败。这是何知光的命门，没人会知道。但是出现这样的结果全都是他咎由自取，如果不是他刻意留下慕容枫，就不会有这场加时赛，也不会有拉力赛这个双人选项。不过，何知光并不后悔，毕竟，赢得太顺利反而没什么意思。

虽然比赛路段都已经提前做了交通管制，但是当行驶到偏僻路段的时候，从拐角走出的挑着菜的老奶奶让两辆车一前一后都冲进了农田。当看到两辆车突然从自己左右一闪而过，身上的担子不翼而飞的时候，老奶奶甚至都有些恍惚了。她呆在原地看着自己手上原本的菜，看看天又看了看四周，才明白两辆赛车已经冲进了田里。

突如其来的事故让众人捏了一把汗，好在慕容枫有着绝对的经验，所以有惊无险。但是何知光并没有那么幸运了，他冲在了最前面，所以并没有太多减速的时间。当赵青禾发动汽车打算继续冲锋的时候，慕容枫却拍了拍赵青禾的肩膀。

二人冲下车跑到了何知光的车前，虽然冲击力很大，但所幸有气囊保护，车内二人都有惊无险。

"喂，没事儿的话赶紧把车开出来吧！老奶奶在旁边等着收钱呢！我可没带手机，你带没带现金？"

看着赵青禾臭屁的样子，何知光哭笑不得。眼前的这个天才，真的是从来不分时候，冷不防就会把一场事故变成一个搞笑的故事。看着赵青禾向摄像大哥借了100块钱递给了老奶奶时，慕容枫也对眼前这个不按套路出牌的男人产生了好感，何知光说得没错，这是个有趣的灵魂。

在赵青禾的授意下，老奶奶手里拿着一把白菜为两辆车重新发令。当白菜升到空中的时候，两辆车几乎同时冲了出去。而这次，胜利的天平可能来到了慕容枫这边。此时的赵青禾已经完全将自己放空了，脑海中慕容枫的指令声音越来越大，越来越清晰，以至于当赵青禾以微弱的优势冲过终点线后，他仿佛梦游般还在另一个世界，那里是赵青禾的绝对领域。

"青禾，减速，减速！"

"青禾，醒醒，我们赢了！"

慕容枫的声音在赵青禾的脑海中回响着，但是此时的赵青禾却仿佛如同着魔了一般没有反应过来。这有点类似于电脑运行超大功能的软件，但是硬件却跟不上有些卡顿一个道理。赵青禾过度集中处理开车数据，导致身体卡壳，一时间反应迟钝。慕容枫想起范进中举的故事，他举起手来朝着赵青禾来了两耳光，赵青禾才从之前紧张的幻觉中清醒过来。

看到摄影师一群人围了上来，赵青禾蒙了，他不敢相信，自己和情敌的组合竟然打败了最强大的对手！第一次合作便有前所未有的默契，这是从赵青禾高中时代偷看慕容枫的信开始的，揣摩彼此的心思，因为共同的目标而奋斗。赵青禾知道，没有慕容枫的沉着冷静，自己不会渡过这关，这完完全全超出了他的期待。看着眼前冷静的慕容枫，赵青禾抱着慕容枫哭了出来！

"东风，我们赢了！我们赢了！"

"嗯嗯，毕竟你是天才嘛！人多，别哭了！丢人现眼的！"

看到二人激动的样子，何知光只是在不远处笑着，这也是他希望看到的局面，即真正通过比赛赢过自己的局面。这或许是匠心杯技能大赛自举办以来最成功的一场比赛，网络上由慕容枫和赵青禾引发的职业教育和高等教育的纷争，在此刻伴随着二者的联手成功地合二为一，化干戈为玉帛，融为了一体。就如同何知光所说的，职业教育和高等教育当然能够在一起接受考验，取长补短才是大国工匠精神的主旨所在。慕容枫和赵青禾的拥抱在此刻完美地阐释了什么叫相爱相杀，众网友在网上引发的舆情也因为这个拥抱成功化解。

声势搞这么大，姚文雪、姜小蕾还有毛希萌自然不会袖手旁观。而作为宋初夏的室友，前往迎接的自然是赵青禾还有慕容枫的跑车。此时，宋初夏的情敌已然达成和解，成为不折不扣的两位守护天使。

当闺蜜三人组看到慕容枫和赵青禾两个帅哥站在宋初夏两边迎接自己的

时候，姚文雪几乎要晕倒，若不是姜小蕾和毛希萌架住，估计姚文雪都要倒在地上了。这是姚文雪的病，按照她自己的说法是晕脸，就是见到太帅的人，自己的大脑会宕机。

涛尼说得没错，只要有了第一次，很快就要来第二次了，家里的风景太美！但是，宋初夏的三个姐妹来到这里的第一件事却不是欣赏美景，而是先回到屋里开会。此会乃是例行会议，也称睡衣派对。姚文雪、姜小蕾、毛希萌还有宋初夏闺蜜四人关上门来，将彼此之间的看法表达了出来，畅所欲言，来了个大辩论，最终得出的结果是恋爱更重要的是自己喜欢谁，而不是谁喜欢自己。

宋初夏不负众望，虽有波折，但是仍需再接再厉。大家好像说了什么，但又好像什么都没说，这就是睡衣派对的效果。要不是姚文雪闻到了烤羊的味道，恐怕这会也一时半会儿开不完。

人太多，赵青禾便从餐厅搬一个转桌来用。当赵青禾把木质桌面放在肩上往外走的时候，突如其来的海风将他和迎面走来的宋初夏越刮越远。姚文雪几步上去一把稳住了桌子和赵青禾。

投桃报李，赵青禾第一时间将羊腿递给了姚文雪。可是辛苦烤羊的涛尼却不依不饶，如果不是众人拉着，他估计得抱着姚文雪的头，把肉从对方嘴里咬回来。

"哎，涛尼哥，你为何不把整个村子都包下来发展旅游啊？"姚文雪手拿烤羊腿，提出了自己的灵魂之问。

"你昨天在宿舍吃的什么？"

"泡面啊！"

"那你为何不吃烤羊腿啊？！"

虽然是第一次见面，但是涛尼也没把她当外人。撑完之后，众人哈哈大笑起来。

周围山上还有海边公路上，可以搞漂移比赛。所有村民们的房子可以租下来改造成民宿，这不就是叶一茜所说的轻奢生活吗？说者无心，听者有意，慕容枫觉得，这里或许就是叶一茜一直想要寻找的网红打卡地的不二之选。

虽然大家都很热闹，但是在宋初夏面前，慕容枫和赵青禾却始终沉默不语。

毕竟，真的挺尴尬的。

当众人喝得差不多了，盖斌挤到了姚文雪面前献着殷勤，涛尼自然看出了盖斌的小心思。

"喂，胖子，要不我们玩个游戏吧？"

"哎，地中海，你说谁呢！别怪我不客气了！"

"我说盖斌呢，你急什么？"

伴随着大家哈哈的大笑声，盖斌也表现出了前所未有的勇敢。

"小雪，你说话和打仗似的，没有情感，很容易让人误会的。"

"盖斌，别假装跟我很熟似的，我说话没有感情怎么了？！你能帮我吗？"

"这个很容易，要不干脆和我谈一场恋爱，你说起话来就有感情了！"

"哎，蹬鼻子上脸了，你给我站那！"

看着姚文雪拿着火把围着众人追了一圈，一场惊心动魄的真心话大冒险就此开启了。当转动的酒瓶子停在慕容枫这里的时候，毛希萌终于问出了那句不该问的话。

"你说，你现在到底还喜不喜欢我们家初夏？"

哪壶不开提哪壶，说的就是最好的闺蜜。因为她们不愿宋初夏的这段感情继续不明不白下去。其实这也不怪毛希萌，她当然不想当出头鸟，只不过在来的火车上，和室友打赌输了而已。

空气瞬间安静了。

慕容枫拿过酒瓶，站起来笑着说："问得好！刚好借着今天大家都在场，我就回答你这个问题。"

慕容枫走到了宋初夏面前，认真地说："我当然喜欢宋初夏！"

伴随着众人起哄的笑声，慕容枫接着说："但是，最近我才发现，我们并不合适。所以我在此宣布，我要恢复和宋初夏的革命友谊，从情侣退回到隔壁班的同学友谊。"

虽然赵青禾已经提前告诉了宋初夏，让她做了心理铺垫，但宋初夏依然很震惊，她没有想到慕容枫没经过自己商量便单方面宣布分手，这让自己很是被动。

当所有人都一脸诧异的时候，赵青禾高兴得想去海边裸奔。这正是他期待的结局，一切从头开始。毕竟，他被慕容枫打了个爱情阻击战，这场战役本身就不公平。

"喂，东风，你是认真的吗？"

"初夏，原谅我没有跟你商量，可能，你并不太了解我，还有他。"慕容枫说着便指向了在一旁扭头偷笑的赵青禾。

看到宋初夏表情复杂，不解中带有些许愤怒，慕容枫转身便离开了。今晚这个场合，他的在场好像是最违和的。从一开始，他便没有喝酒，为的是找机会把这件事说清楚后就离开。

"喂，慕容枫，你这算什么啊？逃兵？你给我回来！"

看着宋初夏想去追，毛希萌还有姜小蕾拉住了她。

至于姚文雪，早就任凭盖斌捏上了肩膀。两个胖子有着共同的爱好，在某个瞬间，仿佛有了穿越千年来相见的命中注定之感，两人之间迅速有了微妙的化学反应。

"哎，初夏，明天就要决赛了，不要在这档口上去纠结这些事儿了，你得往好处想，万一人家喜欢叶一茜了呢，对不对？毕竟人家比你有钱也比你漂亮啊！"面对慕容枫提出的分手，涛尼并不在意，在他看来，是你的，终究还会回来。

"对啊，初夏，这才初夏，等盛夏的时候或许他就回来了。"凯文神补刀。

当慕容枫一个人开车翻山越岭行驶在海岸线上的时候，慕容枫释然了，或许，自己不应该出现在宋初夏的世界，哪怕自己曾经是那么地了解她……

赵青禾从始至终躺在那里，头枕着涛尼的宠物龟，一言不发。

面对众人的幸灾乐祸，宋初夏生气地回到了屋子里。

陈浩杰戳了戳赵青禾小声地说："喂，走了走了！"

"青禾，如果我没记错的话，你说过，要是慕容枫选择分手，你就裸奔，对吧？"孙钦龙说完哧溜一声吸了一只生蚝，一副云淡风轻的样子。

"大晚上的，是不是太便宜他了？"李传航煞有其事地配合着孙钦龙的表演。

"啊……我受不了了……"

此刻的赵青禾终于忍不住内心的激动，边脱着衣服边朝着海边跑去。而众男生也跟在了他的身后，大喊着朝着海滩跑去。

远处不知道是谁放起了烟花和孔明灯，有人欢喜有人愁，宋初夏心里有着说不出的滋味，或许，这就是那年花开的滋味吧。

一颗流星划过天际，赵青禾终于在这一晚重新捡回了自己的青春，他像获得新生一般在沙滩上跑着、跳着、呼喊着，而后又被室友们一次次扔进了大海，那咸湿的海风，像极了青春里初恋的味道……

第十八章　你是年少的欢喜

喜欢的少年是你

当宋初夏即将要睡着的时候，姚文雪敲响了她的门。

宋初夏以为她是来安慰自己，便说："小雪，你不用担心我，我没事。"

"初夏，我饿了……"

这才是好姐妹，没有煽情，没有那么多铺垫，直接乱拳打死老师傅。

"小雪，拜托，我今晚失恋了，你们这样合适吗？你饿了屋里不是有泡面吗？你找我干什么？"

"我屋里的吃完了……你泡的好吃，嘻嘻嘻……"

宋初夏虽然嘴上很嫌弃，但还是为姚文雪烧上了水。

姚文雪说得没错，一碗泡面在宋初夏这里也变得充满了仪式感。水温很重要，调味包的顺序也很重要。葱花当然要挑出来，吃之前再撒上。

"哎，初夏，你说明天决赛，你们比什么啊？你也不准备准备？"

"你们都来了，我准备什么啊？再说，大赛组委会完全不按套路出牌。基本功、合作意识都考过了，想法也考过了，我真的想不出最后会出什么难题。"

"你说会不会考面啊？我看电影里面演的什么厨神大赛，最后不是蛋炒饭就是一碗面什么的。反正，决赛一定不是那些花里胡哨的东西。"

"面？"

姚文雪的无心之言恰恰戳中了宋初夏的内心，自己怎么没想到呢？作为烹饪者来讲，一切复杂的菜品都已经考察过了，如果说还有一项没有涉及的话，那一定是主食。姚文雪说得很对，决赛不可能考满汉全席或者是佛跳墙这种流程烦琐且标准化的菜品，应该是用最简单的考题来让选手发挥，而主食的考察不是蛋炒饭就是面。想到这里宋初夏赶紧拿过手机查了起来。

叶一茜当然没想出决赛的考题范围，这时慕容枫给她发了一条信息，约她去吃碗面。这几乎是慕容枫第一次约自己吃东西，叶一茜搞不清楚情况便给慕容枫打了个电话过去。

"这么晚了，有什么事吗？"

"比赛到现在了，我想跟你说，谢谢！"

"喂，大半夜的给我打电话就是为了煽情？"

"当然不是，你之前说过的风情小镇，我有一个好的想法，或许能帮上你的忙。"

说到吃东西，叶一茜这种极度自律的人当然不会接受，但是说到商业方案，叶一茜当然要聊个明白。

当叶一茜来到商业街的时候，很多店家已经打烊了，唯独这家重庆小面还在营业。这也是慕容枫最喜欢的一家面馆，因为它有着老家一样的味道。叶一茜当然不会吃，慕容枫吃面的时候，叶一茜看着慕容枫手里拍摄的涛尼所在村的环境。叶一茜果然没有白来，涛尼所在村的环境正是叶一茜苦苦追寻的世外桃源，简单、干净、远离城区、原汁原味。叶一茜就想找这种地方来实现自己的轻奢商业综合体计划，既可以打造轻奢民宿，又可以改造风情小吃街，真是难得的好地方！

"叶总，明天的决赛，我可能赢不了，所以，你不要抱太多的期待……"

"怎么突然这么讲?"

"我晕船!"

"那我明天去给你买晕船药!"

"没什么用的。这个地方可以吗?是涛尼的老家,如果你想整村开发,或许涛尼还能帮上忙!"

叶一茜看着冷静而平静的慕容枫,笑了。

"莫名其妙,你笑什么?"

"你今晚好像很轻松的样子,我从未见过你这样的状态。"

"我以前什么样子?"

"紧张,犹豫,有着说不完的心事,反正就是和现在截然相反的样子。你该不会是和宋初夏分手了吧?"

"被你猜对了,今晚刚分,不过是我单方面提出来的。"

"为什么这样?"

"她在上海,一线城市的名牌大学,我在这里读的技师学院,现在和人家异地恋对彼此都不负责任。比赛结束后,我想升本去读上海的大学。毕竟,职教生也可以去考清华北大的。"

"你要是这么说的,我只能支持你。慕容枫,你真的很特别,难得的理性!我只想知道,你俩的分手和我有没有关系?"

"你是说码头那事儿?当然没有!她没有跟我提过!"

"你知道我为什么选择把所有的海鱼都买完吗?"

"为什么?"

"就是想试试她的应变能力,当然也想试试你俩的关系,合适的人总会顺利通过一切考验的,不合适的人随便一点风浪就海角天涯了。"

"你的意思,我得谢谢你了?"

"倒也不用,那天我的菜品所有设计都是西餐中的顶级,宋初夏如果选择了海鱼,那么她将会彻底失败。因为她从小在乐山长大,我去初夏餐馆专门点过一道海鱼的菜,她的父亲做得还可以,但是能够尝得出来,烹饪得并不是很熟练。宋初夏肯定很少接触海鱼,所以我索性把所有的海鱼都买完了,就是替她节省时间。是,那天她的菜品比起我来确实一般,但是她还是顺利晋级了,不是吗?"

"叶总,我怎么就那么不相信呢!你是说,那天宋初夏选择了海鱼就做不好了?"

"不是她做不好,而是她的队员做不好!顶尖的食材当然需要顶尖的厨艺,她那一小组的选手基本上都是小地方来的,即使宋初夏会做,其他人未必会。万一她选择了买那些海鱼回来,但是其他队员无法处理好,结果可想而知了。不信你可以去问问她,她之所以选择那些菜品或许并不是出于对自己的考虑,而是和你一样,是对队员的考虑。"

听叶一茜说完,慕容枫方才恍然大悟。或许,叶一茜说的是对的;或许,你的对手未必有那么坏。

"这么好的面,你确定不吃一碗?难得我请你一次。"

"行!"

有了合适的商业小镇选址,叶一茜心情大好,她决定破例吃一碗。毕竟,爱情让慕容枫成长了,这是旁观者叶一茜最希望看到的,此刻的慕容枫再也不是当初那个骑摩托车送外卖的忧郁小伙子了。几场比赛下来,他已经成为众多俱乐部关注的种子选手。只要慕容枫愿意,同样喜欢漂移的叶一茜便将在商业小镇建一所漂移俱乐部,父亲叶海峰或许能够投资自己,让慕容枫的车队像何知光一样,杀到海外。毕竟他都和赵青禾握手拥抱了,在这个夏天,又有什么不可能的呢?

"明天的决赛,你想好了吗?"

"我从来不去想的,每逢大事有静气,这是我一直以来的信条,你想的越多,就会失去越多。"叶一茜指了指头说,"听从直觉的安排,直觉会给你提示。"

"面怎么样?"

不知为何,慕容枫的这句"面怎么样"在叶一茜脑海中激起了涟漪。这就是她刚才说的,直觉给自己的提示,叶一茜几乎瞬间明白了,明天决赛的主题大概率会是面。

"我懂了!"

"嗯?"

"我懂了,哈哈哈!"

叶一茜十分开心地站了起来,或许真的是直觉的提示,几乎在大赛前夕,她一下子解决了自己心头的最大难题,这一切都源于那个雨天自己躲到慕容枫的车下。缘分,真的犹如这碗面一般,普通至极,但是又美妙无比。

第二天的烹饪大赛,评委宣布主题是面的时候,叶一茜和宋初夏几乎眼皮都没眨一下。不只是黄巨翔,就连评委都觉得有些惊讶。因为这一局是决赛,所以在时间上比之前更为充分,3个小时。

当听到最后的主题是面的时候,祖籍兰州的黄巨翔几乎笑了出来,但很快他便想哭了。虽然自己能拉一手好拉面,但这可是决赛啊!自己总不能在决赛时端上一碗兰州牛肉拉面吧!最大的优势反而框住了黄巨翔的思维,从小吃面长大的他瞬间没了想法,这让他十分痛苦。

同样的问题也出现在宋初夏和叶一茜这里,虽然二人昨晚就猜到了比赛的题目,但这可是决赛啊!无论对手怎样,自己肯定要将毕生所学都用到作品里面去。

匠心杯技能大赛第一次出现了这样的情况,三位选手站在仓库里像三座神像一般盯着面前琳琅满目的菜品,一盯就是半个小时,谁都没有动手的意思。

最终,深思熟虑的宋初夏先动手了,她走到水箱面前拿起网兜,将所有的河虾都捞了出来。

叶一茜和黄巨翔瞬间就笑了,宋初夏竟然选择做三虾面!三虾面是苏州一带流行的面食，取虾籽、虾脑、虾仁配以面条制成。这道面食有一定的难度，从时间上来看也合适。

宋初夏走出去后，叶一茜也抄起了网将河蚌还有墨鱼捞了出去。

墨鱼面？虽然海鲜墨鱼汁意面比较常见，但是叶一茜主打名贵食材，制胜关键在于如何熬一锅汤底。看到叶一茜也有了自己的菜品，黄巨翔心中不免有些着急。

如果时间能够倒流，黄巨翔会坚定不移地选择做一碗自己老家的兰州牛肉拉面。但是此刻的他却被宋初夏和叶一茜的淡定扰乱了信心，毕竟两名选手从公布比赛题目的那一刻起眼皮就没眨一下。

在兰州拉面和新想法之间，黄巨翔最终还是受到了海鲜的干扰，也抄起了大网走了过去。

宋初夏坐在那里将大肚子河虾挑出来，放入桶中淘洗并掏出虾籽，然后便不紧不慢地坐在那里开始一只一只剥起虾仁来，几十只虾当然需要点时间去做。众人的目光都投向了黄巨翔这里。

黄巨翔要做的是全世界最贵的面条，他曾经在网上看到，美国纽约的一家BICE餐厅（意大利餐厅）早在2013年就推出了一款意大利面，一碗售价高达2013美元，现在折合人民币14000多。这也就成了世界上最贵的在售的面条，没有之一！而这碗意大利面在食材方面可谓是顶级，一斤多重的缅因州龙虾，28.35克的黑松露，还有各种顶级的野生蔬菜作为搭配。虽然叶一茜的作品一度以昂贵食材著称，但是这次，无疑是比不过黄巨翔的。光是复刻肯定是不行的，为此，黄巨翔发挥了他做面的童子功，用超凡的臂力，拉出了可以穿过针孔的毛细拉面。国内拉面界也有这方面的匠人，黄巨翔听说过的最多能够穿针孔四十多根。而他拉的面虽然没有登峰造极，但是他曾经也尝试过，最多能穿过十多根。别小看这十多根，这已经属于大师级的造诣了。

当黄巨翔在摔打着做拉面的时候，叶一茜也开始揉面做起拉面来，只不过，叶一茜的面团是黑色的。叶一茜之所以取墨鱼是取它的墨鱼汁来用，而河蚌则是取珍珠用来研磨成粉。

黄巨翔这边还没有想好自己做的面的名字，而叶一茜已经想好。将珍珠粉研磨后和到面里，然后摔打成条，这样煮出来的面会在黑色的面条中发现闪闪发亮的珍珠粉，叶一茜将这碗面称为"仰望星空"。这次叶一茜选择了做减法，将更多的精力放到了面条本身上。通过这一路的比赛下来，她学到了很多，特别是宋初夏的"那年花开"让她明白了，堆砌名贵的食材只是噱头，真正的菜品则是烹饪者对于这个世界的表达。如果说画家用绘画的形式表达思想，那么厨师则用菜品来传达生活的感悟。

叶一茜的汤底也化繁为简，只用了河蚌来熬煮，然后用肉糜将汤澄清，加入少许调味料后便做成了自己的决赛作品——仰望星空。

叶一茜的作品是最快完成的，面对着眼前的这碗面，她心满意足。而最终，评委们给出了90分的高分。

"面是最普通的食物，但能安抚人心。能够通过一碗面来表达对生活的理解，从立意上便已经高出了一碗面本身的层次，主题是仰望星空，而珍珠粉则是这'星空'的主角，用孕育了'星空'的河蚌来做原汤，有着很高的哲学意境！从味道上，也有着清爽淡雅的口感，这是很有创意的上乘作品！"

此刻的宋初夏刚刚剥完虾仁，将虾壳煮熟后，宋初夏接着坐在那里取虾脑，又是漫长的手工活。

黄巨翔第二个完成菜品，虽然从摆盘上极尽奢华，但是黄巨翔觉得立意上差了叶一茜好几个层次。

"这位选手，你做的面的名字是？"

"'奢华之爱'！取自顶级的食材，用上乘的手法将面拉成头发丝状，所谓三千情丝化作那一瓢弱水，这便是爱情的珍贵之处！"

评委们尝完后也对黄巨翔的味道控制赞不绝口，虽然面条细如发丝但是依旧能够做到爽弹，顶级的食材融合成就了顶级的奢华。只是在立意上，评委提出了疑问。

"既然是要表达爱情的珍贵,难道选手的意思是爱情之贵,贵在食材?"

"呃,当然不是,爱情的珍贵并不在物质本身,而是在于它的高贵!"

"既然如此,这碗面的奢华又在何处呢?或者说,我拿走龙虾和顶级的配菜之后,它还能叫奢华之爱吗?"

"这……"

黄巨翔当然知道,这碗面之所以贵是因为食材本身,这也正是自己做这道菜的初衷。

面对评委的质问,黄巨翔只好说:"面的本身并不奢华,但是顶级的情感才有资格搭配奢华的食材!"

面对黄巨翔的解释,评委们的意见参差不齐,但这也不失为一个上乘之作。

经过慎重考虑,评委们给出黄巨翔89.5分的成绩。之所以差0.5分,是因为评委们一直认为,黄巨翔所做的中西结合并没有发挥得更好,复杂食材的堆砌反而减弱了面本身的主题。如果说黄巨翔自信一些,只是在"弱水三千,我只取一瓢"的主题上发挥,在纯粹的兰州拉面的基础上拉出细如发丝且清爽弹牙的作品的话,那么结果可能比眼下的"奢华之爱"要更好。

其实当叶一茜解释完自己的作品的时候,黄巨翔就已经后悔了,只是时间不允许他再做一碗了。眼下,就看宋初夏了!

宋初夏将虾壳放到油中炸完后取得了虾油,然后她又将炸完油的虾壳放到锅中炖煮,获得了虾汤。宋初夏将虾壳炒干研磨成虾粉后加入面粉,揉成了带有虾味的面条,将面条放入虾汤中煮熟,然后再放入虾籽和虾仁,最后淋上虾油,撒上小葱。宋初夏做的不是三虾面,而是集虾籽、虾仁、虾脑、虾粉、虾油、虾汤六位一体的六虾面。

当看到宋初夏打磨虾粉的时候,黄巨翔便知道,自己还是输了。一碗面囊括了虾身上所有的精华,无一浪费,这才是奢华之爱。评委说得没错,自己的面拿掉那些奢华的装饰之后,其实什么都不是。

而宋初夏为这碗面起的名字叫"留下"。

"六虾，留下！有意思！这位选手的意思是，让吃这碗面的人选择留下，可以这么理解吗？"

"可以这么理解，但更多的是，我想通过这碗面把自己留下。"

面对宋初夏的解释，很多人开始议论起来。毕竟，哲学表达的更多是关于世界，关于他人，而宋初夏却说想把自己留下，这让人匪夷所思。

"能进一步解释一下吗？"

"我来自乐山的一个普通家庭，人生很多的时候没有办法自己做出正确的选择，来到匠心杯技能大赛也是学校的选修课老师鼓励了我好久，我才偷偷来的，后来无数次想放弃，但是最终还是选择留下来。我是学金融的，但是我热爱烹饪，未来要是每天都坐在上海的写字楼里去和那些冰冷的数字打交道，就这样过完此生该是多么的乏味！我做饭是出于热爱，我想留下来，这或许能够证明我真的可以凭热爱去挣口饭吃，用热爱来填满我往后的余生。我不想做一辈子金融，但是我可以做一辈子好吃的美食。我想通过这碗面鼓励更多和我一样的人，在人生的路上，你可以放弃很多，甚至苟且地生活着，但是我希望大家能够完完整整地留下那最初的梦想。人的一生如同江河，奔腾不止，无论你是来自技师学院还是北大清华，无论你学的是金融还是烹饪，终有一天，我们会慢慢地顺着长江奔流入海！"

宋初夏说出了自己的心声，这也是无数"父愁者联盟"发自内心想要说的话！

宋初夏的虾面从立意到做工再到味道，无疑是成功的。她真的用行动践行了什么叫热爱，这也是匠心杯的主旨，用热爱去打破一切的不平。最终，评委给出了92分的高分。当评委打出了最高分的那一刹那，宋初夏喜极而泣！

看着宋初夏获胜，摄影师将镜头对准了黄巨翔，因为大家要看看这个人输了到底会不会也要哭一场。黄巨翔像是一个勇士，他神情自若地走上前去拥抱了眼前这个女孩。在最后的时候这位勇士没能够守住初心，在昂贵的食材面前迷失了自己。叶一茜从宋初夏这里学到了什么是大道至简，选择了返璞归真，摒弃那些引以为傲的花哨的食材，专注于烹饪本身。宋初夏的作品则用朴实而直白的表达鼓励了更多想追求梦想的人。当一碗面能够打破人们心中的藩篱，让人冲破世俗勇于追梦，这便不再是厨师那么简单，而是梦想的筑造者。

摄影师抓拍了黄巨翔好久，可是黄巨翔始终面不改色心不跳地微笑着目视前方。当摄影师将镜头甩开对准宋初夏的时候，黄巨翔眼里的泪水几乎在瞬间奔涌而出。其实，大家都知道黄巨翔爱哭的原因并不是因为承受不了压力，而是因为情感的细腻。

宋初夏赢了，当60万的奖金放到她手里的时候，宋浦生喜极而泣。自己终究还是错了，当初叶海峰为了利益选择与自己分道扬镳，但是自己转身又压制了孩子的梦想。屠龙少年成为恶龙，自己是邪恶的。这一刻，宋浦生仿佛明白了，他并没有比叶海峰高尚多少，不过孩子们终究活出了自己当年期待的样子！

宋初夏终于用热爱打败了来自父辈的枷锁与世俗的藩篱，或许，从此以后，她真的可以通过烹饪来养活自己，过完此生。站在领奖台上的那一刻，宋初夏体会到了，那种不依附于任何人的独立的感觉。那一刻，她的灵魂终于从禁锢的牢笼中彻底飞了出来，获得了想要的自由！

几乎是同一时间——二人约在咖啡厅见面的时候，叶海峰便收到了宋浦生的信息。

"浦生，我都看到了，初夏很棒！她赢得实至名归！"

"海峰，这么多年，或许是我误会你了！"

"浦生，你不要这么讲，我当年确实有些不地道，着急赚钱，拿了你的配方，不过我借你的都记在你的头上，现在公司还留着你的那份股票。我一直想找机会跟你讲，但是好像我们后来都越走越远了……"

"是啊，当年还是你有勇气，选择来了北方，我却只能选一个安逸的圈子度过余生……海峰，或许你是对的，这是酱料的配方，今天，送给你了！"

"浦生，为什么，你……"面对昔日老友的认可，叶海峰简直不敢相信自己的耳朵，这样的话，怎么可能会从固执的宋浦生嘴里讲出来。

"明明自己过得不尽如人意，却还是见不得人间疾苦。海峰，其实你的配方没有错，和我的相比只不过顺序错了。想来可笑，做菜讲究顺序，人生好像也是如此吧……"

叶海峰不明白宋浦生为什么选择原谅他，其实，这一切都来自孩子们。虽然叶海峰对叶一茜的叛逆毫无招数，但是宋浦生从叶一茜的身上看到了下一代的宝贵品质。

表面上叶一茜高冷狂傲，是宋初夏最大的竞争对手，但其实叶一茜也是如同何知光一样的存在。正如叶一茜对慕容枫所讲的，如果不是她故意买完所有的海鱼，宋初夏的团队肯定在那场比赛后就已经退场了。表面上看，叶一茜心机很深，表面上是等宋初夏取完食材才行动，实则那是一种保护。当得知宋浦生打算让宋初夏退赛的时候，叶一茜的反应也是最大的。宋浦生对眼前的叶一茜是充满敌意的，但正是这个孩子的一举一动保护了宋初夏，从而一路走到了决赛。虽然叶一茜没有多么高超的本领，但是她有一颗纯良的心。这一点，宋浦生自愧不如。二十多年了，或许叶海峰的选择并没有错。或者说，有谁不会犯错呢？有必要将年轻时的过错留在心里惩罚彼此吗？

宋初夏都知道想通过大赛鼓舞同龄人，自己作为美食爱好者，却没能够将自己的酱料配方让更多的人享受到。没有人因为自己做的菜而更好地去生活，相比之下，自己和叶海峰的格局高下立判。自己送给叶海峰的只是一个配方，但是叶一茜送给自己的却是宋初夏的朗朗人生。

和当初公布的一样，漂移赛的决赛场地选择在海中航行的远洋巨轮甲板上。决赛使用的车是电车，一来燃油车若产生爆炸会对轮船的安全产生很大的影响，二来电车漂移将会是下一届技能大赛的主题，为下次做铺垫。

虽然慕容枫早已经吃过了晕车药，但是晃动的甲板依旧让他眩晕不已。

赵青禾从来没有上过大船，他唯一上过的就是公园里的鸭子船。所以，当赵青禾登船后没几分钟便趴在地上吐了起来。原本不公平的对决在赵青禾吐的一刹那又回到了同一条起跑线，慕容枫走到赵青禾面前将兜里的晕船药递了过去。

极端环境下的技术展现，这就是技能大赛对选手做出的终极要求，这也是一个合格匠人的基本素质。而四周的甲板也是光秃秃的，大赛官方只在船身下面加装了护网，船两侧各有一艘救生艇。每辆车的副驾驶上都备了一个救生圈和一把破窗锤。

虽然风和日丽，但是气氛紧张到了极点。这场比赛不仅意味着终极的荣誉，还有60万的巨额奖金。

决赛规则的制定原则回归到了最初的简单，选手只需要按照划定的线路完成漂移，用时最少者获胜，其实就是将赛场复制到了甲板上，但因为场地的限制，圈数有所增加，共十圈。为了公平起见，二人可以试跑一圈。

当发令枪响起，二人都是在晕晕乎乎的状态下冲了出去。甲板上开车果然不简单，你不仅要掌控车进行漂移，而且要时刻抵抗着船身上下起伏而带来的力量。漂移最终靠的是轮胎的抓地力，如果在漂移的过程中轮船下沉了，轮胎便会腾空而起，车自然会伴随着惯性甩出去，这便是惊险之处。但危险中同时存在着机遇，如果在轮船上浮的过程中高速过弯，轮船会紧紧地将赛车托起，此时轮胎便获得了数倍于平常的抓地力，而赛车便不用降速直接可以甩过弯道。

只是开了一圈，慕容枫和赵青禾都意识到了这一点。当然这一圈下来，慕容枫和赵青禾都差点被甩到海里。最危险的当数赵青禾，他用劲儿过猛，半截车身直接卡在了甲板的边缘。

理论上，慕容枫的冷静会占很大优势，但是晕船的时候除外。赵青禾虽然容易急躁，但是晕船时沉稳了很多，因为他根本提不起兴致来，甲板的复杂环境意外地抵消了彼此的优缺点，这让终极大赛充满了未知。

二人很快调整好了状态，直升机也跟在了船附近，从高空中直播这场盛况空前的比赛。

坐在车里的慕容枫和赵青禾都在心里默默地数着甲板起伏的频率，虽然海面上的风浪无迹可寻，但能从船本身算到起伏一次所需的时间，这个时间差便是制胜的关键所在。

当发令枪响起后，慕容枫选择晚一步紧紧地跟随在赵青禾的身后，因为他明白，赵青禾才是应对这种突发情况的高手，跑一圈便知道了赵青禾的策略。慕容枫的选择是对的，赵青禾尝试两次急速过弯的时候都因船体的起伏而失败了，最终还是通过猛踩刹车降速才得以安全过弯。如果用的是燃油车的话，慕容枫便可以用发动机的怠速来增加车身的稳定性，但是眼下是电车，原本充当陀螺仪的燃油发动机在电车这里成了一叶扁舟。

很快赵青禾便找到了窍门，他将车窗全部降了下来。因为他发现当船下降的时候，两侧的海风也起了很大的作用。风会增加车的侧位移动，打开车窗会大大抵消船身下降时带来的影响。电动车的中心并不在车头而在底盘，打开车窗能尽可能地将重心进一步压低。

第二圈的时候，二人都找到了感觉，但是此时更大的危机出现了。甲板遇到了更大的浪，产生了很大的侧位移动，整个甲板几乎产生了接近30度的仰角。而慕容枫和赵青禾的车瞬间从平地拔起到半空中，面对突发状况，赵青禾选择刹车控制平衡，而技高一筹的慕容枫却选择下坡加速朝着甲板的边缘驶去。因为慕容枫知道，船很快便朝着相反的方向摇晃。慕容枫的行为惊呆了众人，但他的判断是对的。当慕容枫冲到甲板边缘的时候，船体也发生了反向运动，慕容枫的下坡此时变成了上坡，慕容枫抓住机会漂移过弯，甩开了赵青禾接近半圈的距离，完成了逆袭。

风浪越来越大，甲板摇晃的剧烈程度远超出了组委会的预想，组委会只好再次呼叫救援来保障两名选手的安全。

慕容枫很快找到了自己的节奏，三圈下来，赵青禾被稳稳地甩出了半圈的距离，赵青禾虽然着急却无法得到突破。

若是这样下去，自己必然会输掉比赛，赵青禾强制自己冷静下来。他想到了父亲赵运驰，他想到了坤雄，他想到了何知光，他甚至想到了宋初夏，但是他们都没有给自己带来什么好的想法。强烈的颠簸让赵青禾忍不住又吐了起来，但正是这次强烈的呕吐让他想到了一个人，那就是自己的大学老师赵明友教授。

当自己开学向赵明友教授展示了高超的驾驶技术后，他当然被赵明友教授喊到了办公室沟通了一番。毕竟，汽车专业的教授晕车，这是件让人很丢脸的事情。沟通中，赵明友教授给赵青禾讲了当年设计拖拉机的故事。造兰博基尼的厂的前身也是造拖拉机的，这没什么大不了的。当问到教授如何在晕车的情况下开车的时候，赵明友教授提出了自己的见解，那就是尽可能让车变成拖拉机。除了将车窗摇下来，如果有可能，前车窗玻璃都不要了。因为汽车本质上就是加了轮子的沙发，其他的东西其实都不重要，重要的是你如何掌握它的心脏。

只剩两圈了，如果追不上慕容枫，那么自己就失败了。伴随着甲板的剧烈颠簸，赵青禾终于找到了机会，他在二人都减速的时候，拿起破窗锤向前车窗玻璃狠狠地砸了过去。几下之后，赵青禾将前车窗玻璃敲了下来。赵青禾的举动吓坏了众人。看到赵青禾的车滑向了甲板边缘，众人纷纷为他捏了一把汗，而他同时将车顶上的玻璃全部打开。赵青禾的这一招十分奏效，伴随着前车窗吹进来的海风，赵青禾不但更加清醒，整车受到的风阻力几乎降到了最低。你可以将慕容枫的车看作是一艘带着风帆的船，而赵青禾的车则像是一张只有底座的沙发在贴地飞行。

当车有了更大的抓地力，赵青禾的速度渐渐提了上来，他甚至将游泳圈也扔了出去，因为那些都增大了风阻。看到赵青禾的操作，众评委纷纷寻找比赛手册，因为谁都不清楚，赵青禾的这种行为到底属不属于犯规。当然，结果肯定是注定无解的，因为从来没有选手打碎过前车窗玻璃，那是保护车手的配置，没人会傻到将自己置于危险之中。到最后一圈的时候，赵青禾竟然奇迹般地追平了慕容枫。

看到天才的赵青禾同自己并驾齐驱，慕容枫心底对眼前这个家伙佩服不已。自己已经失去了最佳的加速窗口期，但是此时仍有机会。

当二人甩过弯道来到直道上的时候，船身迎来巨浪，整个甲板发生强烈颠簸，眼前水平的赛道瞬间变成60度的巨大上坡。而破浪而来的海水自然成为慕容枫车身最大的阻力，赵青禾虽然被淋了满头的海水，但是他兴奋不已，他径直加速到底直接冲向了甲板的最顶端。

你可以看到，伴随着赵青禾的加速，一辆车缓缓地爬行在越升越高的甲板上，而此时慕容枫落后一些，但也紧紧地跟在了后面。最后一圈了，花落谁家都将伴随着这海里的风浪的起落在这最后半圈一锤定音。

关键时刻，慕容枫在冲到三分之二处的时候选择了减速，因为甲板马上就会回落，如果此时选择加速的话，那么落下来的甲板便会直接连人带车甩出去，何况此时的甲板上已经全是海水。

但是赵青禾却并没有选择减速，而是全力地冲向甲板的最顶端。在最顶端，众人看到了甲板很快回落了下来，当大家都以为赵青禾会被甩落大海的时候，赵青禾却逆天操作，选择了倒车。赵青禾就像在跷跷板上寻找平衡的弹珠，他很快将车往回开，车在瞬间便获得了上坡的抓地力，有了这样的抓地力，车很快稳定了下来。当慕容枫惊讶于赵青禾冲向自己的时候，赵青禾却在第一时间将车转向漂移过弯，朝着终点奔去。

慕容枫流下了开心的泪水，那个同自己较劲的少年终于长大了，他不再一意孤行往前冲，而是懂得了以退为进。赵青禾的操作让慕容枫发自内心地感到佩服。这才是顶级车手该有的操作，接下来就是不顾一切地冲向终点，冲出更好的未来。

当赵青禾和慕容枫的车一前一后驶过终点停下来的时候，众人都惊呆了。没有人看过如此精彩的表演，精彩程度甚至超越了杂技车队。这才是真正的高手对决！这才是真正的蜕变！

众人沸腾了，赵青禾再一次用他的天才想象赢得了最终的比赛。而他也在第一时间下车，紧紧地拥抱了这个教会自己成长的人。

二人因为打上来的海水浑身湿透了，但二人并不在意，喜极而泣。

同样喜极而泣的还有坤雄，他多年以来未竟的梦想，终于在赵青禾身上得到了实现。此刻的他是激动的，赵青禾的成功更是证明了自己的眼光和决定并没有错。那个固执的男人，终于兑现了自己对前女友的承诺。赵青禾的成功让坤雄终于放下了自己不堪的过往，获得了久违的解脱。

当年的年少轻狂让坤雄无法面对兄弟还有女友，最终女友也选择了离开。但是女友的离开并不是因为坤雄输掉了比赛，而是对方看到了坤雄身上的孩子气，这个男人可能还远未成熟到去承担那份爱情。可是在爱情面前，有谁能够做到真正的成熟理性呢？那么多年过去了，没人对往事放在心上，但是坤雄始终无法原谅自己。他知道自己年龄大了，不可能再次重回当年的巅峰，所以他才去技师学院寻找慕容枫。慕容枫没有选择自己一度让坤雄沉沦了很久，当然，他也理解，慕容枫的父亲当年就因为同自己比赛而去世的，慕容枫怎么会选择自己呢？坤雄一直颓废着，直到那晚他遇到了赵青禾。赵青禾并不能给他带来什么，但是他的成功却是坤雄打开自己心中枷锁的那把钥匙。

当何知光接到坤雄电话的时候，二人便开车来到了龙翔路。面对这个自己曾经最爱同时也伤害过别人的地方，坤雄的心中五味杂陈。

"知光，'搞事辉'最近怎么样？我想找他聊聊。"

"找他聊什么？"

"我当年伤害过他，伤害过兄弟们，他才是真正的车手，我现在想跟他说声抱歉……但是我联系不上他……"

"你真想找他？"

"嗯！"

当何知光开车带着坤雄来到陵园的时候，坤雄不敢相信眼前的事实。原来"搞事辉"早在去年参加国外拉力赛的时候就因为事故去世了，何知光就是他的领航员。也正是因为大哥对赛车的爱好和栽培，才有了何知光的今天。虽然何知光一再用薛定谔的猫跟众人解释为何开车的时候身边不能有人，但这才是让他无法专心开车的真正原因。

"大哥走之前常跟我提起你，他说你是他心目中的英雄，没有你，也就没有他后来的成就，是你的刺激让他卧薪尝胆，在龙翔路这里通过赛车找到了自己存在的意义。雄哥，大哥从来都没有恨过你。至少，从我认识他那天开始，他从来没跟我说过你的不好。他只是觉得，你赢了那么多次后，并没有珍惜你为之奋斗的事业。而我带着他的期望，继续将俱乐部做了起来。"

面对何知光的伤感，坤雄也不知道该说什么好。

"知光，我……"

"雄哥，你什么都不要讲，我也要谢谢你，如果没有你，便不会有慕容枫还有赵青禾这样优秀的选手。这个圈子需要更多人去关注，他们都是很优秀的车手！"

回程的路上，坤雄想了很多。他终于明白了何知光挂在嘴上的那句话，"或许，你的对手未必都是坏人"。"搞事辉"的纯粹让坤雄自愧不如，他在赵青禾他们身上看到了闪闪发光的东西。他将车开到了技师学院，在宿舍楼下找到了赵青禾。

沉默了很久后，坤雄只说了一句话："追到了吗？"

看着赵青禾摇了摇头，坤雄笑着说："再接再厉！说到底，爱情不过是重在参与的事情！青禾，我打算一个人开车沿着中国边境线转转，如果什么时候需要我，随时给我发消息！"

"雄哥，那我的合约呢？"

"什么合约？"

"我赢了，刚开始的时候不是说过，我赢了比赛就签了我吗？"

"没有，我没有说过，如果非要签，那就签给赛车这项事业吧！青禾，我见过太多你这个年纪的后生,你们这群年轻人,苦没有真正苦过,爱没有用力爱过。每天受着信息大潮的冲击,三观未定又备受曲折。贫穷不再是正义,又妄图不让金钱成为唯一的追求。过早看到了更大的世界,勤奋却又不过三天。热血透不过键盘和屏幕,回忆止于游戏和高考。像一群没有根的孩子,只会在别人的经历和精神里吵闹。但是,你,赵青禾,你让我看到了青春的另一种模样,你成功做到了……"坤雄很是动情,他嘴角抽搐着,但仍努力控制着自己的情绪,"不说了,青禾,把技术练好,把这项运动发扬光大!"

不知是夕阳太过耀眼还是坤雄的蜕变,此刻赵青禾只从他的背影上看到了金色的光。或许,年龄并不会让人变得成熟,爱和感动却可以。"偷心海盗"并没有偷走赵青禾的青春和梦想,而是选择了放他扬帆入海。"偷心海盗"放生了青禾,也放过了自己……

这场比赛让叶海峰收获了太多,虽然慕容枫输掉了比赛,但是正一集团的股票却逆势上扬。

黄巨翔因为其独一无二的舌头被正一集团聘请为品质体验官。在黄巨翔的一再坚持下,一款无添加的纯手工酱料以较为高昂的价格推向了市场,本以为无人问津的高价产品却因其主打的健康品质获得了受众的追捧。哦,对了,为什么黄巨翔能够拥有这样的舌头?黄巨翔拒绝透露,也没人知道。直到黄巨翔来到了正一集团的生产基地,看他拿着勺子熟练地撇开酱缸里的浮沫挨个品尝,大家方才明白,原来他的舌头并不是天生的,而是从小就替家里尝酱缸经年累月练出来的。是的,黄巨翔家里就是做酱料的,泡在酱缸里长大的他想不敏感都难。毕竟,当你三五岁玩玩具的时候,黄巨翔的童年则是从黑乎乎的看起来不太美观的酱料开始的。

在经过董事会同意后,正一集团决定拿出一部分资金建立一个梦想基金,专门帮助没有条件参加技能大赛的选手。只要符合条件的选手,都能够获得梦想基金的帮助参加全国技能大赛或全球技能大赛。

在涛尼的推荐下,叶一茜拿着厚厚的项目规划找到了社区领导谈合作建设，最终，叶一茜的原生态化改造获得了众村民的支持。当然，涛尼付出了巨大的牺牲，他拿着菜刀和案板，挨家挨户免费上门理发，叶一茜才得以提前将民意调查做得如此顺利。作为回报，叶一茜赞助涛尼成立了同学理发店连锁品牌店，以涛尼的名义，专注于菜刀理发，当然，菜刀要找方艾侬老师亲自设计。而叶一茜的风情小镇的规划里，自然也囊括了一间集合了汉服还有汉剑的艾侬工作室。

海边灯塔上，应援三人组、洗剪吹三人组、宋初夏室友齐聚塔顶，当然还有隔壁班的三名同学：赵青禾、宋初夏、慕容枫。

"初夏，我可能后面会到上海找你。"慕容枫一脸轻松地目视前方。

"怎么，你找到工作了？"

"不是，我打算继续升本考研，我在想，上海或许是个不错的选择。"

"喂，照你这么说，我也有可能去上海啊！"赵青禾当然不甘示弱。

"怎么，你也要考研啊？"面对慕容枫的答案，宋初夏当然是高兴不已，慕容枫肯定是认真的，通过这次大赛，他已经为自己的未来铺下了一条光明大道。

"考不考研的另说，技能大赛明年就在上海举办了，东风大哥，你难道不参加吗？"

"当然要参加，只不过那个时候我自然也会被录取到上海啊！"

"别的没学会，臭屁倒是比我厉害了啊！"

看到赵青禾吃醋，众人哈哈大笑了起来。

海风吹过宋初夏的发梢，站在旁边的慕容枫还有赵青禾都忍不住去偷看，却发现彼此对视着，赵青禾和慕容枫哈哈大笑了起来。

或许不远的未来，二人都将受南风之约，奔赴一个没有硝烟的战场。

"喂，你们笑什么，我脸没洗干净吗？"二人越是不说话，宋初夏越是紧张地拿出手机看。

何知光骑着摩托车来到了灯塔下面，朝着众人按喇叭。而坐在后座上的却是身着汉服腰带佩剑拎着饮料的方艾侬。虽然方艾侬坐在后面，二人却一前一后离着很远。方艾侬避嫌的方式独树一帜，那就是拉着何知光的衣领，像极了骑马的缰绳，如果何知光没有神功护体怕是早都被勒死了。

"来来来，请大家喝饮料，有时间我带大家认识我身边的朋友们！"二人爬上灯塔，何知光将饮料一一分给大家。

"哎，知光，有没有美女车手啊？"盖斌好奇地问道。

"当然有，比我都厉害呢！来来来，别客气，都是艾侬买的！"

涛尼接过饮料终于忍不住开口问："喂，你俩怎么搞在一起了？"

"喂，你们是隔壁班的同学，我们也是好不好！"

何知光大大咧咧地搂过方艾侬笑了起来，看到众人起哄，方艾侬不免有些娇羞地将何知光推到一边。

"哎，你们不信啊？这座灯塔就是证据！"

何知光说着走到灯塔上，在上方墙上众多刻下的留言里，众人看到了何知光多年前刻下的那句话：你是年少的欢喜！

"你是年少的欢喜，什么意思啊？"宋初夏有些纳闷地看着何知光。

"倒着念喽！"

众人此时才反应过来，一起念了出来："喜欢的少年是你！"

蓄谋已久的浪漫让众人为之羡慕，何知光痞痞地对着方艾侬说："哎，我想谈恋爱了，你要不要考虑一下？"

面对何知光肉麻的表白，方艾侬酷酷地说："看你表现吧，我觉得我俩不合适！"

何知光的表白云淡风轻，方艾侬嘴上虽然没答应，但是看得出来，小手激动得有些抖。

夏天的海风中弥漫着青春盛放的气息，赵青禾终于还是没能鼓起勇气告白，他将写的情书折成了纸飞机，哈了口气朝着大海扔去……

青春是一场冒险的远行，而大家终会像这纸飞机一般载着理想和爱慕逆风扬起,朝着远方奔去……

伴随着众人爽朗的笑声,赵青禾终于忍不住朝着大海大喊:"宋初夏,我喜欢你!"

而盖斌自然不甘示弱:"姚文雪,我喜欢你!"

"方艾侬,我喜欢你!"

"我也是!"

"哎,谁啊,喊什么呢,让你喊了吗?!"

"哎,别动手。哎,你女生注意点!"

"姜小蕾,我喜欢你!"

"毛希萌,我喜欢你!"

"是毛希萌让我喊的!"

"我也是被迫的啊!哎,下手轻点!"

"哈哈哈哈……"

"青青河边草"在此刻成为妖娆而放荡不羁的海草,赵青禾裸奔的梦想,终于在这一刻被达成共识,伴随着那朵朵浪花,众人开心地在海岸线上你追我赶……

沙滩上,一朵浪花冲了过来,追赶着大大小小深浅不一的脚印,还有那句被刻在青春里的话。

你是年少的欢喜,喜欢的少年是你……